夜行仙 著

谜天记

MI
TIAN
JI

③

浙江文艺出版社
Zhejiang Literature & Art Publishing House

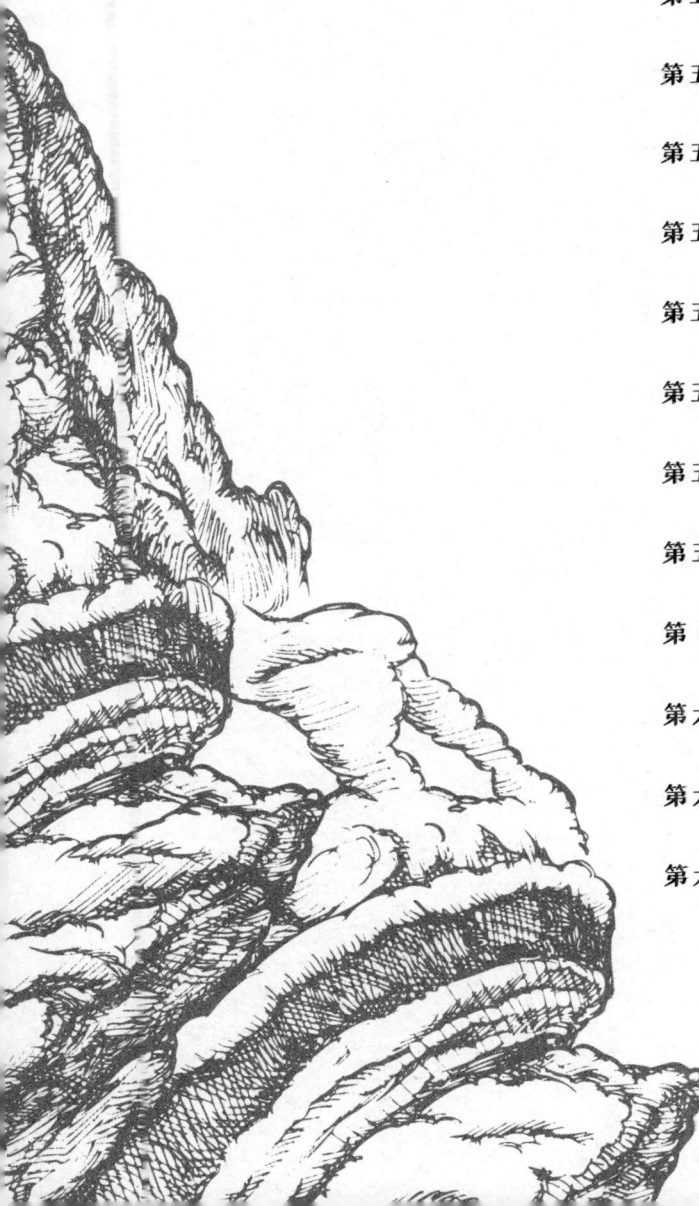

·1·

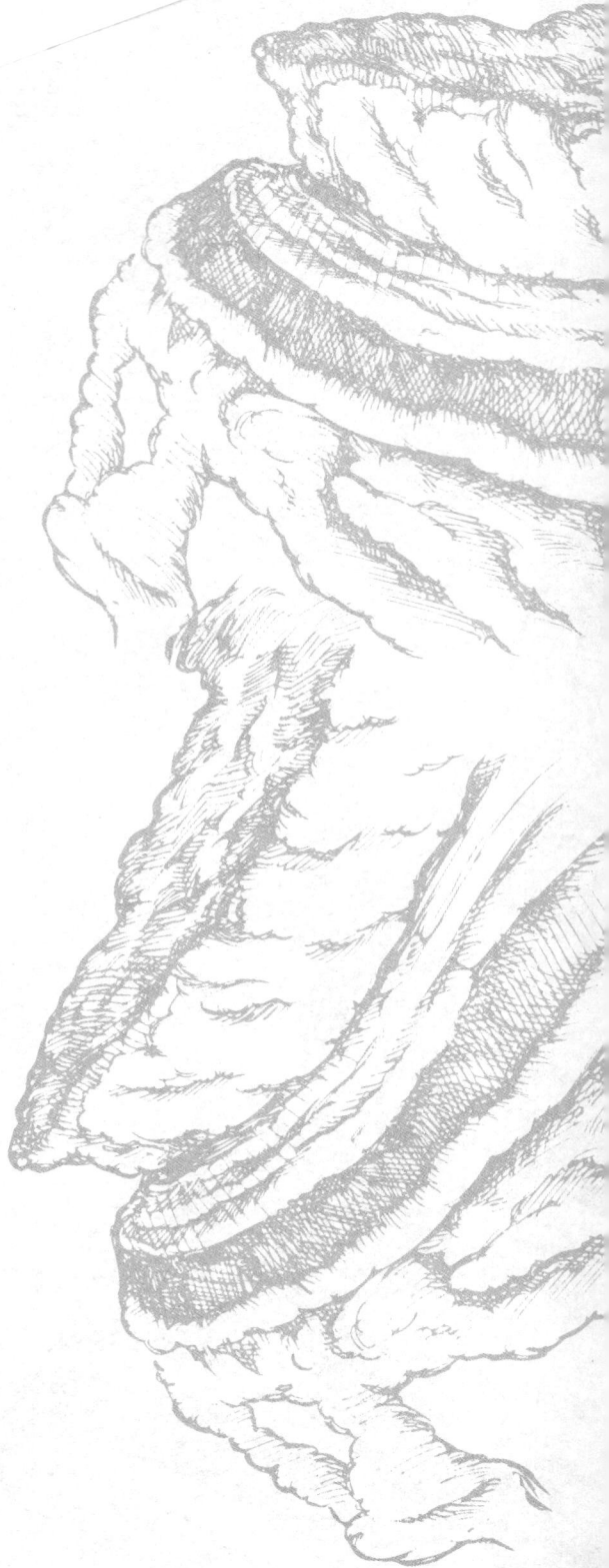

第五十一章

贝斯山迷雾

两日后。

"副将,不能再等了,请您允许我去北境支援!"颜童在主会议室隔壁向北唐穆西请命。

"你的职责是留守一分部。"北唐穆西拒绝道。

"主将那边已经断了联系,不能靠第五部长一个人传送战况过来了!"颜童据理力争。

"我说了,你的职责是留守一分部。现在北冥状况未卜,整个一分部由你代理,你哪能说走就走。"

"正是因为我们部长现在这个样子,我更得代替他去北境,不然等他醒过来,我怎么向他交代!"

"颜童!你是军人!不单单只是北冥的哥们儿!不要说他现在没有醒来,就算他醒来了,也得听军政部的调遣,我是不会让一分部去北境的!你和他必须留在菱都驻守!听懂了吗!"北唐穆西喝止道。

"副将!"颜童还想争取。

"好了!不要再说了!"

"副将,您快过来!第五部长她那边有情况!"士兵从会议室跑过来,急促道,"赢部长让您二位赶快过去。"

二人听罢,赶忙返回会议室。

北境的战况愈演愈烈,通讯部与北境部队的联络一再中断。管赫同样在国正厅忙得不可开交。军政部会议室内,一面影画屏上正显示着梵音那边的状况。所有人都在凝视着,片刻不敢错过。崖青山此时浑身发抖,太阳穴青筋暴突。崖雅身形摇摇欲坠,面色惨白,嘴角都被她咬出了血。

"你伤的他?"一个清冷的声音在冰原响起。

"谁? 你的小男人,还是别人? 我伤的人可多了。"一个贱鄙的声音从粗壮厚重的喉咙里发出,那人话说得生涩含糊。

"北唐北冥。"森冷的声音再次响起,梵音的背影出现在影画屏上,僵硬,嶙峋,一动不动。

随即,影画屏那边传来狂妄无节制的浪笑,笑得好像要呕出来一般:"你说谁? 我没听清?"紧接着,又是一串狂笑,"一个臭虫的贱命,沾点我留在杂草上的口水都得死。没让他给我喝了,已经便宜他了!"梵音双眼登时殷红一片,僵立的身体止不住地发抖,大口吸着气。"不过别着急,我这就送你去找他,让你们做一对,一对,一对什么? 臭虫话怎么说来着的? 一对亡命臭虫!"一阵狂笑再次掀起。"你们就配比个臭虫!"那人还在说着。

突然,影画屏里传来铮铮巨响,好似坚固的冰面被重重锤击着,要掰裂开来。紧接着,那声音又好像是从骨头关节中发出来的,震得人耳膜发麻,神思战栗。

一声似鬼似妖的怒吼从梵音胸腔深处迸发出来! 那共鸣声厚重低沉,震破寒霄,回荡在空中,好像一头野兽。"我要宰了你!"梵音猛然冲向敌人。

"野鬼!"崖青山登时睁大双眼,不禁大声喊道,砰地从座椅上立了起来。与此同时惊站起来的不止他一人,冷羿也猛地凿向桌子,腾地站起,同时喊了出来:"野鬼!"

不知何时,会议室门口悄无声息地多了一个人,他站在那里,轻飘飘的,好像脚不沾地。影画屏里刚刚发生的一切被他尽数收在眼底。只见那人面色冷厉,目露凶光,双拳紧握。

"部长!"颜童回头惊诧道。

两日前。

北冥接受了崖青山的治疗,昏迷在病床上,保住了性命。北境的战况却没有给身在前线的任何一个军人片刻喘息的机会。

军政部的第二影画屏上,渐渐布上了白色雪花,北境贝斯山脉南部靠顶端的地方起雾了。木沧率领的第二分队传来的影像越来越不清晰。北唐穆西坐在位子上,已经多时没有开口了。

"木沧,注意你那边的路线方向,雾气越来越大了。"终于,北唐穆西开口道。过了许久,对方才传来一句:"好。"北唐穆西掐算着,这条路是通往北境镜月湖的必经之路。

中午，有士兵进来送饭。北冥、颜童、白棍、崖青山都缺席，其他人也没动碗筷。穆西思忖片刻，开口道："赶紧吃饭吧。"

忽然，只听穆西身旁的一处通信设备中传来喳喳啦啦的声音，那声音不是来自影画屏，而是军政部自己的通信设备。

"副将，我是梵音，听得到我讲话吗？"传话的正是第五梵音，她的声音断断续续，极不清晰。

"梵音，我是副将，你那边什么状况？"北唐穆西听声立刻回复道。许久，梵音的声音不再传来。

原来，梵音在与木沧确定过位置后，继续奔走在茫茫林海雪原之中，中午时分几乎到达了贝斯山中段。按时间推算，木沧已经越过贝斯山南部，往北部挺进了。

越近山脉深处，越是林深茂密。虽说此时已是正午，梵音抬头望去，却几乎看不到日照。大树参天，遮云蔽日，纵观山脉，林间一片灰暗。

梵音停下脚步，拿出罗盘，辨别着方向。长年的积雪越来越厚，早就没了路，白雪没过梵音脚踝。梵音手中的罗盘旋转着，红色指针很快指明了北面的方向。

梵音迅速收起罗盘，继续前进。连日的奔波，梵音灵力耗损极快，可此刻，她不敢有片刻耽误。她低头看了看手中的卷袋，晶石还算平稳。

又往北面进发了一段时间，梵音再次停了下来。林间光线越来越暗，方向也越来越难以辨别。如此这般，梵音停下的次数越来越多，时间间隔越来越短。直到最后，梵音几乎每五分钟就要停下来确定一遍方向。

这次，森林里连最后的光柱也没有了。梵音额尖的密汗已经渐渐渗了出来。她再次拿出罗盘，手心已布满了汗。罗盘打开，她预料的情况还是出现了，罗盘失灵了，指针在罗盘里胡乱摆动着。梵音的心沉了下去。

黑暗无际的森林，参天密网般的树影，不禁让人有些恐慌。梵音定了定神，又看了看罗盘，彻底死了心。

她凭感觉走了几步后抬头望去，密不见顶。梵音一个纵跃，翻上树干，连踏五步，见脚底扎实，接连又是数十步，踩着树干，往树尖跃去。向上约奔走百米，梵音渐感树干虚晃，许是快到树梢了。一个凌跃，梵音落在了顶端，脚尖轻点着枝丫尖尖，树枝微弯禁受住了她的身量。梵音身法利落轻盈，好似一枚银针。

梵音再次望去，薄雾漫漫，她竟是什么都看不到了，好似立在云端。梵音沉着片刻，抬手向天空一掷，数枚凌镜飞去。原想着，凌镜八方，能帮着自己辨别方向，可谁知，凌镜虽是停在天际，然而此时方圆百里，已经都布满了迷雾。梵音的心渐渐悬了起来。

不一会儿,她从树尖落下,双脚点地。扑通一下,厚雪没过小腿。薄雾慢慢沉了下来,眼看这森林要被这瘴气掩盖了。

"佐领,您现在还能明确您的位置吗?"梵音发出讯息,等待着。片刻之后,无人应答,梵音再道:"佐领,听得到我说话吗?请回信。"又是少时,仍无人回应。

就在十分钟前,梵音还和木沧互通过讯息。"副将,我是梵音,听得到我讲话吗?"梵音耐心等待着,暂定心神,毕竟她和军政部的通信是由军政部本身全力维持的,轻易不会出现纰漏。这要比联络同是身在北境恶劣环境下的其他分队容易些。

"副将,我是梵音,听得到我讲话吗?"没过多久,梵音重新问了一遍。

她盯着手中的信卡,上面一个字也没有出现。梵音收起信卡。周围的迷雾越来越浓,她不能在此耽误下去了。

此时的军政部内,北唐穆西焦急地等待着。"梵音,我是副将,你那边什么状况?"北唐穆西再次询问道。然而对方毫无回应,最后连嘈杂的噼啦声也彻底消失了。

北唐穆西眉头紧锁,回头看向第二影画屏,木沧的状况也愈加不明。"木沧,听得到我讲话吗?"时间慢慢过去,木沧的第二分队也是再无音讯。

国正厅会议大堂内,各部指挥官都在密切关注着战况。只见通信部总司管赫急匆匆地从外面跑进来,制服的领口都松了。他慌忙来到姬仲身边,焦急道:"国主,木沧二分队的通信中断了。"

"你说什么?"姬仲平缓道。

管赫心中一紧,赶忙重复解释道:"木沧二分队的通信中断了,我已经试图连接上百次了,但信号还是中断了。现在正如您所看见的,他们的画面已经完全静止在贝斯山脉中段,没有再前进。"

"怎么回事?"姬仲不慌不忙道。

管赫一顿,不知姬仲问的是什么意思,但他脑筋一转,赶忙道:"贝斯山脉辽阔千里,情况复杂多变,通信设备暂时无法接通,不过我已经派人再去修复了,直到修复成功为止。"管赫本想加一句"请您放心",可以现在的状况来看,他还是收回了想要说的话。

"那边是不是起雾了?"姬仲随口问道,不显急恼之色。

"是!"见姬仲如此,管赫更是心中忐忑,虚汗直冒。

"大雾?"

"是,很大。中断联系之前,大雾几乎覆盖了方圆数百里。"管赫偷偷瞄着姬仲,见他不语，又壮着胆子再补一句，"现在肯定更大了。贝斯山的大雾俗称'迷雾'，只要一起，顷刻就能掩人视线，使人迷失前路。即便是当地人，也没有在雾散前成功逃离迷雾的。听说，被迷雾笼罩的植物都难以呼吸生存，所以长信草肯定是在大雾来临后失去了活性，导致通信全面中断。"管赫一口气说道，希望自己这些解释能让姬仲熄火，"但属下定当竭力而为，一定帮助军政部恢复联络。"

"木沧带领的第二分队有五千人之多？"姬仲的话和管赫方才的叙述毫无关联，似问似答道。

"啊？"管赫一愣，紧接着道，"是，是的。"

"北唐穆仁那边状况怎么样了？"姬仲道。

"主将那边没事，通信通畅。只不过主将从没有传信息回来过，不知道他们是不是私下和军政部单独联络。"

"嗯？"姬仲表情微动，稍稍侧脸。

"是这样的，我们只负责传讯军政部前线的战况画面，但各个部长间与军政部私下的通话，我们是不知道的，他们会直接回复军政部。"管赫解释道。

"如果你的画面终止了，军政部自己有办法恢复吗？"

"暂时还不能，画面传送的技术复杂，没有通信部的支持，军政部也无法时刻看到战况的。"

"现在这个状况，要多久才能修复？"

"国主，通信部最重要的核心配置都在部里，在国正厅搭建的只是临时赶制的。要想快速恢复通信，去通信部部里要比这里快。"

"你的意思是，让我亲自去你的通信部。"

管赫听姬仲如此一说，赶紧抬头解释。只见一道阴狠的目光朝他投了过来，姬仲正死死盯着自己。这是汇报战况后，姬仲第一次正眼看管赫，原因却不是为了战况。"为了他们军政部的几个兵？"姬仲再道。

"属下不是那个意思！"管赫忙弓下腰去，音量细小。两人的对话，其他各总司指挥官并不能听到。大家一致觉得姬仲在训斥管赫办事不力。

"那就给我把你那些该死的愚蠢设备搬过来！"姬仲低声怒道。

"是是是，国主，只是……"

"只是什么！蠢东西！"

"不是，属下的意思是，通信部的设备非常庞大，国正厅的会议大堂是放不下的，您也知道。所以属下想请示，把设备搬过来以后，安置在哪里呢？"管赫战战兢兢道。

姬仲听罢，沉思片刻，忽然面带笑意道："那就安置在国正厅广场上吧。"

"什,什么?"

"东菱国发生这么大的事情,理应让国民看到。我们要同仇敌忾,我们的人民当然也要更关心国家。"姬仲突然大声道,引得各部总司看了过来。

"大家说是不是? 我们要同仇敌忾! 人民要与国同在!"

"您说得没错。"裴析应和道,"民众理应知道国家此时的安危,不能只图安逸享太平!"

"端总司,您怎么看?"姬仲看向端镜泊。

"看军政部浴血奋战,鼓舞人心吗?"端镜泊阴阳怪气道。

"当然,我们当然要为前线的军人们助威呐喊,国家是他们最坚实的后盾!"姬仲豪言道。

"后盾?"端镜泊冷面一笑,随即转头看向木沧率领的二分队的影画屏,信号已中断。军政部此时一半人马都被困在贝斯山的迷雾中了,一旦军政部需要支援,谁又跟得上?

"您说得没错!"裴析愤愤道。

"我也赞同您的意见。"一个轻柔的声音在一旁附和着。大家闻声看去,说话那人被看得面色发烫,低声道:"国主好,各位总司好。我是礼仪部的玄花,因为我部总司和副总司都有伤在身,所以派我前来参会。小女如有说错的地方,还请各位海涵。"

端倪坐在一旁,斜睨了玄花一眼,心中暗道:"小女? 哼!"随即嗤之以鼻,不再搭理。

玄花含羞,想低下头去,却又强挺着缓缓直起身来。她身着礼仪部的制服,未多修饰,脸颊和眼眉处若隐若现浮着几抹红晕。

"那就这么办,管赫!"姬仲大声道。

"是! 国主!"

"快把你们通信部的大型影画屏支在国正厅广场的正中央,让民众一齐为国为军献力! 扬我国威!"

"是! 属下这就去办!"管赫领命,立即离去。

此时梵音行走在暗林中,迷雾的浓度越来越大,她自是知道通信短时间内再无法恢复。她没时间等待军政部的进一步指示,当务之急,要赶紧找到木沧的队伍。她料想木沧也一定被困在这无边迷雾中了。

梵音定下心神,想着出去的办法。这时切不能莽撞,不然就凭这连年积雪,也能活埋了她。片刻过去，忽地只见她单手插地，左手深深陷入厚雪之中，连刨数下，便看见了雪下的冻土。梵音猛地抽回手掌，将灵力骤然聚于指尖。霍地，梵音手刀立起，猛地扎向地面。只见她左手单掌深深嵌入冻土之下，毫发无损。

梵音眉头稍凝，闭起双眼，呼吸放缓。大地深处的响动顺着梵音的左手慢慢传递上来。冬天里，万物生灵都在休眠，这旷野的山脉安静得出奇。梵音胸膛微微起伏着，她的灵感力顺着手心直直扎入地下。她在等一个动向。

忽然，一阵急踏传过梵音手掌，梵音侧头微低，想感受得更准确些。果不其然，少时，又是一阵急踏传来，那动静的方向离她不算太远。梵音猛地撤回手掌，攥了攥，手心有些僵了，掸了掸上面的泥土。

她刚刚用出的这招灵法像极了北冥的连坐，几乎是如出一辙，都是以手入土探物的灵法。北冥的那招连坐，是把追踪术和攻击术两种灵法相结合而产生的。他的连坐威力巨大，不仅能查到百里外被追踪者的踪迹，更能通过地底传送灵法，在不破坏地上一物的前提下，攻击敌人。当然，这一招灵法对他本身的灵力消耗也是极大的。

而梵音刚刚使出的这一招，就是北冥教她的。只不过，梵音的灵力远没有北冥深厚，她是无法使用连坐的。但北冥教她的这招，足以让她追踪探物。梵音想着，木沧率领的五千兵马虽说在这连绵山脉之中犹如蚁群，但在这个时节万物休眠，这五千人的动静就会尤为明显。果不其然，梵音通过灵法在地底追踪到了军队的微弱动荡，若是在空气中，那些动荡早就被打散了，无法感知。

梵音立刻动身，向那方向赶去。

林深露重，此时贝斯山深处的气温已经降到了零下四十多摄氏度。之前，梵音拼命赶路，周身调用了灵力，自然不觉得寒冷，甚至由于赶路而身体微燥，现下她收了灵力，发间冰霜退却，黑直落下，顿感天寒地冻，冰冷入骨。可梵音此刻已不能再轻易调动灵力了，数天来的长途跋涉灵力消耗极大，如果再这样下去，就算是追上了木沧的队伍，她也无法再及时赶到主将身边，给予支援。所以她现在必须保存体力，恢复灵力。

照以往来说，疾行这几日对梵音来讲并不算大事，但此刻，她手中拿着存有暗黑之力的晶石，必须要用许多的灵力来压制，这使她的灵力多了一层消耗。

梵音疾行在森林里，雪地愈来愈厚，深浅不平，任她眼力再好，也是于事无补，一个不小心，就陷进一人多高的雪地里。三番五次，梵音从雪地里纵身跃起，踏落在树枝上。她一度想在树间前行，可迷雾越来越严重，她几乎看不到前路，就连旁边的树木也变得模糊。

梵音的体温迅速下降，按着冷彻教她的方法，与寒冷的环境融为一体，是他们第五一族的特质。然而这北境的气温实在是太低了，不多时，梵音的眉间、发丝已染上了白霜，却不是灵力所为。个把小时过去了，迷雾中的空气越发稀薄，梵音的嘴唇、指尖已冻得发紫，口中不停呼出暖雾。梵音感到身体疲累，甚至有些发困。

她摇了摇头，尽量让自己保持清醒。然而缓慢的进程和极寒的天气，让她浑身僵冷，几乎没了知觉，只有右手攥着的卷袋周围附着她恰到好处的灵力，不肯多浪费一丝一毫。

梵音再次停在原地，预备把手插入地底，感知军队的方向。梵音蹲下身去，往手上哈了几口暖气，她太冷了。手掌插入地面，时间一点点过去，梵音等待着响动。她抽出手掌，换了个方向又扎了进去，接连几次，响动终究是消失了。梵音一无所获。

她呆在原地，用手扶着额头，踟蹰着。这种天气下，她的行动都已经受到了极大的阻碍，那行进的士兵们状况则更加难测。就在梵音辗转思考出路时，忽然前方闪了一下。

梵音抬头看去，前方仍旧是迷雾昏暗一片，四下无声无光。正当她要转头看向另一边时，忽然前方又有萤火一闪。这一下梵音看得清楚，是火光，是极其微弱的火光。

梵音定睛往萤火之光处看去，不多时，火光再次亮了起来。梵音二话不说，嗖地一闪，往火光处奔去。待她到达亮起火光的地方，梵音凑上前去，想看个究竟。只见那火光是从一根树干上燃起的，只点着了巴掌大地方。火光不多时便又灭了，梵音伸手摸向燃着处的痕迹。

她的脸上渐渐露出笑容。没错，是火焰术士的灵法，梵音心中喜道。她立刻向四周张望，期待着火光再次亮起。果不其然，不多时，不远处火光再次亮了起来。梵音立刻赶到了下一个火光亮起的地方。接连下去，火光亮起的频率越来越高，梵音沿着火光一口气奔出数里。

然而这迷雾不散，浩渺林海，火光仍显得微弱不堪。梵音心想，即便以这种方法找到木沧的队伍，那也是要半日之后了。

梵音伫立在原地，没再一味向前。就在火光再次亮起的刹那，梵音对准火光的位置抬手一击，一道灵力擦着树干射了出去。半晌过后，林间未有异动。梵音继续向前，不远处又有火光亮起，这次梵音手中发出的灵力要比刚才大上许多。只听接连几声脆响，梵音的灵力射穿了远处数十棵大树。即便看不到，也感知得到。

梵音耐心等待着，然而仍无回应。她心下盘算，给她火光信号的人应该还在很远的地方，但对方对火焰术的控制力却是登峰造极。深冬的森林最忌讳的就是火焰，一个不小心，整片林海就会被星火燎原，焚烧殆尽。若说让火焰术士毁了这整片森林，并不是难事。难的是如何在火焰安全熄灭前，传递出数百里的讯号，这就要求火焰术士有极其精准的控制力了。更何况现在的森林早就被迷雾掩盖，火焰术士根本看不到前方的树丫枝杈，纯凭精湛的灵法点出一道路引。

梵音心想，能有如此高超灵法的必须不是单纯的火焰术士，必是木沧手下那一千亲信随从——铸灵师。他们在给自己引路。想到这里，梵音心存感激。

她耐心等待着下一个讯号的亮起。就在火光微起之时，梵音猛地抬掌出击，一道精准灵力足用了她五分力道，倏地一下，飞速射出数十里。梵音算准了时候，待她的灵力减弱之时，应该可以到达发出信号的位置。这道灵力虽然精湛，但不足伤到铸灵师。

梵音看着灵力击出的方向，火光一点点灭了下去。这回一定要成功，梵音心想。瞬间，一道赤焰烈火霍然由远及近，穿林而来。只见齐腰的树干被这道赤焰瞬间划燃。梵音噌的一下跃上树间，仿佛脚踏烈焰般，随着那道赤焰一路而去。烈火燃亮了森林，梵音看清了前路，争分夺秒。赤焰随着她的步伐，在她跃过后，熄灭了。梵音身后的密林，再次陷入迷雾之中。

第五十二章
赤金石

"嗖！"只见一个人身形带风，扎实地落在了木沧身边。"佐领。"梵音语气平稳，开口道。

"梵音，太好了！"木沧道。

"这一路麻烦您了，多亏了您的指引，不然我还不知道会被这迷雾困到什么时候。"梵音道。

此时，梵音已经随着赤焰，一路找到了木沧的队伍。她到达后，身后的赤焰也已经被她的冰法灵力熄灭了。她放眼望去，木沧的队伍都在这里，浓雾消散，想来是火焰术士的功劳。

"你这一路才是真的辛苦。"木沧道，他的连面青胡这时更显青冷魁梧。往常沉默寡言的男人，此时也不再吝啬自己的词语，对梵音一礼，以表尊重。

"看来凭着您手下的铸灵师，驱散这大雾也用不了多时了。"梵音颔首回礼，继续道。

谁料，木沧摇了摇头道："你看看这天幕。"

梵音抬头望去，方才发现，原本清澈的天空又变得雾气弥漫。"这？"梵音疑惑道。

"我原以为，用火焰术可以驱散这里的寒气迷雾，但我接连指挥士兵作业两三小时，还是你现在看到的这个样子。"木沧已经没心情再向上看去了，"这贝斯山的环境多变恶劣，凭我们一己之力，怕是不能扭转。昼夜深寒，我越是想用火焰术驱散，头顶的迷雾就越发聚集，冲也冲不破。以人之力抗衡这千里山脉，还是自不量力了。"

"我已经无法联络部里了，您这边也是吧？"梵音问道。

"一样。这严寒，早就阻隔了一切通信。不仅如此，我打算找到你之后就让士兵暂停对抗迷雾,这样无谓的消耗体能灵力是不行的。还没等冲出迷雾,士兵的灵力已经无法支撑了,还怎么再上前线?"

"是。"梵音点头,"我想您刚才大约是动用了所有铸灵师才成功给我传递了信息吧。"

"没错,我的一千亲信,全部启动了。我计算你离我至少还有百里远。我让他们用萤火点燃树干,变成星点连线的标记,用来指引你。这百里林海,已然被我的手下点成了萤火之海,星光密网。奈何迷雾深重,几米之外就看不到其他光亮,着实费了些时候。"

"多谢您了,佐领。"梵音听罢鞠躬道。

"找到你比什么都重要。"木沧阻止道,"先不说这些,你之前说的藏有暗黑灵力的晶石呢? 快拿给我看。"

梵音伸手从卷袋中取出晶石。为了压制晶石强大的暗黑之力,梵音一路用灵力镇着,片刻不敢放松。此时,梵音的掌心早就布上一层寒冰,晶石周围也被冰力包裹,严丝合缝。

"我看看。"木沧预备徒手接过。

"佐领,这东西太邪门,您这样会伤着自己。"梵音拿着晶石,一时不敢撤去灵力。

"不会。"木沧伸出他常年铸炼兵器密匙的手,那是一双粗壮无比、厚茧满掌、布满伤疤的手。由于常年铸炼,木沧手指的骨节已错位,皮肤焦黑。即便梵音认识木沧多年,此时如此近距离地看到他那伤痕累累的双手,心中还是不禁为之一震,敬佩之情油然而生。

"您小心。"梵音把晶石递了过去。

就在木沧接过晶石的同时,梵音撤去了自己的灵力。顿时,一股强大的暗黑灵力从晶石里蹿了出来,煞气难挡。只见木沧双目炯炯,火眼金睛,周身发力,手臂上的衣料登时炸开,本就粗壮异常的手臂此时又胀起足足一倍,褐红色健硕的肌肉瞬间绷起,整个手掌看上去不费吹灰之力就可扼死一头棕熊。

"喝!"木沧大喝一声,手掌发力。只见他的掌心瞬间燃起一股赤色火焰,那焦烈的味道似能熔化整片森林,根本不是普通的火焰术士可以比拟的。火焰和暗黑灵力搅缠在一起,那股强大的暗黑灵力竟被这赤焰压制住了。

梵音目不转睛地看着战况,不敢放松警惕。忽然,黑色灵力在火焰中猛地一摆,一簇火焰瞬间被吞噬了。梵音整个人开始紧绷起来。只见暗黑灵力的摆动越来越大,像一条发了疯似的九头水蛇,张牙舞爪,疯狂地冲撞着。霍地,木沧手掌再次加力,原本的赤色火焰由红转紫,由紫转黑。梵音眯起眼睛,见那两股灵力更加难舍难分。

"佐领要熔了它?"梵音心里暗想。

"铸炉!"木沧突然大声道。

一声令下,木沧手下的二百精英迅速聚在一起,围成了一个五十米见方的包围圈。两百人分为里外两层,纷纷抬起双掌,两手交叠。就在梵音还没搞明白他们两手空空,要拿什么铸炉时,只见内层的战士对准空地,一股赤焰灵力猛地从掌心射出。

"轰!轰!轰!轰!"伴随着轰天巨响,一块块数米见方的赤色盾牌凭空出现,坚实地扎在地面上。山中的厚雪不知在何时早就化为乌有,干燥的大地仿佛要被点燃了。

梵音瞪大了双眼,看着眼前的一切。她从未见过如此强大的火焰术士。不,那不是火焰术士,是铸灵师!一块块巨型赤焰盾牌,犹如烧红的铜墙铁壁,哪怕靠近一点都会被瞬间熔化。

想到这里,梵音突然回神。再这么下去,守在周围的士兵也会受到波及,如此强大的铸灵冶炼术,不是常人可以靠近的。梵音猛地回身,想要通知士兵们暂时撤离,谁知当她向周围看去时,发现一列数百人的铸灵师早就在外围围成了一堵更大的人墙。他们用联合防御结界阻隔着赤焰灵力带来的杀伤性。防御结界外的士兵已然安全。

梵音心下踏实,继续专注地看着木沧这边的进展。此时,烧红的盾牌仿佛固态的岩浆,从里到外散发出高温,梵音看到了铸灵师的灵力在每块岩浆般的赤焰盾牌上缓缓流动。她从不知道,火焰系灵力也能制造出固化的兵器灵器,这是她有生以来第一次看到如此强大的火焰系灵能者。

她本以为,世上四大流派的灵能者,水火雷和灵化者,只有水系的灵能者可以凭灵力幻化出兵器。然而她今天见识到了,像火焰这种看似无法定型操控的灵力在铸灵师手中也一样可以幻化出灵器。以前是她见识短浅了。这样算来,不仅是铸灵师,如果火焰术士足够强大,也是可以幻化出灵器的。四大派系中,唯有灵化者是不具有任何幻形特性的灵能者,北唐一族就是典型的灵化者系灵能者。灵化者也是世上为数最多的灵能者。

由赤焰盾牌一块块铸造拼接而成的熔炉正在一层层加固,一层层垒高。不多时,一个巨鼎熔炉铸建完成,足有八九人高。梵音甚至觉得,如不是外面有铸灵师打开了防御结界,恐怕这片方圆百里的森林早就化为乌有了。

"佐领!熔炉搭建完毕!"木沧的第一亲信,也是他唯一直属的纵队长火隶汇报道。他是一个面色赤红的刚毅男人，三十多岁。

木沧听到了火隶的话，预备反手压制住晶石的态势，把它投到熔炉内。谁知，正当他要握住晶石时，一阵强烈的暗黑灵力激射出来。木沧浓眉一蹙，槽牙合紧，硬是把晶石攥了手心里。瞬间，他那无比强壮厚实的手掌被击穿，喷溅出大量鲜血。

木沧二话没说，脚底一蹬，跃向空中。他脚踏铸灵炉，三步两步攀登而上。千度高温在木沧足下好似常路，他来到炉口，张手一掷，晶石被他投入熔炉之内。

"封炉！"木沧高声下令。

"封炉！"火隶对手下道。

只见上百簇火红岩浆从铸灵师的掌中发出，汇聚炉顶。待相聚那一刻时，岩浆骤然如湍流般倾泻而下，铸到熔炉之内。木沧已回到地面上，密切注视着晶石的状况。梵音在远处早已汗流浃背，她从一开始就留在了防御结界之内。梵音心想：如果没有一身灵力护体，自己现在早就化了。铸灵师的能力非同小可，今日又是上百铸灵师齐齐发力，梵音算是领教了。

她静立于木沧不远处，不便上前打扰。不多时，岩浆从熔炉口冒了出来，紧接着，大量岩浆像滚烫的沸水般拥挤地稠密地涌出炉口。梵音凝眉注视，百人铸灵师仍没有停下的意思。很快地，岩浆淌过了整个炉身，没过了每块拼接盾牌，砌住了每条岩缝。最后整个熔炉被铸成了一块庞然大物，浑然一体，发着融融火光。铸灵师们齐齐对着熔炉发力，淬炼着熔炉中的晶石。

梵音来到木沧身边道："佐领，这晶石竟有这么厉害，让您动用了几百铸灵师？"

木沧面色无缓，仍旧死死盯着熔炉："我看情况不容乐观。"说罢，他低头查看了自己刚刚为拿晶石而受伤的手。别人不知，木沧自己心里清楚，他的这双铸灵师的手到底有多厉害，有多能耐，然而此时已经废了！

"您的手，需要处理。"梵音道。起初她以为木沧的手不打紧，现在看来它被晶石里射出的暗黑灵力伤得着实不轻，手上多处断口在不住往外流血，血肉模糊，几处指骨也露了出来。

"不用。"木沧草草道。

梵音心中打鼓，木沧的手并非一般灵能者的血肉之躯，可随便损伤。她作为部长也是略知一些木沧的厉害，虽说木沧从未在士兵面前展露过什么，但作为主将北唐穆仁的佐领又怎会是一般人。他的那双手如钢似铁，断刃如泥，是他早就和身体合二为一的武器，更是他最坚实的防御武器。如今伤成这个样子，梵音是万万没料到的。

"这不是晶石，这是……赤金石！"木沧神情异常严肃。

"赤金石？"梵音闻所未闻。

"没错，有如此威力的东西绝对就是赤金石了！"木沧笃定道，"以前我只是在我师父的典籍上，还有我家祖传留下的铸灵冶炼秘术上，看到过这种金石的存在，但真正这种东西，谁都没有见过。"

"这东西……是什么东西？"梵音觉得自己词不达意，忙纠正道，"这东西是什么？哪里来的？"

"据我所知，赤金石是上古时代留下来的灵石之一，它最大的用处就是可以吸纳精气灵力，固本培元，有助于灵能者修行。不过，到底都是古书上记载的，具体还有什么用途，我们不得而知。不对，应该说，我们现在算知道一些了。"

"您知道这东西是哪里来的吗？"

"这……我也不甚了解。我只能确定这赤金石里的暗黑灵力确实是由铸灵师淬炼进去的。"木沧说罢，眉头紧锁。灵魅和铸灵师有瓜葛是最让木沧反感的事。

"铸灵师和灵魅……"说到这里，梵音心中也开始暗自思量，"佐领，照您看，淬炼这种东西难度大吗？"

"炼这东西，没个千百年的道行，是炼不出来的。"

"什么！千百年？哪里有这种铸灵师……"忽然，梵音眉头一紧，"灵魅……那东西确实不知道活过多少年了……"

"即便不用千百年，也要有千百铸灵师才行。"

梵音愕然："哪里会有这么多的铸灵师？关键他们还在为灵魅效力。"

木沧眉头皱起："这样还算是好的，怕就怕这东西不是普通铸灵师炼的。"

"怎么说？"梵音道。

"上百顶级铸灵师也可做到这一步。"木沧解释道。梵音瞬间明白了木沧的意思。"照您说，那顶级铸灵师的能力会超过您吗？"如果是，那就太可怕了，梵音心想着。如此能力的铸灵师必是实力非凡的灵能者，上百个这样的灵能者屈居在灵魅灵主手下铸灵冶炼，那将会是东菱前所未有的麻烦。

"有过之无不及。"木沧低沉道。

梵音大惊，转念一想："佐领，如果，我是说如果凭您一人之力炼就这个赤金石要练多久？"

"三百年。"

"三百年！"梵音骇然。

"所以说那是不可能的，世上哪有一个人可以活过三百年。"木沧道。

梵音眼神扫过木沧，看他似有淡淡哀伤之意。就在她还想说些什么时，木沧突然大声道:"不好! 熔炉要破!"

"第二分队! 上!"木沧大声下令,让在外面驻守的其余铸灵师一同上前加力。就在剩余五百铸灵师准备齐齐发力时,"轰"的一个震天爆炸声,熔炉被炸碎了! 赤金石在岩浆之中急速旋转,形成了一个倾泻漩涡,岩浆飞涌喷溅而出。

"不好! 阻止岩浆! 赤焰盾!"火隶道。前一排的战士们听令,即刻收手,转而攻向眼前的地方。一面面巨型赤焰盾牌再次拔地而起,快速围成一个包围圈,阻止熔炉内喷涌而出的岩浆四溅。

梵音明白木沧是不会让铸灵师们收回熔岩灵法的,就像火焰术士可以随心所欲控制收放火焰一样,铸灵师也同样可以收放熔岩灵法。可一旦收回岩浆,之前的努力就都白费了。木沧必须炼化这赤金石。

"佐领,让您的人全力挡住岩浆外泄,再架一个熔炉! 我这就去换下您做防御结界的人,让外面的士兵负责防御,您的人全部用来铸炉!"说罢,梵音一个闪身来到防御结界边,大声道:"你们去帮佐领! 这里我来!"

"部长!"一个指挥官大声道。

"撤!"梵音一声令下,两手交过头顶,作弧状,向下用力一挥。只见一片冰幕从空中划下,瞬间覆盖住了半里方圆。战士们听令,即刻撤出防御,转而加入木沧队伍之中。

"尤向! 集合战士! 开启防御状态!"梵音传话到自己的冰幕防御术外。

木沧梯队中的二纵队队长尤向,也是主将直属作战部的二纵队队长,是个年不过四十,身材矮小和梵音差不多身高的敦实爷们儿。他灵法厚重,身法扎实,善于远程持久作战。此次战役,尤向身为主将的二纵队队长跟随木沧的第二梯队大军一道,后期支援主将。

尤向听令,即刻照办。几百将士分散开来,沿着梵音的冰幕在外圈布上数层防御结界。一旦岩浆外泄,只怕封山雪林顷刻便会燃起大火。

待防御结界布好,梵音撤了自己的防护冰幕,转而回到木沧身边。此时她不能多做什么,如果她用冰力阻挡了岩浆反会坏事,现在只能静观其变,希望铸灵师们能赶快再重塑一个熔炉。

倾泻而下的岩浆肆意流窜,铸灵师们用赤焰盾牌竭力抵挡。极度高温在这防御结界内肆意高涨,外围的防御盾甲也跟着一层层不断加强加高。岩浆被暂控在赤焰盾牌包围圈之内,停止往外泄漏,但岩浆渐渐蔓延上来,好似熔海。

"铸炉!"木沧大声下令。

五百铸灵师瞬间高举手掌,往空中射去。一块块长方赤焰盾凭空出现在包围圈的天空之上，迅速拼接成型。这次的熔炉好似一个切面直立的巨型宝塔，在空中发着暗红色的强光。守在防御结界外的士兵们都已经被照得面红耳赤，里面的铸灵师们亦有难耐之状。

"佐领！炉成！"火隶大声道。然而此时，那块赤金石早就随着上一个熔炉的崩坏而掉进了滚滚熔浆之内，毫无踪迹。

梵音目不转睛地盯着岩浆内的变化，数面凌镜也飞升上空。"不好！佐领！那块石头在往地下钻！"梵音急道。

谁知这块赤金石不仅具有强大的灵力，更是一个灵物。遇敌杀敌，杀敌不成，反藏避祸。忽然，众人只觉脚下一震。"那石头好像一个钻头，在飞快掘地，岩浆顺着它往地下流去了！"梵音大声道。

"火隶！把岩浆送到熔炉里去！"木沧道。

"是！"火隶听命，数百簇滚烫岩浆倏地从地底蹿起，直冲空中的熔炉之内。

"再快点！"木沧再道。眼见赤焰盾牌包围内的熔浆越来越少，越来越低，马上见底，都不住往天空中的熔炉内聚集。

只见木沧一个飞身，越到数米高的赤焰盾牌包围圈之内，脚踏岩浆，快步来到赤金石入土的位置。一拳猛砸，地面顿时出现一个深坑，接着又是数拳。木沧出拳刚猛迅捷，一个虎爪，赤金石被他再次抓在手中。

灵石入手，木沧大惊，怎的刚才炼了半晌，这块石头纹丝未裂，大小如初，竟还冰凉刺骨？忽然木沧手掌一痛，又是几道断口，掌心撕裂了。灵石内的暗黑之力丝毫不弱，在木沧抓取之时弄伤了他。

木沧不再耽搁，一个纵跃，跃上熔炉。这回他没有把灵石掷向炉内，而是亲自站在炉口，把它扔了进去。灵石被扔进去后，木沧没有离开。他翻转手掌，霍地向温度极高的炉口一按，一股强大的熔岩灵力迸发而出。炉口被木沧亲自封了个干脆。

他跃下熔炉，待到半空之时，双臂伸开，大力向炉壁推去，把一股强烈的灵力直接注入到熔炉之内。只见他双手推扶着炉壁，照常理来说，千度高温的炉壁，即便是铸灵师本人也是不能触碰的，然而木沧此刻竟如抚常物，徒手接炉。霎时间，炉内奔腾翻涌，岩浆爆棚。

梵音在外围看得心惊胆战，好一个铸灵师，今日可真是让她大开眼界！

"加固炉壁！"木沧在半空说道，一个翻跃落地。铸灵师们对着炉壁继续施术。不多时，由赤焰盾牌拼接而成的熔炉已经由赤红色变成了暗红色，又过了些时候，熔炉彻底变成了赤铜色。

"如此宝塔般的庞然大物，要不是亲眼所见，怎会想到它是单凭铸灵师的灵力铸造而成的。"梵音心想。

时间漫长地走着，木沧仍旧站在原地监测着熔炉内的变化。铸灵师们没有一刻歇息，仍旧往空中的熔炉内注入着灵力。地上用来阻挡岩浆外泄的赤焰盾牌防护墙也没有撤去。熔炉内的熔浆越见平稳，木沧稍释。

"再过半刻，就可收了这熔炉了。"木沧道。他转身准备离开，可刚迈出一步，停住了脚步，再次抬头往熔炉看去。凝视片刻，木沧的脸色变得僵硬起来。他回过身，走到熔炉正下方，双眉怒蹙。

"怎么了？"梵音在赤焰盾牌防护墙外面问道，谁知话音未落，只听一个清脆的裂缝声传到了防御结界内每一个人的耳朵里，让人心中一怵，陡然而立。

紧接着，砰的一声巨响，熔炉在木沧的头顶炸裂开来。翻滚的岩浆倾泻而下，犹如沸腾的红浆瀑布，直直浇到木沧身上。"佐领！"众人惊声道。

"收！"火隶咆哮道，顷刻下令收起熔岩灵法。

铸灵师的灵法收得过慢，木沧已经被岩浆淹没了。梵音不能再等。一股寒力聚于她手，正当她要出手相助时，又戛然而止，停在半空，恍然不敢置信地默声说道："等等！"火隶显然顾不了那么多，继续动作。"等等！"梵音紧接着又大声制止道。

"等什么等！我们佐领要没命了！继续收！"火隶怒道。

梵音见这态势已是拦不住，火隶的手下纷纷收回灵法，熔浆迅速渐少。梵音半跃空中，拿出重剑，挥剑几个横扫，上百簇岩浆被梵音在空中切断，速度之快，士兵们无一人看清。霎时，岩浆已尽数落下，涌在了赤焰盾牌防护墙之内，足有三四米高。木沧早已被淹没其中，无影无踪。

"第五！你干什么！"火隶冲着梵音怒吼道。

梵音毫不理会，一双眼睛仍旧紧紧盯住岩浆。

"继续！"火隶道！

"我说过了，停手！"梵音厉声道。

"别听她的！"火隶对手下说。

突然，赤焰盾牌所铸的防护墙内的岩浆骤然静止，再无波澜。众人惊讶望去。防护墙内霍然出现一个巨大漩涡，岩浆顺着漩涡卷涌而去，越涌越急，越卷越高，已经要没过防护墙，急涌而出。

"加高防护墙！"梵音下令道。

火隶呆立着看着梵音。"加固防护墙！快！"梵音再道。战士们不再耽搁，立即听命，防护墙再次铸高。

岩浆顺着漩涡急收而去，越来越少，很快又退了下去。众人不再妄动，注视着防护墙里的一举一动。突然,岩浆又高走,喷涌直上,一柱擎天般地射向天空。渐渐地,空中的迷雾开始散去,零星的火光散落而下,熄灭在这漫无边际的冰凉迷雾中。

梵音的心抽紧了:"佐领!"

"撤掉赤焰盾牌防护墙!迷雾马上要散了,不能让军政部以外的人看到这里的情况,快!"一个粗壮的声音从赤焰防护墙里传了出来。

"火隶队长!撤了赤焰防护墙,快!"梵音下令道,"尤队长!外面改换防御格挡术,这里的情况必须保密,分毫不能让外界知道!快!"

"佐领,佐领还活着!"火隶颤抖地下令收了赤焰防护墙,一个壮汉流下泪来。

只见,不远处的空场里,寸土烧为灰烬,已成灰岩。一个强壮的身影站在那里,正是木沧。

"佐领!"众将士大声呼喊。梵音亦是激动得热泪盈眶。

木沧看着手心中的一块碎石,只剩下指甲盖般大小,晶莹剔透,好似淬炼过的宝石,再无黑丝杂质。他定了定心神,转身往外走来。

当他来到战士们中时,已是精疲力竭,再难支撑。火隶见状,立刻上前架住了木沧。男儿泪流了下来。

"干什么呢!大老爷们的,也不怕战士们笑话!"木沧轻声斥道。

"佐领,您快坐下休息。"梵音赶紧道。眼前的木沧,外衣残破,双臂衣衫尽毁,灼伤严重,手如焦炭。

"梵音,你这孩子真是好眼力。"木沧踉跄站住,看着梵音。

原来刚才岩浆倾泻,瞬间没过木沧身体。木沧顷刻间展开近身防御术,并没受伤。但是在一片熔海之中,他也甚难找到赤金石的残石。就在火隶命令手下收复岩浆时,他在一片熔海中发现了晶莹异常的赤金石。

木沧不管许多,冲进熔海。熔海高温异常,岩浆半凝半固,极难行走。木沧发足力气才找到赤金石,抓在手中。见外面火隶还在命手下收复岩浆,他想立刻制止。可此时他周身的防御盾甲已经损伤过半,张口说话极其危险,更不要说大声传话了。

正在这时,忽地一枚极寒凌镜冲破岩浆,蹿了进来。原来是梵音放出凌镜寻找木沧身影。只见那凌镜至寒灵性极强,不畏岩浆高温,晶莹剔透,完好无损,在熔海内飞速穿梭,很快发现了木沧的身影。木沧当下对着凌镜方向开口道:"梵音!叫他们停下!"梵音在外界的凌镜即刻收到传送而回的信息,她立即制止了火隶的动作。

随后木沧灵力全开,凭一人之力,收复起数百名铸灵师战士们的熔岩灵力。只见就在一片熔海之底,拔地而起出现一个极力漩涡。木沧一手持物,一手张开,灵力尽收。待蓄力完成,他转而再放,左手为炉,右手为攻。岩浆之力倾泻而出,尽数攻在他左手中的赤金石上。

这样一来，赤金石受到致命一击，分崩离析。暗黑之力四窜而出，木沧之手再受重创。但他毅然坚守，岩浆之力未停，全力攻向暗黑灵力。最终暗黑灵力被这无尽岩浆吞噬，不复存在，只剩下最后一片晶莹残破的赤金石。

岩浆之力和暗黑灵力最终相抵相消，可木沧这双铸灵师的手却在这两股灵力的冲撞间受到重创，再难恢复。

"佐领，真是辛苦您了！"梵音道，"尤队长，赶快让灵枢过来。"

"别忙活了，我这手怕是好不了了，废了。"木沧坦然道。

"佐领。"梵音道。

"佐领，不可能的，您这双手是铸灵师里面最强悍的武器，绝对不可能有事的！"火隶道。

"我还没说你！你刚才怎么跟第五部长说话的？她让你停，你还不听！"

"我刚才一时情急，第五部长你别往心里去。"火隶堂堂男儿，心胸宽阔，自知有错，当下立刻道歉。

"火隶队长，您快别这么说，折煞晚辈了。"梵音立刻阻止道，"佐领，您的伤回到菱都去定能治好，先让灵枢过来处理下吧。"

"好。"木沧回道。

第五十三章
国正厅的讯号

刚才木沧的一招一气呵成，不仅毁了赤金石，也让盛大的岩浆之力冲破百米高空，分洒而下，与冰冷的山中空气迅速凝结，使其急速升温。那岩浆之力集合了近千名铸灵师的灵力，足可毁一方山脉，木沧仅凭一人操控，把它们纵至高空。数百里迷雾蒸发，渐渐消散。

然而此时的一千铸灵师早已筋疲力尽，再无战斗能力。不断的释放让他们的灵力消耗殆尽。天空上仍然布着一层透明的防御隔挡结界，战士们透过这层结界终于看到了干净的天空，那如影随形的压抑感也跟着消失了。

就在木沧用熔岩灵力冲散迷雾的同时，也让梵音下令，把这方圆几十里的天空用防御术阻隔。

"佐领，防御隔挡术施法完成，外界搜不到我们这里的状况，您还有什么指令？"尤向刚刚从外围也赶了过来。

"暂时没有了，辛苦大家。"

"您的伤势……"尤向欲言又止，"灵枢快过来。"灵枢赶来给木沧医治。梵音要求木沧坐下休息，他却坚持不肯。

"不能让军政部以外的人，知道我们的情况。"木沧道。

"明白。"梵音点头。木沧所指的"情况"，是指今日铸灵师所施展的秘法。灵能者都有属于自己的秘法，在非逼不得已时，不轻易示人。今日，木沧的全部直属部下倾囊而出，可谓是顶级铸灵师极为强悍的一仗。铸灵师以往从不参与军队战争，他们只负责铸造灵器兵器。这次出征，情况紧急，木沧才尽数带来了所属部下，以接应主将。

军政部内只有几位军政要员知道木沧和他的属下有这等实力，外人是绝不知晓的，即便是国正厅也对此一无所知。

"国正厅这次太多管闲事了。"木沧突然道。

"主将出发紧急，阻止不了了。"梵音叹然道。

"哪里没几个细作，我信不过国正厅，还有其他人。"木沧边接受治疗边道。梵音知道，这一仗木沧消耗太大，心情难免不平。

也不知怎的，这次出征，总有一个暗藏的影画屏跟着军队，说是方便联络，但梵音也觉得颇有不便。毕竟作战指挥官不是国正厅的人，军队作战也不是表演，国正厅这样一来，借由注意前线战况为由，大有窥探监视、沽名钓誉之感。

"那影画屏？"梵音问道。

"我早就把它收了，看着碍眼。和部里联络，用我们自己的影画屏还有信卡足够了。当他们通信部有多大能耐，这不也断了线了？不过经过刚才那么一折腾，部里配发的影画屏也被岩浆熔化了。"木沧说到这里有些懊恼，"你身上还有通信的影画屏吗？"

"我都留给贺拔他们了，身上只带着信卡。"

木沧叹了口气，没再多说。

"您先疗伤，我去看看周围的情况。"

木沧点了点头。迷雾渐散，梵音拿出罗盘，上面的指针慢慢转动着，试图找出方向，所幸没和路线偏离太多。

梵音掐算着时间。不能再耽搁了，照理来说如果主将没被迷雾困住，他们应该快到贝斯山北麓了，与他们现在所处的位置足足差出去半日路程。

她转身往士兵的方向看去。照目前的状况，木沧的一千铸灵师是全然不能急速行军了，尤向手下负责大范围防御术的千余人也是如此，剩下的三千人倒是可以继续前行。梵音快速查看着军队的状况，忽然她感觉自己口袋一动。

从梵音追赶木沧的队伍开始，到现在大雾退去，已经过去了一天半的时间。军政部和国正厅都在万分焦急地等待着，然而一切联络就此中断。

"南宫，还没有木沧和第五的消息吗？"北唐穆西不时询问着军机部长南宫浩。

"我已经用咱们的影画屏还有信卡不间断地联络佐领和第五部长了，但是还是没有任何音讯。"

"联络国正厅。"穆西道。

"国正厅的影画屏，佐领那边早就没有使用了。之前的几天，佐领一直把国正厅的影画屏收起来或者抛在离军队很远的地方,几乎没有作用。而这几天,正如您现在看到的样子,国正厅传送过来的讯号也是一片雪花。"南宫浩解释道。

"我知道,但是现在已经过去一天半了。在贝斯山失踪这么久,情况不容乐观,那里地貌环境复杂,讯号中断常见。国正厅那边毕竟有管赫在,让他们通信部再想办法。"穆西道。

"好,我这就去联络国正厅。"

国正厅那边,自从两天前姬仲下令让管赫把最先进的通信设备搬至国正厅广场,管赫就开始紧锣密鼓地张罗着。不出一时三刻,十面近五十米见方的巨型影画屏已经在国正厅的广场上张开了,整整环绕了广场半周,直让人叹为观止。影画屏上,银丝绣线般晶莹剔透,影画屏本身释放出的灵能力就能让人感同身受,如身临其境。

只是这一天半过去了,十面影画屏上几乎满是雪花。菱都的人们早早聚集在了广场前,准备观看战况。他们对发生了什么几乎一无所知。

"听说主将都出去了?"

"去哪儿了?"

"北境啊!"

"胡说八道,主将怎么会随随便便去前线呢?"

"那就是副将去了。"

"对对对,是副将去了。"

"听说北境四分部的人都死了!"

"嘘!小点声!这种话怎么能乱说?"人们七嘴八舌地在广场外议论着。

"你们都给我闭嘴吧!"一个尖厉的声音突然响起,众人吓了一个激灵,回过头看去,只见一个看上去四十多岁的中年女性双手叉着腰站在那里。天寒地冻的,她只穿了个不算厚的薄褙子,腰和身体一样壮,谈不上有什么身段。只听那个女人继续道:"战士们在前线呢,你们这帮没用的混账东西在这里瞎议论什么!"

"看了半天,一个人影都没有,你怎么知道他们在前线?"一个中年男人不屑地说道,他的胳膊被自己的媳妇挽着,看样子是出来置办年货的,顺便逛到了国正厅附近,手里还提着点心盒子。媳妇崇拜地看着丈夫,大约觉得他什么都懂。

"我儿子去了。"中年女人说道,说话的声音突然放低了下来,她一边说着一边盯着屏幕,"好几天也没有回信儿了。"女人的眼睛瞪得越来越大,似要把那广场上的每个影画屏都看穿一样。

"军政部的动向怎么可能随随便便让外人知道,您儿子十有八九就在部里备战呢,哪儿都没去。"男人继续道。

"说着过完初五就回来休息几天的,现在十五都过了,还是没信儿。"女人幽幽道。

"所以说他们在部里备战呢。"

"老公,你懂得可真多。"小媳妇仰慕地说道。

女人不再说话,一旁的男人觉得无聊便转身要离去。"国正厅大过年的排场可真大,就是不一样。你看看这影画屏,比家里的大几百倍,回头我得让朋友帮忙弄个大的,也放咱们新家里。"

"老公的朋友?"

"是啊,我朋友就在通信部当差呢。不用去街上买,他们部里多的是。"

"哇!"小媳妇听到不用花钱,兴奋得眼睛放光。

"为什么要去军政部呢,在哪里学习当灵枢不行呢?平平安安地去灵枢司当个小灵枢不就好了。"女人看着广场的方向,自言自语道。周围的人听她说完话,不自觉地慢慢压低了自己的声音,时不时看向那个中年女人。

"黎儿妈?"不远处人群里,有个女人大声喊道,"黎儿妈! 你在这儿呢?"那个女人快速从人群里挤了过来,来到中年女人身旁。

"戍儿妈,你怎么也来了?"

"戍儿好几天没给家里来信儿了,我着急啊!"说着,眼泪涌了出来。她和先前的中年女人年纪相仿,只是身材瘦了许多,"我让戍儿爸去军政部问了。"

"他们怎么说?"

"什么都没说,二分部的人我们一个都没见到。本想问问贺拔队长的,可是也没见到。"

"是吗?"女人有些颓然,"没事,你家戍儿灵法那么好,都进了二分部,又跟着贺拔队长,不会有事的。"

"我知道,我知道,我就是担心啊。"女人的眼泪还是止不住地流。

"别哭了,让人家笑话了。"说话的男人正是她的先生,"黎儿妈,你怎么也在这儿? 黎儿呢?"

"好几天没信儿了。"女人说着,又看向雪花斑驳的影画屏,"您说,灵枢部不会去前线吧?我黎儿灵法不好,但是,但是医法好得很。他说白泽部长夸了他好几次呢。"女人的话说到一半哽咽住了,最后咬紧了牙关,不再言语。

"都别急了,等着吧,兴许国正厅马上就会发通知了。"戍儿爸说道。

"可是军政部以前从来都不允许说这些的,怎么今天就……"黎儿妈道。

"所以说,你们瞎操心嘛,军政部能有什么事儿? 你们看看,这国正厅不还是喜气洋洋的吗? 红灯笼都没摘下来呢。"挎着小媳妇的男人,转头又回来了。广场上的人越来越多,人声嘈杂,大家都不知道国正厅这般阵仗是要干什么。

"报告总司,军政部的南宫部长要求跟您通话。"管赫的手下道。

"没看我这里忙着吗!"管赫极不耐烦道。他拼命催着手下恢复与北境的联络,但还是毫无进展。影画屏上只能断断续续出现贝斯山的样貌。

"总司,国主问您现在什么进展了。"又有士兵来报。

"我这就过去,让国主稍等片刻。"管赫恭恭敬敬道,生怕耽误了国主的大事,"你们赶紧把北境的情况转接过来! 快! 还有,不止军政部的四支队伍,贝斯山和镜月湖的状况也赶紧给我想办法显示出来,快点! 半个小时不好,你们就别在这儿干了!"管赫的声音突然变得尖厉起来。

"总司,那军政部那边?"士兵小声道。

"闪开!"管赫拨开了自己的手下,急急忙忙往国正厅里赶去。正当他走进国正厅会议室,便听里面传来姬仲的声音:"穆西,你那边也没有木沧的消息了吗? 国正厅这边也断了,我赶紧让管赫想办法。你放心,今天一定恢复通信。"说罢姬仲放下了传声筒,一旁的侍从拿了下去。

管赫愣在会议室门口,听姬仲挂了电话赶忙走了进去。

"外面的状况怎么样了?"姬仲问道。

"啊? 啊,马上就把讯号接过去,很快就好。我还多带了六面影画屏过来,方便您看得更清晰,同时也让贝斯山和镜月湖其他地方的影像一同传过来。"管赫一股脑地汇报着。

"办得不错。"姬仲笑眯眯肯定道。

"是! 属下应该的。"管赫心中长吁一口气,他本以为姬仲会因为他没有及时回复军政部而对自己的行事不满呢,毕竟军政部副将北唐穆西亲自传信过来了。可照现在的状况来看,姬仲并不在意的样子,管赫心中暗喜。"那属下再去看看外面的情况,您稍等。"

"好。"姬仲道。

军政部这边,南宫浩汇报道:"管赫迟迟没有回信,副将。"

北唐穆西双眼合上,过了一会儿道:"不用等他了,我跟姬仲联络过了,再等等。"说罢,北唐穆西独自思忖着,军政部本身的通信系统绝不输给通信部,目前这种通信全断的情况前所未有,当真是他低估了贝斯山恶劣的天气状况吗?

突然,影画屏上传来了咝咝啦啦的声音。北唐穆西定睛望去。瞬间,他双眉紧蹙,急声道:"大哥?大哥?"此时,第一面影画屏上,显示主将北唐穆仁的军队画面开始变得模糊不清。

先前,北唐穆仁把影画屏投掷在高空中,屏幕上显示不出他的行军状况,只能在高空显示大面积山川脉络。可此时影画屏的画面开始变得模糊起来。照当前的状况来看,北唐穆仁几乎要越过贝斯山,来到北麓了。

"怎么回事!"北唐穆西心中大惊。

"国主,影画屏那边的讯号已经连接得差不多了。"管赫再次来报。

"是吗?好。"

"可是……"管赫欲言又止。

"可是什么?"姬仲斜睨道。

"木沧佐领那边,还是看不大清楚。"管赫一副小心慎言的样子。

"怎么回事?快说话!"姬仲不耐烦道。

端镜泊在一旁瞅着眼下的两人,心中暗笑:"装模作样。"

"可,可能是大雾刚散,信号还没有传送得很好,所以,所以木沧佐领那边还没有画面传送回来。"管赫毕恭毕敬地小心道,"其实,其实也不是完全没有画面,我的另一面影画屏已经随着木沧佐领大致的行军路线找到了他们可能所处的位置。只是,现在好像被什么东西挡住了,还不能确定里面的状况。"

"被什么东西挡住了?"姬仲冷言道。

"属下看,有可能是防御术。"管赫低着头。

姬仲沉默不言,呆了片刻道:"你看那边的状况怎么样?有打斗的痕迹吗?"

"应该是没有的,看上去没什么风吹草动,雾也散了,挺太平的。就是有一片区域,我暂且还看不清楚。毕竟贝斯山脉太大,我们能看到的范围也是极其微小的,兴许是找错方向了,木沧佐领在大雾中迷了路也不一定。属下这就继续去查。"

"主将这是快到北麓了?"姬仲看向会议室第一影画屏说道。

"啊……"管赫顿了一下,赶忙快速看去。这段时间他都忙着张罗着国正厅广场上那十面影画屏的事,至于军政部行军如何,他并不清楚。"是,是,看样子应该是的,是快到了。嗯。"他急匆匆答着。

"咱们这就出去看看吧,主将跨过巴伦河,就要到他的四分部境内了,到时候状况还不知怎么样呢。不过,好在没现在这片林海挡着了,什么都看得清。是吧?"姬仲突然对在座的各位笑道，随即收起笑容，头一个起了身，向外走去。严录和姬世贤紧跟在他身后。管赫跑到头里给他引路。

众人也随着姬仲起身，一同往广场走去。当人们刚来到广场外，只见一个通信部的通信员一路疾跑过来，看见领头的管赫忙大声道："总司，不好了，主将那边的讯号断了！"

"什么！"管赫登时回头，"胡说八道！我刚才还在会议厅看着主将的影画屏通信正常呢，怎么一会儿工夫就没了！是不是你们自己把讯号切掉了？"管赫怒斥道。

"报告总司，不是的，咱们这边讯号一切接触良好，所有影画屏都工作顺畅。您看，长信草的经络顺畅无阻，灵植的灵力也饱满丰硕，游刃有余。"通信员指着正在操控影画屏的技术人员们。

"那就是主将那边自己掐断的？"管赫提高了嗓门，让最后出来的端镜泊父子都听得清楚。

"也不是的，总司。如果咱们配备给主将的影画屏被人为关掉的话，咱们部里一定会收到关闭讯号的通知，如同影画屏启动时一样。"通信员认真解释道，生怕遗漏什么。

"废话！这点破事用你给我解释吗？我就是问问！"管赫怒道，面子顿时觉得挂不住了，"那是怎么回事？还不赶紧说！"

"目前还没查到原因。不过所有技术人员都在努力追查了，剩下几张格外的影画屏也尽量显示出了贝斯山脉其他地方的影像。如果顺利的话，即便主将那边的通信出现了问题，我们新发出的讯号也会继续跟进的。"

"那就赶紧去弄！"

"是！"通信员听命转身就走，但又立刻掉转回来继续道，"还有事和您汇报：总司，佐领木沧那边的讯号已经恢复了。"

"恢复了吗？"管赫喜道。

"虽说还是有防御术阻隔着那片地带，我们尚看不清下面发生了什么，不过可以肯定的是，那一定是木沧佐领的队伍。通信员通过强力传感，连接到了佐领的影画屏讯号，只是他还没有开通使用。"

"他不开通，我们就连接不上？"管赫怒道。

"照理讲是这样的。"

"再去想办法！"

"是！"

管赫直想大骂一声"滚"，可最后还是忍住了，他回头看了看众多指挥官们，这不是让他在各位总司面前丢脸吗？想着想着,管赫就气不打一处来。

"国主,您先过来。唐西那边的画面已经连接好了,您同样可以视察战况。"

姬仲眸光深邃,往其中一张影画屏处走去。其他人也跟上国主的步伐。

"黎儿妈,你快看,那张影画屏上是不是显示出军队的样子了？孩子他爸,你也快看啊!"人群中,一个女人大叫着,正是戍儿的妈妈。她的声音早就被淹没在人海里。

"好像是,好像真的是!"戍儿爸爸也大声道。

"是吗？是吗？但是看不到战士们的样子啊!"黎儿妈在一边喊着,一边使劲抻着脖子往前张望。

"战士们的速度太快了,我们不可能看得到的,除非指挥官把影画屏直接挂在队伍正前方。可是这样的行军速度,他们怎么可能一直挂着它呢。"

"那这是?"戍儿妈问着。

"应该是影画屏讯号开着,直接传送过来的大概地貌的信息,但士兵的真实行军状况,影画屏不能直接映射回来。"戍儿爸给两位妈妈解释道。

"这么说,军政部真的派人去北境啦?"旁边有位大叔也凑过来问道。

"是。"戍儿爸点点头。

"妈,你快过来,听说今天有军政部的什么直播在国正厅广场呢。妈你快看! 真的有影画屏在啊! 哇! 好大啊! 一二三四……有十个,妈妈! 快过来看看啊!"一个八九岁的小男孩一直领着自己的妈妈往人群里面冲。

"当兵的有什么好看的,赶紧回家!"少妇不耐烦道。

"不! 我就要去! 我以后也要去军政部!"男孩倔强道。

"你敢! 看我回家不让你爸揍你!"

"爸爸说了,他也马上过来看。那,刚给我传信卡过来了,你看。"男孩摇晃着手里的信卡,冲着妈妈做了个鬼脸。

国正厅广场前聚集的人越来越多。大家都想看看传闻的主将是不是真的去了北境"前线"。一半是仰慕,一半是憧憬。民众们从来没有正式看到过军政部与外敌交火的战况,这是严禁外传的军事秘密。大家只知道有北唐一族镇守的东菱国从来没有受到过任何外族入侵和威胁,他们的军政部是战无不胜的。无数年轻男孩都憧憬着去军政部从军,那是一件至高无上、无比荣耀的事。

此时的梵音正身处贝斯山脉中段,连续两天的迷雾终于在木沧的强力驱散下消失了。梵音查看着军队的状况,目前已有两千人不能跟上队伍接下来的行进速度了。这时,梵音感到口袋一动。她伸手摸去,正是信卡,只见上面写着一行刚毅的字体:"梵音,收到讯号了吗?收到即刻回复。"落款,北唐穆西。

梵音登时眼前一亮,对着木沧说道:"佐领,讯号恢复了,我收到副将的来信了。"

"快,联络军政部。"木沧一同喜道。

"副将,我是梵音,我是梵音,收到您的讯号。我现在和佐领在一起,一切正常。赤金石已被佐领毁掉。收到请回复。"

很快,军政部那边收到了梵音的话音传信,在座的指挥官们终于松了口气。崖雅的眼泪一下子喷了出来,可立马又用双手捂住了小脸,瘦小的身体止不住地打战,终究又忍了下来。

"爸爸,小音她没事。"崖雅小声说道,生怕影响了指挥官们。

"嗯。"崖青山用力抱了抱女儿。

"赤金石!"在听到赤金石三个字时,北唐穆西脸色一变,紧接着道,"你是说那蕴藏暗黑灵力的晶石是赤金石?"

"是的,佐领在铸炼晶石时发现的,说那东西就是赤金石。"梵音文字解释道。北唐穆西刚刚的话是通过信卡转变成文字显现在梵音手中的。梵音料到,副将似乎有密语要讲,便不再口述传信,转而为字。

"梵音,赤金石之事再不要与外人提,代为转告木沧!等与主将会合后,再与他商讨!"北唐穆西随后在信卡上写出如此一行小字。梵音看过,心中虽有疑惑,但转而收起,不再多说。

"梵音,这两天你们那边什么情况?影画屏还能用吗?"北唐穆西瞬时换了话题。

即刻,梵音回道:"副将,这两天贝斯山中段起了迷雾,切断了所有通信功能,现在刚刚恢复。我的影画屏留给了贺拔他们,佐领的影画屏在刚才销毁晶石时损坏了。现在我们这里只剩下一个通信部的影画屏。"

北唐穆西听到这里即刻明白了梵音的意思,木沧他们定是动用了铸灵冶炼秘术才销毁了赤金石。这种秘术必不能与外人道。但赤金石一物,怎么会出现在灵魅手中?北唐穆西心中急速思考着。"你们那边状况怎么样?还有多久可以去掉防御术?"

不出一刻,梵音给了回信:"再过半个小时佐领的灵法痕迹将彻底消失,我们也会开始往北麓前进。"

"一切注意安全。"北唐穆西道。

不多时,梵音和木沧准备开拔。然而照现在的状况来讲,他们不得不分开行动了。就在梵音和木沧商量着行军计划时，梵音的口袋再次扭动起来。她拿出信卡，速读：梵音，你们那边的防御术可以撤掉了吗？

"已经可以了，有什么事吗，副将？"梵音问道。

"主将那边的讯号断了。"北唐穆西道。

"什么！"梵音和木沧一惊，"主将那边的讯号怎么可能中断呢，我们这边都早早恢复了啊？主将最后一次传送的画面不是快到北麓了吗？"

"现在还不知道情况，但无论是军政部还是通信部都得不到主将的信息。所以我急需和你们面谈，如果可以，那就开启通信部的影画屏。"

北唐穆西话落，南宫浩说道："副将，国正厅已经把影画屏架到了国正厅广场上。如果您现在和佐领他们联络，那所有人都将看到了。"

"无所谓，他们那点把戏，影响不到军政部。军队出发前，我已经通告过姬仲不许干扰军政部任何一个士兵行军。所以他们国正厅现在只能看到梵音他们传送过来的画面，而不能进行通话。军队那边和他们更是毫无连接，完全不会接收到国正厅那边的影像和信息，军队只负责直接对接军政部。"

"但如果您和第五部长通话了，作为第三方观战的国正厅是同样可以听到的，那样安全吗？人多眼杂，何况现在国正厅外已经聚集了大量市民。"南宫不安道。

"我有分寸，毕竟梵音身上还有信卡在。南宫，你现在就去国正厅。"

南宫稍想，立刻站了起来，带着自己的纵队长火速离开了。"您有事随时和我联络。"出门前，南宫说道。

"好。"

这时，梵音那边传来声音："副将，我们这边已经离开了刚刚的地方，现在可以与您对接了。"梵音所说的"刚刚的地方"就是木沧动用铸灵冶炼秘术的地界。

"好。"北唐穆西话落，一张信卡默默在梵音手中展开，上面写着：切记，不要提及赤金石一事。此话正是北唐穆西与梵音秘传。

片刻，影画屏上出现了梵音的模样，木沧正站在她身旁，此刻木沧的一身伤情破损是再也隐藏不住了。尤向和火隶也站在一旁。

北唐穆西看过木沧的样子，只在影画屏这边对他点了点头。木沧会意，眼神微动。两方交流过半，北唐穆西大致了解了梵音现在所处的地理位置，距离贝斯山北麓至少还要七个小时的行程。但现在军队的状况，根本不可能达到那个速度。

"梵音，你们现在不能操之过急，军队不能再这样消耗下去。"

"我知道，副将。我们现在调整了行军速度，没有再过度消耗。"梵音边走边说。之前她想让木沧带领刚才战斗的两千战士跟在他们的队伍后面，不要再有急性消耗,可这一计划被木沧坚决否定了。梵音看到佐领严峻的神情,也就不再多劝。

待听到主将失联的消息后,木沧更是主动加快了行军进度。

"副将,主将那边到底什么情况?先不要管我们了,我们这边没事。没伤筋没动骨,没死人。"木沧横插一句,生硬道。

"失联有一刻钟了,在北麓附近。"

"到巴伦河了吗?"

"没有。"

巴伦河是围绕在贝斯山北麓全线的川流河脉,绵延千里,与贝斯山同起同隐,好似贝斯山脚下的透明玉带。贝斯山的连年积雪化水后都会流进巴伦河中。虽说巴伦河总长超过三千里,与河对岸的镜月湖城却距离不远,最近的河道横宽只有五六里,远远可以望见镜月湖城。

由于贝斯山常年低温,一年中有半年巴伦河上层都是结冰的。镜月湖城的人经常滑着雪橇来到贝斯山采摘打猎,游玩嬉戏。现在这个时节是整个北境最冷的时候,巴伦河上的冰层也是最完整、最坚固的。

"再等等,希望通信部那边有消息。"穆西道。

不多时,南宫浩到了国正厅。

"啊,南宫部长,对不起对不起。刚才我忙着连接咱们军政部的消息,一时间忘了回复您,您怎么还亲自过来了!"管赫看见南宫浩,立刻客气道。虽说管赫是总司,但南宫浩比他年长几岁。

"不要紧,副将想着您这边的通信状况更好,就派我过来一同关注,也好第一时间向他汇报通信进展。"

"是是是,我们也在抓紧时间设法联络主将呢。早知道我们应该在军政部再加一个影画屏,方便和国正厅直接沟通的。"

"国正厅的状况我们都了解,有传声筒和信卡足够了,重要的是身在前线的主将。希望你们通信部能比我们军政部快一步联络到主将。"南宫懒得和他打哈哈。

"好,那我马上再去看看!"管赫边说着边直起了腰板。

就在这时,国正厅广场上的十面巨型影画屏刺啦一声全部变成了白色雪花纹,刺得在场众人耳朵一疼,市民们也纷纷捂起了耳朵。

军政部里同样是如此状况。"梵音!"穆西手心一摁,一片信卡立刻传了出去。

"副将?怎么了?"梵音即刻回信道,显然她还不知道东菱这边的状况。

穆西收到梵音的回话,心中顿时一轻,在座各位都不免松了一口气。"你那边有什么异常状况吗？通信部的影画屏再次中断了。"穆西道。

"没有，这边没事。副将，如果迟迟没有主将的消息，我想先率一小部分急行军，往前追查。"梵音请示道。

"再等等。"

"无论如何，我们都要确保主将的三千人马确实跨过巴伦河。如果主将的先锋队再有损失，那么我们这次出征的一万人马将全员失去主攻战斗力，副将。"梵音再次申请。

"至少再等等国正厅通信部那边的状况，南宫在那边。"

"好。"

北境这边，梵音和北唐穆西简短沟通完毕，转身看着木沧，开口道："佐领，您现在的状况不能和我一起疾行。一旦确定主将失联，我要先您一步离开，还希望您同意。"

"我不同意，你一个人绝对不行！"木沧上来就打消了梵音的念头，"先前你为了追赶我，已经消耗大半体能，再这么下去你根本吃不消。更何况，你的体能不可能强过我和尤向，我们之中，你是最不合适的。"

"您现在的状况怎么继续追赶？您的灵力接近透支。"梵音压低了嗓子，即便现在没有任何通信工具连接着，她仍保持着警醒，"佐领，您和您的一千铸灵师根本不可能在短时间迅速恢复灵力和体力。而我不同，在之前摧毁赤金石的战斗中，我根本没有参加，为的就是保存自己的体能，恢复灵力。现在没有一个人比我更适合，包括尤队长。"梵音目光尖锐，直言不讳。

木沧心中顿时一惊：这女孩小小年纪行事就如此敏锐周全，完全不输参谋部的人。她毫不介怀地说出自己为了恢复体能而少参加防御和战斗，胸襟坦荡，好一派将才之风。木沧心下生出几分对梵音的敬佩之意。

"佐领，请您相信我，我一定能完成任务。"梵音看木沧神情动摇，紧接着跟上一句，这么一说，反让木沧不好回绝。"如果通信部也不能及时联系到主将，那我们必定要通过通信部配发的影画屏和军政部取得最直接的沟通。到时候，国正厅那边也就可以一并看见我们的行军状况了。人多眼杂，佐领。我们必须达成一致。"

梵音言之凿凿，木沧也快速作了定夺。目前，只能照梵音说的办。"不过，"木沧开口道，"你一个人肯定是不行的。我的一千人动不得，尤向带领的一千人参加了持久的防御，也难提速度，但还有三千人无碍，你带上他们走。"

"佐领，刚刚副将和我影画通信的时候，我刻意回避了咱们的战斗状况和军队状况，为的就是不想让那些坐在国正厅里的人知道太多。您这样一来，不等于昭告天下我们的实力受损吗？更何况我根本没打算让……"

"国正厅那帮酒囊饭袋，让他们知道了又怎么样？难不成指望他们来想办法帮忙吗？"木沧打断了梵音。

"可是……"梵音话头刚起，只听刺啦一声，刺得人耳膜生疼。木沧等人下意识地用手捂住了耳朵。梵音蹙起秀眉往半空看去。只见通信部配发的影画屏在空中闪耀两下，上面显出画面，正是军政部会议室。

"通信被强行恢复了。"梵音心中暗道。这次影画通信并没有经过梵音这边的同意操作，就自行成功连接了。换言之就是通信部强行接通了军队和军政部的讯号，当然也包括第三方观战的国正厅。

"副将，影画恢复了。"梵音看了眼，心想：既然如此，那也无妨。

"是。"北唐穆西道。

"主将那边呢？"梵音道。

"没有。"穆西道。

梵音嘴上没再多说，心里也知道不能再等了。

国正厅广场上，管赫身形匆匆地从远处赶过来，焦急地向国主汇报道："报告国主，唐西和木沧的通信都已经恢复了，可是主将那边还是没有动静。"

"你的影画屏怎么回事？"姬仲淡淡道。原本亮相广场上的十面巨幅影画屏好不气派，可现在能显示的却只有三个。其他七个嘈杂一片，雪花漫布。

"这是因为，贝斯山的环境恶劣，讯号不好对接，所以还需要再等等。"

"那就让它们安静！"姬仲的话从牙缝中挤了出来。

"是！是是！属下这就去办！"管赫满脸涨红，急忙转身。

"慢着！还没有联络到主将，我要赶紧和军政部通话！你的破设备回家鼓捣去吧！"姬仲极其不满道。话未说完，已经有侍从给姬仲端过来了与军政部专属通信的面谈影画屏。

"副将，国主要和您直接面谈。"南宫手捏着信卡传了信回去。

很快两方对接，姬仲表情严肃道："穆西，我们这边目前仍然无法联络到主将，你们那边怎么样？"

"我们也没有。"穆西回道。

"这样下去不行啊！主将怎么能失联？"姬仲急道，话中带怒。

"国主！属下无用！请国主责罚。"管赫哈着腰，大声道，大得连隔着影画屏与军政部通话的木沧他们都听见了。

"副将，我想负责追踪主将先行军，请您下令！"梵音突然高声正言道。

姬仲从国正厅广场上的影画屏里看到了梵音，梵音他们是看不到国正厅这边的状况的。行军中的影画屏只负责直接对接军政部而已。姬仲张口道："我看这是个办法，总不能让军政部的主将也下落不……"话到一半，北唐穆西挂断了姬仲的通信，面色甚重。

姬仲这下被好一顿无声抢白，心中顿时咒骂："北唐穆西！敢不把我放在眼里！混蛋！"

第五十四章
鹰眼千面

"梵音,你即刻带领五百战士,赶往贝斯山北麓,查到主将行踪后立刻来报!"北唐穆西下令道。

"是!"梵音身形立正,领命道。

"菱都这边关于贝斯山北麓的所有影画屏和通信都断了线,梵音,你一路领兵过去千万小心。"北唐穆西嘱咐道。

"梵音,你带着这块影画屏走,好随时与部里联络。"木沧在梵音身边道。

"这东西,分我一半就够了。"梵音说着,接过了木沧给她的巴掌大的影画屏。她顺手一折,影画屏被她撕成两半。

"你这是?"木沧不解。

"这东西好用得很,可大可小,现在咱们两个人手一个了。副将,是不是这样?"梵音问道。不止军政部,国正厅广场上的影画屏里,也出现了两个一模一样的画面。

"是,我看得到你们两个。"穆西道。

"哦,天啊,这个人要干什么? 这么昂贵的东西,她说扯烂就扯烂了,真是,真让人无语。"国正厅这边,管赫道。

"你还能指望她想出什么好主意?"管赫身边,一脸青黑煞气的狱司长裴析说道,他的样子十足病态。"主将现在联络不到,佐领怎么看都是受伤了。现在凭一个外族女人能干成什么事!"裴析沉重地看着影画屏,言语讽刺苛刻,"狗急了跳墙而已。"裴析话音刚落,一阵嘻嘻声从人后传了过来,正是胡妹儿。她见有人回过头来,加快了步子,来到人群的最外层。

"夫人,这么冷的天,您怎么亲自过来了?"管赫看见胡妹儿立即应承道。

胡妹儿白里透红的脸，岁月也挡不住她的妖媚。她略一俯身，客气笑道："国主一人在外面，我不放心，得出来陪着他。"说着，她已经走到国主身前，伸手为他披上了一件斗篷。"冷了吧，也不知道给自己加件衣服。"顺势挽住了他的胳膊。"什么狗急了跳墙？一出来就听到你们这么说，我刚才失礼了。"

"您没听错，说的就是那个女的。真不知道主将是怎么想的，为什么不派本部长去前线？那个外族货色算什么东西。"裴析言语中对梵音的排斥戾气越加浓烈。国正厅在场之人并不知道北冥此刻的状况，整个军政部自北冥从辽地回来后，就紧急封锁了他身中狼毒的消息。即便是被他救回的莫多莉，军政部也要求她只字不提。

"我们主将有什么安排，那是他和我们一众指挥官共同决策的，轮不到你插嘴！裴析，你嘴巴给我放干净点！再敢对第五部长不客气，我就办了你！"南宫浩四方的脸涨得通红发紫，豪声怒道。

"你说什么！"裴析双眉直立，猛地转过身来，看着南宫浩。

"我说你！"南宫凛凛铁面，毫不退让。

"好了！看看你们像什么样子，还有没有点军政部稳重的做派！"姬仲突然放声道，那声音直接传到广场外民众的耳朵里，"主将只是暂时失踪，军政部里面定不会出什么乱子，你们别在这里瞎嚷嚷。"南宫听罢，登时怒气上头，这个姬仲说话真会挑时候！

姬仲此话一出，原本不明情况的民众们似乎越来越知道事情的来龙去脉了。人们心中开始有些忐忑不安。

"主将真的出城了？"有人说道。

"是啊，没听国主都那么说了嘛。"

"主将在北境失踪了？怎，怎么可能呢？"

"那本部长呢，为什么一直在影画屏上没有看到他，他人呢？他们父子俩不会一起失踪了吧？"

"北境的事，怎么让咱们菱都出兵了呢？难道说，他们自己都搞不定了吗？听说北境的四分部很大的呀？"

"天啊，那个影画屏上的小女孩是军政部二分部的部长吧？"

"什么？那个小女孩是部长！怎么可能？"

"你连这个都不知道吗？她不是咱们东菱人，听说是九霄人呢。"

"谁说我没听说过，我只是不知道，军政部竟然有这么年轻的女指挥官，这，这太不可思议了！兴许你是弄错了吧。"

"不可能弄错，虽然没亲眼见过军政部里面的人，可是名字还是听说过的。而且刚才影画屏里面,她不是和副将通话了吗?"

"可不就是她嘛,刚才我凑到最前面去,听说狱司长对那个什么第五第六的很不满意呢,说一个女人怎么就上了战场了,还是个女娃。"民众繁杂的声音越来越盛。

"天啊,一个小女孩能干什么!军政部真是荒唐,军政部没人了吗?"有些中年糙汉开始极度不满起来,"这些个当官儿的,成天吃喝拉撒,屁都不管!真是恶心人!"

姬仲站在广场正中央,看着场下人们越来越躁动不安的情绪,他的心情反而更好了,一副泰山压顶我自岿然不动的风姿。他暗喜道:让民众看到此时军政部狼狈不堪的样子,真是太对了。这世上,能保护东菱子民的不是什么军政部,而是我运筹帷幄的国正厅。

姬仲刚想大声呼喝,让民众安静。一席振奋人心、大气磅礴的话他都憋了半辈子,终于可以冠冕堂皇地喊出。谁知影画屏那边突然再次传来了动静。

"副将,让部里再找出通信最完善的所有影画屏,与我这半面对接。"梵音沉声道。

只见梵音双眼微合,气沉丹田,灵力渐收。原本的周身寒气,现在彻底消失了。银丝般的短发从耳际垂了下来,上面的冰霜已经化得无影无踪,黑色的直发顺着她的脸,荡在脸颊两侧。她看上去不像是个军政部的士兵,更不像是个指挥官,而是个安静的普通少女。

"等一下你们只管跟紧我。百人一组,分为五组。如果有人掉队,你们就按着我沿路做下的记号跟上,切记不可莽慌。知道了吗?"梵音仍旧闭着眼。

"是!部长!"战士们齐声喝道。

即便听不到,梵音也能感受到战士们强有力的应答,点了点头。少时,穆西已经又连接好了三面影画屏在军政部,他还不知道梵音要做什么,只得静观其变。

"她能干什么,哼!"管赫在一旁冷笑道,心中腹诽。

"梵音,副将那边已经准备好了,你预备怎么做?"木沧在一旁说道,此时梵音睁开双眼。

"剩下的,我来。"梵音干脆道。只见,一抹璀璨的华彩从梵音双眸中划过。

"跟我走!"话落,梵音消失在山木林海之中。

五百战士,紧随其后。"果然是尤向挑出来的人,好身法!"梵音心中称赞。

这时,只听梵音朗朗一声:"鹰眼!开!"

瞬间,就见千万面凌镜出现在梵音乌黑的瞳孔中。冬日之下,她的眼睛竟变成了星河般光耀夺目。

这时,只见贝斯山万里山脉中数以亿计的苍树冰挂和梵音的双眼遥相呼应。冰挂晶莹剔透,长长短短,坠在浩渺林海,好似冰国银海,形成了一束束浑然天成的凌镜,映照着这万里山河。

一道犀利鹰隼般的眸光从梵音双眼射出。瞬间,这数以亿计的影像透过林海冰挂,重重叠叠,反折相间,尽数收在梵音眼底。

此时,梵音的眼睛里透射出千百幅画面,百里间的影像也不过是在几秒内清晰地划过梵音眼底。她的眼睛好像那焕灿的宝石,晶莹剔透,早就让人分辨不出到底是冰挂的折射让她的双眼变成了钻石模样,还是她的瞳孔真的化成了冰晶的纯色,透明无瑕。

"看见了吗?"只听梵音清脆的声音在冰凉的空气中响起。她这话是讲给北唐穆西听的。就在梵音用眼睛极速收集着这贝斯山幅员万里的影像,再与影画屏的灵力对接后,她便一口气把影像通过影画屏传送给了军政部。

北唐穆西坐在会议室,腾地从椅子上站了起来,只见他双眸汇聚,紧紧盯着影画屏。不仅是他,所有在座的指挥官都站了起来,他们难以置信眼前看到的一切。贝斯山的所有状况正在被梵音用双眼极速传导回来。

"副将!"梵音再次喊话道,这是北唐穆西由于惊讶过度第一次失了镇静,忘记了及时回馈梵音。

"我收到了。"北唐穆西赶紧道。

"您增加了几面影画屏?"

"三面。"

"还不够!"梵音定声道。她那双眸只掠过浮于半空的影画屏,便悉数获得了军政部中北唐穆西的指令。

就在这时,国正厅广场上,其余断片的影画屏里突然发出了细小的"嗡嗡"声。人们不知不觉间屏息凝视着映照出梵音画面的那个屏幕,嘈杂声眼见小了下去。他们看见了梵音此刻幻化出的犹如珍宝般的双眸。

忽然,"嗡"的一声乍响,振鸣国正厅广场一周。只见,原先一片花白的七面巨型屏幕赫然间同时亮了起来。无数清晰的贝斯山影像被飞快地传递回来。

"第五!"南宫忍不住叹道。

"副将! 我现在要快速把视力范围收编在三百里之内,您帮我确定出主将有可能消失的范围。"梵音大声道。

"好! 你随时听我指示。"穆西道。他即刻通过梵音传递过来的影像结合贝斯山地形与会议室的指挥官们商讨起来。

广场上,人们瞠目结舌地看着那十面巨型屏幕。它们好似一幅幅连绵不断的通天画卷,映照出他们从未去过的极北之地——贝斯山。那是天寒地冻,人迹荒芜,万物退隐,茫茫无际。

只有一支军队在冰海雪原上不惜一切地奔波,仿佛不困不乏。广场上,人们的手不知不觉地攥在了一起,似乎是贝斯山的寒意透过屏幕直接传递到了他们心里。

"她……还是个孩子吧。"有人喃喃道。身旁又有声音缓缓响起:"他们,还都是孩子吧。"年轻的士兵们大都二十出头,还有些只有十八九岁。说话间,人们的两腮竟都不知不觉地酸涩起来。

"她是军政部二分部的部长,第五梵音,是我儿子的部长。"一个纤瘦的中年女人挽着自己的丈夫用自己能给出的全部勇气,坚强地说道,"她是我儿子见过的最好的部长。"

人们朝这个母亲望去,想说的话却憋在了心口,跟着齐齐看向了那奔波在凛冽中的军人们。

姬仲看着眼前的一切,只觉怒火中烧。原本准备好的慷慨激昂的词儿,被梵音弄的这么一出狠狠地卡在了嗓子眼儿,没机会说了。

忽然,梵音左手一个侧拉,一柄寒冰刺棱刃出现在她手中。她轻轻一跃,跳上树梢间,战士们紧跟她的步伐,一同跃在树上。梵音运足气力,提剑猛地向前一挥,一股灵力倏地从她剑尖击出。霎时间,冰挂成路,枝干相连,一道三四丈宽的冰路赫然出现在半空林间。梵音用她的灵力凝结了冰雪,铺出了一条疾行冰道,一路向前,倏地延展开来。

"收敛灵力! 跟上!"梵音下令道。

"是!"

只见战士们与她像闪影游龙般,呼啸而过,越奔越快,影画屏上早已显示不出他们的样子。足踏之后,冰路便消失了,不露痕迹。她这般做法不仅帮士兵们节省了体力,更帮他们最大限度地保存了灵力。

"部长! 我们跟得上,您不用这样。"带头的尤向手下一番组组长查布道。

"这里距离北麓还有将近两千里,你们耗不到那个时候。"梵音道。

"可是部长你……"

"我没事,你们跟上便可。"

一时三刻过去,梵音和士兵们的速度分毫未减。虽说他们距离北麓只有不到两千里,但贝斯山东西幅员七八千里,南北也有四千里,想要在这里找到失踪的主将,犹如大海捞针。

北唐穆西在军政部中不停地为梵音缩小搜查范围。她的鹰视也越来越集中,直到收缩至最后的三百里范围。

又是一个多小时过去了，梵音的眼睛开始感到疲惫。她忍不住闭了两秒，两行酸涩的泪水顺着她冰凉的肌肤流了下来。就在她合上眼的时候，东菱这边的影画屏也跟着黑了起来。

"部长，您还好吗?"紧跟在她身旁的查布注意到了梵音的动作。

"没事，休息一下就好。"

片刻，影画屏又亮了起来。虽然只有短短两秒，可这足以让在广场外观看的民众们心里一悬。随即，听到一片喘息之声，大家松了口气。

这时，严录走到姬仲身边低声道:"国主，刚才有民众说，想到广场上看军政部的，"说到这里，严录顿了一下，紧接着跟道，"想看北境的情况。"

姬仲犹疑地嗯了一声，说道:"他们懂什么! 让他们看就不错了。"一改他之前积极的态度。

"是! 属下这就去回了领事人。"领事人是菱都各个街区的发言人，他们定期会把民众反馈的一些意见和建议提给国正厅。姬仲随即不再过问。

两个多小时过去了，梵音的搜查一无所获。她中途甚至又再次扩大了搜查范围，但还是毫无进展。就在她开始怀疑是否是路线的问题时，忽然，一道黑影出现在她视线里。

梵音没有停下脚步，而是继续前行。与此同时，她加强了对天空的勘察。不多时，又一道黑影飞过天空。梵音心中暗道:"鸦?"虽说冬天，林间也有数不尽的鸟儿，但像刚才那两只飞得如此之高的乌鸦，梵音还是第一次见到，高得几乎隐没在天际里。

梵音不作声，又过了一刻钟。这期间，天空上又接连出现了六只乌鸦。"一样的?"梵音心中暗道不妙。凭她的眼力，这世上的万物都能被她分辨出不同，哪怕是一模一样的雪花，她也能看出伯仲，更不用说几只乌鸦了。即便是通体黑羽，对她来说也是片片不同，但偏偏这八只乌鸦，梵音看了个底儿掉，也是一模一样。然而如她所料，即便她身边跟着的是尤向旗下最精英的战士们，也是对此毫无察觉。

突然，梵音抬起右手，做了个停止行进的动作。

"怎么了，部长?"查布道。梵音用手语做了个噤声的动作。查布立即传达给手下所有官兵。

梵音看着眼前自己随身追踪用的一枚凌镜。不一会儿，只见那八只乌鸦渐渐盘旋至梵音头顶的高空。

一柄寒冰短弓不知何时已经亮在梵音手中，就在这时，梵音抬手一射。只听倏的一声,四支箭齐齐射出,待箭尾离弦后,瞬时弓中又化出四支利箭,紧随而出。战士们这时才顺着梵音弓箭的方向往天空望去。只见,空中盘旋的八只乌鸦同时中箭,噗的一声从天空直直落下,正中梵音脚面。

梵音闪开,俯下身看着乌鸦们的尸体道:"查布,你刚刚看见这八只乌鸦了吗?"

"没有,属下没注意。这乌鸦有什么问题吗?"

梵音摇了摇头,指尖多出一枚短镖,抬手就往其中一具乌鸦的尸体戳去。只听清脆的一声,短镖从乌鸦的尸体上弹了开来。

"这!"查布吃惊道。等他们再定睛看去时,发现地上那八只乌鸦统统变成了石头。"这怎么回事,部长?"

"我们进了幻术区。"梵音虽不愿相信,却也只能面对现实。自从她看见第一只乌鸦起,她就知道了。当时她还抱有一丝侥幸,想着也许自己能带着士兵冲出去,可十五分钟过去了,她知道,她没能破了这幻术。

"您说的难道是灵魅的灵法,暗黑幻术?"查布虽为士兵长,但对灵魅的暗黑灵法也只是有所耳闻,并未真正见过。

"没错,幻术是灵魅最常用的暗黑灵法之一。它会在不知不觉中把人类困在一定的范围之内,好像鬼打墙一般。如果破不了这幻术,我们就出不去,除非施术的灵魅自己撤了幻术。"

"您的意思是,我们周围有灵魅?"

梵音摇了摇头:"应该没有。"梵音指着地上乌鸦化成的石头道,"如果灵魅就在附近,他们是不用借助傀儡来施术的。然而咱们眼前这几块石头,明明就是灵魅施术用的傀儡的掩体,真正的傀儡是只乌鸦。他们通过乌鸦来施展幻术,为了不让我们找到真正的傀儡乌鸦,他们也为乌鸦本体幻化出了掩体,这些看似是乌鸦的石头,就是他们的障眼法。"

"您要联络副将吗?"

"你们刚才听见鸦叫了吗?"梵音问道。

"鸦叫? 听到了。"

"什么时候?"

"大约一刻钟前。"

"晚了,"虽然梵音早就猜到了答案,但还是不死心,想再次确定一下,"我们已经同时中了他们的幻术,进了这片幻术区,我们就与外界隔离了。想来,主将也是路过这一带时误中了幻术,才与我们失联的。"

"同时中了幻术?"查布不明白梵音的意思。

"幻术是通过人类的五感让我们中术——视、听、嗅、味、触。照目前的状况来看，林野空旷，气温骤变，嗅、味两种方法是行不通的。触觉也没有，一路上我们根本没碰到灵魅，哪来近距离接触。最后唯剩下两种方法能让我们中术，那就是视觉和听觉。"说到这儿，梵音叹了口气，"都怪我大意了，太过依赖这双眼睛，减少了防范，让他们有机可乘。"

"您的意思是，您是通过视觉中的幻术，而我们是通过听觉?"查布恍然道。梵音点了点头。

"没错，视觉范围不容易让每个人都轻易看到，听觉却不一样。只要你们不是聋子，那乌鸦在高空一叫，你们便能轻而易举地听到，随即中了幻术。"

梵音边说边分析到，灵魅是在远程操控了这乌鸦，才在此地布下了幻术结界。这样不损他们的一兵一力就可以困住东菱的兵力，拖延时间。

"当务之急，我们要尽快找到那只真正被远程操控的傀儡乌鸦，射杀它后才能破了这幻术。"

"是，部长!"查布道，"但我们要不要除了乌鸦也连带别的可疑动物一起搜查呢?"

"不用，这世上灵魅仅能在乌鸦这一种生物上附着灵力，其他任何人或者动物在接收到它们的灵力后都会不堪其重而猝然死亡。唯有乌鸦这种生物可以和灵魅的暗黑灵力共生共存，因为乌鸦天生具有吃腐食的习惯，所以它们是唯一可以和灵魅亲近的活物。"

"也就是说我们所在的这块地方，有只带有灵魅灵力的乌鸦，对这块地界施展了幻术，把我们困在了这里。"

"没错，我们要赶快找到那只乌鸦，并且杀掉它，这幻术也就破了。"

"是。"

"现在，我还不能确定这幻术的区域和力量到底有多大，所以我们不能贸然分开。吩咐下去，让所有人打起十二分精神，见到乌鸦全力射杀。"

"是。"查布领命。

梵音一路搜查。"扑棱棱!"只见一大群乌鸦从森林里轰然而起，黑压压一片，遮住了头顶的半面天空。

"动手!"梵音一声令下，长镖短箭、灵力剑气纷纷向空中射去，乌鸦们噼里啪啦地从天上掉了下来，足有上百只，看得直让人恶心。然而这里面没有一只是要真正射杀的傀儡乌鸦。

接连又是几次，每每一片乌鸦惊起，都会骇到一旁的战士们，包括梵音在内。虽说乌鸦谁都见过，可这里的乌鸦神出鬼没，群起而攻。从先前的近百只到现在的近千只，黑鸦漫天，愈积愈多，恨不能翅羽交错，密不透风，看得人不由得头皮发麻，胃中翻滚。它们有的俯冲戳人眼球，有的啄人头皮，弄得人一惊一乍，神经紧绷。

几次攻击下来，梵音都备感被动。纵然她已经使出全部鹰视，万千冰挂倒映着乌鸦的黑羽，一览无余，却仍未发现丝毫破绽。问题到底出在哪里？她心中越发急躁。

梵音干脆让战士们彻底停下了搜索的脚步，这时候她需要冷静地分析，而非冒进，她要准确地判断出傀儡鸦应该出现的地方。

"部长。"查布看出了梵音的心思，他虽不是梵音的直属部下，却也是相当优秀的指挥官。现在这个时候，他们需要尽快找到办法，禁不起耗时拖延。"这鸦群神出鬼没，确实让我这个大男人也觉得心惊胆战，我们本应该提早预防，但不知怎么总是慢了半拍，被它们弄得措手不及。"

"慢了半拍……"经查布的一番话，梵音终于想到了问题的关键，"你说的没错，问题就出在这里了。"

"什么？"

"乌鸦每次突袭，我们都慢了半拍，照理讲这行不通。"

"确实，我们不应该一点警觉都没有，每次都被动出击。"

"没错，它们都是通过幻术变化出来的乌鸦掩体，我们根本察觉不到它们的行踪，即便我开了鹰视，看到的也是假象。当我们察觉到时，它们已经开始干扰我们的判断和方向了。"梵音想着，怪不得她费了九牛二虎之力，也没取得一点先机。

说着，梵音俯身看向一只掉落下来的乌鸦。由于幻术未被完全打散，乌鸦的尸体仍保持着原来的模样，还没还原成石头。"让所有人看看身边的乌鸦，看是否有什么发现。"梵音道。

成片的乌鸦尸体掉落在厚重的雪地上，原本应该入雪即没，可由于行军的原因，这里的雪早就被士兵踏平了。眼下，这数百米的地上躺着上千只乌鸦的尸体，着实让人感到不适。

梵音用手扒拉着乌鸦的尸体，没觉得有什么不同。连续看过几只，都是一模一样，就连嘴喙上支出来的杂毛，也是根根相同，连方向都不带变的。

突然，林中作响，扑棱棱，又是一群乌鸦飞起。战士们被乌鸦叨扰得有些心浮气躁，刚想抬手去打，只觉眼前一黑。众人抬头望去，一个个脸色变得难看扭曲，要不是早就没了封建迷信，他们当真会以为这大白天变黑是天狗食日了。这次的鸦群要比哪次都多，遮天盖日，密密麻麻，覆过山间，直有成千上万只，黑羽腐气让人鼻酸作呕。

没等士兵们群起攻之，忽然大家觉得身边一阵乍凉，原本在山间行走得已经适应了温度的身子再次打了个冷战。紧接着，万簇晶光齐发，闪得众人一时晃了眼睛。片刻回神后，只见天空落下黑雨，那接踵而至的"雨点"竟是上万只乌鸦的尸体。

士兵们这才转过头，发现梵音紧攥着的掌心中还有寒芒未散。众人见她脸色难看，想必也是心情焦躁。一向给人感觉恬淡平和的第五部长，鲜有情绪表露在外，可来北境这一路的诸多不顺，让这个沉稳的年轻指挥官也动摇起来。

等乌鸦全部落下，梵音一言不发，又再查去，气氛低压得让人有些透不过气。这时，一个年轻的士兵匆忙朝梵音跑了过来。只见士兵手里小心翼翼地捧着一株草植，那株草植此刻正散发着妖冶的红光。

"灵知草！"梵音惊道。

"是的，部长。"士兵气喘吁吁地跑了过来，把灵知草递给梵音。

"你是灵枢部的?"梵音问道。

"是！部长！"士兵立定站好，身形板直，胸膛控制不住地快速起伏，"属下是灵枢部的，灵知草是我们部长临出发前分发给我们几个分队的，这棵灵知草由属下保管。刚才属下发现灵知草有了反应，就赶紧拿给您看了。"

"白泽这个家伙，直接给我一棵不就好了，小气鬼。"梵音禁不住吐槽道。

"不是我们部长小气，第五部长！是因为灵知草生性脆弱得很，必须由我们灵枢在固定的培植器里养活保存，一旦受到强烈的灵力震击会立刻死掉。所以如果由您这种作战部长保存的话，它会随时死掉的！"士兵极其认真负责地大声为梵音解释道。

梵音瞪大了双眼，认真听着，等士兵说完，她连连点头道："好了，我知道了，不会误会你们部长了。"

"谢谢第五部长！"年轻的灵枢再次大声道。

梵音突然被这个认真的士兵逗笑了，之前窘迫的气氛一下子被打破了。不过她之前并不知道自己所带的这支急行军里有灵枢存在，按说以他们的灵力修为和体力，是跟不上她的速度的。看来这个年轻的男孩灵法不俗，毅力更是可嘉。

"你赶紧休息一会儿，接下来灵知草由我保管就好了。"梵音的声音温柔下来。看见这个灵枢时，梵音突然意识到，不止是他，现在所有跟在自己左右的士兵们都在全力以赴地追踪主将的踪迹，大家的精神早已高度紧绷。而这些天来，梵音几乎不眠不休，极其亢奋，早就没了以往沉着冷静的状态。她提醒自己，为了这些战士，她也不能再这样下去。

"没关系的,部长,您用完给我就好!"战士认真道。

梵音看着战士的脸,她似乎看到了一丝不信任。灵枢也看着她,突然又补充道:"就凭您刚才那招万箭齐发,灵知草早死了!"

此话一出,梵音张口结舌,站在一旁的查布突然想笑,但又憋了回去。

"那,那好吧,那我用完了就还给你。"

"好的!"士兵大声道。查布再也憋不住了,扑哧一声笑了出来。梵音转过头,尴尬地对他呵呵笑,查布的嘴角立刻变成了勉强抿住的弧形,微微一乐。

"灵知草,看来那东西就在附近了。传令下去,地毯式搜索,所有地表树梢都不要放过。"梵音稍有喜色,话还未落,所有人却僵在了原地。

就在梵音说话的同时,原本已经化为石子的乌鸦的尸体,悄无声息地又重新"回"到了地面上。一层盖一层,一层压一层,黑压压一片,渐渐没过了士兵的脚踝。此时的地表上全是乌鸦的腐尸,酸臭难挡。

梵音神情一恍,脸上突然出现一丝冷笑,消失在了原地。

"部,部长?"梵音就这样凭空消失了。

"噗"的一声,一个冰挂从树上掉了下来,扎在了雪地里,没了踪迹。"噗噗",又是几个冰挂掉了下来,随即不见了。没过一会儿,只见满林的雪树冰挂像锥子一样齐齐落了下来。"防御术!"查布大声道,士兵们顿时在头顶展开了防护。上千颗冰锥扎进了雪地里,把雪地打成了筛子。

忽然,只见寒光一闪,大片树林被斜斜砍过,断裂开来,露出了鲜嫩的树轮。紧接着又是迅猛几刀,树林被砍伐得七零八落。

此时一个人单脚立于参天大树之上,脚点枝丫,身法轻盈,犹如鸿毛,丝毫未被人察觉。

只见那人眼睛眯成了一条细刃,唯有一点日光可进入她的瞳孔。冰挂全都被她打落,再无折射的影像。她身形一晃,便从高高的树端闪到了另一棵被她砍伐过半的树杈上。梵音盯着手中的灵知草,它的红色愈来愈艳。她飞快地穿梭过数十棵大树之间,猛然坠落。

咔吱一声,分筋错骨,梵音的身影再次出现在林中断木间。一只乌鸦被她斩成了两段,她盯了片刻,乌鸦的尸体毫无异样,就那样死去了。

"部长!"查布第一时间发现了梵音,飞奔而来,低头一看,问道,"您找到乌鸦了?"刚一开口,忽而眼神一晃,被什么东西吸引了过去,随即镇定下来。

"我刚刚用了藏身术隐蔽起来,为的就是找到这只躲避起来的傀偏鸦。"梵音接话道,"好了,幻术破了,我们赶紧赶路。"

"是。我这就去通知战士们。"

一路上,梵音的速度明显变慢,冰道也不再使出。

"部长,您还好吗?"查布问道。

"我有点累了,闭一会儿眼睛。你带路,我跟着你。"

"是。"

以梵音的灵力修为,屏蔽视听两觉,单凭感官也可与常人无异。她一路闭着眼睛,跟着查布,越行越慢。

突然,她停下脚步,大喊一声:"就现在!防御结界,开!"

五百战士瞬间向周围撤去,方圆百米被围了起来。防御结界冲天而起,垒起了一个严丝合缝的透明的六面四方体的百米空间。

梵音只身立于防御结界中,双眸微合,重剑已然在手。她双足发力,跃向高空,身形抖转,一个轮华,灵力从剑尖挥了出去。顿时结界内的冰挂枝丫被梵音削了个片甲不留。

她霍地睁开双眼,万枚凌镜坠在天空,环绕在她周围。一眼过去,竟空空如也。梵音的秀眉一蹙,伸出左手看了一眼,随即翻掌,手指往自己的腹间腰带一划,衣服被她掖紧了些。

别看这百米之内地域不大,树木却繁密得很。刚刚梵音提剑一斩,冰挂被她尽数打掉,但树杈枝叶还在,交错其中,挡人视线。

只见梵音在半空稍落,一个俯冲急转,往一棵大树奔去。她左手一出,一柄短刃夹在她纤手指缝中间。她手扶大树枝干,用力一抹,一道深深的刻痕出现在树干上。

如法炮制,梵音用迅雷不及掩耳之势,穿梭在每一棵树之间,做上标记。忽而,一个斜睨,凌镜在她背后一闪。紧接着,她脚踏树干,腰间用力一弓,向后翻上半空,好似满月。就在她眼神冲下之际,一道寒光闪过,对面一棵十人粗的大树被她拦腰斩断。

大树断落之际,梵音连消带打,瞬间挥出七剑,速度快得已让人看不清剑法路数。粗壮的树干瞬间被梵音砍成上百段,纷散落下,林间顿时被她伐出一片空场。忽然,一个黑点从碎落的间隙闪过!梵音目光如鹰,嗖地一掷,一柄短刀利刃从梵音指尖射了出去,避开了所有纷繁落下的木块,直击目标。

"砰"的一声,利刃剽在了对面一棵完好无损的树干上,上面钉着一只乌鸦。

就在这砍伐间,零落的木块竟还没有完全落地。梵音踩着空中坠落的断木,像一道闪电,往前奔去。她目光紧锁,盯着那只已经被钉在树上的乌鸦。

"没有变成石头,就是它了!"梵音心中暗想。

就在她要抵达目标的一瞬间，忽然乌鸦身体挣扎，眼珠一扭，看向梵音。梵音当下身体一怔，一道阴鸷的目光向她掷来，那绝不是这只乌鸦的！梵音笃定。

就在这时，梵音忽感腹间轻微一震，她的思绪瞬间被拉了回来。梵音的惊恐稍纵即逝，她不再耽搁，提起重剑，双手握柄，狠狠向那只乌鸦挥去。黑血四溅，沾在梵音剑刃上，重剑锋芒，血渍滑过即落，滴血不留，光洁如新。

梵音从半空落下，看着乌鸦的尸体。刚刚那双阴鸷的眼睛此刻已经变得黯淡无光。她抬手示意，查布在外围配合，令战士们撤了防御术。

梵音再度往远方看去，幻术破了。

查布来到梵音身边，还没开口，目光就被她腹间的一片暗红吸引了过去。"您受伤了！"查布大惊。

梵音原本盯着乌鸦的目光被查布打断了，她顺着查布的目光看去。"哦，没事，那是灵知草爆裂后的草浆。"

原来梵音在一开始进入这个防御结界时，就把灵知草别在了自己的腰带上。只不过，她在灵知草上施展了藏身术，让周围的人看不到。

当梵音在林子里第一次使用藏身术消失时，为的就是借机藏好灵知草，当时她根本不知道傀儡鸦在什么地方，所施展的那些看似击中目标的灵法也不过是为了掩人耳目。

原本梵音是不能肯定傀儡鸦有没有实时返送战况给操控它的灵魅的能力，直到她命令战士们地毯式搜索傀儡鸦时，地面上突然出现了大量乌鸦的尸体，她才彻底断定，这乌鸦就在附近，而且可以传送给控制它的灵魅此时此刻战场上的画面和声音。灵魅正是听到了她的命令才挑衅似的让大片乌鸦尸体浮现在了他们面前。

梵音想清楚这些机关套路后，第一时间施展了藏身术，为的就是再现身时保护好灵知草。那时的灵知草虽然已经发出了艳红色的光，可跟她当时在坟场遇见白泽手中的灵知草时完全不是一个状况。白泽手中的灵知草在感应到赤金石中隐藏的强大暗黑灵力之后，瞬间爆掉了。这足以证明，那只傀儡鸦虽然就在附近，但还不够近。

就当梵音隐身后故意砍掉整片冰挂，假装去掉对她来说多余的反射冰面，随即准备现身时，她忽然发现有一个黑影出现了。正当她想追过去时，却发现灵知草毫无异象。她便彻底明白了，这也是灵魅见她隐身后使出的障眼法。她索性将计就计，斩杀了那只假的傀儡鸦。

在梵音第一次现身后，她与查布交谈时，私下用手语比画了她真正的计划。她告诉查布这只傀儡鸦是假的，接下来一切按她的部署来。

梵音暗中观察着已经被自己隐蔽好的灵知草的状况,随着灵知草的颜色越来越妖艳暗红,梵音知道傀儡鸦就在附近。她即刻下达命令,让士兵们展开防御结界,把自己和傀儡鸦一同锁在结界内。

梵音在结界内一番清场之后,找到并刺中了那只真正的傀儡鸦,且就在她离近傀儡鸦的尸体时,灵知草自爆了,草浆溅在了她的腹部。现在她撤去了对灵知草的藏身术,腰间的一切也就显露了出来。

"如果没这灵知草的感应,我们当真是难出这片森林了。"梵音道。

"部长,您没事吧?乌鸦打掉了,那灵知草该……"一个年轻男孩的声音从人群后传了过来,"啊!"男孩话没说完便大叫了一声,"部长!您把灵知草弄死啦!"

梵音瞬间尴尬起来,转头看向男孩,不自觉地小声道:"我不是故意的,回头我赔给你们白部长。"

"那您可能赔不起哦!这东西很难培植的。"士兵抱怨地看了一眼梵音,小声叽叽着。梵音笑了笑,知道白泽为什么会把这么重要的东西交给这个士兵保管了,他实在也是个药痴。"你叫什么名字?"梵音问道。

第五十五章
狼子登场

"报告部长！属下叫素黎,是灵枢部的灵枢！今年二十一岁!"男孩个头不高,身材单薄,头发细软淡黄,在作战部军队里实在显露不出来。

"一路辛苦了,待会儿你不用跟了。"梵音笑道。

"什么?"素黎一脸茫然地看着梵音,一旁的查布也不甚明白。

梵音转身拿出罗盘。他们在此耽搁了四十分钟,还好她命属下不再疾行,才不至偏离主干线太多。"主将的部队很快会过来接应我们。"十里外,她已经看到了,一支两百人的急行军正从北边往她的方向赶来。

梵音在破掉灵魅的幻术后,与军政部和主将重新取得了联系。

三方沟通后得知,主将在越过这片森林时并没有遭到幻术拦截。他一路北上,片刻不停。就在三个小时过后,主将主动联络军政部时才发现,他的讯号被切断了。他手下的通信兵足足修复了一个小时,才再次接通了与军政部的联络。

这时主将得知梵音失联,他随即派自己的一纵队队长韩战带领两百精英一路追查梵音的部队。就在韩战接近梵音所中的幻术区域时,他感到了军政部的防御结界。梵音在破界后,双方会师。

"韩队长,主将那边的状况如何?"梵音问道。

"第五部长,主将那边一切顺利,只是通信被切断了。主将预备在到达巴伦河后稍作调整,再去镜月湖。"韩战,人如其名,雷厉风行,五官深邃,三十七岁,是北唐穆仁麾下第一干将。平日主将亲率的五万部队都由他一人操课,常年驻守在菱都城外百里各地。这一战,北唐穆仁特地调他回来,协助左右。

"您手下两百人还能即刻返回巴伦河吗?"梵音问道。

"没问题。"

梵音心想,主将调韩战过来接应自己实在是劳师动众。韩战是主将先锋军的左膀右臂,缺一不可,他无论如何是要第一时间返回到主将身边的。主将和他的作战配合最为默契,别人无法取代。

"第五部长,属下前来接应您是必行之事。当主将与副将联络后,他们第一时间断定,这里出现了灵魅的幻术结界。先前主将路过此地,他们没有使出幻术阻拦,这就足以证明灵魅是做足了准备,用幻术来迷惑大家的视线,阻碍后面军队及时支援。如果破不了,将是大碍。"韩战边说着,边用作战手语给梵音比画着,他二人同时收了通信部配备的影画屏。

梵音心想,果然是韩队长,料事周全,一眼便看出了自己的顾虑。

"您说主将的通信是被切断的?"梵音的目光看向韩战,大有询问之意。韩战点头。梵音蹙起眉头,刚刚在与军政部联络时,北唐穆西可是只字未提,显然是有所保留。直到她与韩战亲自会面,两人才互通了意见。

"前有讯号阻断,后有幻术拦截,这不可能是巧合。"梵音心下了然。

"还好,幻术被您这么快就破了。如果部队路经至此时还没有破,那就麻烦了。"韩战直言。

说到幻术,梵音还是心有余悸。那只乌鸦死前,那道阴鸷的目光看似是从乌鸦的瞳孔里射出来的,但那绝对不会是一只动物所能拥有的眼神。梵音心里想着,即便灵魅灵法超然,但能操控乌鸦使用幻术的,绝不可能是一般灵魅鬼徒。

灵魅的暗黑灵法与人类最大的不同,就是他们的灵力不可再生,而人类可以通过休养生息再次恢复体能和灵力。如此精湛的幻术,一般的灵魅根本没有足够灵力作为支撑。

起初梵音以为她是因为看到了乌鸦的身体就此中了幻术,然而当她成功射杀乌鸦后,她发现她错了。幻术是通过乌鸦的瞳孔传递给她的。在使用鹰视时,任何角落的碎细都会被她网罗,也就是在这无意间,梵音瞥到了当时的鸦瞳,中了幻术。普通人只听鸦叫便可中术,可这一招偏偏对梵音是不管用的,于是对方对她另做了准备。

梵音从乌鸦的瞳孔里看到了操控者的眼神,那眼神令她战栗,永不能忘。那里面充满了死亡的气息,像旋涡一样席卷她的精神,让她甚至有了怯战之感。

韩战看出了梵音的异样,出声叫道:"第五部长?你还好吗?"

梵音正想得出神,被韩战的举动点醒,随即摇了摇头,抬起手掌用力往自己脸颊打了两下,冰凉细滑的皮肤瞬间出现了几道红手印。

"您干吗呢?"韩战惊道。

"没事,抽自己两下,刚才整个人发呆了。"梵音懊恼道,"韩队长,我刚才和乌鸦交手,有百分之九十的把握确定那操控乌鸦的灵魅就是灵主。我现在也有破了灵主这幻术的方法了。"梵音此话一出,韩战惊艳。他原本还想,此时梵音虽破了幻术,可如果他们现在离开,难说接下来会不会被再次迷惑。

说罢,梵音再次打开了影画屏,接通了与军政部的画面。

"副将!"梵音的影画屏接通了,她再次出现在东菱各方的影画屏上。

"梵音,你破了幻术和韩队长会合了?"北唐穆西也没想到,梵音会在短短四十分钟内破了灵魅的幻术,更在一个小时后与韩战会合,这让他喜出望外。

"是,副将。关于幻术,属下还有情况和您汇报。"

"讲。"

"据我推断,能长时间施展这种灵法的必是灵主。"梵音斩钉截铁道。这让在国正厅广场上迟迟不走、等待他们军队消息的人无不吓得一个激灵。

"我也这么认为。"在这期间,北唐穆西反复推敲,已得出和梵音同样的答案。

"同时,我找到了破解抵御之法。"梵音毫不避讳,让菱都的人都听得清楚明白,"只要我们的军队避开乌鸦的叫声和眼睛,就能防止中其幻术。这在平时也许是不可能完成的,让一个人封闭视听两感,定会寸步难行。但是,这次我们是兵团作战,我们在行军时,完全可以相互配合。让一部分战士封闭听觉,另一部分引路,这样总会有人保持清醒,不中其术。至于视觉,大家大可不必担心,几只乌鸦的瞳术还不足以覆盖到如此数量众多的士兵。这样一来,灵主的幻术也就不值一提了。"梵音解释道。

在此之前,军政部也只是从资料典籍上获知过灵魅有施展幻术的灵法,可从没有人与其当面较量过。梵音此次遇袭,也是第一次实战面对幻术,所幸她的鹰视比鸦瞳略高一筹,若是其他指挥官入了幻术,也是难找出其破绽。

北唐穆西思忖着梵音的话,虽有道理,可他总觉得还有纰漏之处。梵音岂会不知北唐穆西行事周全,思虑严谨,可眼下主将即将抵达四分部,这个节骨眼上,他们可耗不起。

北唐穆西又何尝不知梵音意图,她之所以在接通影画屏后与他当众商讨此事,就说明梵音在和韩战会合后,也开始怀疑菱都内部出现了细作。她这样做,倒能让通风报信的细作有所收敛。梵音说的破解幻术之法,虽不是天衣无缝却也可行,这也一定会让灵魅一方有所忌惮。

北唐穆西也断定，如此精湛的灵法绝非一般灵魅可以做到。他们不是不想直接拦截主将北唐穆仁，而是因为北唐穆仁灵法过于强大，即便使出此术也于事无补，不如放在后面，用于拦截后援部队。谁知，梵音极速破了这灵法，这也必让灵魅头痛。

北唐穆西在快速思忖一番后，回道："你说得没错，我这就立刻分发通知告诉后援部队幻术的情况，让大家早有防范。"

"韩战，你要即刻返回巴伦河，与主将会合。"北唐穆西下令道。

"是，副将，属下这就启程。"

"你带来的两百精英留下，配合第五部长，接应后续部队。"北唐穆西话虽这么说，其实心里盘算着，自主将从东菱出发的那日算起，已经过去四天半的时间，他的急行军速度最快，手下士兵几乎不休不眠。现在返回支援梵音的这两百人更是精英强手，但再强的战士也经不起这番奔波，并且他们的实力终归远不及指挥官的灵力，如果此时让韩战带领他们回去，只是徒增负担。

"是，副将。"韩战领命，准备动身。

"等等，"梵音开口道，"副将，我护送韩队长过去。"

梵音此话一出，别人不解，但军政部的指挥官们却无一不知行军作战，主帅和纵队长的配合是何等重要。此时主将派韩战回来，必然影响战力，梵音正是有所担心才提出要求。

"副将，北境即将入夜，不宜行军，主将也会借此在北麓附近休息，明天一早跨过巴伦河。我和韩队长两人交替潜行，必能在天明前赶到北麓。请您指示。"梵音再道。

"第五部长，我一人返回即可，你和手下这七百人随后赶到便是。"韩战道。

"不用，查布代我在此接应佐领他们即可。您带来的两百战士也都是精兵悍将，绝无差池。我现在随您去北麓才是当务之急。"梵音话落，韩战虽觉不妥，但北唐穆西开了口道："就按第五部长说的办。梵音，你和韩战夜路潜行，一路小心，随时与我联络。"

"是。"梵音道。

一人探路，总没两人交替潜行来得节力稳妥。贝斯山的寒夜露重难行，有梵音和韩战两人配合，能最大限度地节省彼此的体力精力灵力。北唐穆西当下首肯授命。

梵音和韩战即刻启程。临行前，梵音把影画屏留给查布保管，她和韩战全速追赶主将先锋军。只见两道蓝电交替引路，穿梭在贝斯山山脉中。由于他二人灵力全开，贝斯山深处的生灵无一显现，都退避三舍。

一夜将过，天明前，梵音韩战二人如期到达了贝斯山北麓巴伦河边界，与主将成功会合。主将看二人到来，急忙迎上。

"梵音，韩战，辛苦了！"

"属下职责所在！"梵音和韩战齐声回道，铿锵有力。梵音看主将精神矍铄，这才略放宽心。

梵音快速和北唐穆仁交代了一路上的战况。佐领木沧无疑是让主将最为担心的。如此一来，他就没了最强大的铸灵师相助。梵音这才知晓，主将最初的打算是让木沧的手下负责全面防御的。赤焰盾甲是军政部暗藏的秘术，可抵挡一切侵袭者，不仅如此，它还带有极强的杀伤性，轻易不可破。

主将与副将计划一旦北境有变，铸灵师将进入全面防御，阻挡大敌。可战场上风云变幻，主将即刻与副将做出了调整，好在主将的先锋军到目前为止无一受损，他们预备天明时跨过巴伦河，直达镜月湖。

梵音在听过主将和副将的部署后，准备留在巴伦河，等待后续部队的到来。她一旦随主将进入镜月湖，再想抽身就难了。

"主将，我留在巴伦河，前后都有所照应，方便随机应战。如有需要，您随时通知我。"梵音道。

"也好，你留在这里接应木沧他们，暂不必与我一齐进入镜月湖。你自己也好借此时间，稍作调整。我留下一百人供你调遣。"

"不必了，主将。巴伦河视野宽广，我一人照应得了。您的先锋军各自分工精确，不用特意留下百人供我调遣。我一人退攻都可。"

北唐穆仁信任梵音，也就不强留，待天色渐明便率麾下三千人齐齐跨过巴伦河。巴伦河虽长三千里，但此处横跨不足七八里，是巴伦河连接贝斯山与镜月湖城的要道。

深冬腊月，巴伦河水面冰层甚厚，坚实无比。大军踏冰而行，不用涉水，一路无碍，很快消失在了巴伦河上。

梵音此时一人守在巴伦河南岸。经过连续五天不分昼夜的潜行，猛然歇息下来，梵音感到筋骨有些酸疼了。

她独自坐在岸边小憩，枯黄的野草干燥厚实，寒风萧瑟，一望无际，却也显得安静。困意倦意渐渐袭来，梵音拿出衣兜里的影画屏，这是主将临行前留给她的。原本主将想留给她军政部自己的影画屏，但被梵音拒绝了。她心里总是觉得军政部自己的东西用得放心些，主将即将深入镜月湖，要时刻与副将保持联络。

北唐穆仁见梵音拒不相收，便把通信部配给他的影画屏留了下来。现在她看着手中的影画屏,想着要不要与军政部接通。毕竟如果接通了,国正厅那边也必然会得到她的行踪。思忖一二,梵音抬手一掷,把影画屏抛向了半空,军政部的画面随即出现在了上面。她心想着,让副将了解实时状况是必要的,周围的地形部署,副将都可通过影画屏一览无余。

至于国正厅那边,梵音虽心有芥蒂,但料想他们也翻不出什么大浪。既然他们想随时审视军政部的作战情况,就让他们审视好了。无非是想争个高低,在菱都彰显他们国正厅至高无上的尊崇地位。至于细作,只能等班师回朝以后,再做调查,现在说话,为时尚早。

如此想来,梵音还是开通了和军政部的讯号连接。她只负责行军打仗,别的两耳不闻,概不受影响。在和副将简短通信后,梵音倒在了草岸上睡了过去。手掌大的影画屏安静地待在半空,若隐若现,转动着,传送着周边的状况。

就在梵音速眠期间,崖雅坐在军政部里,终于吃了这五天来第一口面食,脸上的神色也略有和缓。

"你也去休息一会儿吧。"天阔走到了崖雅身边,轻声道。

"不用,我还是在这里守着吧。"崖雅轻声道。天阔见状,也未多劝,转身走出了会议室。

国正厅那边,人群散了一拨又一拨。各司部的指挥官也没有一个守在半夜还不回去的。姬仲更是在前一夜傍晚,以送夫人休息为名,就没再出来"观战"。

"黎儿妈,黎儿妈,刚刚在第五部长旁边的就是黎儿吧?我没看错吧。"一个年轻女人的声音传来,她拍着旁边的女人道。她说的黎儿正是负责保管灵知草的灵枢员素黎。

黎儿妈身体僵冷,双手紧紧抱在胸前,从昨日傍晚起她就是这个姿势了。黎儿妈瑟瑟道:"是黎儿,是黎儿,他真的去前线了。"女人坚强的声音里,带着难忍的酸涩。她丈夫走得早,是她一个人带着素黎长大的,此时独子身在前线,她这个母亲站在寒冬里,瞬间好像又老了十岁。

"戎儿爸,你快回咱家给黎儿妈拿个厚实点的大衣过来,再这么冻着可不行。"略显干瘦的女人对身旁的丈夫道。

"你自己在这里行吗?"

"我没事,我陪着黎儿妈待着,你快去快回。"说着,女人松开了丈夫的手,挽住了一旁的另一个母亲,柔声道,"黎儿妈,黎儿没事啊,这不是好好的吗,你看白部长和第五部长都夸他了呢,你稍宽宽心。"女人说着,拂着黎儿妈的后背。

"唉!"女人听着一阵酸楚,随即她才想起,戎儿身在二分部,二分部的部长都已经在前线了，那戍儿一定也在前线。她转头看着比自己瘦弱许多的女人，赶忙拉紧她的手道："戍儿也没事，戍儿也没事！"

女人点点头，可是她还没有在前线传送回来的画面里找到儿子的影子。二分部和唐酉的第三梯队一起，士兵众多，影画屏又隔得远，她根本看不到儿子的身影，只能坚强地期盼着儿子平安归来。

清晨八点，梵音在草岸上速眠了两个小时后醒了过来。肌肉的酸痛得到了缓解，她有些口渴，独自来到岸边。水壶里的水早就空了。

看着河面上的冰，梵音发了会儿呆，随即一拳打了下去。坚实的冰面被梵音凿出了个拳头大小的坑洞，碎裂的冰块撒在四周。梵音随便拿起一块，放在嘴里，就当喝水了。

连日的奔波让她面蒙尘霜，她找到了一处浅滩。接连几拳下去，有溪水渐渐漫了上来。梵音手捧着冰凉的溪水，往脸上扑去，一下，两下，冰冷刺骨，倒也让她彻底清醒过来。溪水顺着她柔滑的脸颊淌到下颚，发间也沾湿了，几缕头发贴在她的侧脸，衬托出她清丽俊俏的绝好样貌。她又用冰水猛地朝脸上扑了几下，舒服极了。

跟着送了几口溪水，喝了下去。梵音用袖口擦着嘴角的水渍，站了起来，深呼吸了几口新鲜空气，感觉畅快极了。

"出来吧。"梵音淡淡道。这话怎么听都不像是在对军政部的人讲话。"哼，"见周围没有响动，梵音冷笑一声道，"跟条狗似的，趴在那里干吗？赶紧滚出来！"梵音手拂袖腕，把刚才洗脸时松开的袖扣又再次系了起来。

只见，岸边不远处的丈八蒿草堆里传来动静。蒿草堆的摆动越来越大，看样子像是有什么庞然大物在移动。

没等那东西露面，梵音又咯咯咯地笑了起来，听得让人心神发麻："装得还挺像，倒是畜生，懂得夹着尾巴做人，还真不如你兄弟那两把刷子。"梵音话中大有愠怒嘲笑之意，她心中本就压着一团火，现在碰见了，那就正好撒出来。

那东西听到了梵音的说辞，忽地从远处的蒿草堆里腾空跃起，一纵十米。只觉那怪物的身形再跃得高些真可挡住大半个太阳，一身寒光乍现的亮鬃彰显尊贵豪气。

梵音见那东西跃起，心中也是一惊，这家伙的个头可比之前见过的修弥真身还要大上一圈！

"你这个臭虫，说谁是畜生！"怪物大吼一声，隔空都能感到余震。眼看它就要跨到梵音面前，梵音脚尖发力，猛地后撤，身形如梭，顷刻与它隔开了距离。

"说你啊！这里还有别人吗！"梵音声带嘲意，丝毫没被庞然大物唬住。

"你算个什么东西,敢这样说我!你知道我是谁吗?混蛋!"那怪物彻底露出了真容,轰的一声落在了冰面上,撼得这大地直摇。

"修门。"梵音随口念出了那怪物的名字。正是狼王修罗的另一个儿子修门,修弥同父异母的哥哥。

修门当下一怔,它本以为人类是分辨不出狼族特征的,在人类眼里,它们都应该是一样的。修门硕大的脑袋微斜,一双棕绿的狼眸敷衍地看着眼前这个不起眼的女人。"哼,十有八九是蒙的,"修门鄙夷道,"不过算你蒙对了,我就是修门。看来你还算有点见识,是比一般的臭虫强点。"

梵音边跟眼前这个粗鲁自大的狼族对话,边伺机暗查周遭状况。其实她早在半小时前就醒了,那时的梵音已经察觉到了周围的动静。只是当时狼族的动作尚不明显,似乎正从东面的方向向她逼近。显然狼族和梵音他们不是同一路线抵达巴伦河的。

梵音刚醒之时,还不清楚为何狼族会出现在这里,但她知道,狼族的嗅觉敏锐,定是发现了她才一路潜行过来的。梵音没有轻举妄动,而是继续躺在草甸上。以狼族的嗅觉和视觉,即便她此时行动,也会被对方发现。索性,她就安静等它上门,再探一二。

半小时后,梵音已经确定狼族离自己不过百米,可她临危不乱。她感觉到狼族的动作停了下来。本想着狼族会趁她不备攻上来,对方却停止了动作,这让梵音没有料到。显然对方也对她有所防范。

梵音起身,喝了点水,洗了把脸,用余光看到影画屏里军政部还没有察觉这边的情况。这个狼族绝非善类,拟身术竟瞒过了军政部的众多眼睛,使身体完全和周遭环境融为一体,足以媲美人类的藏身术,如此大物动作狡黠,竟更胜过夜猫。这个狼兽的能耐绝不低于她先前碰到的修弥,这也让她更加打起十二万分的精神。

"你大老远从辽地过来,不是为了和我聊天来的吧?"梵音说着,周身的防御术已经施展到了完全状态。

修门听了梵音的话,左顾右盼起来,半天后用蹩脚的人语道:"就这么个东西,让我过来,真他妈的麻烦,连塞牙缝都嫌肉少。还是个女人,不禁糙的东西。"态度极其不屑和不耐烦。

等它看完一周,头绕回来看着梵音道:"先宰了你吧。剩下的人什么时候到?"

梵音盯着眼前这个大块头,虽说是身长过五米的巨型狼兽,但看上去怎么都不如先前遇到的修弥奸猾,甚至有些愚憨。可即便是这样,修门身上散发出的外放型灵力足以震慑梵音。是个悍将,梵音心里暗道。

梵音的凌镜已经有十面悄然升上了半空，无死角地映射着修门的一举一动。

"你放那么多玻璃在天上干什么？狗屁花样！还不是照样咬死你！"修门突然开口说道，嘴角咧出一抹狠笑，尖牙龇露。它后腿微动，猛然跃起，就这样无声无息地瞬间近身到梵音面前。那灵法控制得让人咂舌，好似灵蛇出窍，绝不像一个狼兽可以做到的。

梵音倒吸一口冷气，"噌"地拔开双腿，连跃十纵，巧簧般撤出修门的攻击范围。她一边倒退，一边想着：它竟然看见了凌镜！那凌镜是父亲教给她的秘法，不是灵力超凡之人决计发现不了。以如今梵音的灵力修为，即便是灵力超出她数倍不止的北冥也难发现她的凌镜所在，凌镜不仅秘法有术，更是藏匿刁钻。除非她刻意让人察觉，如同先前她放出凌镜在岩浆中寻找木沧一般，其余情况下，绝难被人发现。

"这家伙到底什么来路？轻易破了我的凌镜！"梵音暗道。

"想什么呢？女人。"一个粗野之声突然出现在梵音耳侧。

"什么！"梵音登时睁大双眼，心下恶寒！她身在半空，修门不知何时已经追赶上了她，还绕道来到了她身后！二人此时都在空中。只听"轰"的一声震响，梵音背后硬生生挨了修门一掌重击，顿时感觉整个胸腔都被震碎了，飞了出去。

修门一个摆尾，重重落在地上，再不炫耀它那犹灵蛇般的身法，满目张狂尽在脸上，好不威风。

"就这么完蛋了，肠穿肚烂了吧？没意思！"修门连看都不看梵音倒下去的地方。

可没等它笑得得意，忽然，一阵劲风刮过它的耳面，紧接一个侧切砍过它的鼻梁。一丝疼痛从修门脸上传来。

"吧嗒！"一滴黑血落了下来，掉在冰面上。

修门大吼一声，要不是它一身狼鬃铠甲，半个脑袋早就没了。它蠢顿的四肢连连往后退去，踩得冰面咔咔作响。接着，又是数下猛攻，一柄足吨位的钝器朝修门劈风似的砍了过来，划得空气中都发出震耳钝响。

修门措手不及，那钝器晃得它身形不定，只凭一身悍力强摆躲过猛攻，终于看清是梵音杀了过来。登时怒睁圆目，周身发力，狼鬃参起，整个身形足足大了三圈。

梵音一剑砍下，用了她十成力，再坚硬的壁垒也会被她的重剑削得剥皮露骨。只听"铮"的一声，梵音的重剑砍在了修门的狼鬃之上。然而事情并非如她所预料，就在剑刃砍到狼鬃的那一刹那，梵音整个人被震得弹飞了出去！修门的狼鬃分毫未动。

梵音心中登时乍冷！想那修弥当时和她交手，也是被她削掉了几缕狼毫，而这修门的狼鬃竟是比修弥的更加刚韧！梵音人在半空，速度一时不见减慢，当下提气强压，身体戛然而止，猛然顿在半空，跟着速坠下落。忽而一股劲风袭来，她慌忙低头。数十道狼爪已然袭来，直掏她肠腹。

那家伙的速度、力量、灵力都是惊人的大，远超过梵音的判断。她的灵感力甚至告诉她，这个修门的灵力要远远大过他的兄弟修弥！

"不能这么硬碰硬！"梵音心中暗道。

梵音顷刻间使出寒盾，挡在自己与修门中间。然而只一下，丈八厚的寒盾被修门的狼爪破了个稀碎。但也就是这一下，给了梵音喘息的机会，她一个闪身，离开了修门的直线攻击范围。反脚一蹬，又是一面寒盾出现在她脚下，她用力一弹，打了个旋子，彻底躲开了修门的近身，重重落地，向后滑开来去。

梵音气息急喘，看着不远处的修门，脑中飞快思考，想找出一个可以战胜他的方法。

速度，二人相差不下；力量，修门悍胜许多；灵力，梵音尚可一搏。实在棘手！

菱都城内，军政部和国正厅都在实况转播着梵音的战况。自那天梵音带领五百战士强突贝斯山，鹰眼千面，追查主将一行人的行踪开始，菱都城的人们就都记住了这个年轻的外族少女。现在他们正心情焦灼地看着梵音的战斗。

"妈的！"屏幕上突然传来了梵音的咒骂，人们被吓得一怔，急忙跟着定睛看去！

梵音此刻心中愈想愈闷，顿时咒骂出声！她来北境，可不是跟这个畜生在这儿耗的！

骤然间，梵音止住后滑，定在当下，双拳紧握，拳心向上，拳轮相对，用力一撞。只听"铿锵"一声，兵器利脆相撞之音铮铮回旋。梵音手中赫然多出一柄兵器，正是她的灵化武器——寒冰刺棱刃。刀刃劲长，两侧开锋，剑柄之上刺出数十枚花冰刺，通体晶亮雪白，寒芒刺骨。

"好强啊！"国正厅外的人们忍不住大声道。

"部长好强啊！"人们从最开始的焦灼担忧，逐渐变得热血沸腾。此时此刻，梵音在他们眼里早就不是一个与本族人肤色不同的稚嫩弱小的外族小姑娘了，而是一个战力劲悍的军政部指挥官。战况愈演愈烈，人们心中的圣火也彻底被点燃。山呼海啸般的呐喊声此起彼伏。

梵音左手握刃，右手持剑，双兵齐下。此时的修门才意识到，它在最开始打向梵音背后的那一掌根本没有碰到她的背心，而是被她的寒盾防御术隔开了。修门怒火中烧，誓要摁死这个让它一不留神受了伤的人类。

"狗屁东西！我一时眼花，才让你这条臭虫多活一会儿！你还不知道感恩戴德！快让我杀了你爽一下，给你留条全尸！"修门对着梵音咆哮道。

梵音脚下瞬移，身形一闪，绕过修门的正面进攻，来到他身侧。双刃交叉，冲着修门砍去。

只看剑刃狼鬃交错，"铿！铿！铿！铿！"发出一连串强力钝击的声音。梵音看着眼前的狼鬃，即便在这两刃夹击下，也纹丝未动，更不用说伤它皮肉。梵音顿时腕下加力，猛地一挫！只听碎裂一声，一缕卡在十字刃中间的狼鬃掉了下来。

修门急停，一个回旋，如此庞然大物竟是瞬间掉过头来，力量身法刚猛迅捷。狼头再次对准梵音，它对身体的控制竟不输比它灵活百倍的矫健人类。

它怒视梵音，停下来审视自己的狼鬃。那是狼族最引以为傲的象征，更是它们狼王之子的尊贵所在。修门狼口里喘着粗气，喷出兽族的血腥。它的口唇因为激怒而不住地颤抖，獠牙外龇。

"我看你真是活腻了！"修门再次咆哮道，那声音震得梵音这个耳聋之人也觉得耳骨生疼。

"活腻了的人是你！"梵音跟着大吼一声，再不等待，瞬时已近到修门身前。

两刃相挥，向修门的头、面、颈、爪急速斩去。修门三闪两避，梵音的刺棱刃落空。修门跟着回头一咬，正对梵音腰间，梵音抬手一挡，刺棱刃划过修门面门，修门朝后仰去。狼爪抬起，猛踩梵音腹部，梵音重剑直立，剑刃挡住狼爪，并借机加力，想砍伤狼爪。可那狼爪更是坚不可摧，震得梵音手臂一抖。

接连挡开两击，梵音凌空翻起，一个大回环，双手撤回兵器，又越过修门头颈，双剑合并，砍向修门脖颈。

修门躲避不及，接了梵音这一招。两刃相加，杀伤力大增，梵音狠狠剁去，眼看剑刃已砍过狼鬃，直剁狼颈。忽而修门一笑，全身狼鬃登时奓出，颈间鬃毛更是长过身上任何一个部分，好似一圈环饰，灰亮如银。

数千鬃刃直戳梵音双眼，梵音瞳孔猛缩，急速向后跃去。修门狼尾一甩，两米有余，一把裹住梵音身躯。

"让你再跑！"修门大吼。

第五十六章
野鬼幻形

如果被那狼尾缠住，梵音定是千疮百孔。只见梵音秀眉一竖，周身发力，大喝一声，灵力激放。修门瞬间感到一阵疼痛，立刻蜷回狼尾。

梵音凌空落下，避过一击。刚一俯身，头顶一片黑影压来。梵音侧身斜倒，跟着挥出重剑。修门狼爪未躲，一把摁在梵音重剑上，梵音倒地。修门血盆大口张开，向她咬来。梵音松开重剑，单手支地，一个倒立回旋，整个身子被她自己撑了起来。接着手肘发力，脚尖向上，噌地蹿了起来，动作干净利落。

她双腿并拢，腰身合一，好似一柄秀丽的兵器，双脚重重踢在修门下颚上。这一发力，竟把修门的嘴巴踢得合拢起来。梵音空中倒立，腰间扭转，蹬腿发力，俯冲向下，挥起刺棱刃扎向修门踩着她重剑的狼爪之上。

梵音灵力急放，瞬间抵达刃尖，猛地刺了过去。修门吃痛，收回狼爪，梵音一把夺过重剑。但这一连串身法下来，梵音平衡失守，滚落在地。还没等起，修门刚刚收起的狼爪重新踩了回来。

梵音右掌撑地，手臂发力，身体向后一送，险险避过这一击。就在她斜身立起之时，又一道劲力冲她袭来。只见修门悍壮的右前腿交替，蛮力向梵音踢了过来。

梵音来不及使出寒盾抵挡，收了刺棱刃，抬起左臂，预备扛下这一击。

"砰"的一声闷雷大响，修门树干粗的右腿结结实实地撞在了梵音细劲的左小臂上。梵音双眸登时睁大，即便她已开启全护防御术加持自己，但还是感到一阵强烈的痛感从小臂传了过来。

梵音心下明了，这一击她是挨不过去了。

"还不死！"修门大吼着，狂野蛮霸地狞笑起来。梵音被它踢得飞开远去，身影越来越小，像只软弱的雪兔消失在这白茫无际的冰面上。然而修门的狼瞳堪比鹰眼，它不打算给敌人任何活命的机会。它死盯着梵音倒下去的方向，千米外，清晰无比。修门在冰面上奔跑起来。

一声夜丧震吼，贯注了它全部灵力，整个巴伦河冰层横贯南北都开始震动起来。岸上大地，冻土开裂，好像千卷草席被掀了起来，夜丧所到之处翻滚席卷，尘浪漫天。

这还不算完，他要让梵音死透死绝。只见修门周身狼毫竖起，犹如钢针利剑，对准梵音，倏地一声，万髯齐发。登时天空中数万狼毫钢针冲着梵音的身体疾速射杀而去，不留空隙，瞬息已至。

此时菱都的人们已经没了声音，一个个愕然地张着嘴或闭着嘴，有的睁着眼，有的闭上眼，有的已经吓得泪涎齐流。如此实力强悍的战斗他们此生未见，如此惊悚可怖的狼族是他们想都没想过的存在。直到今日很多人才第一次知道，人类在狼兽面前是多么渺小，小得好像随便可以拎起耳朵的肉兔。

国正厅里，有个人的眼睛死死盯着画面。他的双手勒紧在胸前，一言不发，嘴角发紫，面色森青，眉间的川字纹刻到眼窝，乌青一片。就在修门发起全面进攻时，他看似魁梧的身体在厚实的斗篷里禁不住一抖，后背净是冷汗。

端镜泊往裴析的方向看去，一道诡谲的目光停在他身上，然而一向异常警觉的裴析此刻竟全无察觉。大家这时的注意力都在梵音和修门身上，没有人会留意他，他猛地闭上了眼睛……

修门眯着眼睛，用它棕绿色的狼瞳轻蔑地盯着梵音倒下去的远方。躲不过的，它心里想着，嘴角咧出了最得意的大笑。它的狼瞳闪烁着，数百米外那个黑点越来越小，越来越模糊，直到最后都碎成了肉渣。

修门开始控制不住地通肺大笑起来，用力过度，整个胸腔充斥着和狼肺的共鸣，空气中弥漫着它可怖的声音和腔内的腥气。

修门笑着笑着，忽然血盆大口一滞，面目一怔，两眼突出！一道痛感刮过它的狼喉，直至狼腹。修门瞳孔骤然急缩，嗷的一下叫出声来，那巨大的身躯里发出的声音夹杂着惊怖，和它的体形毫不相配。

一道寒光瞬息划过修门腹底，两刃一横，分别砍向修门左右后腿。修门登时蹿跃起来。只见一个秀劲锋利的身影从修门腹底两股之间蹿出，陡然凌空竖转一跃，跟着翻腾三周，正正落在修门背上，正是梵音！她抬起双臂，手持双刃，狠狠向修门两侧肋刺去。

"部……部长还活着……"菱都城的人们口齿打战地说着，已是泪目。第五梵音一时间成了菱都所有人的部长。

原来,修门用夜丧和狼毫一齐攻向梵音,梵音被它踢得飞远。然而那一踢没有伤到梵音本体,她在受到攻击的一瞬间,身前集聚灵力,用防御术挡下了那一击。虽说疼痛,却未伤要害。

电光石火间,梵音飞快思索:如果和修门生抗力道,自己必输无疑。所以就在她接下那一击时,放弃了抵抗,任凭那股蛮力把她推向远方,缓冲攻击,把身体伤害降到最低。

就在梵音飞出去的时候,修门又发动了攻击。面对如此大范围的夜丧,梵音知道避无可避,防御术瞬间会被撕碎。当下她想到借机制造自己不敌身亡的假象,放弃了使用寒盾抵御。她立起双刃,交叉在前,护住胸口。就在夜丧抵达她面门的同时,梵音骤然间释放出灵力,与修门相抵,一较高下。幸得梵音略胜一筹,力挡万钧,拼出一条血路。

梵音一早清楚,无论修门的狼瞳再如何精密也远比不上自己的鹰眼。加之它狂妄自大的性格,处事不周,此时她在修门眼里已经是具"死尸"了。修门的一举一动早就被远处的梵音一丝不差地收在眼底。

岂料就在梵音准备出其不意,发起反攻之时,修门的万鬃齐发已然兵临城下,其速度之快,灵法之强,梵音始料未及。梵音只道修门鲁莽无脑,却不知它也有它的狡猾和谨慎。梵音鹰眼集散,万鬃已入瞳眸。只见她收起兵器,灵力一提,手、腕、臂、肘、胸、腹、腿、踝,瞬间布上一层寒霜,倏地迎面而上!

钢刃纷落,箭雨如梭。梵音好似一道闪电,踏空而起,左闪右避,空手接百刃。钢针般的狼毫到了梵音手里,瞬间被她捏得崩碎。她那覆上一层薄霜的细手,似是百刃不侵,难伤其身。

箭雨不停,梵音脚点飞刃,逆风而行,闪影难寻。但狼毫数量甚多,无数飞刃贴着梵音的身侧和腿面而过,留下数不尽的痕迹。然而梵音速度不减,仍是全力而上,迎面飞刃全被她一双纤手挡下。

就在修门狂笑不止之时,梵音已经悄无声息地来到它面前。

梵音轻侧落地,背贴冰面。修门体形高大,长过五米,高有丈许。梵音的身子顺着修门的脖颈腿骨间,滑了下去。顷刻,两把利刃再次出现在梵音手中。她看到此时修门防御力全卸,正是大好时机。她使足全力,两刃合一,用力一斩,由修门脖颈至狼尾一路划了下去。好一个开膛剖腹,狠辣干脆!

这一切惹来修门的一声惊叫,但还没算完。梵音蹿出狼底,凌空斗转而上,正正落在狼背中央。

梵音凌眉稍凝，双臂发力，两柄利刃狠狠戳向修门背脊，手指紧握剑柄生生发疼。只见，两股细流般的腥血瞬间从修门背脊上滋了出来。

　　此时影画屏那边，看着这一幕的人们已是张口无言，心悬半空。

　　梵音继续发力，忽然，她身下猛烈一震，力道之大犹如山峦跌宕，连梵音这般扎实的身法，也被晃得筋骨一闪，差点错位。她的双腿把控不稳，修门又一个晃身，梵音急跃而起，一个筋斗，落在了离他不远处。

　　这番打斗，你来我往，梵音的体能急速消耗，她一时间已是使不出更凌厉的灵法了，就连手中的寒冰刺棱刃也在落地之时收了起来。

　　梵音盯着面前的修门，心想着，情况未明，只等它出招，自己再应对，切不能再多消耗一星半点的灵力体力。方才为躲狼毫箭雨，梵音也只是在身前用了自己的寒冰防御术。为了多保留灵力，她甚至让自己的后背在全无防御的情况下，从万刃中急冲回来。凭着自己的眼力，躲过了所有攻击。

　　修门背对着梵音，粗哑的喘息声让影画屏那边的人们听得浑身发寒，纷纷偏过头去，不敢再看。

　　梵音盯着修门的一举一动。它应该也伤得不轻，梵音心想着。

　　只见修门一点一点地转过身来。当狼头完全掉转过来面对着梵音时，梵音看清了，它的一脸狼毫已然全部乍起，根本分辨不出本来面目，只觉凶悍摄人。荧绿色的光从它的眼睛激射出来，像是带着毒。修门嘴边的恶涎滴在冰面上，瞬间烧出半米冰坑。而那冰坑的面积也在急速扩散，不多时，修门脚下已经融出四五个深坑。

　　梵音面如冷月，静得没有一丝波澜，审视着修门。她刚刚用了全力袭击修门没有防备的腹底，然而此时，它的腹底好像安然无恙，只有一缕淡淡的划痕。它背脊上的伤也已经停止了流血。

　　"好强的灵力！"梵音惊叹。这短短工夫，修门已用自己的灵力阻止了伤口出血。不仅如此，梵音发现，修门即使在狼鬃全无防备的情况下，也是天生的铜皮铁骨，刀剑利刃很难伤其皮肉。

　　人狼相斗，狼兽天生的战力就远超人类，它们的兵器灵法更是与生俱来。无论是夜丧还是狼毫，都是它们出自本能的反应和技能。而人类虽说也可以拥有强大灵力，可他们的兵器都是外物，再如何操控也比不上狼兽的浑然天成、取之不尽。这让梵音倍感棘手。此时的她已无力再发挥出兵刃的全部杀伤力，就算只用重剑，怕也是挥动不了多少时间了。

　　忽然，梵音感到一丝杀意掠过自己全身，这种被审视的感觉她既陌生又熟悉。那是绝对鹰眼才办得到的事情，审视得如让人破绽百出般清晰。梵音知道，修门的狼瞳也有这个本事。

梵音抬起双眸撞上修门棕绿色的眼睛。两者皆是虎视眈眈。

只见修门硕大的脑袋忽悠一下耷拉到一边,怪声怪语道:"中了那么多狼毫还没死?"梵音冷面相对,毫无言语。修门又把脑袋转回来,歪在另一边看着她:"一点伤都没有?"

"那毒呢?"半晌,修门再次阴阳怪气地说道,眼睛直勾勾地看着梵音。梵音双眸漠然一片。原来修门身上的狼鬃不只能变成钢刃,更是根根存有狼毒,毒性猛烈,沾破点皮便能要人性命!

修门见梵音仍不作回应,它的嘴角突然咧出一丝邪笑,咯咯咯道:"你躲过了我的狼毒,那你的小男人呢? 毒发死了没有?"

听到这里,梵音秀眉登时急蹙,美瞳一凛,森森道:"你说什么!"

此刻,军政部会议室内,所有指挥官都是屏息凝气关注着梵音与修门的战况。冷羿的一双拳头已经被自己攥得紫青,一丝血痕从他掌心渗了出来。他痛悔至极为何当时不坚持与梵音同去北境,自己脑子到底出了什么问题,梵音几句软话他就乖乖听了。

崖青山浑身发抖,太阳穴青筋暴露。崖雅身形摇摇欲坠,面色惨白,嘴角都被她咬出了血,似随时都会晕死过去。

国正厅内,管赫忙得不可开交,咋呼得像一只上蹿下跳的蚂蚱。可就在听到修门与梵音的对话后,他也瞬间安静了下来,一丝耐人玩味的表情浮现在他不安定的面孔上,他的眼神在影画屏上四处游走。

"外族,都得死!"一个蚊蝇之声从裴析的后槽牙里钻了出来,狠毒异常。

姬仲国主一家四口全员到齐,一个个家国满怀、心系天下的样子。这种时候,正是姬仲要拿出敌军困我千万重、我自岿然不动的大国国主风范的好机会,正是让广场外的菱都人民瞻仰他风采气度的绝佳时机,他要稳如泰山,以定民心。姬仲此时心中得意极了,因为他看见场外的人们已经成了热锅上的蚂蚁,纷纷向他投来"求助"的目光。他自认自己的一番帝王气度定能安抚人心。

然而随着梵音与修门战斗的白热化,姬仲脸上春风得意的样子越来越淡。场外的人们渐渐没空再去关注国主的仪表尊荣。他们的精神和思绪都被梵音紧紧牵扯着。直到那二人再次开口讲话,所有人的心都已经提到了嗓子眼,拼命用手捂着心口。有多少年轻女孩已经把头埋在了身旁男伴的怀里,轻轻啜泣起来。

姬菱霄披着白狐大氅陪在父亲母亲身边。她的眼睛随便瞥着梵音,耳朵却竖了起来,听着刚刚的人言。她把头转向裴析。眼珠子一转,轻轻挪步到了裴析身边,小声道:"裴总司。"

裴析激灵一下,回过头来,看着面容娇柔的姬菱霄,原本竖起的厉眉不自觉放松下来。姬菱霄见状,笑盈盈地温声问道:"您说,屏上那两个,"姬菱霄说话间顿了一下,掩住粉唇道,"那两个外族,谁能赢?"

裴析听罢,想都不想,随即冷笑一下,轻蔑道:"都得死!外族都得死!"说着,他不知哪里来的勇气再次看向了影画屏,然而稍看两眼之后,眼周的括约肌开始拼命弹跳起来,跟着脸部也开始抽搐起来,像是要蹦出个鹌鹑蛋。

军政部内,会议室的门被轻轻推开了,士兵刚要敬礼,便被进来的人拦下了。正是北唐北冥。

只见他身形单薄,比以往消瘦了很多。惨白的面庞上,那双俊朗清洌的眼睛仍旧锐不可当。他安静地走进会议室,眼睛一转不转地盯着梵音的一举一动。天阔跟在他的身后。

"部长!"颜童看见北冥,心中大喜,忍不住小声呼道。

北冥略一示意,向自己的座位走去。在座众人虽不知他两天前几乎放光了自己一身血液,经历生死轮回,却一眼看出本部长此时瘦得几乎形销骨立,步履虚飘。

北冥在路过崖雅身边时站住了。他把手放在崖雅头顶,第一次像个哥哥般对崖雅道:"别怕,梵音不会有事的。"崖雅回头看向北冥,以往两人还是有些生疏的。北冥只比崖雅大一岁,可此时,崖雅感到这个哥哥身上透出的坚韧像一把刀,所有荆棘都能劈得断。他说小音没事,那小音就一定会没事的。

"你留下,陪崖雅。"北冥吩咐天阔道。天阔安静地坐在了崖雅身边。北冥回到了自己会议桌最前面的位置上,那里距离影画屏也最近。所有人只见他面色冷厉,目露凶光。

只看影画屏那边,梵音脸颊轻侧,眼睛眯成了一条刃。见修门不答,她急于求证,再次开口问道:"你说什么!"

"我问你,你的小男人死了没有?"修门重复道。看着梵音越发惨白的脸色,修门便明白了,于是更加得意地大笑起来:"看来北唐北冥真是你男人啊,可你连他毒发死没死都不知道,啧啧啧。"

听到这里,梵音明眸骤然睁大,瞳孔紧缩。

修门继续道:"修弥那个屄货,连两个臭虫都搞不定就逃回来了。"说着,他看了一眼梵音,"不就是你们俩吗?"

"你伤的他?"梵音面目僵冷。

"谁?你的小男人,还是别人?我伤的人可多了。"一个贱鄙的声音从修门粗壮厚重的喉咙里发出,轻蔑无限。

"北唐北冥!"梵音森冷的声音再次响起,她的身子看上去嶙峋骨削,一动不动。

"你说谁?我没听清?"影画屏里面传来狂妄无节制的浪笑,笑得好像要呕出来一般,"你说谁?"梵音一个冷战,从心寒到脚底。"一条臭虫的贱命,沾点我留在杂草上的口水都得死,还没让他喝呢。喏,你瞅瞅。"修门用狼爪踩着前面被它的口涎融掉的数米深坑,脚趾不停地搓着,打着转。

听到此,梵音双眼鲜红一片,僵立的身体止不住地发抖,大口喘着气。

"你们以为有了胡轻轻,他就能保住命了?"修门突然提到胡轻轻,梵音心中跟着又是一紧,耳朵里像是被扎了刺,一阵尖疼。"那个胡轻轻的血比我们的狼毒更毒啊,有了崖青山也没用!你们这堆蠢货!以为我们不知道有胡轻轻的存在吗?"修门撕心裂肺般断续大笑着,"除非你让你男人喝光她的血,不然死得更快!他下得去那个口吗?哦!不对!那个胡轻轻可是娇皮嫩肉得很呢,他正巴不得喝吧!蠢女人!"

"我要宰了你……我要宰了你……"梵音双拳震抖,双眸虚掩,气若无声。

"我可不是聋子,耳力千里!你那点鸟声,我听得清楚!白痴!就你还想动我!你男人都没那个本事,就凭你?蠢货!"

"你给我闭嘴!"梵音薄唇轻启,只觉胸口闷疼。

"我这就送你去找他,让你们做一对,一对,一对什么?臭虫话怎么说来的?一对亡命臭虫!"一阵狂笑再次掀起,"你们就配比个臭虫!呸!"修门狠狠向地面啐了一大口涎,瞬间冰面再融一米。

眼看修门越来越嚣张,梵音反而愈来愈沉寂。原本跌宕难平的胸口,此时静滞了下来,好像停了呼吸。她抬起右手,拂到颈边,解开两枚金色颈扣,锁骨细颈若隐若现。她的手指比一般纤盈的女孩还要轻细三分,骨节分明。

只见梵音鼻尖急耸,一阵刺骨冷气顺着她的鼻腔直冲头顶,让她的神经瞬间清晰紧绷。霎时,一层皓白寒冰从她的脚底顺着脚踝迅速蔓延而上,直到腰间还不见停,片刻已达脖颈。

这冰层和她以往使出的任何一次寒冰防御术都不同。梵音的寒冰防御术是一层附着在体外的薄冰,厚度只有毫厘,透明如冰晶,但坚固异常。她方才也是凭着那一招防御术和鹰眼的配合躲过了修门万枚狼毫的攻击。

然而现在梵音身外的这层冰坚厚无比,好似一副寒冰铠甲加身,颜色也不再透明,而是像这脚下的冰层,皓白一身,刚气逼人。

渐渐地,梵音的脸也开始起了变化。原本精致的轮廓此时越发棱角分明,凌削骨刻,鼻尖精致得像那山巅的一顶雪,薄唇成刃。忽而梵音双眉一挑,杏眼变凤,眉眼峭立,仿佛换了个模样。女生男相,犹如玉面少年。人们望着梵音这副模样都呆了,眼前的打斗仿佛都静止了。

突然,影画屏里传来"硌铮硌铮"的声音!人们被那诡异的响声顿时惊醒。只听那声音越来越大,好像眼前的巴伦河冰层被生生掰开来了一样,断裂的冰层相互用力碾磨着。那声音扎得人头皮发麻,骨肉生疼。

可很快人们就发现冰面完好无损,那声音不是从冰层发出来的。接下来的一幕让东菱所有人都神形战栗。

只听一个非人非鬼的嘶吼声从梵音的胸腔里迸发出来,那厚重低沉的共鸣就像一匹野兽震彻寒霄,回荡在空中。

"我要宰了你!"

原来刚刚那骇人诡异的锉骨声,不是别处发出的,正是梵音自己。她的身体骨骼每动一下都会发出碾轧般的锉骨声,好似冰缝间夹缝相锉。

再看过去,梵音不仅寒冰铠甲皓白一身,就连她的面目、双手也变得寒如冷月,色如冰晶。垂在脸庞的黑色短发早已被拢在耳后,不仅发丝如霜,更是根根刚硬,好似锋刀。梵音站在冰面上就像一尊华美夺目的冰塑。

话落一瞬,梵音猛然俯身,双足踏地,"轰"的一声巨响,整个人消失在了原地,足下踏出半米深坑!

"野鬼!"崖青山和冷羿一同从座位上蹿了起来,异口同声地喊道!

只听"砰"的一声闷响,梵音赤手空拳正正打在修门腰间。"呃!"梵音胸腔发力出声。

就这一下,修门躲闪不及,庞然大物竟被打得生生向后退去。修门心中一惊!它根本没看到梵音的动势,那速度快过了它的眼力。它回头向自己腰间看去,登时狼眸一怔,它看到自己无坚不摧的狼毫竟被梵音一拳打得断裂一片。而且以它的吨位,就算被梵音侥幸攻击到了,也不可能轻易被移位,可它现在觉得腰间剧痛。那得拥有足以和它抗衡的力量才可以!

"野鬼!"修门狼爪持地,划出冰痕,遏制后退,猛力调转身体,正对着梵音,怒吼道。

哪知,梵音在它身前一闪,又消失了。紧接着"砰"的一声,梵音从天而降,笔直的双腿像柄重剑,重重落在修门的后颈处。修门被这一下踩得头狠狠撞在地上。

没等站起,修门只觉眼前划过一道寒芒。梵音又一记重拳再次打到修门脖颈处,接着又是数拳落下,修门的脖颈已经歪到了一边,半个舌头都吐了出来。

梵音还没停手,一记记重拳下落,双眉渐渐蹙了起来。"竟然这么硬!"梵音心下暗道。此时她的双拳已如钢凿般坚硬,拳拳对在钢刃般的狼毫上丝毫不显弱势,反而是狼毫尽数被她打折打弯。那拳头的杀伤力已经超过了梵音的重剑。

片刻间,梵音已经快速地打出了十几拳,仍不打算收手。可就当她越打越重,越打越深时,梵音感到拳头对撞的地方也越来越硬。

只听梵音大喝一声,冲着已经被她打得狼髯凹陷下去的修门颈侧,狠命一拳。那儿正是修门颈骨的位置。梵音这一拳下去,未及时收回,而是全力往肉里砸去。只听冰面上传来了碎裂的声音,修门身下的冰面出现数道裂痕。

忽地,梵音身形一弓,猛地向后撤去,跃向半空。只看修门数米长的身形从冰面上顿然跃起,狼头一个猛摆,狠狠撞向梵音。那块头如同一个青铜大鼎,砸向了梵音。

梵音凌空一个斗转,双臂一挡,原本应该飞出去的身子此刻生生扛下了这一击。力往后卸,梵音稳稳地落在了地上,身法了得。

"野鬼。"修门扭动着自己的脖子,刚才被梵音打得措手不及,有些吃痛,却也不甚碍事。它獠牙咧起,半匐身躯,蓄势待发。然而眼睛却上下不停地打量着梵音,远比先前谨慎多了。

梵音站定了身子。一双冰晶般的凤眼轻瞥着一旁的修门,浑身戾气,全无往日模样,看一眼都叫人胆寒。

影画屏这头,端镜泊自看到梵音变换了模样眼睛就未再离开屏幕,心中忌道:早就耳闻第五家灵法阴戾,以前只当她早早没了父亲,无人调教,不成气候,谁知现在她的灵法也如此了得!这个样子,简直就是一柄"活武器"!军政部,如虎添翼!

裴析看到此处,紫唇撕咬,脸色不好反坏。姬菱霄瞪了他一眼,不耐烦但又忍不住继续回头看向屏幕,心生恨意。

却说梵音听罢,偏过头来,凤眼斜睨,漠然道:"看来修罗没少调教你们。"修门听此,身形轻颤,别人看不到,梵音却瞧得清楚。只见她嘴角一咧,似笑非笑,恍若鬼魅。

"可惜你爹死了,你又能有多大气候呢?"修门放胆豪言道。

"我爹当年没宰了修罗,是他跑得快。今日,你来了,跑不了!"

"你放屁!"修门恼羞成怒,张开架势欲向梵音袭来。

原来当年崖青山年少,初入极地寻珍材异宝,遭遇修罗,那时修罗还不是狼王,只是狼子。崖青山不敌修罗,逃难时恰巧遇到四方闲游的少年第五逍遥。

第五逍遥仗义相救,逐走了修罗。那也是第五逍遥第一次和狼子过手,情况凶险,使出了尚不纯熟的第五家秘术"野鬼"。第五逍遥见崖青山看似文弱少年,却心性至坚,痴魔药理,实在是个妙人,当下便与他结交为异姓兄弟。此后数年,崖青山深入诸多险恶腹地,寻取珍稀药材,与第五逍遥少有联络,但每每寻到好宝贝,都会不远万里托人给第五逍遥送来,兄弟之情,不用言表。

后来崖青山丧妻,投奔了第五逍遥。此后,第五逍遥为了护崖青山父女周全,明里暗里与狼族多次交手,狼族从未得手。修罗又为巩固狼王之位无法抽身,只得暂且作罢。但之后,修罗和自己的狼子狼族多次提到第五家的秘术"野鬼",告诫它们如果遭遇,必当全力以赴,杀之后快!

"老子今天就替父王灭了你!灭了你这个唯一会幻形的人类,让你第五家彻底绝了种!"

"幻形!"菱都人对此闻所未闻,"人类,会幻形?"众人皆沸,"那还……是人类吗?"就连国正厅资深的指挥官们也开始骚动起来。军政部内,除了崖青山和冷羿脸色僵白,知道其中原委,剩下的就连北冥也是未见过梵音如此模样,心中悬提不安。

修门话落,两人皆是怒不可遏,正面攻向对方。修门张开洪钟大口向梵音头颅咬去,它体形庞大,身法了得,一时间竟封住了梵音所有的闪避路线,眼看狼口要没过梵音头顶。参差狼牙,犹如炼狱铡刀,稍稍带过便会让人分筋断骨,牙髓中的狼毒更是点滴屠城。

就在狼口落下之时,梵音忽而伸出左臂,赤手空拳一把抓住修门上颚中最尖利的那颗狼齿,身形一荡,凌空跃起,来到它面门前。修门忽觉一阵刺痛。只见,它右半边脸上的无数狼毫不知怎的被砍断了大半,纷纷落在地上。

修门心中登时一惊,就在刚才,它双眼紧盯着梵音,完全不见她手中拿着任何武器,更不要说能伤到它。

不等修门反应,它又感到一盏冷光向自己袭来,这次对准的是它的眼睛。雷霆之速,眼看那攻击要划过修门棕绿碗口大的眼球。

"手刀!"就在修门眨眼之际,它看到了那朝自己挥过来的武器,竟是梵音的寒冰锥尖徒手!

修门的头猛然朝后仰去,梵音的身法却不见停,近身刺去。眼见梵音的手刀便要刺中修门的眼球,修门猛地闭住双眼,狼头往右侧一摆,梵音的手刀顺着它的眼角划开来,直至耳后。

一行血泪顺着修门的脸廓淌了下来。它眼角周围的细密狼毫尽数被梵音斩断了。

修门摆尾停下,看见滴在冰面上的斑斑血迹,一丝微痛从眼角传了过来,它一时慌了神,一向以铜皮铁骨著称的狼族怎会轻易被伤!

就在这当口儿,梵音伸手摸向腰间卷袋,用力一扯,将一把两米余长的银鞭握在手中,正是冷彻送给她的灵器——节骨鞭。

梵音身在半空,手持节骨鞭,用力往空中一挥。"啪"的一声,抽得寒空猎猎作响。节骨鞭从方才的两米余长,进伸到了八米。梵音手腕一抖,节骨鞭牢牢捆在了修门的狼颈上。待她双足落地,左手接过了环绕回来的鞭子,双手交叉用力,狠狠勒住了修门的脖子。

修门一下被梵音扯倒在地,哐当一声,震得冰面撼动。

梵音铆足力气,大喝一声,节骨鞭骤然紧缩。修门倏地被拖到了梵音面前。梵音一跃而起,跳到修门头顶,双手发力,从背后勒住了修门的脖子。

修门狼瞳登时突出,龇牙尖叫,疯狂地扭动着。

"蠢货!去死吧!"梵音同样发出了咆哮之声,双手越勒越紧,力大无穷。

"狼族,灵力憋盛,外甲坚固,夜袭可达千里。一切远攻,均可相抵。近攻,狼毫又锋利,无坚不摧,毫无破绽。差池毫厘,狼毒就可夺命。"梵音心中默念着父亲以前警告过她的话。狼族,乃大陆上第一凶族,天生暴戾。

"那,爸爸,你是怎么赢了它的?"梵音脑中闪回着儿时与父亲的过往。

"近身格斗!"第五逍遥的话回荡在梵音耳边,"等你灵法再好些,爸爸就教你。"

"等我灵法再好些!"梵音双手使力,口中用力念着。

"第五家,最擅近身格斗!"冷彻的话紧接着出现在梵音脑海中,"你父亲没教全你的,叔叔来。""谢谢叔叔!"

梵音想到此处,月白双拳上青筋尽显,背贴着修门的脖颈狼鬃,持续发力,狼毫刺不穿她冰甲半分。

修门被勒得舌头外翻,口涎流淌得一塌糊涂,呼吸将窒。梵音绷着一口气,半分不松。

忽而,一道劲风朝梵音面门袭来。梵音提气一挡,劲风瞬间被打散。又有四五道劲风刮来,狼尾凿得冰面出现数道深坑。

只见修门的身子越弓越高,梵音也跟着升了起来。狼爪四肢在冰面上用力碾搓着,僵直地站了起来。修门身下的冰层被它刨得一片狼藉。梵音还是不松手。

狼尾疯狂地朝梵音袭来,够不到她,但随着狼尾而来的劲风力道甚强。起初梵音扛过了几击,现下却有些吃力了。狼尾不停地抽打着,梵音脚下愈来愈不稳,可手中绝不放松。

忽地,修门前爪俯下身去,后腿绷直,一个纵跃,向天空奔去。待到高处,修门猛然掉转身子,翻了个个儿,后背头颅冲下,狠狠向冰面砸去。

这一下下去,修门不会怎样,可站在它背上的梵音却要遭殃。数吨重的狼身砸在梵音身上，不死也要伤。梵音瞬时收了节骨鞭，往远处跳去。

还没待她落地，一个猛摆，狼尾又抽了过来。

梵音连躲几下，跳开了修门的攻击。谁知，修门身法越来越快，竟和梵音娇小的身躯缠斗在了一起。影画屏上，一狼一人已打成一团，看不清出手招式。

修门猛然抬起头来，仰天长啸，一口恶气吐了出来。只见它狼瞳四转，飞快寻找着梵音的踪影。方才梵音出其不意用出的锁喉一招，让它吃了大亏，再加之眼角受伤之后竟自乱阵脚，节节败退。可修门天生神力，灵力充盈，一口气虽被梵音锁住，无法呼吸，但本身的肺活量极大，堪比海鲸。那一招突袭是骇住了它，却不能夺它性命。

等它回过神来，便想方设法甩梵音下背。

现在，修门首尾并用，四肢齐上，疯狂打压着梵音的路数。梵音穿梭其中，竟觉得有些吃力了。之前想用节骨鞭一招制敌，谁承想用力过猛，影响了此时的身法速度。

一个空档，梵音从修门腿股之中蹿了出去。谁料，狼尾已挥至她身前。梵音抬手一挡，狼尾力道极大，她被打向了高空。

就在梵音回转落地之时，一道黑影闪过凌镜。

"糟糕！"梵音大惊。

"呃！"梵音刺痛出声，牙关欲裂，修门的大口正正咬在她肩头。修门满眼通红，荧绿将盖，经过一连串的打击，变得癫狂暴怒。只见修门的利齿在梵音肩头越咬越深，锥刺入骨，疼得梵音豆大的汗珠落如雨下。

"梵音……"影画屏这头，北冥是再也控制不住，颤抖出声，双目只觉火烧般灼热。

修门狼头猛甩，势要卸了梵音的臂膀。梵音弱小的身躯在修门洪钟大的狼口下，任凭它拉扯撕咬，好比玩物。

国正厅这头，姬菱霄假装掩住了口鼻，肆意笑了起来。

就在修门越咬越解气之时，它忽感齿间一痛，一道断裂之声顺着修门的牙尖蹿了上来，酸痛难忍。它用力一甩把梵音扔到了一边，自己龇牙咧嘴。

"我的牙！我的牙！"一声脆响，修门口中的两颗尖牙崩碎了，"混蛋！你把我的牙怎么了！你把我的牙怎么了！"修门已接近癫狂，疯狂向梵音倒下去的方向袭来，"我要你的命！"

只见五道指尖利痕倏地划过冰面，梵音的身形像离弦的箭一般从冰面上蹿了出去，迎着修门狼口而上。

修门来势狂勇，竟要一口吞了梵音！

可就在修门发力咬合之时，忽而一股大力撑住了修门狼口。修门一惊，骤然加力，可狼口只相合数寸，再不能动弹。

只见，梵音双脚踏住狼下颌，双手抵起狼上颚，紧紧攥住它的两颗巨大狼牙，周身发力，大喝一声。她原本齐整雪白的满口银牙，立时变得参差尖细，也好似厉兽一般。她的右肩膀上，几个巨大齿洞钻进了她的锁骨，深陷皮肉之中，正是修门刚才咬的。然而，齿洞之中并不见丝毫血迹，只能看到梵音的银白锁骨。

"你！"修门张口发出声音，眼睛不停轮转，"这就是野鬼！父王以前多次提到过的野鬼！"修门心中一震，它原以为梵音的造化远不能和其父第五逍遥相较，可现在看来，自己一再失手，实是鲁莽轻敌造成的。

野鬼这招灵法是第五家秘术。他们把特质水属性的寒冰灵力发挥到了极致，融于体内，深入骨髓，通过改变自我机制，把自己的身体幻化成了一把无坚不摧的灵器。骨如金刚，身似坚冰，手刀成刃，指如尖锥。说是灵法，更像是被灵法加持过的登峰造极的身法体术。经过这一番彻骨的造化，凡催动这一招灵法的第五家人，骨骼样貌都会随之发生变化，形似冷魅。

修门觉得自己的嘴巴好像被一柄刚直不弯的利器撑住，进退两难。

忽地，修门一股蛮力骤然下压，欲和梵音一较高下。

"我就不信我碾不碎你个臭虫！"修门心中怒骂。

然而梵音腰身坚韧，竟胜过重剑，让修门一时无法。很快地，修门的齿间上下开始纷纷垂下涎液。那充满剧毒的涎液滴到冰面上，瞬间便融掉一个大坑。

"蠢女人！"修门心中道。

就在这时，梵音双臂突然发力，一道激寒顺着修门的狼牙蹿了上去，只听修门哀嚎一声，它的狼牙瞬间成冰。梵音手掌发力，两颗半米长的狼牙竟被梵音活生生掰了下来。

修门疼得登时想合住狼口，可谁料，梵音还在它的齿前，并没离开。

"她要干什么！"修门心中惊道，为何还不趁机逃走？

"你不是说要用狼毒毒死北冥吗！我今天就要一颗一颗卸了你的满口毒牙！"梵音声音凄厉高亢，听得人森森发寒。

"什么！"修门一个慌神，又有两颗狼牙冻脆，被梵音废了。

修门疼得四肢急跳，可梵音就像嵌在了它的口中，纹丝不动。此时，连梵音脚下也开始发出阵阵寒意。狼涎被梵音的寒气冻得统统退了回去。眼看，修门这一口利器就要被梵音废掉了。狼嘴口角被梵音撕得渐渐裂开。

北冥的手指深深嵌在了掌心里，用力过大，攥得指骨生疼。

第五十七章
他的命你要不起

"呃!"一声喑呜惨痛之声从影画屏里传了过来,瞬间便没了声音。紧接着,一阵隆隆声从影画屏中再次响起,那声音震得冰面下的河水也跟着起了共浪。

梵音手抵着修门上颚,钳它的狼牙,片刻已卸掉大半。见它灵力涣散,梵音准备速战速决,撤出修门口中。

就在扯手的当口儿,修门的狼腮处突然发出阵阵隆声,好像空穴来风。只见一个巨大肉团从修门外侧狼颈处忽然激凸迸发而出。霎时间,一个与修门一模一样的狼头从它的脖颈处长了出来。

狼头嘶吼扭动,猛地一绕,冲着梵音的腰腹便咬了去。梵音撤手不及,整个人横切被修门的第二个狼头咬在了口里。

"呃!"梵音双眸登时爆裂一般,痛苦出声,但那呜咽很快被吞噬了。

修门崭新的狼头龇着完好无缺的狼牙,用尽全力咬着梵音的躯干,用力过度,牙龈已经滋出了血。它还是不停口,誓要听到自己牙齿间的交错摩擦声才算泄愤。眼看修门口齿间的缝隙越来越小。

"双头狼!"国正厅上,端倪站在父亲端镜泊身侧,忍不住喊出声来。而在场的其余人无论国主官员还是百姓人民,均都呆若木鸡,愣在当下,看着影画屏那边发生的可怖一幕。

姬菱霄虚掩着魅眸,身形一抖,也是被吓得不轻,可紧接着,她的嘴角开始向上抽动起来,颤颤巍巍低声私语道:"还不死……"

胡妹儿吓得哧溜一下钻进了姬仲怀里,不住地发抖,掩住耳朵,不想再听到任何狼叫。

"不会有事的！不会有事的！梵音！梵音！"北冥目眦欲裂,烈火灼心,不断暗念着。"在哪儿！在哪儿！"北冥已经不能在屏幕上找到梵音的身影了。"不可能！不可能！"他疯狂地搜索着影画屏的每个角落。

崖雅屏住了呼吸,从始至终,她都不敢喊出梵音的名字。她早就养成了习惯,只要梵音在格斗状态,她就坚决不会发出一点声音。她害怕自己一个失误、一个胆小分了梵音的心,让她因为顾忌自己而受伤。

时间像蜡油般,一滴一滴浇着北冥的心。

修门肆意地咬着梵音的身体,它这次确定,自己真真地咬住了梵音。它终于感到有些解恨了。可渐渐地,修门开始奇怪起来:"这东西,怎么咬上去不像块肉!"

就在修门想吐出嘴里这块"东西"看看时,忽然狼口一滞,哇的一下松了口。一股血线从修门正中牙缝间飙了出来,痛得它嚎叫连连,它的牙口唇间多了四道狰狞的创口。

"你这该死的臭虫！"修门怒吼着。两个铜鼎般的狼头四下搜寻着梵音的踪迹。四只狼眸,四耳齐耸,修门的感知力激增。

一个凌厉刚劲的身影唰地从狼口里跳了出来。

"怎么回事！肚子真的没被我咬穿？怎么可能！"修门看清了梵音,只见她一身冷白冰甲,除了肩头锁骨上那几个未流血的"冰窟窿",身上其他各处却不见伤口,腰腹更是完好无损！它心下吃惊不已。这梵音到底是个人类,怎的幻形以后这般厉害,连被它的利齿咬合竟也无碍？

"我的灵力已经不够了,坚持不了多久了。到时候野鬼一破,沾几滴狼毒我也必死无疑！"梵音刚才为了扛过修门的撕咬,把全部灵力注入体内,加持野鬼一法,让自己的身体彻底变得像万年冰川一样,亘古不化,坚冰不摧。

"破绽,一定要找出修门的破绽！"梵音暗道。

忽而梵音看向修门的身体和四肢。"哪里不对！"梵音想着,登时眼前一亮！修门此时的身形比先前足足小了两圈！狼鬃也不似之前扎实锋利了！它的灵力早就在与梵音对抗之时被大幅削减了！

"如此说来！"梵音再不耽搁,腰身一扭,好似银蛇,身子顺着修门的脖颈双头之间,插了个空隙,往它背后蹿去。

"觉得终于钻了空子是吗？哼！"修门叱笑道。梵音已经到了修门背后。"那你就别想再下来了！"

修门的背脊狼鬃骤然乍起,有数万万之多,酷似炼狱刑场。梵音身形一缩,竟是冲着修门的狼毫脊背冲去。刚踏出两步,修门的狼毫竟能自控般,尽数朝梵音的方向刺来。梵音眉尖一蹙，迎面抵了过去。

胸前后背，手臂腿骨，梵音全身无一遗漏，被修门的狼毫致命锥刺。她却一路向下，不作抵挡。果然如她所料，现在的狼毫远不及之前锋利坚硬了，重伤不得她，修门铜皮铁骨之身也已弱去！梵音在万毫之中忽地伸出双臂，双手成刃，指如冰锥，一把握住修门身旁狼鬃，猛地一薅，连皮带肉拔了下来。修门登时疼得如被电击般嚎叫出声："妈的！你拔了老子的狼毫！"

梵音不停顿，顺着修门背脊一路向下，连续拔断它的狼毫。修门疼得跳脚，更是运足灵力，全力刺进梵音身体。梵音身体渐感不支，刺痛的感觉渐渐顺着冰甲扎了进来。

"还不够！"梵音咬牙心底暗道，"还差一点！"用力一挣，狼尾处的十余根狼毫钢刃再次被梵音连根拔了起来，鲜血淋漓。只听嗷的一声，修门的狼尾抽打过来，重重打在梵音腰侧。

"嘎巴"一声断裂，声音虽小，却震在了东菱每个人的心里。修门的四只狼耳登时尖利起来，那声断裂听得他激腾满沸，跟着又是几鞭挥出，根根抽在梵音身上。

最后一记重凿落地，梵音被砸在冰面上，鲜血从口中喷出。她微微张开口。冰冷的天气，看不到她口中有雾气喷出，她的体内已经和这极寒一样冰冷。她双瞳涣散地看着天空，手心中传来疼痛，是从修门背上拔下狼鬃时伤的。

"其实我平日是不吃人肉的，可今天，你的肉，我吃定了！也让我尝尝你这个非人非鬼的野鬼，看看身上到底是肉还是冰！"说着，修门慢慢走到梵音身前。低下两个铜鼎狼首，看着身如残月的梵音，咧嘴狂笑。

修门看着她半晌，像在欣赏。人类赤红的鲜血顺着梵音的口角留下，淌过她白若凝脂的脖颈，流向半露的银色锁骨间。

修门突然窃笑起来，狼口贴向梵音娇美的面庞，腥气喷出说道："你想怎么死？"说着，它骨碌着四只眼睛看遍梵音全身。"想不想我成全你？嗯？"修门又开始狂笑起来，好大一会儿，才停了下来。"我大可以先吃了你的一半，再让你中狼毒而死，好不好？这样，你就可以和你的小男人同一个死法了。虽然你看不见他毒发而亡，可是我可以帮你让你感受一下他中狼毒的滋味，这也和他一起死差不多了，多甜蜜。你说，你该怎么感谢我呢？"

"我说过了，他喝点我的口水都得死，你也一样，现在就让你尝尝。"修门说着，脑袋左摇右晃，像头摇头摆尾的哈巴狗，控制不住，欢天喜地。它青铜鼎般大小的脑袋再次垂了下来，毒涎在它口中聚集，一滴一滴落在冰面上："我保证，你和你男人尝到的是同一个滋味，好得很！"

修门的狼头越低越甚，狼齿几乎触到梵音冰润的肌肤。忽然，一道冰凉穿过修门脖颈的鬃毛。它动作一顿，两只狼首齐齐往自己脖颈处看去。只见它的身体骤然一僵，狼首紧忙地在自己身周看了个遍。

"找什么呢？"一个冰冷的声音响起，修门的四只狼耳激灵一下爹了起来。

它急转调头看向梵音，只见梵音已经悄无声息地站了起来，就在自己面前。梵音抬起胳膊，擦着自己唇边的血，低头看了看衣袖，当真是伤得不轻。

修门茂盛的鬃毛拂如海浪，面目狰狞颤抖，龇着獠牙，怒意盛起。

"我问你找什么呢？"梵音凤眼一挑，再次问道，言语间尽是居高临下、睥睨藐视之意。

"你！"

"这个？"梵音右手举过眉间，凌眉英挑，轻轻张开末数三根秀指。指尖长出的冰白尖锥让人不寒而栗，似有入骨三分的锥扎之感，再配上她此时凌厉的容貌，竟有说不出的魅惑。

只见梵音双指之间捻着一个东西，透过日光，显得格外璀璨，好像一颗琉珠般大小的墨绿色璀璨耀石。修门看见此物，登时目光骤聚。

"还真是这个东西让你幻形的啊。"梵音言语间轻佻翩翩，下巴微扬，看着那颗好似宝石一样的东西，"这东西……不像……""赤金石"三个字被梵音咽了下去，北唐穆西提醒过她不要和任何外人提及赤金石之事。梵音用眼神剜了一眼修门道："难不成，你们狼族也会铸灵术了，把你们的绿眼珠子炼成了这个东西，还是说这东西也是灵魅给的？"

"你给我拿过来！"修门咆哮道。

"拿过去？"梵音斜睨它一眼，冷笑一声。指尖一挥，一把攥住了墨绿耀石。修门朝她飞扑过来，双头急啸，她身子一斜，腿下发力，偏侧一边，跃了起来。

梵音掌心骤然发力，大喝一声，一股强大的寒盛灵力轰然而出，空中顿时震出了冰白气浪，修门连连向后退去。

只听"咔嚓"一声。修门急停望去，梵音向它摊开掌心，一捧碎砾从梵音掌心流下。

"你拿不回去了，蠢货。"梵音幽幽道。

"蠢货！"那是修弥和修彦平时经常呼喝修门时的称呼，修门听到此称呼，登时四目欲裂，怒火爆棚，全速朝梵音奔来。

"不许喊我蠢货！你个该死的臭虫！快把东西还给我！"

梵音再无躲避，双手一凛，十指如锥，朝修门袭去。隔开它已经跃然而起的狼爪，回旋一划，修门的左前爪被梵音的手指砍出一道裂口。紧接着梵音一拳，重重凿在修门的狼面上。她的骨头如万年坚冰，似这世上最坚硬的武器，打得修门面骨生疼。

梵音一个弹跳，踩在修门的第二狼首之上，跃上它的脖颈。就在这时，修门惨叫一声，只见它的第二狼首急速旋转着，越变越小，瞬间缩进了它的狼腮处，再无痕迹。

就在修门慌张之时，梵音手起刀落，一把刺进了修门的狼颈之处。修门登时如遭电钻一般疼痛，心下大骇，这远比之前梵音拔它狼毫时更痛万分。它不再顾及头面，转而努力要把梵音从它背上摔下。

它集中灵力，收了周身其他狼毫之力，颈间狼毫顿时如百炼千钢一般，全力激发而出，刺中梵音要害。

梵音咬紧牙关，双手仍没拔出，而是越扎越深。修门疼得连滚带爬，想方设法却甩不下梵音。

只听它嘶吼一声，整个身躯向空中蹿立起来，狼毫也跟着变得愈加锋利，根根扎向梵音腰腹背心之中。梵音只觉她的冰甲寒胄欲有崩裂之势，锥心之痛透过冰甲传了进来。

她忍痛，再一加力，手中一攥。"握住了！"她登时铆足了力气，双手一抣，修门的椎骨被她死死攥在手里，十指尖锥更是刺进了它的骨缝。

修门一声震天哀嚎。

跟着梵音仰天大喝，运足了周身之力，用力拔起。只听那分筋错骨的断裂之声顺着修门的背脊脊柱传了过来。

修门惊恐万状，它此时才恍然明白。先前几次背上传来的麻痛根本不是梵音拔下它的狼毫所致，而是她因为用十指锥扎分割了它的椎间皮肉。拔下狼毫不过是障眼法，让它忽略了那些"痛痒"。

就在几次袭击过后，梵音早就知道，修门全身狼毫密布，骨如精钢，无法一招致命，更伤不到它要害心肺。在她有限的攻击范围内，她唯一能触及的只有离修门皮肉不深的脊椎骨。

跟着，她几次扛住修门的狼毫攻击，俯身下去，冲向它的脊背，手起刀落，十指锥扎连续刺进修门骨肉之中，松筋动骨，等的就是这个时候。

伤其一节筋骨，不足以制敌，伤其三节筋骨，不足以致命，唯有拔下它整条脊柱，才能让它再无翻身之力。

只见梵音以力拔山河之势，从修门身体中抽出一节粗壮如她身形般的白骨。修门的哀嚎令天崩地裂，夜丧之声再次宣肺而出，震得大地撼动，冰层开裂。梵音骨麻作痛,手臂上的冰甲瞬间分崩离析。

她死不松手,继续往外拔着,不管修门的毒毫离自己只有几分。夜丧之声不停,梵音一口鲜血喷涌而出。她再次大喝一声,只见三节煞白脊骨被梵音狂猛拔出。修门庞大的狼躯在冰面上使劲蜷动着,活像一条正在被刮着鳞片的活鱼。

此时菱都城之内,人们发出鼎沸之声,欲与第五梵音并肩而在。然而修门的垂死夜丧近乎毁天灭地,声浪席卷苍空万里,天空被它的嘶吼声撕出千百道裂纹一般,灵力飞走。所有人的声音也被它的盖过,只同鸦叫一般。

只听第五梵音怒吼之声愤然而起,震耳欲聋。菱都之人无一不睁眼屏息望去。

"他的命,你要不起!"

"北唐北冥!"修门残喘之声仍如烈嚎,筋骨抽搐犹如排山倒海之势,震得冰层深裂,"你让我给他填命?"

"给他填命? 他的命,你这条贱命赔不起! 他的命,你更要不起!"说罢,梵音铆足最后的力气,用力一撤。修门的五米脊柱骨被她生生一连串拔了出来,血花四射飞溅。

修门的夜丧登时停止!

修门的庞然大躯轰然倒地,梵音一把把它的脊柱骨抽到了一边,轰的一声砸在了冰面上。她喘着粗气,用手掩着胸口,浑身上下已满是鲜血。

修门即将涣散的狼瞳盯着梵音,怨怒道:"第五梵音……"

"去死吧。"梵音道。

修门的狼瞳最终涣散了。凄凉的冰面上尽是它的血气腥臭。梵音看着它,久久没有撤回目光,它的强悍让她不能有一丝侥幸,心有余悸。

许久,梵音离开了那片血腥之地。她用手捂着胸口,闷痛地咳着。一身的冰甲寒胄已经不知在何时褪去了。漆黑的短发再次顺着她的脸颊落了下来,凌厉的五官变回了以往甜美精致的模样。

她走到空场,仰起头,闭上眼,大口呼吸着,清丽的睫毛上挂着水珠。人们看着她的样子,揪着心,却不敢发一言,好像先前的恶战还没有停止。

半晌,梵音低下头,把手缓缓扶向了自己的腹部。刚才被修门拦腰一咬,她虽扛住了那一击,可生疼的感觉久久不能缓解。她低头看着,心想还好没伤到。

她又慢慢把手抚到颈间,痛楚随即而来,梵音疼得一咬牙。锁骨上和肩头上的几个"冰窟窿"此时已经没有了,变成了触目惊心的血窟窿。她慢慢偏过头去,看着自己的肩膀,鲜红的血流了下来。"还好,没中毒。"梵音心想着。

野鬼一式,不仅能扛得住外界强悍的攻击,倍增自身机能,更是由于自身机制被灵化改变,身体的每一处都像是冰化而成。即便狼牙入骨,狼毒也被止于外界,不能侵入体内,除非野鬼一式被破。而就在梵音拔出修门脊柱时,她手臂间的冰甲已碎,但梵音全不顾及,定要置修门于死地。幸而那时,修门的灵法也已经褪去,狼毫无锋,大势已去,没伤到梵音。

她解开衣扣,露出右边锁颈,鲜血已染红了她的肩头。她从腰间卷袋里拿出药粉,撒了上去,用绷带迅速缠好后,穿上了衣服。

直到这一切都处理完,她扑通一下跪在地上,双手垂下,倒在了冰面上。

"部长……部长……部长怎么了……"国正厅的广场上,终于有人怯生生地开了口。随之而来的,是漫天的询问和担忧。

梵音就这样躺在冰面上,一动不动。她哪里知道东菱有这么多人看着自己。她意识里只有军政部的同僚在时刻注视着自己的战况。

两分钟过去了,她的眼睛轻转了一下,瞟到了半空中的影画屏。只见她唇齿轻启,幽幽道了一声:"太累了,休息一会儿。"这话也不知道是说给谁听的,反正军政部里的同僚无不长出了一口气。

崖雅抱着爸爸,呜呜呜地哭了出来。冷羿仍旧面色无缓,他现下心中千头万绪,烦乱如麻,既担心梵音安危,又不知她为何会自家秘传的野鬼一式。

北冥紧紧盯着梵音的眼睛,方才只见她杏眼一动,一道柔光投来,他捕捉到了她的眼神。接着,她便幽幽开了口,听她说完,北冥才轻呼一口气,眼睛却还紧紧守着她。

国正厅的广场上,人们听到了梵音的声音,顿时山呼海啸一般,沸腾雀跃起来!

"部长她没事!部长她还活着!"

姬仲的脸色越发难看。姬菱霄攥着袖口上的白色兔毛边心里狠狠啐了一口:"没用的畜生!连个女人都搞不定!"裴析的脸上忽阴忽晴,交杂难定。

当人们欢呼之时,梵音却庆幸,如果不是修门一开始贸然动用夜丧和狼毫远距离大范围地攻击她,致使消耗了大量灵力,自己也许还不能就这样干掉了一名狼族悍将。

忽然,北冥感到一阵寒意向自己袭来,他看着梵音的眼睛,只见她朝影画屏凛凛瞥了一眼。那极其微小的动作,影画屏外的人们毫无察觉,可对于北冥来说却是如芒在身。那道埋怨的目光正是冲他瞟过来的。

甭管梵音身边的影画屏有多大,影画屏内有多少人,只要她稍稍动动眼珠子,影画屏那头的蚊子苍蝇也能被她逮个正着。

"讨厌鬼!让你自己不小心,就知道仗着自己灵法好,有恃无恐了!看!伤到了吧？笨蛋！"梵音心里骂道。虽没出声，可北冥却是觉得天降梵音，那让他日夜惦念的人终于对他开了口，说了话，就好像他亲耳听到她怨他一样。北冥心中一痛，可又觉得一身轻松，一丝柔意淌过他的心间。他紧绷的面容这几天来第一次展开了些。

只见北冥的嘴唇轻动，无声道："对不起，梵音，我，"他顿了一下，"我的错。"北冥边说着，边细看着梵音的眼睛，不知道她是否能注意到自己的动作。毕竟影画屏太小了，他们又离得太远了。

梵音眼睛一动，忽然眨了两下，心中惴惴，想着："他怎么知道我骂他了？"她轻轻偏过头，悄悄看着空中不远处的影画屏。

北冥立刻注意到了梵音的小动作，他确信她看见他了。忽地，他嘴角微动。"我的狼毒解了，你放心吧。青山叔帮我解的，也不用再饮胡轻轻的血了。"他用唇语念着。

梵音跟着又眨了两下眼睛，像是在说："真的？"

"真的，我不会骗你的。"北冥的嘴角这次扬得更明显了些。

梵音的心突然蹦了起来，想着："他怎么知道我心里问的是什么！"

"我猜的。"看着梵音有些古怪的表情，北冥再道。

这一下，梵音彻底睁圆了眼睛，鼓起了小脸，吓了一跳。北冥看见她的可爱模样，稍稍浮起笑意，可看见她肩头的大片血迹还有苍白的面容，他的脸又再次沉了下去。梵音赶忙收了表情，以为大家都能看到。

其实这一来一回间，只有他二人心意相通，旁人根本看不出端倪。忽然，北冥发觉一道不善的目光向自己投来，他转过头去，发现正是冷羿。冷羿刚刚和崖青山一起喊出的那声"野鬼"，大家是都听到了的，只是战况激烈，没人在意。

北冥记得清楚，却不知为何冷羿也知道梵音的秘术。毕竟这是梵音连对自己都未曾提起过的灵法。就这样，冷羿和北冥二人互视片刻，说不出是在审视还是敌视，反正算不上善意。然而一个声音打断了他二人的对峙。

"一起上吧。"

一声话落，梵音已然起身，孤立于冰面上，身形潇洒，褪去了刚刚的一身寒芒铠甲，略显单薄。

"让我拆了你们。"梵音扭动着手腕，面如冷刀，淡淡道。

"小音……小音在和谁说话，爸爸？"崖雅听见梵音开口，心又提了起来。

只见岸上数米高的枯黄蒿草中群浪掀起，荧绿闪烁。唰地一下，近百头狼兽赫然跃起，身长四五米，一纵七八丈高，方圆数百米内霎时乌云压顶，齐齐朝梵音攻来。

只听一声厉声尖叫，崖雅扯着嗓子，已近癫狂："啊！"军政部和国正厅内的影画屏呼啦一下，黑掉四面，那原是梵音用凌镜传递过来的巴伦河四方的讯息。这一下，全部灭掉了！

"小音！小音！小音！"崖雅失控尖叫着。

"死不了！"一个干净利落的声音从影画屏远处传来，四面影画屏瞬间又亮了起来！

只见一道拉长的身影从狼群中突围而出，黑发垂面，双手各持一柄寒光崭崭的短刀。"喊什么！傻丫头！"梵音说着，嘴角斜出一道弯笑。她灵眸稍转，已经看到影画屏那端崖雅失控的样子。

"小音，小音……"崖雅呜呜地发出嘤嘤细声。

梵音话音未落，狼群已再次袭来，掩住了她的身影。

"贺拔！再快点！"北冥突然厉声道！只见北冥手中攥着一枚信卡，声音传了出去。他以个人名义，在未通过军政部批准的情况下，向贺拔赤鲁发出了指令。

早在梵音对抗修门之时，北冥就已经给赤鲁发出了讯号，让他火速支援梵音。照北冥估计，以梵音的实力单枪匹马对抗修门，本不是太大问题，但梵音日夜兼程，身体疲乏，想在这时全身而退就非易事了。

梵音与修门之战令北冥五内俱焚。虽说远水救不了近火，可赤鲁的实力确是北冥现在唯一可以信赖的了。

此时狼群数目众多，梵音一时无法脱身，只能集中灵力，加大自身防御术，以免误中狼毒。野鬼一招，她是再施展不出了。不仅如此，梵音的体力和灵力都受到了极大的消耗，重剑亦是幻化不出。

梵音刚从军靴小腿侧拔出两把短刀，近身格挡。狼爪纷至沓来，梵音背贴冰面，左挡右闪。短刀锋利，她看准狼爪，连割带划，几匹狼兽被她砍倒在地。一个腰腹加力，梵音站了起来，几个狼头又已经冲她攻来。

她对准狼头，双手齐上，各砍七刀，一共十四刀，刀刀狠烈。剜、砍、割、刺，手速极快。只见那狼兽一侧的眼、耳、鼻、嘴、脸、颈、齿均被梵音剜深砍伤，半张狼面暗塌塌地浮在上面。狼兽即刻倒地哀嚎。

这一招，是梵音向北冥学的至纯刀法，名为七杀，是从北冥的刀法"十三祭"演化而来的。这一招全无灵力，只凭借着使用者结合自身绝对精湛纯熟的身法才能发挥其效力。速度、韧性、力量、精准、身法扭转，缺一不可。

梵音此时不敢再消耗半分灵力，近身防御术一旦被破，狼毒分分钟能要了她的命。就在她与群狼厮杀之时，她用短刀割下了几缕狼毫，拈在手里。

一个空档，梵音摊开手掌，细看那几缕狼毫。"没毒！"梵音心下大喜。就在她割下那扇狼面之时，她已经确定，这群狼兽和修门的级别天差地远。狼毫的坚韧程度也是远不及修门，不然，那两把钢韧短刀也是难见其功的。

现在一来，梵音的心里登时松了不少。

就在她一个分神间，十来匹狼兽从天而降扑向她。梵音一个蹬腿，避开了去。可身子没待跃起半高，左侧黑影就从她身旁攻来，再想躲时，右侧的攻击亦是近在咫尺。

三方夹击，梵音双手短刀挡开狼口，左右砍断四颗狼齿，跟着抬腿一踢，正好对上正面袭来的狼爪。这一下，震得梵音腿骨生疼，狼族的悍力，无论是哪一头都不容小觑。

梵音登时被击得连连后退。狼族接连而上，梵音只能凭着一股韧劲儿，咬紧牙关，加快手中刀法，精准地刺到狼兽攻来的每个部位。可不大一会儿，她已感觉自己的双臂发抖，眼看无力可施了。

北冥看着梵音的身法，知道是自己教她的七杀，然而现在她体能不及，对狼兽的杀伤力也就愈来愈小，几近强弩之末。

"近身防御不能破！"北冥忽然大声道，手中的一张信卡随即而出。就在刚刚的一瞬，北冥看到梵音欲要撤了防御术，与狼族死斗。这一下惊出北冥一身冷汗，登时再也忍不住，大声喊道。

然而梵音隐没在一片狼群之中，哪里看得到北冥说的什么。忽而，她口袋一动，里面蹿出一片信卡，可这一切都于事无补了，梵音身陷混战中，早已不顾其他。北冥急得血气狂涌，双眸慌乱，可周身却是一点灵力也发不出来。

梵音气息不稳，心口似要炸开来了，深知自己体能临近边缘。忽而，一道万般焦急、关切满溢的磁性声音霍地冲进梵音脑海，那声音登时炸亮了梵音几近混乱的大脑。"近身防御不能破！"是北冥的声音！她听见了！紧接着，她倏地看向浮在自己面前的信卡，上面簌簌显出一行大字，"近身防御不能破！"梵音瞬时抖擞了精神。就在信卡传递完讯息，欲要回到梵音口袋时，一道厉风劈来，花瓣被攻来的狼族划破了，飘散在地。

梵音眼神一柔，伸手要去抓回，一个狼爪踏来，正正踩在她的右肩上。梵音呜咽一声，原本的伤口再次开裂，鲜血喷溅了出来。

"梵音！"北冥急喊出声，冲到影画屏前。他伤重未愈，身形虚晃，情绪难控，颤抖不止。

"呃！"梵音痛得颤抖不已。只见她强忍着抬起左手匕首狠狠向狼爪刺去。狼爪吃痛抬起。梵音猛地撤了出来，冰面上已是大片血迹。她右手挂在身侧，已是抬不起来了。

忽然闪来一道寒光,梵音躲闪不及,左臂被狼齿划出了三道齿痕。她猛地回头看去,幸好她听了北冥的话,没撤防御术,不然此刻她已经命丧狼毒了。

北冥看着梵音这一幕幕生死边缘之战,冷汗流了下来。

"颜童!"北冥一声急令。

"部长!"

"跟我走!"

"北冥!"北唐穆西见状,大声喝道,"你干什么!"

"我要去北境。"北冥似是听不到北唐穆西的话,他的作答没打算经过任何人的许可。

"站住!你哪儿也不许去!"北唐穆西从座位上噌地站了起来,一把攥住了北冥的手腕。

"哥!你现在去也赶不到啊!你冷静点!"天阔也跟了上来,拦在了北冥身前,神情同样焦灼。

当北冥听到天阔说"你赶不到"这几个字时,他猛地回头看向弟弟。天阔只觉从未见过如此失控的哥哥,他的眼神里竟对自己出现了一丝愠怒:"我赶得上!"

这几个字一从北冥嘴里蹦出,北唐穆西立刻严厉呵斥道:"北冥!你给我站住!哪儿都不许去!"

会议室的房门突然被推开了,北唐晓风站在外面,仲夏陪在她身边。自主将率军出发后,北唐晓风就待在主将的房间里,半步未出。

"穆西,你放开北冥,让他过去吧。"晓风哽咽的声音响起,像是在对北唐穆西请求。

"嫂子!我!"北唐穆西看见大嫂进来,一时语塞,可他即刻道,"天阔,送你伯母和妈妈回房间休息!"言下之意是断然拒绝了晓风的要求。

"穆西。"晓风轻喊道。

"天阔!愣着干什么?送你伯母回房间!"

"你们一家子给我闭嘴!"冷羿忽然一声冷斥,眼神像要刺人般掠过北唐一家,转而即刻看回屏幕。

只见,数十匹狼兽对着梵音齐齐咆哮出声,狼啸铺天盖地,席卷而来。梵音刚刚拼命从狼群中厮杀出来,踉跄几步,还没回头,一阵滔天巨浪又袭来了。

她猛然回身。群狼呼啸已近在她前。梵音被震飞出去。她堪堪用左手护住前额,再无他法。

向后退去数百米还不见停，梵音已没有多余的气力让自己稳住了，只能随波逐流，等狼群再次逼近见招拆招了。

"呼"的一下，梵音只觉身后传来一阵强而有力的厚重灵力，接住了自己。那股后退的外力瞬间被抵消了，紧接着，一双厚实的手掌接住了梵音，轻重缓急刚刚好。

"老大！没事吧！"

"你再不来，我他妈就真剩半条命了！"梵音开了口，笑骂道。

"您别！这群狼崽子还要不了您老人家的命！您这么说，全怪在我一人头上了，回去以后，本部长还不得宰了我！冷羿那家伙也饶不了我！"赤鲁笑道，眼神却锋芒如刀，杀气腾腾。

"你能不能不贫嘴？"

"钟离也马上到，您别忘了算上他那份！这个黑锅，我可不能自个儿背！它们充其量也就是帮您老松松筋骨。"

"哎哟！我这儿浑身上下疼着呢！你能不能别逗我笑？"赤鲁一口一个"您老"惹得梵音哭笑不得。方才的生死一线瞬间被抛之脑后。

"那您老先歇会儿，我来。"

"注意安全！近身防御打开！"

"您老还有什么吩咐？"赤鲁回头又来了这么一句。

逗得梵音鼓起嘴直乐，气哼哼地笑道："没啦！"

"库戍！打开联合防御！护住老大！"赤鲁在听到梵音心情愉悦的声音后，即刻正色道。

"是！"库戍大声应道。

瞬间，二分部的十名士兵站成了一圈，把梵音围在中央。他们背对梵音，手掌冲着半空释放出灵力，一个半径十米的防御结界顷刻被打开，笼罩住了他们。

"赤鲁！告诉大家，任何情况下都不许撤去自己的近身防御术，小心狼齿狼毒！"梵音在防御结界内下令道。

"是！"赤鲁接令。

一语毕，梵音合上了双眼。她的灵力亟待恢复。有了赤鲁的增援，她紧绷的弦终于可以放松片刻了。对于赤鲁的实力，梵音绝对信赖。她和赤鲁作战配合默契，超过了部里任何一人，包括冷羿。

直到北冥看见梵音被手下挡在了防御结界内，他那条失控的神经才算是被扯了回来。可他毫无血色的面庞，仍没有得到半点缓解。

"副将，我准备即刻动身去……"北冥话到一半，会议室外一个指挥官急匆匆地冲了进来。正是军机处南宫浩的副部长展钰。

"副将！军机处刚刚收到辽地军情，狼族大举进攻加密山东面诸国部落！属下已经通知南宫部长，他正准备从国正厅赶回来！"

"副将，"展钰话刚讲完，一个军机处的通信兵便匆匆道，"国正厅要求与您通话。"

北唐穆仁面色肃穆，回道："接。"

第五十八章
北冥的抉择

"是！"通信兵立刻接通了国正厅与军政部的通信影画屏。影画屏上显示的不是国正厅的会议室，而是国正厅外的广场上。姬仲正携一众部司指挥官密切关注着北境战况。

讯号刚一接通，那边便传来了姬仲急躁的声音："穆西！军政部现在怎么安排？"

北唐穆西看了姬仲一眼，并未作答，而是看着手中展钰拿给他的辽地军情。

"你刚刚得到情报了吗？还没来得及处理吗？"姬仲再道。

"南宫，你怎么看？"北唐穆西开了口。南宫浩此时还留在国正厅那边，正要动身回来。

"副将，展钰刚刚把情报传给了我，我正要赶回去与您商量。"南宫浩道。说罢，他看了一眼姬仲，心存不满。想来，刚刚姬仲和端镜泊突然返回国正厅内，定是因为早就得到了消息，而没有一并通知军政部。南宫浩军机处的消息却比姬仲晚了五分钟，这让他大为不快。

就在南宫浩将要返回军政部时，姬仲接通了与副将北唐穆西的通话。

"狼族来势不小。"穆西道。

"探子回报，狼族几乎倾巢而出，还有噜噜一族混在其中。"

南宫浩和北唐穆西这一来一回间的对话，并未把其他人放在眼里。姬仲被晾在了一边怨愤不满。他本想着早收到情报，早一分掌握，再去询问军政部，好让他们措手不及，丢脸于众百姓面前。谁知，北唐穆西根本不接姬仲的话茬，单和南宫浩讨论军机，对其他国正厅上的官员民众视若无睹。

"还有多久抵达胡蔓国？"北唐穆西道。

"至多半日。"南宫浩回道。

"半日……狼族的行进速度太快了,远远超过人类,是一般士兵全灵能行军速度的五倍不止,即便是指挥官也要差它们两三倍。而且狼族的速度、体能和持久力都不是一般人类能抗衡的。半日……"北唐穆西说着,心里掂算着,"全灵能行军,消耗太大了……但为了赶得上时间……"

"穆西,即便胡蔓国和我们东菱鲜少往来,但我们邻邦多年,相安无事,现在他们有难,我们东菱必须出手相助!"姬仲义正词严道。

"展钰,调加密山军情给我。"北唐穆西理都不理会姬仲的发言。

"你!"姬仲一时气吞,攥着拳头,又压了下去。

"国主!胡蔓国首领胡尔丹急训来报!"严录匆匆赶到姬仲身边回报。

姬仲拿过严录手中的传讯件,上面字迹狂草飞扬,气度非凡:

东菱国国主亲启:

　　东菱国国主姬仲先生,在下贸然打扰,敬请见谅。我是胡蔓国首领胡尔丹。今朝,我部落探子来报,辽地狼族大举向我国进攻。战况危急,在下万般无奈,才唐突与贵国联络。还望您看在我们邻邦多年,和平共处的情分上,对我部落施以援手。您如愿相帮,我胡蔓国上下铭感五内,永生不忘,定当全力报答。还请您发兵支援。我胡尔丹再次叩谢国主。

胡蔓国首领:胡尔丹　书

姬仲看到胡尔丹卑辞礼敬,暗爽不已。方才因看到国正厅下民众为第五梵音高声呐喊、群情激昂而产生的酸溜心情,好了大半。在别国部落眼中,他这个东菱一国之主才是最大的靠山。

姬仲顿时拿出威严,清了清嗓子,让台下众人和影画屏那边的人都听得震响:"穆西!胡蔓国的首领胡尔丹已经给我来信求援,你们军政部要赶快做出安排,不能再拖了!邻邦多年,他们今日大难来临,狼族入侵,我们东菱冒死也要全力相帮!"姬仲这一声,让穆西没法忽视。

北唐穆西手握军情,神情威严,抬头以对姬仲。国正厅上下都可从影画屏上看到他。

"军政部会即刻做出战略部署,还请国正厅静候。"

"穆西你什么时候才能做出决定?时间不等人啊!"姬仲疾言厉色道。

"军政部自会定夺!你负责安抚好东菱民众才是正事!其他的,无须你费心!"

北唐穆西再无好言好语相待。

姬仲还要发难，却听影画屏那头军政部里传来一个纤弱柔声。

"你刚才说什么？"胡轻轻站在军政部会议室门口，正好听见姬仲大声喧哗。她用纤纤玉指指着影画屏里的姬仲开口问道。

姬仲没想到一个年轻女孩会如此无礼，以为不是对着自己讲的，便没理会。胡轻轻见姬仲不答，眉头一嗔，再用手指指道："我问你刚才说什么呢！"声音大有厉色。

姬仲见状，也是面有不悦，却仍不作声。

"我在跟你说话！你怎么不回？"

"胡小姐，还请您去客房休息吧，部里正在开会，您在这里不方便。"一个跟着胡轻轻跑过来的灵枢部女灵枢气喘吁吁地小声说道，她刚刚一个不留神，让胡轻轻跑了出来。原本会议室外的士兵要拦着，但他们认出这女孩是北冥带回来的，又见女孩急色匆匆道："我要见北冥！他是不是在里面？"二话没说，便去推门。士兵们不好意思阻拦，一时就让她闯了进去。

"你刚才说胡尔丹给你传信了？"胡轻轻虽面有不善，却仍是一副柔弱无骨的纤弱模样，看着不禁想让人照拂。

"你怎么认识胡尔丹首领？"姬仲没好气地问道。

"他是我爸爸。"此话一出，众人皆愕，北冥亦是意外，原本想让颜童带胡轻轻走的手势也停了下来。"他怎么了？"胡轻轻再问，神情却看不出喜忧。

姬仲猛然听闻军政部里这个陌生年轻女子是胡尔丹的女儿，也是大惑，心中登时一疑："难道胡尔丹这个家伙在找我之前早就派了女儿去求助军政部了！该死的东西！那现在还来求我干个屁！"

"我问你话呢！你怎么不说，哑巴吗？"胡轻轻说话没有轻重，但除了有些生气外，却听不出恶意，只是一副不懂世事的样子。

姬仲一听，顿时大怒，让这么一个小国之女当着众人之面随便侮辱，他的面子要不要了！

"无礼！"没等姬仲开口，一个清脆悦耳却不乏威慑的尖厉之声响起，说话的正是姬菱霄，"你怎么能这样和我父亲说话？难道你们胡蔓国一点礼数都没有吗？你父亲没教过你吗？我父亲一片好心，担忧你国安危，你却这样仗着自己是一国首领的女儿就出言不逊，大放厥词。真是太不像话了！我东菱有什么被你看不起了呢？"姬菱霄趁机添油加醋道。

胡轻轻灵眸一瞟，看见了说话的姬菱霄。姬菱霄本以为胡轻轻会被自己刚才的一番话激得出言不逊，大失体统，正暗自得意。可谁知，胡轻轻懵懂一看，转而走到北冥旁边，挽着他的胳膊道："她是谁？叽里呱啦地说了些什么？我听不懂。"

北冥没想到胡轻轻会毫不介意身边的状况，随时随地都要依靠自己，手臂还没扯开，就被她挽住了。他此时算是知道了，胡轻轻当真就是个不懂世事、纯良浅知的怪僻少女。对于她的行为举止，北冥也变得见怪不怪了。

他礼貌地撤出自己手臂，低头看着胡轻轻。胡轻轻见他这样心中突生酸楚之感，却又不知道为什么。她轻轻拽着北冥的衣角，不想松手。北冥看罢，也不忍心再推开她，开口道："胡小姐，胡尔丹首领是你的父亲，对吗？"

胡轻轻见北冥主动和她说话，心里一下子欢悦起来，抬起头笑望着他，脸上显出一抹粉彩，轻声道："嗯，他怎么了？"

"胡蔓国现在被狼族围剿，我们定会施以援手，你放心。"北冥安慰她道。

听见狼族二字，胡轻轻本能地打了个冷战，不由自主往北冥怀里靠去。北冥自觉不妥，往后退了半步，手却扶在了她的肩上，安慰道："你先去休息，我们会立刻增援的，你放心。颜童，带胡小姐去休息。"

"你这几天去哪儿了？我要陪着你！"胡轻轻突然一把抓住北冥。什么父亲什么胡蔓国，好像顿时被她抛之脑后了。

"我……"北冥一怔，也不知道该如何是好，回头看向身边叔叔。

屏幕那边的姬菱霄见胡轻轻和北冥举止如此亲昵，早就气得七窍生烟，恨不得胡蔓国的人赶紧死光。一个第五梵音还不够，北冥什么时候又认得这么个身份尊贵的部落小姐？长得还那样楚楚可怜、弱不禁风的清秀模样。"呸！一个鸟不拉屎的穷乡僻壤，小家子烂气的地方！还能称什么小姐？狗屁！"姬菱霄心里骂道。

北唐穆西早在初次见到胡轻轻时就知她是个性格怪僻的人，只是军情繁杂紧急，他也没空顾及。胡轻轻毕竟救了北冥性命，这个恩德，他这个叔叔当然铭记于心。即便不是如此，胡蔓国的危机北唐穆西也已有了安排。狼族怎会单单攻击一个弱不禁风的边陲小国，越过胡蔓国就是加密山，而加密山中净是一些不安分的危险存在。菱都危机四伏。

"胡小姐，当务之急是援救胡蔓国，请您先到一旁坐下。我们即刻部署。"说罢，穆西给天阔打了个眼色，天阔和灵枢带着胡轻轻离开了北冥，到一旁坐下。听见胡蔓国这三个字，胡轻轻也开始安静了，茫然地松开了北冥的手。

"穆西，看来胡蔓国早就与你求救了？他们首领的女儿和北冥相熟？"姬仲阴沉沉问道。

"我也是刚刚得知胡蔓国的消息，至于这位胡小姐，也是刚刚说明了她的身份。"

"这样啊。"姬仲面色稍霁。

姬菱霄却不那么想，一双眼睛狠狠盯着胡轻轻。

"那你赶紧做安排吧，不要延误。邦交首领的小姐，如果你们军政部安置不好，我就让严录和我夫人亲自接来国正厅住下，方便照顾。"姬仲话虽这么说，可刚才几番心思揣度，他还是对胡蔓国包括胡轻轻多有不满。可他更不想看到他国重要人物再和军政部有什么关系。

"这话你先稍后再说吧。"北唐穆西对姬仲甚是反感。姬仲还想插嘴，穆西却不再给他机会。

"赢正，你的三纵队距离加密山最近，可以最先越过加密山，支援胡蔓国等其他部落。"

"好，我这就出发。"说罢，三分部部长赢正站了起来。

"慢。"穆西打断道，"你不适合前往加密山。"

"什么？"

"狼族还有半日就能到达胡蔓国，它们穿山而过，你的行军速度怕是赶不上了。"赢正的灵法长于近攻，弱于远涉。厚重有余，灵活不足。他的三分部专职负责菱都安全，鲜少外攻。近攻抵挡，没人胜得过赢正。"先让三分部三纵即刻动身予以支援。注意，所有士兵必须施展近身防御术，非死不可破！"

"是！"赢正立刻对驻守在加密山西南部的三分部三纵队下达了命令，"穆西，你还有什么安排？只让我的三纵去恐怕不够啊。"

"如今速度能赶得上的，只有颜童。"穆西看着颜童道，"颜童，你带着一分部一纵即刻动身赶往胡蔓国。二纵的徐英跟在你部队后支援。"

颜童刚要领命，张开的口却停下了，他看向北冥。"刚才部长有意让我陪他去北境。"颜童心中想着，他在等待北冥给他下达最后指令。

就在穆西下达支援胡蔓国的命令时，北冥的眼睛一刻都没有离开北境的动向。此时他回过身来，神情无恙，开口道："副将，一分部由我率领，即刻动身赶去胡蔓国抵御狼族。"

"什么？"颜童一惊，"部长你……"颜童和北冥兄弟多年，自然知道他的心意。此时他又怎么能放心主将和第五部长，而赶去胡蔓国呢？

"你的身体可以吗？"北唐穆西道。

"北冥，你现在这样去不得，还是我去更稳妥。我的三纵队已经赶过去了，即使我晚到一些，也问题不大。"赢正关心道。论辈分，北冥当叫赢正一声叔叔。

"我不碍事。"北冥淡淡道，欲要走，"您放心。"

北唐穆西叹了口气，看向崖青山和白泽。他知道，如果不是北冥中毒，他绝对是增援胡蔓国的最佳人选，可现在……

"北冥。"崖青山开口道，因为梵音身处险境，他的神色早已倦怠不堪。

"北冥哥哥，不要！"一个柔糯的声音从影画屏那边传了过来。姬菱霄正急切地往影画屏走过来，想把北冥看得更清楚些。她娇媚的模样，在这冷天里显得更引人注目。"哥哥，刚才那个狼族说你中了毒，是真的吗？是真的吗？"说着，姬菱霄的眼睛里已噙满了泪水，一副惹人怜爱的模样。

端倪站在端镜泊一旁，看着跑过去的姬菱霄兔绒披风轻摆，柔媚撩人，又看过面目苍白的北冥，心中一阵反感。

北冥看着向自己走过来的崖青山，心情暗沉，全不在意姬菱霄对自己说了什么。姬菱霄心思细腻，知道北冥并不在意自己。本来心中妒愤，却强忍了下来，仍表现出一副情真意切、关怀备至的模样。众人看过去，只觉她是个性情真挚、倾心北冥的柔情少女，不禁动容。

崖青山不理会外界杂音，继续对北冥道："你这个样子要去胡蔓国？"

北冥不忍让崖青山担心，却又不得不说："是，青山叔。"

"算了，你和梵音都一个样，劝也劝不住，说也不会听。"崖青山说到此处，叹了口气，"这是你侄子，你们军政部的事，我管不了。"崖青山颓然坐下。

北唐穆西见崖青山没有极力反对，心中也便有了一二计较。

"路上小心。"他只道了这么一句，用手捏了捏北冥的肩膀，心中难过。

"放心，叔叔。"

"哥，我跟你去。"天阔走到北冥身边。原本神情恍惚的崖雅在听到天阔这话后，强撑着身子，看向天阔，神色惊慌。

"好好在家，替我看好我母亲，还有叔叔婶婶。"北冥拍了拍天阔手臂。

"部长，第五部长和主将那边……"颜童在他耳侧低声道。

"有赤鲁在她身边帮衬，没事。"北冥只觉自己这番说辞是提着气道出来的，不敢深想。

"你倒放心她！"只听一个尖刻声音响起，直戳北冥心窝。他侧身看去，正是冷羿。冷羿随即轻蔑地回了他一眼，嘴角冷嗤一声："哼。"

"冷羿！"颜童低声道。他二人私下关系不错。冷羿给了颜童面子，不再呛声。其实他也看出，北冥忧心梵音怕是不会比自己少半分，甚至更甚，可北冥现在的身体状况着实不好，身形竟显得比自己还要清瘦许多，怎么能帮得了梵音！

"走。"北冥转身对颜童道。

谁知他刚要出门，冷羿便跟了上来。北冥不解，看了过去。

"她放心不下你。"冷羿寥寥道。

北冥只觉自己心中百转千回，心痛如割，再往影画屏上看了最后一眼。他掉头转身，对着颜童、徐英、冷羿下令道："走！"

当胡轻轻想追、姬菱霄想看之时，北冥和三位队长已经消失在了军政部。一分部一纵、二纵全体七千人开拔。

姬菱霄亦是惊诧地望着影画屏："不是说北冥中了狼毒吗？怎么全没看出来呢？"姬菱霄骨碌着眼珠子，"难不成，当真是他灵力超群，就连狼毒也奈何不住他？"她不敢置信，"不可能啊，连父亲都说了人中狼毒必死无疑啊。看刚才第五梵音和修门打斗时紧张的狼狈样子，生怕自己被毒死，反倒变成了个不男不女、不人不鬼的鬼样子，真是可笑！不过……"她想着想着又往军政部的影画屏上望了一眼，那一眼当真是望穿秋水，想再看见半点北冥的蛛丝马迹。

"不过，看北冥哥哥现在的样子，哪怕是中了毒，也是无碍了。当真是，当真是好得很！比那天见的那人好上百倍千倍呢！我也真是傻，怎么会无缘无故看上了个满身鬼畜模样的人！"想到这儿，姬菱霄心思又是一转。

"鬼畜模样……狼族……幻形……难不成……"想到这里，姬菱霄往父亲处看去。可这样看去又能发现什么呢，她索性往回走去。眼神无意间掠到一人，端倪正在神情严肃地看着她。姬菱霄一怔，被他那锐利的目光刺了一下，又赶忙端正好姿势，脸一红，娇柔地向端倪点了点头，小碎步跑到了父母身边。

只听一声媚语："还真是会惦记你北冥哥哥呢。"见胡妹儿咯咯咯笑了起来，姬菱霄娇嗔一声："妈！北冥哥哥，那就是最好的。"说着，话音渐渐锋利起来，"妈妈也不行！"

"什么？"胡妹儿瞟了自己女儿一眼，媚笑道，"再好，也得留着命才算。"跟着轻轻哼了一声。

姬菱霄怨愤地皱起了眉头。从小到大，一切不中用的东西、不中用的人，都是她最讨厌的。"该不会真出什么事吧！没用的东西！""不会的不会的！"姬菱霄烦躁起来，往国正厅里走去，"爸爸，妈妈，女儿身体有些不适，先回去了，请你们见谅。"

胡妹儿看着自己女儿的背影，笑了起来："十五了……还真是了不得了！"

此时，北冥带领颜童、冷羿已经出了菱都城，徐英紧随其后。

"这小子的速度当真是快！"一路上，冷羿跟在北冥身后，不禁赞叹，"除了身形略显憔悴，哪里像刚中了狼毒的模样！"冷羿之前从未与北冥一起出过任务，对他的真实实力还不是很清楚。这下看来，北冥的狼毒暂且伤不到性命，否则，北唐穆西不会把这么重要的军情交给北冥处理，崖青山也不会如此轻易地就让北冥应战。

"青山叔可以啊，狼毒居然也有办法应对！这一日半日竟帮他了这么多！"想到此处，冷羿又看了北冥一眼，"看样子，是遭了不少罪！"

"冷羿，谢谢你帮我们部长这一次。"行进中，颜童在冷羿身边低语道。

"别误会，是我自己在部里无聊，才出来溜达溜达的。别到时候你们几个守不住加密山，让那些畜生过来了，最后还得我跟着一起麻烦。"

"啊？这样啊？我当真以为是第五部长所托呢。"

"没有的事！我刚才生气，胡说八道的！梵音那丫头闲得没事关心他干什么！没有的事啊！别瞎想！"冷羿听了颜童的话，也不知道从哪里冒出一股子类似长兄如父的态度，生怕自家妹妹和其他"陌生"男子有什么瓜葛。

颜童一脸蒙圈，不明所以。不过，冷羿这次出手相助是事实，无论他怎么否定都不会改变。"谢了！"

冷羿不在乎，心里想的是梵音临行前抱住自己的亲切模样，一种没来由的兄妹之情顿时暖上心头。又一想，"那丫头当时确实没搭理那小子！"顿时甚感欣慰。

"颜童，通知一纵，我们快速穿过加密山，保持静默，不得有半点差池。"北冥在队伍前方下令。

"是！"

"通知徐英，待他穿过加密山时，密切注意加密山动向。必要时向我汇报，留出分队潜行查看，定要确保加密山中无可疑动向。"

"是！"

加密山前有边陲小国，后有菱都国都，一旦出现异动，北冥和菱都都将腹背受敌，万不能有闪失。

"胡蔓、青边、落陲、蓝宋。"北冥心中计算着加密山东北部几个部落的地理分布。距离辽地最近的地方并不是胡蔓，而是蓝宋，只有不足一千里。如果狼族全速突袭，三个小时后便能抵达蓝宋。

北冥出来前，穆西已单独和他谈过。这次灵魅突袭北境，强行调离主将离都，又让狼族夹击，十有八九是为了赤金石而来，而这赤金石的秘密就在国正厅！灵魅操控鳞蛇草，鬼徒附身死人，狼族幻形，现在看来全部和晶石有关。但他们要这赤金石的最终目的是什么，北唐穆西现在尚不能确定。

可有一点已经明确，狼族和灵魅勾结在了一起。狼族更是凭借类似于赤金石的一种灵石，超越了种族界限，获得了幻形这一本事，灵力倍增，棘手至极。

"不论怎样，狼族突袭，目的就是菱都。不要让其他部落因为我们而遭祸。眼下我最担心的是蓝宋。他们距离辽地最近，部落人口最少，不足三千人。胡尔丹尚知道寻求增援,而蓝宋至今杳无音讯。可一旦蓝宋的口子被撕开了,狼族必定长驱直入。所以,你要想方设法保住蓝宋。"北唐穆西在北冥临行前,对他多有交代。

"胡蔓国擅药擅毒,这些我还算清楚。可蓝宋这个部落距离我们太远,又甚少与邻国走动,您知道他们靠什么为生吗?大敌将至,他们有没有一线自保的能力?"北冥有些担心道。

"蓝宋专制暗器,他们部落制作出的暗器明里暗里兜售给各个部落国家,包括东菱。只是军政部从不使用外来兵器,而且,偷偷向各国兜售暗器也是不合法的。其中不免有杀伤力大的,带有毒物的兵器。但无论怎样,你还是尽量让他们少受伤害吧。"

北冥一路潜行,想着叔叔的嘱咐。"六个小时,只能勉强通过加密山。"最近的路线也有一千里有余,再到胡蔓、蓝宋至少还要三个小时,不知道三分部的三纵能坚持多久啊。

"颜童,通知三分部三纵,看清狼族来势,不要硬拼,防御为主。"

"知道。"

此时北冥的速度已是越奔越快。按理说,人类的速度是绝比不上狼族异兽的。可现在,北冥的速度几乎达到巅峰,每小时速行四百里,接近狼族。

"部长,您再这样下去,即便是一纵,也会很快被您落下的。"颜童紧跟北冥身侧道。

"让一纵全速跟进,你我先行!"

"是!"

北冥掐算着,他的速度现在维持不到两个小时,与狼族抢夺时间,必须博上一把。

"颜童,如果我到时候落下了,你继续,不用等我。全速支援蓝宋。"北冥知道颜童的实力在军政部早已首屈一指,只是平日不甚张扬罢了。

颜童听北冥如此一说,心中一沉:"部长的伤着实不轻啊……不然怎么会连区区四五个小时的行程都扛不下来了呢。"

"知道,你放心。"颜童道。

忽然,一道白光闪过。北冥和颜童的脚下顿感一轻。只见前方加密山中出现一条晶莹冰道,顺着加密山一路延伸而去。他俩惊觉往一旁看去,只见冷羿若无其事地开了口:"看什么,快走吧。"

那条冰路正是冷羿用灵法制造出来的,和梵音的灵法如出一辙。可是冷羿在军政部多年,从未以水系灵力示人。大家都认为冷羿原是个不折不扣的灵化系灵能者。今天，此灵法一出，让北冥、颜童二人大跌眼镜。谁都没想到冷羿会把自己的灵法隐藏得如此精妙，那自然需要相当的能力才能办到。

"冷羿这家伙到底什么来路？"颜童惊异。

北冥瞥向冷羿，冷羿与他冷冷相对。这三人，脚下的步伐已是越行越快，甚有一较高下的意思。

有了冷羿的加持，北冥的一纵也不至落下太远，但他们三人速度实在太快，一眨眼已没了人影。

四个小时后，这三人已经穿过加密山，赶到了胡蔓国。只见胡蔓国全城戒备，卫士已经守在城外。不仅如此，北冥发现，青边和落洼的人们也都赶到了胡蔓国避难。

北冥很快见到了胡蔓国首领胡尔丹。只见那人一脸青色，本应是络腮胡须，却整理得干干净净，十分体面。一身气度锵锵，但身形精干，体魄轻健，倒有七分灵枢的模样。

"胡首领，您好，我是东菱来的北唐北冥。"北冥上前道。

"早就耳闻东菱北唐军政部的厉害，可怎的也想不到你们会雷厉风行到这种地步，这么快就赶来支援我这一方小国。在下真的多谢姬仲国主了！大恩大德，永记不忘！"北冥见这人说话得体，举止行为却有些守旧后进。

虽说感谢，可也是冲着姬仲而言的，对于北冥他们的到来，胡尔丹仍端持着他一国首领的架子，昂首挺胸，手持胸前。然而明显的紧张，让他的样子看上去有些外强中干。

北冥也没工夫在意这些，开口道："您不必客气，我们定当尽力而为。我看眼下，青边和落洼的人们已经都来到您这里避难了。"

"是，可是你是怎么知道的？"胡尔丹不明白。

单从服饰装扮、样貌特征，北冥已经辨别出部落之间的差异，而且现在胡蔓国城里人满为患，显然不是只有本国人在。胡尔丹虽是部落首领却鲜少与人外交，为人有些闭塞，不够精明。

"蓝宋的人到了吗？"北冥不再与他多话，直奔重点。

"蓝宋？没有，你问他们做什么？他们也向东菱求助了吗？"胡尔丹不断发问，北冥却没打算解释。

"青边和落洼的人已经来到胡蔓国避难，可距离辽地最近的蓝宋竟一点音讯都没有。"北冥想着，按说这不合理啊。"可这样一来，蓝宋人口最少，青边、落洼又已成空城，狼族一旦破了蓝宋就是长驱直入、毫无阻碍了。若再晚半分钟，蓝宋依旧毫无增援，怕是会被屠城。"

"部长，三纵已经越过落陲，快要到达蓝宋了。"颜童道。

"好，咱们这就动身。"说罢北冥便要离开，赶往蓝宋。

"等等！你们不留下来保护我们吗？你们这是要去哪里？"胡尔丹看北冥要走，立刻紧张道。

"胡首领，我们现在要赶去蓝宋。只要前方不破，您这边就不会有危险。"

"可是，我们这里还是需要保护的啊！"

"我们会守住蓝宋，落陲和青边现在已是空城，一旦狼族踏过，他们也就无家可归了。我们这就动身，您这边暂不用担心。"北冥道。

"谢，谢谢您。请问您高姓大名？"一个吞吐的声音响起。那人原是站在胡尔丹身后一直低着头的。他旁边也有一个中年男人开口道："那青边就拜托您看守了，我们青边人不会忘记您的大恩大德的。"

说话的这两个中年男子分别是落陲和青边的首领。因为国小人稀，即便是一国首领，他们也不太敢上前露脸。可北冥的话感动了两位首领，他们这才从胡尔丹身后出来道谢。

"我们定当尽力而为。还有，胡首领，您的女儿胡轻轻现在在我们东菱军政部，一切安好，您大可放心。等战事一平，我会立刻送她回来。到时再与您详说。我们这就先告辞了。"北冥说罢，便和颜童、冷羿一道离开了。

"刚才说帮我们的好像是个年纪不大的男子啊？"落陲的首领小声道。

"好像是。"青边首领也不敢断定，"希望东菱能帮帮我们吧。"

"轻轻去了东菱……"胡尔丹轻轻舒了口气道。

数小时后，北冥、颜童、冷羿三人到达了蓝宋城外。刚到城脚下，却听不到城内有何动静。难道狼族还没攻来？三纵队的影子也是没见一个。

"怎么回事？"颜童道。

"你们两个，藏身术，注意防范。"北冥手指轻比画，暗语道。冷羿向他瞧去，随即隐去。

第五十九章
诡异的蓝宋国

　　蓝宋虽说人数不多，但城墙修建得甚是坚固，更有铁器、铆钉加持，看上去比那边陲部落中最大的胡蔓国还要易守难攻。此时的城门正大敞着。

　　北冥走过城门时看了一下，城墙上的铁器都异常精良，绝非普通铁匠可以铸造的。"不是铸灵师。"他心里暗道。有如此精湛的铸造技艺，却不是铸灵师作为，他也是第一次亲眼所见，当下进了城池。

　　蓝宋城内，地上地下全是天蓝水蓝的清一色纯净。地上的石粒光亮如镜，倒映着他一个人的影子，蓝洼洼的，好似湖泊青石。整条街道上，规规矩矩地建着一间间石子小楼，上面全都嵌着水蓝色的石粒，好似一个修建在青蓝绿水山中的小城，安静美丽。

　　然而今天这美丽过分了，整个城中竟无一人存在。忽而一阵幽香飘了过来，跟着平地一声雷，一股强大精纯的灵力从北冥左侧凭空击出，斜上方的天空上登时耀白一片。只见一头跃空奔腾而来的巨型狼兽，霎时间被打得头脑粉碎，从天而落，重重摔在了青石地面上，血污一片。颜童收了左臂，显出身来。

　　北冥右侧响动同时而起。冷羿也现出身，向右猛然一进，巨狼已然到他跟前，没想他会送上门来，登时前爪腾起，张开洪钟大口，欲要生吞活剥。它的周身狼毫已化毛成刃，凛凛凸刺。只听"扑哧"一声，冷羿右臂直插狼兽心窝，手臂瞬间化成一把冰锋利器。他身侧半面已覆上刚硬冰甲，脸庞一半俊美一半冰晶，狼毫刺不穿他半分，与梵音的野鬼如出一辙。

　　他猛然收手，力道甚勇，狼兽被他轻而易举地挥倒在地，心窝上已被捅出了个血窟窿，污血喷涌四溅。再看冷羿已是回到原来模样，手上并未沾染半滴血污。

这时蓝宋城中当空，一头赫然巨兽轰地拔地而起，简直要遮天蔽日，正是狼族先锋头领。狼兽四掌怒张，毁屋踏地，令人悚栗。

然而，那头巨狼戛然而止，停顿在了半空，瞬息之间，整个身躯分崩离析，血块横飞，砸出地上处处深坑，已是身首异处，一共分成了十三节。北冥站在颜童和冷羿之间，好像从未移动过半分。只听剑鞘咔嗒一合，一柄寒芒利剑斜挎在他腰间，正是他的佩剑劈极剑。

"中埋伏了。"颜童一脸不爽，身上劲力一抖，一股清淡的微香随风散去。刚一进城，这花香般的粉末便随着三人而来，无声无息地沾到了他们身上。狼族轻而易举地嗅着这味道对他们展开了攻击。

"谁的？"冷羿冷言冷语，给旁边二位提了个醒。

接下来的时间里，蓝宋城中各处上下蹿出二十几匹狼兽，尽数被北冥、颜童、冷羿三人除掉。

狼兽接连不断地进攻，必是有备而来。就在间隙，三人想趁机商讨战况之时，一个彪悍身影急速往城东奔去。正是一匹狼兽。看样子是先前伺机埋伏在城中各处，和其他狼兽一样准备暗袭进城之人的。

那狼兽越奔越急，却不时回头看来。北冥三人穷追不舍。狼兽在城中穿梭自如，若隐若现。城中地势复杂，高低急缓不平，半遮半掩，狼兽忽地翻过一个高坡，不见了。

三人提速，追赶过去，越过高坡，发现坡下不远处正是蓝宋城东城墙。城墙高耸，根本看不到城墙外围是何状况。

"小小蓝宋，当真不能小觑，城防修建如此之好，堪比东菱！"三人都觉震撼。

"不能让它逃出去！留活口！"北冥下令。颜童听令，提速不减。冷羿虽不愿接受北冥指令，却也认可他的做法，当下紧随。

那狼兽跑到城门下，一跃不成，掉了下来。眼看北冥三人片刻即到，它瞬间慌了手脚，使劲往城门撞去，想把城门撞开。谁知城门紧闭，坚固异常，狼兽未能得手。

狼兽见状不妙，猛然掉转方向，向离它最近的一户人家跑去。它在房屋前停下脚步，铆足全身力道，往房屋下的地基砸去。狼爪力道之大，大过龙虎。它连砸带刨，几间房屋瞬间倒塌，蓝石地面被连片掀了起来。

忽然间，惊叫声响彻这寂静城池。北冥三人顿时一惊。只听那尖厉叫声声声不断，接连起伏，有大有小，有老有少：

"啊！"

"妈妈！救命！"

"啊！老公！""老婆！"

"宝贝！放开我女儿！放开我女儿！"

原来这地下竟是藏着一户人家。家中的小女儿被这狼兽刨了出来，叼在了口里。

"不好！颜童！快点！"北冥高声道。就在他下令之时，忽听前方传来怒吼，正是那匹狼兽嚎出的："开城门！"

"什么！"三人登时一惊。那狼兽也会人语！狼兽一族已是进化到全通人语的地步了？三人脑筋皆是敏捷非常，顿时想到：那狼兽是在和什么人说话？当下三人交换了眼色。

片刻后蓝宋城北忽然发出异动。三十几个矫健身影飞上屋檐，奔跑而来。

"放开小女孩！"一个清脆狠辣的少女声音划破天空。

"开城门！"狼兽再次怒吼。

"我让你放开小女孩！"少女倔强，不受威吓。

只听"嗷"的一声，狼兽怒吼，登时卸下了口中小女孩的一条臂膀。女孩惨烈的尖叫声顿时划破长空，扎人心脏。

"啊！宝贝！宝贝啊！我的宝贝！"母亲在地上发了疯似的尖叫着，撕心裂肺，"开城门！快开城门啊！放开我女儿！"

带头冲锋的那个少女在看到这一幕时，也傻了眼，立刻做了手势。城门缓缓打开。狼兽一溜烟儿蹿了进去。北冥他们距离城门还有一分钟的路程，眼看要赶不上了。

"放开她！混蛋！"少女尖叫着，让狼兽放开抓获的小女孩，她已到了城门下，"拦住他！"少女一声令下，跟随她的二十几人冲出了城门。然而杀声刚起便落了。七八具尸体被抛了回来，其中正有那个被卸掉一条手臂的女孩。她的父母从地下暗室里疯狂地跑了出来，抱着女儿的尸体放声痛哭。

"开门！你个混蛋！想让他们活命的话，就赶快开门！"狼兽的声音从城门外再次传了回来。

北冥来到城门下，看到城门明明已经打开，那狼兽意指什么呢？三人一脸疑惑。

这时，少女身边一个迅捷灵巧的身影冲了出去。少女一惊大喊："灵儿！"跟着也冲到城外。她来到城外时，只一眼便惊呆了。三十多个亲卫，只剩下十几个。狼兽两眼荧绿，穷凶极恶地看着："开门！你个杂碎！不然我吃了她！"只见狼兽口中叼着一个少女，正是灵儿。

北冥三人正要奔出去相帮，忽听身后人声鼎沸。他们猛然回头，看到原本空无一人的蓝宋城内此刻大小街道上聚满了人，正往城门处赶来。那些人都是从自家地下的暗室里跑出来的。北冥三人始料未及，却也顾不得许多，救人要紧。

可刚一出城门，三人也怔住了。城墙外赫然又立起了一道城墙，五十余米高，三百余米宽，铜墙铁壁，霍然亮在眼前，两边封死，好似巨大囚牢般封锁住了一切去路。

狼兽口中叼着女孩，身子贴在百米厚的铜墙底，虎视眈眈地看着眼前几人。当看到北冥三人赶来时，它身子一抖，怒吼道："快开门！不然我立刻咬死她！"

北冥当下不敢轻举妄动。

"不要！"带头少女尖叫道。"开城门！"少女放声下令。

"姐姐！不要！不要开城门！"灵儿冲着少女喊道，虽身在狼口，却无半点惧意，英气凛然。

"灵儿！"

北冥正要出手，忽然感到大地一晃，只见对面的铜墙跟着震动起来。五十几米高的巨墙，上面的万枚铆钉开始极速转动。霍然间，铜墙正中开了一道缝，刺眼的白光射了进来。咔咔咔，伴随着几十声脆响，铜墙像折扇般分别往两边收拢过去。瞬间，铜墙一分为二，再分成数十块铜壁，收拢进了地下暗槽。

好一面举世无双的机关暗卡，北冥三人叹为观止。眼前一切豁然大亮。紧接着，震天杀声轰然响起，涌了进来。北冥三人登时睁眼望去，一个个惊在当下。

"怎么回事！"颜童惊诧道，难以置信。

眼下，就在这铜墙外，三分部三纵队的三千士兵们正在浴血奋战，杀声滔天。然而就在刚才，这铜墙未打开的时候，四周一切静若无人，不曾听得到半点杂音。

"颜童！支援！"北冥喊道，自己已冲了出去。

"先别管怎么回事了。"冷羿也心中打鼓，冷眼往第一时间就冲出去救助自己妹妹的那个带头少女看去。

现在不是弄清楚这诡异的蓝宋国到底是怎么回事的时候。很快，众人身后那两扇城门城墙再一次静静地合上了。里面的人出不来，外面的人进不去。

三人分别顾着一个方向，战斗防御结界瞬间扩大。数十匹狼兽快速退去。

"你们抵达多久了？"颜童一边击退狼兽，一边问着身边战士。

"报告颜队长！我们已经到达四十多分钟了！"有了颜童的挡护，战士们稍得喘息。

"怎么一路上联络不到你们申队长？"颜童问的正是三分部三纵队队长申户。

"我们从蓝宋东城门出来以后，就断了所有与部里的联络讯号！"

"你们进了蓝宋城？当时城中如何？"

"进了，城中空无一人。申队长命我们分队快速搜查城中状况，但一无所获。随后我们就跟着申队长从城东门出来了。"

"只有城东门开着,是吗?"颜童心思敏捷。

"是的。"

"果然,这蓝宋不对劲!你们出来以后就中了埋伏,对吗!"

"没错!我们出来以后狼族就从四面八方涌过来了,等我们再看向蓝宋城时,城门已经关了!"

"你们副队长呢?"申户的副队长柒子婴比颜童小两岁,却也是个精明能干的年轻人,由申户一手提拔上来。

"先前我还看到副队了,可现在……"士兵被颜童一问,赶忙向四周回顾,却一无所获,"不知道,我再去问问别人。"

"不用了,让你们组长过来。"组长是各大纵队队长的直属下属,每个分部的每个纵队下各有配置不等的番队组长。

"组长……"士兵迟疑地看着周围,也是一时答不上话。

颜童忽然想到了什么,心中一沉,立刻问道:"你们队长和副队没有给你们下达作战方案吗?"

"还没来得及,狼族出现突然,我们只能全力抵挡。"

"三十人为一组!立刻收拢分团作战!"颜童不等士兵回答清楚,便高声指挥道。他的丹田之力雄厚非常,远不像他平日表面上看到的那样朗润,声威赫赫。

与此同时不远处,传来了冷羿高亢洪亮的声音:"三十人为一组!立刻合并分组作战!"

两人互视一眼,默契十足,一齐往远处奔去。

北冥自从城门出来后,一路杀挡,为战士们清出一条血路。"注意防御!合并分组作战!"话语清晰利落地响在战士们耳边,却不见他人影。

北冥一路急奔,追着那匹叼着女孩的狼兽不放。那狼兽从城门外蹿出,明明会合到了城外的大批狼兽,大可放掉女孩不再用她打掩护,省得碍事,可北冥发现,那匹狼兽从城中出来后不仅没有放开口中女孩,也没有刻意攻击城外士兵,而是躲开攻击,往远处辽地方向奔去。

蓝宋城外三千士兵正与上千匹狼兽厮杀,战线拉扯甚长。北冥一边追讨狼兽,一边清理障碍,同时还在四下寻找申户的踪迹。眼看那狼兽越奔越远,步履矫捷,北冥要追不上了。

忽而,北冥感到身后有呼啸的箭声传来,他身体猛然向一旁闪避过去,只见数十枚钨钢箭针从他脑后射了过来,贴面擦过!一丝箭风刮得北冥脸庞生疼。"好厉害的暗器！"北冥暗叹。

他继而转过头去，看向箭针射击的方向。北冥见那箭针疾射的速度迅猛异常，快如闪电，正是对准那匹逃跑的狼兽而去的。

"不好！"北冥发现前方有数名士兵隔挡在战场中间，若要射中狼兽，必然会重伤士兵。

北冥双手将过腰间，十枚薄片刀刃夹在他指缝之间，瞬间打了出去。正是他的暗器指影刀。就在钨钢箭针即将刺到士兵之时，他的指影刀精准地把箭针隔挡下来。"叮叮锵锵"，十枚箭针应声落地。然而箭针无损，北冥的指影刀却被箭针各个击碎了。

"好狠的暗器！竟下杀手！她要干什么？为了救回自己的妹妹竟然这样不顾别人死活！"北冥正要发怒，却见还有未被挡下的七八枚箭针划空而过，直击狼兽而去。北冥登时周身发力，好似一道雷火，速度快得连他周围的空气都被划烫了。顿时消失，再现身时，已是追上了远奔的狼兽。

他目光锁定狼齿，只见那狼兽叼着女孩却未下狼口，不然一旦狼兽齿间发力，激出狼毒，女孩早就登时毙命了。狼兽这样，就是为了留她活口。

北冥拔过腰间劈极剑，空中看不到劈光，已是挥出了七八剑。眼看着就要射中狼兽的箭针，在距离狼毫分寸间，被北冥悉数挡下斩断，掉落在地。

"怎么回事！"只听远处还未赶到的带头女孩大声喊道，"混蛋！竟敢挡下我的箭针！我看你是不想活了！"女孩虽然身在数百米外，对自己的暗器却把握十足。如果不是北冥中间插手，她射出的十几枚暗器，定能有三分之一刺中狼兽。

这时，北冥已与奔跑的狼兽比肩追逐。狼兽眼球暴突，欲要发力袭击北冥。北冥看准时机，腾空跃起，冲着狼兽龇出的獠牙连劈四剑，瞬间那狼兽的獠牙从牙根断起，上下齐碎。北冥一个勾手，从狼嘴里轻轻抱过女孩，生怕一个不留神刮到狼兽残齿，功亏一篑。

他刚把女孩放到地上，狼兽又朝他们扑来。北冥眼神一凛，背对着狼兽，剑从身后刺出，好像长了眼睛，正中狼兽下颚，把它原本张开的大口来了个对穿，硬生生让它上下合了起来。

他嗖的一下抽回秀剑，对准狼身连砍数下。眼前狼兽登时四分五裂，散落一地。在他身旁的女孩根本看不清发生了什么，只见这瞬时间狼兽已经身首异处，血腥一地了。她"哇"的一声尖叫出来。

战场上原都是男性士兵，猛一来这尖脆清丽的一嗓子，顿时引来周围狼兽注意。只见十几匹狼兽顷刻间往北冥的方向攻来。女孩吓得尖叫不停，一屁股坐在地上。

北冥陷入包围圈，本来这十几匹狼兽根本奈何不得北冥，一会儿工夫便斩杀数只。可随后狼族不再猛攻,而是防御逼近,连番交替,狼鬃叠加,北冥一时无法轻易取其性命。

狼族越逼越近,周围的士兵又攻不进来,其攻势当真是严丝合缝。只待片刻,三十多只狼兽便叠罗汉一般,垒起了一个牢笼,想把北冥和女孩困死在里面。

最上层的狼兽盯着包围圈内的二人,猛然扑了下来。北冥一个俯身,单手抱过女孩。十匹狼兽齐齐落下,狼毫歹起。北冥剑速猛提,砍断了刺过来的狼毫。他双足发力,抱着女孩一跃而起,冲出包围圈。

刚刚冲出包围圈,北冥一惊。片刻工夫,战场上的所有狼兽好像收到统一指令一般,统统几十匹为一组,垒起包围圈,困住了众多士兵。没有受困的士兵在外面艰难突进,徒然地想要救出同伴。

离北冥最近的一处包围圈里,突然发出数十匹狼兽的惨叫。他回身看去,见到高叠起来的狼兽掉了下来,里面有人冲了出来。

"灵儿!"只见一个脸画图腾的女孩冲他奔了过来,正是带头救人的少女。"姐姐!"被北冥带在身旁的女孩大声喊道,"姐姐,我在这儿!"

就在这时,蓝宋城方向响起重重奔腾杀戮声,颜童和冷羿已经带领士兵赶了过来。北冥身边的数十包围圈在听到杀戮声后,忽然散开,狼兽们头也不回地极速往辽地方向奔去。

只见每匹狼兽口中都叼着数名士兵。北冥欲要追上去,却发现狼兽数量众多,即便他速度能及狼兽也救不下所有人。

忽而,一个庞然大物从北冥身侧蹿出,速度极快,身法了得。北冥背后惊出冷汗,他骤然转身挥剑,劈向那"人"脸面。只见那"人"阴邪一笑,是修弥!

它刚刚还是个人形,现在已经换回狼形。刚刚修弥幻形成人躲在士兵和狼群中,无人把它分辨出来,现在它要撤离便换回了狼形。修弥躲过北冥一击,狼眸一闪,心想:"中了修门的狼毒竟还没死!剑法还运用得如此了得!"不单是修弥,就连军政部也是鲜少有人见北冥用过兵器剑刃。

修弥探询狐疑的目光掠过北冥,猛地用狼尾扫来,想要勾过北冥身边的女孩。北冥眉心一蹙,倏地挥过劈极剑,铿锵与修弥交手。当北冥挥到第四剑时,修弥猛然收回狼尾,尖牙愤愤龇出,不能自已:"什么剑法?就剩半条命了还能这般!"修弥只觉自己尾骨生疼,怕是已经断了一截!

它当下不再耽搁,掉头便走。北冥却没再追赶。狼族的速度比士兵们快去甚多,霎时间,战场上已几乎看不到狼族的影子了。

脸画图腾的女孩终于赶到了自己妹妹身旁,一把从北冥身边把妹妹拽了回来。

"灵儿!"女孩大吼一声,半是恼怒半是忧心。

北冥此刻却依旧盯着修弥奔去的方向,目光如鹰。图腾女孩锐眼瞪着北冥,无半分谢意,反倒杀气腾腾。北冥眼角略略瞥过女孩,心中不解,时刻提防,他对这少女的怒意也不少。刚刚这少女不顾他东菱战士的死活,激进救人,如此辛辣的做派也非善类。

忽地,北冥猛然回头往辽地方向看去,情急之下大喊出声:"颜童!防御!夜丧!"

只见战场远处骤然刮起飞沙走石,黄土漫天,遮人眼目。修弥的夜丧震天彻底席卷而来。

颜童见状知道已是赶不及了。修弥的夜丧雷霆之势,堪比暴雷。北冥身边虽有不少战士,但他们的防御术加起来也不够抵抗如此强大一击。

颜童手提刚玉剑,大喝一声:"闪开!"众士兵听令,顷刻间为颜童闪出一道大路。颜童双手上下错开,握住修长剑柄,劈空一斩。一道极强罡气灵力从剑中划出,瞬间与修弥的夜丧对冲而撞。

只听轰的一声,两股强大灵力相撞,震得大地欲要开裂。眨眼间,颜童已是赶到北冥身边。尘沙飞扬,遮得人眼无法睁开。

颜童侧耳一听,忽地拔刀再起,噌地跃到半空,对着前方快速劈出四剑。两个十字刃叠加相乘,颜童的至刚灵力全面打开,正面迎击数十记夜丧。奇怪,这次的夜丧接踵而至,却全无声音。颜童全凭精湛的灵感力才能给出极速反应,迎下这一击。

"部长,没有声音!"颜童惊道。

"是狼族的夜鸣,常人根本听不到,音频高过蝙蝠!所有人全面戒备!"北冥下令道。

就在这一片混乱之中,忽听一个声音喊道:"灵儿!宋儿!"

只见一个女孩伸出双臂,一把猛拉,把已经瘫软在地的灵儿和俯在她身旁的图腾女孩拉到身后,随之自己整个人被黄沙之中伸出来的兽爪一把拉了出去,消失在漫天黄沙之中。

图腾女孩就势倒地用身子护住自己妹妹,再等回过神来顿时慌乱了起来,大声叫道:"姐姐!姐姐!"然而再无人回应。

她想冲出去营救,却被自己的护卫强行拦了下来:"二小姐,去不得!夜鸣没散,咱们看不到大小姐!"

"放开我!"图腾少女喊道。

"二小姐!不能去!"

十多分钟过去了,那漫天黄沙才渐渐散去。"清点人数!汇报人员伤亡!"颜童下令道。

不一会儿便有士兵来报："颜队长！我们申户队长和柒子婴副队长，还有三位组长都不见了！"

"士兵呢?"北冥道。

"报告部长，三百名士兵不见了！还有五十名重伤，两百名轻伤。阵亡两百人……"说到最后，战士的声音哽咽了。

"两百人！"冷羿一惊，军政部每个分队的战斗力都不容小觑，他的二分部一纵队一共就只有两百人，然而申户的三纵队在这一役中竟然牺牲了两百战士，失踪三百人！这对任何一个指挥官来说，都是无比沉痛的打击。

"部长！"颜童听过汇报，神情严肃地看向北冥。北冥亦是悲痛不已，可现在没有时间给他消化战败情绪。他转身道："让受伤战士立刻处理伤情，无论严重与否，都不要再去前线。"

"是!"士兵即刻向下传达了北冥的指令。

"是你们给我们东菱使了绊子，让我们中了埋伏!"北冥声音陡然一沉，目光看向坐在地上的两姐妹。此刻，他们残余的十几名侍卫已经围好了他们的"小姐"。

图腾女孩听见北冥如此一说，猛地扬起头来，眸光狠辣地看向北冥："我呸！要不是你们东菱和狼族、灵魅纠缠不清，我们蓝宋岂会招来如此横祸!"

"你说话要讲道理，小姐!"北冥霍地俯下身去，面对着那叫宋儿的少女道，"狼族要攻我东菱不假，但他们用卑鄙手段对付你们，却不能赖在我们东菱身上。狼族作恶，岂是我们一国能够制止的？这祸我们东菱愿意拼死替你们一挡，但是那罪，你可别怪错了人!"北冥眸光犀利。常年沙场征战让他练就了一副杀伐果决毫不容情的心智，绝非普通纯良柔善之人可以比拟。又因那蓝宋故意射杀东菱战士而愤怒不已，语含威慑，凌厉逼人。可谁知，那叫宋儿的少女也不是善类，眸光阴戾，恨不能把北冥当场灭了。

"竟敢和我这样说话！我看你是活腻了!"她抬起右臂，对着北冥脸面，五指一勾，瞬间数十枚暗针从她手臂薄甲之中急射而出，速度异常迅猛。

北冥当下往左一闪，避开了她的暗器。倏地，那十几枚暗器凌空急转掉头，冲着北冥脑后扎来，速度之快，就连一旁的颜童也来不及阻止。谁知北冥再一闪身，已是消失不见。

女孩登时被眼前的一幕骇住了，差点惊叫出声！暗器回转速度太快，北冥刚才本就与她姐妹相隔甚近，现下离开，中暗器的反倒会是她姐妹二人了。

女孩对自己的暗器心知肚明，濒死之感袭来，惊恐之下，身体僵直，只是手心还有一丝力量。她的小指动了动,想要把妹妹再护得好一些。

"嗖!"一道冷芒划过女孩面庞。她的长睫毛被削掉了一点尖尖。女孩张着嘴,呼吸顿停。十几枚暗器纷纷落在了她和妹妹的皮毛裙摆上。那暗器就在刚刚,几乎扎到了她的眼睛、脸庞和身体。

女孩呆立不动。

"小小年纪,下手这么毒辣!"北冥站起身来,冷冷看着女孩,想来刚才生死一瞬,她已经受到了教育。

"二小姐! 三小姐!"十几名侍卫早已吓得魂飞魄散,哪里还顾得上把守四周,忙不迭地都向二人围了过来。

女孩缓了半晌才回过神来,当她再次看向北冥时,北冥已经转过身去和一旁的颜童、冷羿商量接下去的对策了。

"那人,是怎么挡住我的暗器的? 怎么可能……这世上怎么可能有人快过我的暗器……即便有,也不可能,也不可能在我眼前挡下来。"女孩不可置信地抬起头,望着北冥,他那一下当真是在她眼帘前替她挡下了夺命暗器。

"姐姐,姐姐,大姐怎么办! 大姐怎么办!"少女怀里的妹妹恢复了精神,立刻忧心起自己的大姐,她不知道就在刚才两姐妹几乎命丧黄泉。少女原本还在发愣,被妹妹一晃,回过神来,低头看向妹妹。

北冥和颜童、冷羿分析,显然这蓝宋国和狼族串通一气,打了埋伏,算计了东菱的战士。城中的那十几只狼兽也是蓝宋故意放它们进去的。

狼族携着三纵队的申户和其他指挥官返回辽地,就是为了逼东菱前去救援,进入它们的埋伏圈。只是狼族最后还带走了蓝宋的一个人质,现在蓝宋也在它们的算计之内。看来蓝宋以前就和狼族暗中有联络,不仅如此,刚刚那个叫宋儿的少女张口便说狼族和灵魅都是奔着东菱而去的,如此一个边陲小国竟会对这突发战事一清二楚,暗里绝不简单。

当务之急,他们要把申户和三百士兵带回来。北冥、颜童、冷羿三人无一不感到此事万分棘手。三百人被狼族如此轻易地瓜分带走,可想而知它们的实力。

冷羿回头往战地看去,两百名牺牲的战士遗体已被安顿在了不远处。他忽觉心中一痛,以前他总觉得自己和东菱没什么关系,之所以留在东菱只是为了个人的一些私事。可现在,他看到躺在那里的战士们再也回不去了,忍不住心痛难忍。两百人,正相当于他二分部一纵的全部战斗力啊,想到那些朝夕相处的士兵,他忽然觉得那般亲切重要,眼眶不觉酸了。

这时,一只手扶在了冷羿肩膀上。"这就把兄弟们带回来。"冷羿回过头,正是颜童，"等宰了那群狼崽子，再把他们带回家。"颜童为人爽朗，心思缜密，这一路他早就发现了冷羿的变化。

以前他二人算不得熟络，顶多是君子之交，对彼此的灵法灵力也多有赞赏。以前颜童就觉得冷羿这人与军政部格格不入，可不知道其中原因。但今日，他忽然发现冷羿这人变了，变得与以往大不相同，以往是人冷心冷，现在看来是面冷心热了。也不知是自己以往识人不清，还是这家伙藏得太深的缘故。

"好！"冷羿当下发狠应了颜童一句，回首看了过来，心照不宣。

"部长，我们即刻动身吗？"颜童问道。

冷羿只看北冥面色严正，似不受一切外部干扰，当下对他又钦佩三分。"这小子，本部长的头衔不是白来的！"他深知北冥难处，父亲在前线，自己余毒未清，眼见自家军政部伤亡惨重，当下再没一人比他处境更难过了。可他仍镇定从容，毫不分心，这般意志，当真是让冷羿心服口服。

"看在你小子对梵音如此关心的分儿上，你这个忙我帮了。"冷羿心道。

"这是陷阱，不能冒进。三纵久战，不能再有伤亡，全部留下，照顾伤员收拾战场。"

"全部？是不是太多了？"冷羿道。

"我的一纵和二纵马上就会赶到蓝宋。"

北冥说完看向那个叫宋儿的少女，他对蓝宋的状况实在摸不透，但那女孩的暗器当真厉害，多留些士兵也是以防万一。这蓝宋要是再出什么岔子，他难辞其咎。

北冥计算着一纵到达蓝宋的时间，走到少女身旁，姐妹俩已经从地上站了起来。她们的侍从看见北冥过来，立刻全神戒备起来。

北冥未再上前，而是停在一排侍从前，从间隙和她说话："你是蓝宋首领的女儿？"

女孩经过刚才一遭，再看北冥时已是不知道该用什么态度应对，眼神闪烁。

"我是东菱军政部的北唐北冥，我们东菱和你们蓝宋从无瓜葛，更谈不上过节，你今日对我军政部士兵的做法我不会就此作罢。"北冥义正词严，面色严峻，"但是，你若能保证从现在开始不再无故干涉、伤害、扰乱我军的行动，我可以暂时不追究。等狼族的事平定，你我再谈。这样对你我两国都好。"

女孩听着北冥的话，脸色渐渐僵硬起来，一下子扒拉开侍从，鼓足了气势，昂起头，伸着颈，脸对着脸，瞪着北冥蛮横道："你算是个什么东西，竟敢如此对我说话！先不要说我没有伤到你们东菱的兵，就算是我杀了七个八个，你又能拿我怎样！"女孩一边说着，一边扬起了胳膊，一巴掌往北冥脸上挥去！

第六十章
蓝宋儿

北冥一把攥住了女孩的手腕，皱眉道："跟你好好说话你听不懂是不是？非让我动手！"

"你放开我！"女孩叫嚷道，使劲挣扎。

"这位，这位哥哥，你放开我姐姐吧。我姐姐当时为了救我，情急才用暗器射狼的，她没想着要伤害你们，你们东菱人的。"一个乖巧的声音在女孩身后响起，听着有些怕怕的，正是她的妹妹灵儿。

北冥攥着女孩的手腕没松开，偏头往她身后看去，正是自己刚刚救下的那个小女孩。灵儿的目光碰到了北冥的，目光赶忙避开了。

"你姐姐把狼放进蓝宋城，还说没有要害东菱人的意思？"北冥看出小女孩心虚，却不失单纯。刚才情急救人，这个小女孩也是胆识非凡，一下子冲出城门帮忙，这才被狼兽抓住。北冥看眼下这位叫宋儿的少女实在是不好沟通，所以干脆与这个三小姐说，想着也许还能听进去几句。

"不是这样的，不是这样的。狼族的人我们惹不起，它们说如果我们放它们进来，它们就保证不伤害我们族人一分一毫。姐姐这才答应他们的。我们……"

"灵儿！"宋儿见自己妹妹对这个陌生男人毫无戒备，欲和盘托出，当即大声喝止！

"啊！"灵儿被她姐姐这么一吼，方知道自己多嘴了，赶忙用小手捂住嘴巴。姐妹俩都是一张圆圆小脸，樱桃小口，拿手这么一捂，只剩下一双明亮的大眼睛忽闪忽闪了。灵儿脸上没有图腾，样貌着实乖巧可爱。

"和狼族联手，无异于与虎谋皮，对你们没好处。就像今天，你也看到了，它们兽性难收，说翻脸就翻脸，到头来还是你们自己族人受了伤。"北冥松开了宋儿的手，语气不再那样强硬。

"你！"女孩听北冥如此一说气愤难耐，却又无法反驳，一时语塞。

"果然，他们是和狼族有来往。"北冥刚才故意那样说，为的就是诈出这个宋儿的口风。从她现在的态度看来，这个蓝宋不简单，但若说狼狈为奸似乎也不完全对。

"你是蓝宋首领的三女儿？"北冥突然隔开宋儿，问她身后的灵儿。

"啊？是，是的。"小女孩被突然一问，下意识便张口回答。

"你叫什么名字？"北冥再道。

"蓝灵儿。"小女孩看样子只有十四五岁，稍显腼腆。

"灵儿！"她姐姐又大声呵斥，让她闭嘴。

"你妹妹比你分得清好坏人，蓝宋儿。"北冥冷语道。

"什么！"宋儿一怔，听北冥猛然呼出了自己的名字。

"蓝宋儿，如果你现在可以打开你的西面城门，让我的军队进来，我们就可以少费些时间绕路，尽快赶往辽地。"

"我凭什么帮你？"少女火气不减。

"我去！部长还真猜对了！"颜童在一旁暗赞。

"这小子，平时话不多，关键时候还挺能套话。"冷羿也在心中默默点赞。

"你现在帮我，我就帮你把你姐姐救回来。"

"啊！"蓝宋儿听北冥这么一说，才想起来自己的大姐被狼兽抓走了。

"你给我闪开！"蓝宋儿显然不接受北冥的建议，一把推开北冥，执意要单枪匹马去救自己姐姐。"蓝永，你现在就把灵儿给我送回去，然后随我去辽地！"蓝宋儿对自己的侍卫长下令道。

"是！二小姐！"一个身材精瘦、鼻尖高耸的青年侍卫长高声应道，"可我过去，您一个人……"年轻男子面色不善地看向北冥，不放心自家小姐。

"没事！你快送灵儿回去，我在这里等你回来！"

"是！"男人再无二话，带着灵儿便要离开。

"我不回去！姐姐，我要和你一起去救大姐！"

"不行！"

"我不要回去！我要和你一起！"

"你刚才自己小命都不保了，还在这里给我添乱！快走！"

"我不走！"

"蓝永！"

灵儿见拗不过姐姐,实在没有办法,便把目光投向了北冥。不知怎的,她似乎很相信眼前这个陌生的外族男人。其实灵儿根本没看清北冥是如何把她从狼口里救出来的,只感觉一个囫囵,自己已经被北冥带在了身旁。

"东菱的,东菱的这个哥哥。"灵儿看着北冥,哼唧道,"你可以,你可以帮我把我大姐救回来吗?她叫蓝盈儿。"

"灵儿!你今天脑子有问题是不是,莫名其妙相信一个外人?"宋儿转过身,横起眉毛对着妹妹。

"可是姐姐,那个哥哥刚才真的救了我!"

"东菱的人要是会救我们,他们早就来了,还会等到现在吗?他之所以救你,还不是想要我们帮忙!狼心狗肺的东西!"

"你认识东菱的人?"北冥忽然问道。

蓝宋儿这时正背对着北冥,忽然舌头一紧,赶紧闭住了嘴。

"可是这个哥哥刚才真的救了我!说不定他也可以救大姐回来!"灵儿忽然提高了嗓门,大声喊道,面容焦急。

"你给我闭嘴!蓝永你聋了吗,立刻把灵儿给我带回去!关起来!"

蓝永再不敢耽搁,顺势从自己腰间拿过一个口袋,从里面掏出一个兽笼。转手一放,一匹羚角剑长的豹羚瞬间幻化出来。蓝永抱着灵儿骑上豹羚,风驰电掣般往蓝宋城方向奔去。

"东菱的哥哥,求求你,帮我救救我大姐!我们真的没有要伤害你们东菱战士的意思!我们不是故意的!求求你了!"临走前,灵儿扯着嗓子大喊道,声泪俱下。

"蠢丫头!他们会好心救你?"说着,蓝宋儿回头瞥了北冥一眼。

"你妹妹不蠢,蠢的那个人是你。"北冥冷冷道。

"你说什么!混蛋!"

"如果当时你用暗器射中了狼族,它必定会下狠嘴咬住你妹妹,那时候你妹妹即使不被狼族咬死,也会被狼毒毒死。"

"我的暗器何等厉害,你懂个什么!井底之蛙!"

"你的暗器确实凌厉,但还不足以置狼兽于死地。即便你的暗器可以穿透狼兽皮毛,但它们偌大身躯和自身强悍的灵力,别说你十几枚暗器,就算上百发,如果没有打中要害,也伤不到它们性命。如果我当时不及时砍断狼齿,你妹妹下一秒就会中了它的狼毒,根本活不成。听不听由你,你大姐的命在它们手里,别一意孤行。"

蓝宋儿听北冥的分析句句在理,不由得动摇起来。

几分钟后,只听蓝宋城方向传来马蹄急踏之声。须臾,一席暗黑来到众人身旁,好似幻影。

蓝宋儿脚尖轻点，噌地一个箭步飞跃而上，身手敏捷。只见三十头幻影豹羚分列两排，齐刷刷停到众人跟前。流畅劲健的线条，精锐明黄的豹瞳，漆黑光耀的皮毛，威风凛凛。

蓝宋儿已经坐到了前排最中间一头豹羚的身上。她让豹羚停在北冥身前，原本娇小的她现在终于可以俯身和北冥讲话了，只觉瞬间舒了口气。

"看在你救我妹妹的分上，我不会让我的城民对你的军队下手，你大可放心。我没蠢到和东菱为敌。不过，让我开城门是不可能的。你们有多少真心救我们，你自己心里清楚。"北冥看得出她城府颇深，只是这当中到底还有什么缘故，使她对东菱抱有这般敌意，他还不得而知。

"辽地千里，你那三百名士兵，我看你是救不了了。即便到了辽地，黄花菜也凉了，我开不开城门结果都一样。我的姐姐，我自己会救。"说罢，蓝宋儿脸上露出轻蔑。

"走！"话音将落，蓝宋儿大喝一声。三十骑幻影豹羚绝尘而去，霎时间消失在原野沟壑间。

"好厉害的驯兽技，照这个速度不出两个小时那豹羚便能赶到辽地。"颜童道。

"人不可貌相，国不能斗量，小小蓝宋竟有这么多暗技。"冷羿也忍不住道。

北冥看了一眼，没有说话。他们国家的事，让他们自己定吧，他没那个闲心善心多管闲事。还有一刻钟一纵和二纵便会到了，料想狼族劫持了三纵的士兵，不会随便处置弄死，当务之急是看能否查出辽地异样，好加以应对。

"蓝宋城门不开，徐英只能带兵绕行，恐怕要再耽搁十几分钟。"颜童说道。

北冥点点头："也只能再等等了。希望到时候军机处那边已经搜集到了辽地的状况。"

不久，蓝宋城方向传来动静。城外的士兵也纷纷看去。只见蓝宋城东立起的铜铸高墙忽然撼动起来，跟着里面的那堵城墙城门也随之打开。北冥的一纵二纵以徐英为首，从蓝宋城东城门奔来。

七千人马浩浩荡荡，却听不到一点嘈杂混沌之声。徐英驭下有方，从他国借地路过，自不能扰人清净。战士们运起灵法，脚下静寂无声。瞬息，北冥的部队已尽数出城，两层城门铸墙再次合上。

北冥心想应该是那个蓝宋三小姐蓝灵儿回去与她的下属吩咐，等她姐姐骑豹羚离开以后便命人偷偷打开了城门。又或者，她知会了家中长者，得到了部落首领的允肯。蓝宋首领，他这次前来却是没有见到。

北冥等着人马集齐便要开拔。可还没等与徐英会合，他们便发现队伍最前头，有上百匹豹羚齐齐奔来，其中几匹壮悍高大的豹羚身上驮着几个熟悉的身影。

"她怎么过来了？"

听颜童的口气不像欢迎。未等他再多言，军队已经到达北冥跟前。徐英下令，列队整顿。

"部长！"徐英道。

"加密山情况怎么样？一切如常吗？"北冥问道。他自然也看到了豹羚身上驮着的人，却没予以理会，军务为重。只见那人神色微动，本以为北冥会先与她说话，毕竟她的官阶高过徐英许多。

"您放心，加密山一切正常。我们二纵从加密山出来之时，主将的五千兵马已经驻守进了加密山边界外。"徐英说的兵马正是主将北唐穆仁麾下的五万精锐之一。

"好，那我们即刻动身。"北冥道。待他向徐英安排完此次前去辽地的人员部署后，他转身来到豹羚前，开口道："莫总司，您怎么过来了？"骑在豹羚身上的正是莫多莉，只见她一身戎装，一改往日做派，只是那精致的妆容却半分未减。肌肤白皙，凤眉艳眸，透着一股大气度。

"我看过北境前线的战况，想着你们军政部应该需要帮手，所以来助你们一臂之力。"莫多莉说着，却感觉一道鄙夷的目光从北冥身旁投了过来。

颜童本来就因为北冥中毒的事，看不上莫多莉这个人。她平日趾高气扬，目中无人就罢了，不关他的事，可关键时候拖了北冥的后腿，颜童心里怎么都觉得憋气。

"又是他！"颜童的目光被莫多莉逮个正着，她心中立刻不满，"之前在军政部就是这个小子对我诸多不满，碍于面子我忍了，现在他又这个态度！"

"颜队长！你对我有什么意见尽管直说！别总是背后嘀咕！"莫多莉一时没忍住，恨恨质问。

谁料，颜童只是抬眼瞥了莫多莉一下，理都没理会，便走到一纵队伍当中，向他的副队长和组长分别下达任务。别看平日颜童性格开朗健谈，一副与人好相处的模样，但俗话说，什么样的将军带出什么样的兵，颜童之所以能和北冥相处多年，兄弟相称，自是因为他俩脾气相投，秉性相近。尤其对于自己看不上的人和事，对错看得板正，无论男女，他们都一视同仁，鲜有回转。

莫多莉被漠视，心中火起。想她自来心高气傲，什么时候被人这样冷待过！哪里受得了，恨不得勒上缰绳追过去，和颜童讨教一番！

"总司，我看颜童应该是因为战事着急，您别误会他了。"一个柔水般的声音在莫多莉身边响起，正是礼仪部一分部的部长玄花。新年晚宴上，她主动邀请颜童首舞，当时还被坐在一旁的赤鲁一顿插科打诨。玄花样貌恬静温婉,虽比不上莫多莉明艳动人,却也是个可人儿。

"莫总司,辽地情况复杂,我看您带来的两百部下留在蓝宋城附近即可,如有需要,我再要您增援。"北冥亦是不予理会,说道。

"不用!我说了跟你去就跟你去!你难道还不放心我的能力吗?不会给你拖后腿的!花婆也是吩咐我们配合军政部作战。你以为我会冒失前来吗?"莫多莉言语笃定,故意抬高了嗓门,让往军队后方去的颜童也听得到。

北冥心中略有迟疑,转头看向冷羿。"难得也有向我求助的时候。"冷羿心中暗笑,"这两个家伙,带兵打仗没问题,遇到女人就不行了,关键这还是个硬茬!"冷羿也知道,莫多莉的性子出奇地难伺候。

"莫总司,你手下二百人的防御术怎么样?"冷羿道。

"出类拔萃!"莫多莉自信高傲道。

"北冥,你一分部的火焰术士不多,我看带上他们也可以。毕竟他们得到了花婆的首肯,实力应该不错。"冷羿道。

北冥略想后说道:"既然这样,莫总司,你们礼仪部的人全权由我指挥。"

"可以。"莫多莉痛快应道。

话不多说,兵马已全面开拔,直捣辽地。

"看什么看呢!有什么好看的!"莫多莉没好气地说道。一路上,莫多莉看身旁同样骑在豹羚身上的玄花不停往军队后方看去。灵能者的五感和自身的灵力修为有很大关系。莫多莉看出玄花想看到颜童的影子,可凭她现在的灵力是不可能捕捉到颜童的行动轨迹的。

"哼!一个小小的纵队长有什么可看的!"莫多莉话中带刺,还是为着刚才的事不依不饶。玄花跟在一旁没吭声,她一手被莫多莉栽培提拔,最知道对方的秉性,受不得一点气。只是被她这么一说,玄花心里难免有些不好受,即便她清楚,莫多莉的脾气是对着颜童发的。

莫多莉说话可从来不考虑别人怎么想,自己舒坦了最重要。再则玄花从小跟在她身边,她对她更没有什么婉转避讳了。

"军政部手下一个纵队长的灵力就这般高超,不要说玄花,连我都是勉强看得到。"莫多莉嘴上不服,本心却不是小气的人。

夜黑风高,数小时后,北冥的军队已经到达辽地边界。北冥放眼望去,不禁皱起眉头。

"怎么了?"冷羿问道。

"这和我上次来的时候又不一样了。"北冥道。

"怎么说?"

"你看,"北冥伸手指着辽地方向,"那片腐蚀地我上次来的时候面积还没有这么大。现在纵贯足有二十里,还不知道里面的状况,到底有多深。"

"腐蚀地? 不是沼泽吗?"

"我开始也以为是沼泽,可是当我深入进去以后发现,人走在上面根本不会塌陷。只是那里土壤质地黏稠腐朽,人进到里面会听不到半点声音,连个活物都没有。而且一旦进到腐蚀地,我们的通信就会和外面全部切断。"

"断了联系?"

"是,我也是从腐蚀地出来以后才发现的。在辽地内我给梵音发出的信息全都被隔断了,一个也没发出去。同样她发给我的,我也没有接收到。"

"你不是应该发给军政部吗? 发给梵音干什么?"冷羿眉毛忍不住抖动了两下。

"当时军情不算紧急,我准备等出了辽地以后再做打算,所以没有给……"北冥话说到一半突然不说了。

"怎么了?"冷羿继续问道。

"没什么。"北冥突然想到自己为什么要和冷羿解释他与梵音的事,他有点不高兴,不想说了。冷羿看北冥说话打磕,便用眼睛扫了他一遍,颇有戒备的意味。

"北冥,我看这腐蚀地面积扩大了。"莫多莉从豹羚身上跃下,来到北冥身边说道。玄花跟在她身后。

"没错。"

"你预备怎么办?"莫多莉道。

北冥审度了一会儿,对颜童道:"颜童,你和莫多莉留在外面。徐英的二纵和我一起进去。"

颜童想了想,点头同意道:"好,你们进去后当心。如果明日清晨我还得不到你们的消息,就率兵进去找你们。"

北冥同意。

"如果你进来,记得至少留下五百防御术精湛的士兵把守在辽地外围。"冷羿道。

"好。"

"北冥,真的不用我们跟你一起进去吗?"莫多莉道。

"你们留在外面,配合颜童。莫总司,到时候一切行动你需要听从颜童的调遣。"

"我——"莫多莉还想发飙,可她知道一切以大局为重,更何况她来之前答应了北冥,听他安排。言而有信,莫多莉马上收了霸蛮个性:"好! 你放心! 你自己注意安全。"随后，北冥带领徐英以及他手下二纵五千人进了腐蚀地。

在军队进入腐蚀地的那一刻，他们的踪迹便消失了。

"好大的雾气……"颜童神情颇为严峻，一改明朗模样。在北冥进入辽地的五分钟时间内，颜童先后给北冥、冷羿、徐英还有几名战士分别发出多次讯息，但都无一回应。

"队长，有消息吗?"颜童的副队邢真询问道。邢真今年二十五岁，跟在颜童身边五年，行事周全，吃苦耐劳。颜童经常说他是个任劳任怨的孩子。他的身高比颜童矮上一头，淳厚善良。

颜童摇了摇头。

"本部长他们没有消息，我们用不用进去帮忙?"一个女孩的声音在颜童身边响起。他回头一看才发现是玄花。

"你怎么来了?"从蓝宋到辽地，颜童根本没有发现玄花。

"我，我跟着我们总司来的，你没有看到我吗?"颜童摇了摇头，又和旁边的邢真说起话来。玄花看颜童这般态度，瞬间局促起来。玄花觉得颜童刚才的口吻并没有半点关心，甚至有些僵硬。

可颜童完全没有发现玄花的心思，其实那场宴会他二人跳过舞后，颜童也没有再联络过玄花，只当是点头之交。

"玄花，你没看颜队长忙着吗，别过去吵他。"莫多莉在远处斜了这边一眼，阴阳怪气。

玄花好歹是礼仪部的部长，论官阶是要高过颜童的。这样一来，她在两百名礼仪部下属面前只觉得失了面子，勉为其难地回到莫多莉身边。

颜童随即在腐蚀地附近勘察，不再与她二人说话。

第六十一章
狼穴虎子

　　北冥带领士兵夜路潜行,往辽地深处赶去。一路上,他命通信兵给颜童做下来路记号。不多时,他带领的队伍便穿过腐蚀地,往狼穴进发。

　　为了防止狼族偷袭,一路上北冥命全体将士展开灵感力随时注意四周动向。狼族的拟身术极强,就连五感通灵的梵音也是没能第一时间察觉到修门的埋伏。此时北冥更加倍小心。

　　然而直到穿过绿林,北冥也没发现任何异动。

　　"冷羿,你察觉到什么没有?"其间北冥询问冷羿。冷羿也是没有发现异动。

　　"你的毒,不要紧吧?"在北冥问完冷羿后,冷羿反问道。

　　"没事。"

　　"没事……没事你小子怎么会问我有没有异动?"在北冥回答完冷羿后,冷羿暗自思忖着。凭北冥正常的灵感力,他哪里需要询问别人情况。如此说来,北冥现在是调动不得灵感力了。

　　夜色将过,天色渐明。就在北冥穿过绿林,快要到达狼穴之时,他的步伐收住了。狼穴在一处低凹岩穴之内,岩穴之外,方圆数里内平坦辽阔,视野宽广,后方山岩起伏,高耸无极。

　　只见狼穴之上,雕刻着历代狼王面首,各个与小山峰般大小,似与群山共鸣,仰天狂啸。冷羿初见,也是被这股霸气凛然的王者气象震撼到了。

　　遥遥看去,狼穴山峦之上,有个赫赫身影正傲立在诸位狼王头首雕塑中央,正是修弥。只见他一身灰亮白煞狼鬃,映着初升的冬日,熠熠生辉。荧绿眸光冷厉,似能直射千里,与梵音的灵瞳不分伯仲。

只见修弥嘴角微动，呵出白雾，今日它并没以人身幻形示人。

北冥率军站在修弥对面山岩之上，虽看不清它的脸，却也能感到它那毫不遮掩的诡谲凌傲的霸道灵力。

就在修弥脚下，狼穴之外，数千狼族枕戈待旦，一股震天破地的气势直逼北冥大军身前。不要说普通官兵，就连身经百战的徐英也是没见过这般浩然战场。在数千狼族面前，北冥麾下的五千将士就好比冰山一角，渺小一粟。

北冥面如凛冬，岿然不动："侦察到申户的位置了吗？"

"查到了，申户和柒子婴还有三位组长在狼穴西侧。其余三百名士兵被圈禁在狼穴东侧。"徐英的探子来报。只见一个马蜂般模样的灵器从狼穴附近飞了回来，这是专门用于侦察细探的灵器——巡回蜂，可以传递战场各地的情况讯息。随着环境的变化，巡回蜂会实时改变外观颜色，与环境融为一体。

"北冥，看样子咱们不能轻举妄动，否则人质随时会有危险。"徐英道。

"人质什么时候都会有危险。"冷羿道，"看来，我们未必救得下申户他们了……"见到如此阵仗，冷羿心下便了然了。不要说救下申户等人，就算是北冥的二纵也不可能全身而退了。

徐英又是何尝不知，只是敌方阵营中有自己的至亲战友，申户更是他的多年老友，他的搭救之意便更是强烈。

"申队长久经沙场，早就有了觉悟。"北冥看着千米外修弥的方向，燎原战场已在脚下，坚定道。

北冥一声号令，五千将士慨然奔赴战场。

修弥看着北冥军队的方向，知道北冥早已心知肚明三百人质在狼族之手，他是救不回去了。

"不过，我要的不是这个。既然你心肠硬，那我就看看你到底够不够硬！"杀人不过头点地，要的是诛心。修弥站在山崖俯视脚下的人质们："死，可不那么容易啊！"

修弥用狼爪轻轻敲了敲岩壁。狼穴下的狼兽立刻接到信息，它们随意从竹笼里抓出一个士兵，往天空一抛，就像抛一只活兔。修弥笑着，看着前方，它要确保所有人都看得到它接下来的动作。

"部长！"士兵们高喊起来。

修弥笑得更得意了，赶不过来了吧？那就看着吧！它看到北冥拼命往狼穴方向赶来，可战场上面狼兽太多，士兵们为他开不了路。他赶不过来了。

修弥张开大口，士兵在半空痛苦地挣扎着，却毫无力气。就在修弥眨眼要吞噬之际，只听"嗖"的一声，跟着一道极寒穿过修弥耳间。修弥身体猛地向后一撤。一支利箭贴着它的皮毛,从它的前额划过,重重戳在地上。

修弥犀利的目光狠狠看了过去!"寒冰箭!"如此强大灵力的冰化寒冰箭,修弥还是第一次见到。它的听力纵横千里,落叶可闻,可是刚刚这一支寒冰箭,速度太快,就在修弥第一时间听出利箭是向自己射来之时,已经来不及躲避,利箭转瞬即至。

"不可能! 什么寒冰箭能这么快?"修弥心中大惊,"第五梵音已经在北境了! 不可能! 即便是她,也不可能如此之快!"

被狼兽抛上去的士兵因为修弥的躲闪,逃过一劫,摔在了狼穴山崖之上。修弥猛然回过头去,迅速在战场上搜索射箭之人的影子。如此强大的灵能者,它怎么可能在战前疏忽!

"第五家的人不都死绝了吗? 妈的! 混蛋! 到底是谁!"修弥心中咒骂。它左顾右盼,没有找到那人,就在这个时候,修弥神情一恍,心头猛然一怔,"人呢!"跟着一道无声劈光砍了下来。

修弥这次避闪得更加狼狈,两只后腿都没站稳,还在打晃。接着又是七八道光影雷火之速砍下,它险险避过了那后面八招。

修弥心中登时一片寒意袭来:"怎么听不到!"修弥的耳蜗极速搜寻着剑声的方向,然而这极速剑法却没有一点声音传出!"这不可能!"自己的耳朵比蝙蝠的内耳更加机敏啊。

与此同时,修弥的眼睛也在飞快旋转。刚刚第一下是因为那剑由远至近地劈过来,它发现了。可现在,挥剑之人就在它身旁,它硬是再看不到一星半点剑路。

修弥陡然一转,一个身披银灰色斗篷的男人出现在狼穴山崖上,修弥幻形了。这一下,它整个人利索起来。原本狼族的体健是它们最强大的武器,加之它们天生灵力修为甚高,即便是修门那种身长六七米的巨兽,也是行动灵活自如,犹如盘龙。

可现如今,修弥受到的袭击远远超过了它的体能接受范围,这一身狼兽之躯反而成为了它的累赘。

修弥此刻幻形迎敌,与它那日在东菱幻形成人,暗访菱都绝不是一回事。现下它是被逼的! 顿时杀意腾腾。

幻形刚成,又一道剑刃往修弥身前砍来,它脚下步伐移动,剑身从它斗篷侧面划过,身法自是比它狼形之时灵活许多。

"只剩半条命了,身法竟然这么了得!"修弥心中暗惊,刚才它为了搜寻寒冰箭是谁射出的,一时间分神,疏忽了北冥的动向。就在它反应过来时,已经过了片刻,北冥的踪影消失在它的视线范围内。"一时走神,竟然已经到我跟前了!"

高手交锋,须臾定胜负。方才修弥接连被动,一是因为北冥身法剑法奇高,二是因为恍然受袭，一时落后。现在它心神收拢，噌的一下攻了出去，一把抓住了北冥刺来的劈极剑。修弥虽幻形成人，可那狼族一身铜皮铁骨的属性却是跟着一同附着在了人身上。

"你刚才说那话，是故意骗我的！"修弥近身来到北冥跟前，两人十余招内，第一次打了个照面。

刚刚修弥在千米外看到北冥与他手下说话，听他讲申户早已有了觉悟，战死沙场无法得到营救。可现在看来，北冥当时的话是故意说给修弥听的，为的就是让它以为北冥已经放弃了营救人质的想法，从而放松戒备。

北冥目光狠利，看着修弥的利爪，那爪虽已成人手，却半分不惧他的劈极剑。修弥奇长无比的手指，灰亮色的皮肤，尖利耸长的指甲，一个扭转，欲要把北冥的劈极剑撅断。

北冥握住剑柄，一个回转劈极剑撇过修弥手心，绕着它的手腕圈圈划过。修弥立马撤回手来，险些被断了手掌。北冥夺回劈极剑，跟着往修弥双目划过。修弥身形甚高，两米上下，北冥比它矮了不少。

按说如此迅捷的剑法，修弥本应该闪避，谁料它一个阴邪笑容，竟迎着北冥剑刃而来。只见它脚下一个错位，顺着北冥的劈极剑便平行移过。它一把擒住北冥持剑的手臂，用力一攥，反手一拧，北冥的这只臂膀就算交待了。人类在狼族眼里，始终是个不禁操弄的血肉软弱之躯。

修弥利掌猛然发力，欲要折断北冥手臂，忽地手中一顿。"怎么回事！"修弥只觉手中攥着的北冥臂骨坚如金刚，骤然发力之下，竟纹丝未动，原本应该感觉到的碎裂之感竟全没出现。它跟着抬手一撅，欲要反向折断北冥手臂。

北冥被擒住手臂，手掌一松，劈极剑被另一只手接过，冲着修弥脖颈便砍去。修弥心下发狠，定要卸了北冥这只臂膀，干脆不躲不闪，抬起另一只手臂与北冥交划。

北冥横剑刺出，见修弥抬手挡来，立刻放手，松了剑柄，跟着翻腕反握。剑被北冥再次竖立了起来，冲着修弥长臂切过。

修弥自恃无坚不摧，小小劈极剑奈何不了自己。可北冥剑刃刚刚划过修弥灰衣，它便猛然感觉不对，跟着一丝红血染过北冥剑刃。修弥登时放开北冥手臂，手掌往北冥身前一挥，尖甲几欲钩破北冥脸面。北冥也连忙退去。

两人登时立在两端。这几招拆了下来，二人均是气喘吁吁。修弥看着自己的小臂被北冥划出了一道细细的口子，它伸手抹去。北冥亦是翻转着自己的手臂，刚刚被修弥拧得也是生疼。

修弥万没想到，北冥的身骨竟被他自己修炼得如此刚硬，与它狼族之躯相差无几了！远不同它观战修门和梵音的那一场搏斗,梵音在没有幻形野鬼之前,也不过是个凡人肉胎,直到她使了野鬼幻形,冰入骨髓肌理,修门才不好伤她皮肉筋骨的。可今天这北冥,根本没有动用任何灵法,却让自己不能断其筋骨,碎他手臂,这让修弥始料未及。

北冥亦是没有想到,像修弥这样的狼族,身形巨大,擅猛攻强突,擅自身防守,可谁料幻成人形之后,身法竟也这般了得,挥用自如,刚柔并济,敏捷非常,全看不出原是头狼族凶兽。当真让他震惊。

修弥一时间站在原地,打量着北冥,手指拈着。

"算什么呢?"北冥先开了口。只见修弥斜长的荧绿双眸一闪,射出一道晦涩阴郁的目光。"你想用三千狼族灭了我?未免少了点吧。"北冥的话意味深长。

"难道他知道……"修弥心下一顿。

只这转瞬疑虑,已被北冥看在眼里,他接着再道:"就凭你这点兵力,想灭东菱?"北冥瞄了一眼修弥,"你父亲呢?"

听到父亲二字,修弥精神一凛。狼族主帅狼王修罗并不在这次战场之中。"北唐北冥果真心思缜密,探查极深!"修弥心中暗道。

大战拉开,狼族首领未现身,北冥便已觉异样。他刚才言语试探修弥,看它神情略有微滞,便更加笃定。它们的目的,不是攻打东菱……狼族不可能只有区区三千。那它们狼族到底是为了什么……

他不可能知道!他想试探!修弥也已醒悟过来,转而笑道:"要说是为了你,你信吗?"北冥看着修弥,此物阴邪狡猾,嘴里的话没有半分是真的,更猜不透它想干什么。然而北冥也没工夫再多想其他了,修弥此时周身灵力倍持,杀意肆起。"无论如何,今天你这条命,我是要定了!省得后患无穷!"修弥尖声道,"三千狼族灭不了你东菱,但是灭你北唐北冥一个人,足够了!"

"有种你就试试!"北冥双眸凛然,厉声大喝道。

两人拉锯战再次开始。

丑时过半,距离北冥深入狼穴已经过去五个小时,夜色正浓,雾气湿寒。颜童守在境外。他一点一点地捻算着时间,闭上了眼睛。

"他在干什么?"莫多莉有一搭无一搭地问过,邢真正好走过礼仪部人马旁边。

"您问谁?"邢真没太明白。

"喏。"莫多莉用下巴指了一下颜童的方向。

"哦,您是说我们队长啊,他在封闭他的五感,用灵感力感知辽地界内的情况。"

"灵感力?"莫多莉轻嗤一下,"就算他灵力不俗,可灵感力这种东西,虚而不实,方圆几里也就罢了。他连辽地进都没进去过,根本不知道里面地形有多复杂,幅员有多大,胡乱放开灵感力,也是百搭,能感觉出什么!"

玄花听着莫多莉的话,忍不住又往颜童身边看去。

邢真听完,笑了笑,没再言语,转身往颜童身边走去。待他走到颜童身侧,便发现颜童面色不善。邢真也跟着警惕起来。

只看颜童俯下身去,单膝跪地,伸出修长二指倏地一下插进冻土。玄花一惊,慌忙用手捂住嘴巴,生怕他疼了,弄伤了手指。

随着时间悠过,颜童的神情不见放松,又是再探二寸,之后接连又入两次。此时颜童的食、中二指已是全部没于土中。片刻刚过,颜童掌心霍然加力,剩下的三根手指同时扎了进去。莫多莉看着颜童的样子,神情已是从先前的不屑一顾不知不觉变得肃穆起来。

稍纵,颜童猛地把手从地下抽了回来,站起身来。他双眉收紧,邢真亦是没见过一向性情随和、从容不迫的队长,有这般不安的时候。

"队长,有什么情况吗?"邢真开口问道。

颜童想了片刻,当机立断道:"不能再等了,我们这就开拔!"

"现在?"邢真看了看手腕上的花时,刚过凌晨两点。他自知,自己的队长和北冥部长默契极佳,二人搭档从无意见相左的时候。沙场之上,胜负之间乃是即刻见分晓的事。现在,颜童更改了他们之前的作战计划,原以明日清晨为限,此刻将时间大幅提前。

"没错,你带着一纵一千人留下,我和剩下一千人进入辽地。"

"一千人? 人数也变了?"邢真问道。原先队长们的决定是留守五百人,现在人数竟也差了这么多。

"对!"颜童坚定道,"你记着,如果前面那片腐蚀地有异样,你就带领手下的一千人全面火攻,我把一纵五百火焰系战士留给你。"

"莫总司,"颜童忽然叫莫多莉,把她吓了一跳,颜童朝莫多莉走来,"我要把您的两百火焰术士留下。您是打算一起跟我进辽地,还是守在这里?"

莫多莉被颜童的忽然安排弄得有些无措,自己全然没想过要怎么样。可是进辽地,是莫多莉一早的准备。

"我和你进辽地。"莫多莉干脆道。

"好。"

"这,这就答应了?"莫多莉心想着,颜童应该非常反对自己去辽地才对啊,怎么现在变得如此痛快？莫多莉认为自己在颜童眼里，不过是个"碍事"的女人而已，突然面对如此干脆利落的颜童她还有些不适应。

"你们礼仪部的两百人等一下全听我的副队长邢真调遣。"颜童绕过莫多莉，直接对她的礼仪部手下下达了军令。莫多莉恍然向颜童背影看去，只觉他与以往不同了。

颜童见礼仪部的人呆在原地，毫无备战的警戒样子，顿时大喝一声，威严至极："听见了吗！"

众人恍然一惊，莫多莉也是跟着打了个摆子。也不管自己是不是礼仪部的人了，也不听是不是自己的总司下达的命令了，礼仪部全体将士精神抖擞道："是！颜队长！"

"邢真，你现在有七百火焰术士，足够调遣。剩余五百人，你让他们退到边界两百米之外，做好随时打开防御结界的准备。"

"是！队长！"

说罢，颜童便要带队开拔。

"颜队长，"一个声音在颜童背后响起，"我可以跟你去辽地吗？"

颜童回过身来，看到玄花正看着自己。他想了一下道："你，留下吧。"

"玄花的灵法很好，而且医术一流，她是胡蔓国的人，对草药解毒知之甚多。你应该带上她去。"玄花本要开口，莫多莉替她抢了先。

颜童再想，又看了看腐蚀地，答应道："好。"

他一路带兵循着北冥留下的暗记急速穿过腐蚀地。

"这腐蚀地面积增大了好多啊，比我们上次来的时候还要大！我看这样子方圆足有七八里。"莫多莉紧跟在颜童身侧，惊讶道。在这腐蚀地里，人们除了能听到一点自己的脚步声外，别的再无其他，死气沉沉。

莫多莉感觉自己的步伐越来越沉重，她低头看去，已有不少泥巴沾在自己鞋底，顿时心生厌弃。

"玄花，小心点！这泥巴烦得很，比上次的还黏些。"

"知道了，总司。"

就在颜童刚刚越过腐蚀地后，他掉转身体，伸出掌心，冲着腐蚀地猛然击出灵力。只见一股强大的火焰从颜童掌心发出，瞬间烈火燎原！

烈火熊熊，好一个强大的火焰术士！莫多莉和玄花齐齐向颜童看去。她们只道颜童和北冥一样，都是灵化系灵能者，谁知他竟能使出火焰术！"他是双属性灵能者！"莫多莉惊叹道。

莫多莉本身是火焰系灵能者。能称得上是双属性灵能者的人，必须是将这两种属性的灵力都炼到极佳的境地才可。但凡有一方弱下，都不能称之为双属性灵能者。

其实水火雷三种属性的灵能者都兼有灵化系灵力，只是他们当中鲜少有人可以把灵化系灵法修炼到极佳。即便是梵音如此高超的水系灵能者，她的大部分灵法也来自于自身的灵力属性，纯粹的灵化灵法只算平平。而在军政部隐藏自己实力多年的冷羿，平时也都是用灵化系灵法示人的，所以他的灵法表面看去也一直不算突出，同梵音一样不能称之为双属性灵能者。只是，与他灵法实力接近的人，却能在这中间看出端倪。

双属性灵能者，不仅要拥有天赋异禀的资质，更需要后天艰苦卓绝的修炼，才能让自身两种属性的灵力相辅相成，克服此消彼长的难关，终有所成。所以，普天之下，真正拥有两种属性的灵能者少之又少。即便拥有这种天赋，也会在后天修炼中慢慢放弃一种，最终只剩下另一种灵能属性。

然而今天颜童使出的这一招火焰掌，已是超过了多少火焰术登峰造极的火焰术士。即便是与铸灵师相较，也称得上不遑多让了。

莫多莉吃惊地看着颜童，而一旁的玄花先是被如此震撼的火焰术震惊，回过神后目光更是一转不转地盯着颜童不放了。起初她还觉得颜童只是一个纵队长，自己却是一任部长，身份多有悬殊，心中难免不平，可现在，她打消了这个念头，当真才觉得颜童是个不错的人。

颜童使出那一掌后，目光焦灼，忽然他眸光一聚，面露难色。原本燎原的火焰，在这腐蚀地上仅仅燃烧了一分钟不到便灭了。这绝对不是颜童实力正常发挥下应该出现的情况。

"怎么回事！"颜童心中一惊。

眼见火势变小，莫多莉也抬起了自己的右手，欲要发出一掌。可还没等她出手，颜童便拦住了她。

"怎么？不用我帮忙？"莫多莉道。

颜童摇了摇头，一声令下："走！"全军继续开拔。

"怎么回事，什么东西都没烧到就走了，还不用我帮忙。哼！还真是一个大男人！不需要拉倒！"莫多莉心中不满。

"莫总司，玄花，待会儿你们的灵力全部用来防御即可，如果需要进攻，尽量配合军政部的士兵们一起。这样会减少你们的灵力耗损，最大限度保证你们的安全。这场硬仗，不需要你们搏命，只需要你们辅助配合。谢谢！"颜童边奔波，边交代。

"知道了。"玄花应道，"不用你操心我们，我们会照顾好自己的，倒是你自己，一定要注意安全呢。"

"谢谢。"颜童道。

"原来是不想让我消耗灵力……"莫多莉心中想着，刚才是自己误会了颜童小气，原来是自己小气。她瞄了颜童一眼，只见他神情严肃，不禁也让她抖擞精神，略生敬重之意。

"一纵！到了战场，全面支援、救援，不要各自为战，不要新辟战场！"颜童忽然疾声道。

"是！"

"救援？"莫多莉不明所以。

"记着！你们两个跟着我的士兵，不要自己冒进战圈！"颜童陡然提高音量，发足狂奔，片刻越过绿林。

天色初亮，颜童率一纵急行军五个小时，沿北冥做下的记号全速前进。待众人穿过绿林，战场已在面前。只见眼前杀声滔天，血染山岩，五千将士浴血奋战。狼兽肆虐，人类的渺小无处遁形。

"妈的！"只听颜童一声怒吼，整个人消失在了队伍前面。

莫多莉恍然，而她身边颜童的一纵手下却第一时间迅速到位，奔赴战场。战士们早已习惯了这种打杀战场，毫无阵乱。

"快！这边有伤员！快！灵枢员！撤回绿林！"一纵的战士们迅速撤离伤员，自己顶上。

一个个防御盾甲打开，灵枢快速帮伤员包扎处理伤口。

"你们怎么来了？"一个满背血痕的战士在看到一纵战友时忍痛问道。他正是北冥二纵副队长徐虎，队长徐英的亲弟弟。

"我们队长下令让我们速来救援的！"一纵的战士一边扶着徐虎，一边答道。

"颜童！好小子！亏得他的灵感力了！多亏本部长让他留在了外面，不然……啊！"徐虎突然疼得直叫，只见他半边背血肉已被划烂露骨。徐虎今年三十七岁，比哥哥徐英小三岁，颜童在他眼里也只是小字辈。不过军政部官员都心怀坦荡，不论年龄，只比本领高低。

"队长，您忍忍，这就包扎好了。"

"快点快点！我还得上去呢！"

"什么？不行，您这样不能再参战了！"

"快点！别废话！止疼药给我！"

莫多莉和玄花平生第一次看到如此战场,也是第一次亲临战场,早就呆若木鸡,愣在那里。

"你们怎么过来了?"徐虎突然看到她们站在身边,问道。

"我们是来帮忙的。"玄花先开了口,换了刚才惊讶的模样。

"别过去给他们添乱!"徐虎突然大声呵斥道,吓了莫多莉和玄花一跳。莫多莉朝徐虎看去,当真是个虎背熊腰的粗汉!

几个灵枢员和士兵都不出声。莫多莉算看出来了,一路上他们都是忍着没说呢,只有这个口没遮拦的糙汉徐虎才一口喷了出来,毫无情面。

很快,大批伤员被挪送过来。战斗愈来愈烈。

就在徐虎叫嚷着要冲向战场时,一个黑影从岩石下的凹洼之地跃了上来,轰地一撞,正正砸在了士兵们布置的联合防御结界上。一匹狼兽没有偷袭成功,从半空掉了下去。

前前后后,有数十匹狼兽向这边攻来。徐虎大喊着:"快点包扎!等老子出去宰了它们!"

"砰"的一声,防御结界被一匹狼兽的爪子刨了个洞。紧接着数匹狼兽涌了过来,拼命抓着防御结界的破口。

"快点!结界破了!快来补上!快点!"

"马上!马上过来!我这边也破了!"

"快!"

忽然,一道耀眼红光冲着结界破口急射而去。"刺拉"一声,扒在破口上的狼兽嚎叫着翻滚了下去,一股皮毛烧焦的味道燃了过来。

莫多莉转身对徐虎道:"受伤了就老实待着!别到处瞎嚷嚷,给人拖后腿!"她拿着以往傲慢尖刻的语调不紧不慢地喝道。刚才那道红光正是她掌心发出的火焰。

"玄花!我们走!"说着,莫多莉掌袖一挥,一片艳红登时布满整个联合防御结界内部。莫多莉用自己的防御术再次巩固了结界包围圈,自己和玄花一个闪身,出了结界。

战场上,人狼早已扭打成了一片。士兵多为三人一组,攻打狼兽。一人防御,一人格挡,一人进攻,一旦有其他狼兽夹击,战况便十分危险。

此时一个人影快速往狼穴赶去。一路上,狼兽迅猛,不少士兵落于下风。只见三个士兵重伤不轻,再无力还击,齐齐挡起防御术。然而那虚弱的防御盾甲,一掌便被狼兽划破。三名士兵大义凛然,准备以血肉之躯给予敌人最后一击。

忽听噗的一声,一道寒光闪过,一柄刺棱冰刃穿过狼兽喉头,狼兽登时毙命。只见那人抽回刺棱刃，刺棱刃上满是污血，他往地上一挥，将污血倏地甩净，刺棱刃瞬间恢复光洁，熠熠发着摄人寒光。

三个士兵睁眼往那人看去，正是二分部冷羿队长。那寒冰刺棱刃不是别的，竟是他的手臂幻化而成的。刚刚冷羿整条手臂刺进了狼兽喉头，要了它性命。那坚硬的狼兽身躯在冷羿面前好像小猫小狗一般，被任意宰杀。

"别发愣！赶紧和其他人合并，想办法退出去！"冷羿命令道。

"是！是！是！冷队长！"三人急忙应道。

冷羿一路上斩杀无数，始终无法到达狼穴。眼看北冥和修弥越斗越勇，僵持不下。

修弥此时手中握着两柄弯钩利器，半米长，钩刃被开得如血红弯月般锋利。这两柄弯钩利器正是修弥从历代狼王口中所得，那是从狼王口中活生生卸下来的"血牙"。所谓血牙，是在狼王活着的时候，连根带肉生生拔下的，而且必须是整个上颚牙床上的全部血肉才可以。只有那样，被拔下的狼牙才会瞬间吸收被撕下的狼王上颚皮肉中的血液和毒素，使狼牙弯钩变成至毒无比、坚不可摧的"活物"兵器——血牙。

修弥一串猛攻下去，接连数十招，招招狠辣，北冥格挡得越发困难。他的劈极剑适合中距离进攻，不适合贴身近战。

修弥一个近身，挡开了北冥的劈极剑，手中的血牙冲着他的腰腹便割了去。北冥身形向后猛收，还是慢了一步。血牙瞬间划开了北冥的外袍，狼毒顺着衣服的破口极速蔓延，片刻便腐蚀掉了一大块。

北冥扯下衣袍，甩手丢在一边。修弥紧追不舍，弯刀一转，两柄血牙朝北冥手臂砍去。北冥抬手一挡，只听铿锵一声，修弥的血牙被抵住了。修弥眉头一皱："什么东西？"

北冥收了劈极剑，右手在左臂一拽，一根细长铁棒被抽了出来，北冥反手就朝修弥头颅打去。修弥一只手格挡，另一只手继续往北冥脖颈砍去。北冥一个倾侧，弯下身去，双足发力，抬腿朝修弥大腿踢去。两人皆向后方飞去。

北冥一边向后摔去，一边从另一只手臂中再次抽出一根细长铁棒。

"什么狗屁东西！"修弥嘲笑道。

北冥没打算和它闲扯，再次攻了上去。棒挡血牙，完全克制住了血牙的攻击，但是北冥手中这两根铁棒攻击力欠佳。血牙在细长铁棒上砍下无数划痕，铁棒却没有刺杀能力。

然而北冥攻击的速度却越来越快，修弥躲闪不及，肩膀、手臂、背脊、大腿纷纷被北冥用铁棒击到。

虽说这铁棒没有刺杀能力,但打在修弥身上也是生疼。它一身铁骨按说什么都挡得住,可这铁棒生硬,每被击打一下,那疼痛的感觉就好像被凿进了体内,闷疼闷疼的。

起初修弥根本不屑抵挡这看似蠢顿的兵器,它的体外防御浑然天成,不是至坚至韧的兵器根本伤不到它半分。可接连几次下来,修弥觉得不对。"这家伙力道怎么那么大! 打得我后背生疼,混蛋!"

第六十二章
死斗

其实修弥在和北冥打到一半时便不想再这样继续下去，一记夜丧直接解决了北冥这"病秧子"即可。奈何夜丧攻击范围极大，一个不留神，就会波及自己的狼族。而且，北冥的移动速度极快，如此近攻的状态下，一旦北冥在修弥发出夜丧之前瞬息逃离了攻击范围，来到它身后，它就被动了。

打到后来，修弥才发现，北冥是故意和它交手，采取贴身战。即便血牙狼毒极险，北冥也是无所畏惧，杀气逼人。原本修弥认为贴身近战是北冥自找死路，他那个人类的小身板，禁不住自己的掰拧断骨，可谁知他的身法这般强悍。无论力道、速度、招式，都和修弥打成了平手，毫不吃力，而且逼得修弥一直无法脱身，调动灵力发出夜丧。

就在修弥暗自懊恼时，北冥倏地腾空跃起，两手持棒，冲着修弥头顶砸来。修弥本想抬肘抵御，可想到之前几下确实被打得骨头生疼，便心里发憷，往后一撤，躲开了。

北冥的铁棒直直凿到了山岩之上。

"那么大的力道打在坚固岩石上，还不反过来震断你的手！"修弥暗暗得意道。

只听"轰"的一声巨响，修弥直感到脚下剧震。不仅是它，北冥的这一下重击，引得战场上所有人为之一震，骤然停止了打斗，全部往狼穴山崖看来。

只见险峻山岩之上，两座山峰似的狼王雕像轰然崩塌，齐齐坠下山崖，震得大地撼动不止，生生凿出无数坑洞！

"什么！"修弥大惊！两根看似愚蠢的铁棒竟有这般力道！不，这力道不是铁棒的，是北唐北冥的！怪不得刚才那几下砸在身上的铁棒，都让他感到疼痛不已。原是不在意,现在那铁棒凿在山岩之上,修弥才恍然这东西竟有这般厉害!

"这家伙! 今天必须死!"修弥发狠赌咒道。

可接下来的过招,修弥越发力不从心,他心中忌惮着北冥的铁棒,便不敢像先前那样横冲直撞、有恃无恐地迎战。

战场之上,颜童和冷羿一样,想尽快赶到北冥身边,救出人质,可狼兽来势凶猛,他们根本冲杀不过去。

渐渐地,颜童感到身边的狼兽愈来愈多。他回眸一扫,足有十只,而且一个个身形彪悍,远远大于普通的狼兽。这其中有一只竟达到了十米有余! 原来,此狼兽正是修门座下第一战骑,名为狼屠。

狼屠本是要和修门一起前往北境的,可临出发时修弥让它留下,守在辽地。修门本身狂妄自大,认为去北境算不得什么大事,既然修弥要征用它的狼骑,它便留下了狼屠。临行前,它还与狼屠说:

"修弥也有肝儿颤的时候,知道你的厉害,还低三下四跟我要了你,留在守辽。哼,那你便留下吧。不过你记住,它小命保不住的时候,你可别去帮它!"

谁知,修门自大留下了狼屠,自己却死在了梵音的手里。狼屠得到了修门的死讯后,怒火难平,一路上疯狂斩杀东菱的士兵,而且专找灵力极佳的士兵指挥官下手。徐虎就是被狼屠所伤。此时狼屠嗅到了颜童的灵力,便从远处召集了兄弟,预备围攻。

"看来这个是目前为止最厉害的一个!"狼屠站在颜童对面,龇着獠牙森森道。它满口血腥,已是咬死了数十名战士。

颜童看着它的样子,登时怒发冲冠! 十头狼兽围攻颜童,他即刻展开周旋。左砍右伐,他的刚玉剑力道越挥越猛,普通狼兽被他卸得四分五裂。渐渐地,颜童把周围的狼兽都吸引了过来,活动范围被越圈越小。

忽然,十几头狼兽围成一圈,向空中跃起,齐齐往颜童身上攻来。不等颜童避闪,地上又奔出十几头狼兽,从四面八方向颜童袭来。颜童顿时进退两难,上天入地都不可。

就在这时,颜童看见空中的狼兽一只只张开大口,他随即往地面四周看去,发现所有狼兽同样都已经张开大口,鼓起胸膛。

"糟糕! 它们要用夜丧!"

几十只狼兽把他围得水泄不通,霎时间冲着颜童被圈的地方夜丧齐发。如此近距离的密集攻击,不要说是颜童,就连发动攻击的狼兽本身也会受到对面狼兽夜丧的波及。

"为了弄死我！你真舍得下血本啊！"颜童仰天望去，只见最后合住的缝隙间，狼屠正面目狰狞地看着颜童。

夜丧共鸣响起，一阵巨大的冲击波从狼圈内震开。大地塌陷，周围的人被夜丧波及，顿时飞开去。

这时，只听狼群内大喝一声，颜童双臂过顶，一股极强罡气从体内发出，与从上方袭来的群吼夜丧来了个正面对攻。夜丧的威力巨大，颜童跟着地陷几十米，他的衣袍被夜丧撕出无数道口子。

颜童气沉丹田，周身同样笼罩着一层火焰罡气，帮他抵御住了从地面袭来的十余处夜丧群攻。眼看颜童越陷越深，他的手臂、肩膀、胸膛都被夜丧划破了。

颜童咬紧牙关，嘴角已渗出了血。他胸口抵住一口气，再喝一声，手臂加力，灵力从掌心轰然发出。他头顶上的夜丧攻击波被他打穿了！

一股傲然灵力直射天空，狼兽被他齐齐打飞。

他大口喘息着，瞬间收了灵力。忽然一片黑云压顶，颜童忙抬头看去，只见狼屠从天而降，往颜童所在的地陷坑洞扑来。

颜童身体乏力，动作僵缓，躲闪不及，狼屠一个凶掌便打到颜童肩膀上，颜童登时疼得倒吸一口凉气。狼屠转身再袭，颜童连连退去，"砰"的一声撞在了坑壁上！

狼屠大爪一挥，欲撕裂了颜童。忽然，狼屠感觉一股热浪从上面袭来，还没等它多想，那热浪片刻烧到了它的狼皮。它的狼毫被燎着了，疼得它立刻收了狼爪，狼尾往背脊扫去。火焰被打灭了。

它立刻往坑洞上方看去，只见一个高挑身影在巨坑边沿站着，正是莫多莉。狼屠看着自己被烧着的狼鬃勃然大怒。一般火焰的能量根本伤不到它分毫，即便是火焰术士也很难做到这一点。如今能烧到它的，定是灵力不凡。

"找死！"狼屠突然掉转身体，一个纵跃，奔出了坑洞。

狼屠忽然来到莫多莉面前，她不禁吓得双腿一软。她连狼屠的一个腿骨大小都比不上。她立时要往远处逃去。可狼屠狼尾一扫，劲力袭过，她便被打翻在地。

狼屠狼尾跟着冲她身子砸来，莫多莉情急抬手一击，一道火焰袭出打在狼屠尾巴上。其实莫多莉灵法不俗，只是从未有过实战，加上害怕，火焰的力量便弱了几分。可即便那样，莫多莉的火焰掌仍然伤到了狼屠的尾巴。

狼屠暴怒起来，抬掌便向莫多莉砸来。这时，又一道火焰冲着狼屠眼睛射来，狼屠尾巴一扫，把那人打飞了，正是玄花。玄花看见莫多莉情况危急，便出手相助，可谁知她的灵力不佳，一下被狼屠打得口吐鲜血。

就在玄花落地的瞬间，一只有力的手臂把她环住，轻轻放在了地上。那人的另一只手极快地在玄花胸口点了三指。

"没伤到心肺和胸骨，只是胸腔咳出来的血，没事！"

玄花幽幽往那人看去，只见他嘴角有血："颜童……"

"用近身防御术护住自己！你的防御术不错！"原来玄花在情急之下没忘用防御术护身，这才躲过一劫。颜童说罢，便从她的身边消失了。

此时，狼屠的凶掌已经连续向莫多莉进攻数次，莫多莉都用火焰掌击退了它的袭击。

"一个小女人，还有两下子！"狼屠咧嘴笑道，"看你长得细皮嫩肉，在人类里也是好的吧。可惜我不是臭虫，要你没用，还是让我把你串起来吃了吧！"

"我呸！恶心的东西！"莫多莉凶巴巴地啐道。

狼屠面目一凝，弓起狼脊。它背上的狼毫根根竖了起来。莫多莉看到此状，突然想到修门用万枚狼毫钢刃刺杀梵音时的样子。她心中陡然升起恐惧："它，它，它要干什么！"

瞬间，只见百十枚狼毫钢刃朝莫多莉刺来。莫多莉吓得面无人色，拼命躲避。靠着求生本能，莫多莉身法灵活多变，竟是躲过了这些致命袭击。虽说她平时疏于灵法练习，可年纪轻轻能坐上总司之位，自有过人之处。

莫多莉冷汗直冒，吓得不轻，当真已经用尽了浑身解数。说什么也不能再在此逗留，一定要想法子逃过狼屠的追杀，她深知自己远不是它的对手。

莫多莉一个筋斗，想从狼屠身边逃走。可狼屠身法亦是了得，比起修门已是不相上下，甚至还要快过修门。只见它狼腿一踢，正中莫多莉逃离的身影上。莫多莉登时被踢飞起来。狼屠觉得好玩，又给了她一脚，莫多莉狠狠摔在地上，滑出好远，姣好的面容也被刮出了数道血痕。

莫多莉躺在地上再无力气站起来。狼屠的凶爪朝她娇小的身体踏来，她自知在劫难逃，霍然间心生勇意，发狠瞪着狼屠。

"畜生！划伤了我的脸，做鬼我也不会放过你的！呸呸呸！什么鬼！下辈子当仙女我也不会放过你的！"伤了她的脸就是戳她的死穴！莫多莉咬着牙愤恨道。

就在狼爪踏上她胸口之际，只听一声闷响，"嗯！"像是人受到了极大的痛苦发出来的声音。

莫多莉仰着面，眼睛睁得老大，嘴巴张得老大，一口气提了上来，大声喊道："颜童！"

只见颜童正用自己的身体生生扛住了整个狼爪，他双手撑在莫多莉脸颊两旁，狼爪踩在他的背上。由于狼屠力大无穷，颜童的手臂扑通一下向地下陷了十寸，与莫多莉更近了，两人面面相对。

莫多莉看他浑身是伤，用力强撑着，疼得闭住了一只眼睛。

"颜童……"莫多莉害怕地发出轻轻的声音。

颜童听见，猛地睁开双眼，身体发狠，用力一挣。狼屠的巨爪竟被他顶起了寸许。就在这稍纵即逝的空当，颜童猛然收起一只手臂，环住莫多莉，俯下身抱着她一滚，逃出了狼屠恶爪。

"自己打开防御术！护好胸口！"颜童此刻已收回手臂，身体扭正站直，背对着莫多莉大声道。

还没等莫多莉回神，颜童双足发力，一个急跃，腾空跃起，站到了狼屠的头顶。

狼屠大怒，登时全身狼毫多开。头颅之上的狼毫如万剑炼狱扎向颜童。颜童周身火焰罡气全开，猛踩狼屠头顶。狼屠被他踩得头颅向下一坠，颜童自己跃然而上，拔出刚玉剑，冲天大喝，往狼屠头顶劈去。

只听"锵"的一声，颜童手下一震，俊眸急收。刚玉剑断了！

狼屠转而翻身傲然立起，庞然大物一纵数十米，冲着空中的颜童迎面扑来。颜童心一横，抓住自己断成两截的刚玉剑，一手持剑身，一手持剑柄。

待狼屠逼近，颜童猛然握紧双剑，半截刚玉剑剑刃瞬间割破颜童掌心。颜童逼出全力，狠狠向狼屠双眼刺去。狼屠中招，登时嚎叫起来。颜童没有松手，而是手中加力，把两截刚玉剑全然扎入狼屠眼中。

狼屠空中翻腾，轰然倒地。

跟着颜童直落地面，双腿缓冲微弯，站了起来。此时他已浑身是伤口，左手掌心血流如注。

只听一个人大叫着冲他跑了过来："颜童！"玄花眼中含泪，奔到他面前，捧起他的左手，心痛不已。

"怎么了？"颜童毫无反应地问道，以为战况又有变化。

"你的手！"

"什么？"颜童皱起眉头，不知玄花所云。

"你没事吧？"又一个声音在颜童身后响起。

颜童看去，莫多莉正神情别扭地看着他。颜童从玄花手中抽出左手，右手从随身卷袋里拿出绷带，极其纯熟地为自己包扎好，随后用嘴咬断绷带。

"你没事吧？"莫多莉见颜童不答，又问了一遍。

"啊？"颜童随时观测着战场战况，根本没把两位女士的关心听进耳朵，他皱着眉头对莫多莉道，"什么？"

莫多莉看着他的样子莫名生气起来。刚才生死一瞬，莫多莉只觉自己和颜童交换了生命一般，看到他无惧无畏地刺杀狼屠，便为他忧心，之前心中的怨气也荡然无存。

可颜童现在几次三番不重视她的"慰问"，她娇蛮的性子又冲了上来。"我问你死了没有！"莫多莉冲着颜童大喊道。

颜童看着莫多莉的样子，脑袋缓了半拍，俊眉轻蹙，糊里糊涂张口应道："没有。"

莫多莉听颜童这般认真一说，愣在当下，不知这个男人到底是个什么性情，怎么什么话到他耳朵里，他好像都不甚在意。先前她故意激怒他，他毫无回应。现在她乱发脾气，他也不知所以，还当正经问题一般正经回答了自己。

"颜童，没事吧？"一个极有魅力的磁性男声在他们三人身后响起。

"死不了。"颜童看着赶来的冷羿说道。

"合着就是听不懂我说话，是吧？"莫多莉见颜童和冷羿一问一答甚是流畅，忍不住腹诽。

"收着点你的灵力，不然打废了也打不完。"冷羿提醒道。即便是作战期间，他们也需要不断恢复体能灵力，如果一直这般强攻下去，谁都顶不住。

"部长那边怎么样了？"颜童顾不得自己的伤势，望着远处狼穴山崖上的北冥。

"我来正是要和你说这事的。如果咱们不闭灵力，是赶不过去的。我强突三次，都失败了。"

"咱俩配合，你挡我攻，你收我进，一起突过去。"颜童道。

"没错！"

莫多莉此时方才看到远处山崖之上的北冥正在和修弥恶战，她登时心中一紧，手心捂住了胸口，急迫道："他好了？"恍恍然脱口而出。

"你哪只眼睛看见我们部长好了？"颜童在一旁道。

莫多莉听到此话，激灵一下，猛地转过头来，说道："他的狼毒不是解了吗？不然怎么可能和修弥作战呢？"

"这一路来，你难道没有发现吗，我们部长连一点灵力都没有用过。"

"什么……"

"我说我们部长现在连一点灵力都不能动用。"颜童严肃道。

莫多莉只觉自己的神经大脑都飘忽到九霄云外去了。"怎么会这样……"她喃喃道。

"你们两个现在退到后方阵地去，如果想帮忙就尽可能把受伤的士兵带回去，布好防御结界。"颜童说完，转身欲和冷羿离开。

"对不起，我不是故意害他受伤的……都是为了救我……不然他也不会……"莫多莉看着远处北冥交战的身影，怅然道。也不知她这话是对自己说的，还是对颜童，或者对北冥说的。

"那小子爱见义勇为，关你什么事啊？莫总司，你别自个儿瞎往身上揽事了。颜童这小子和北冥感情好，担心他罢了，也不是故意挤对你的，你别往心里去。再说，你看那小子生龙活虎的，像有事的样子吗？"冷羿突然吊儿郎当地开口道，瞬间打破了不好的气氛。

"你能不说风凉话吗？我们部长刚全身放光了血，还没痊愈就赶出来参战了。"

"我的意思不是夸赞你们部长厉害嘛！放了血还生龙活虎的！"冷羿话意斗转，为的是让颜童放松点。

冷羿自知颜童和北冥的感情，更知道北冥这次着实伤得不轻。不然在进入辽地之后，北冥也不会询问自己四周是否有狼族埋伏了。现在的北冥完全不能调动一点灵力，更不用提灵感力了，就连普通的士兵，他也比不过。

颜童自然领情，开口道："走。"

"说句真心话，北冥确实厉害。单凭身法就和修弥僵持了这么久，让它全无还击之力，更逼得它没法使出夜丧。"颜童看到他眼睛里放出精光，那是冷羿想和北冥一较高下的战欲。

"废话真多！想打，先把他撤下来再说！"颜童道。

"你也一样！"冷羿的眼神再次放到颜童身上。双属性灵能者，颜童当真是深藏不露啊！

"走！"颜童再无多话，闪身先行。

"你也要小心！"莫多莉的声音忽然响在他二人身后，听上去精神十足，一扫刚才颓然模样，"你俩都要注意安全！"

两人不再答话，身形已远。随后莫多莉同玄花帮忙伤员撤离，往后方阵地运回不少伤兵。

北冥和修弥僵持不下，强悍如修弥亦觉得体能下降。

"这家伙明明一点灵力都没有了，要和我耗到什么时候！"修弥心中暗想，时间已久，它越发不稳。起初它想以大欺小，试试北冥的本事。可谁想，这一发不可收拾，它万没想到北冥这般扛打。

修弥的心情越发急躁，不想再与北冥如此消耗下去。

"老子没工夫再和你耗了！受死吧！"修弥厉声道。

只见修弥快速向山崖后方退去,它要和北冥拉开距离,给自己争取幻形的时间。待它握紧手中墨绿色的璀璨灵石,欲要发力之时,就见北冥一个闪身已跟到它面前。

修弥猝不及防,北冥的铁棒已经冲它的手腕砸了下来。修弥登时一缩,灵石险些从它手中掉出。北冥一个寸步,铁棒直直打进修弥腹部。修弥忙着护住灵石,一时疏忽,中了北冥这一击,顿时疼得龇牙咧嘴,却不见它口吐鲜血。北冥不再耽搁,趁机挥起双棒,冲着修弥两小臂内侧各是一棒。紧接着手腕一转,修弥两个手肘、大腿骨、小腿骨,接连遭到棒打。

修弥疼得险些摔倒在地。北冥一个虚晃,来到修弥背后,顺着它的脊柱从下至上,从尾椎至脖颈,连打五下,痛下狠手。最后一下,正正十三招,北冥运足气力,冲着修弥的脖颈狠狠打去。此乃北冥绝技之一——十三祭。北冥从东菱一路赶来,无论是手持劈极剑斩杀狼兽,还是现在的铁棒棒打修弥,都是运用的剑法十三祭。

十三祭,是至纯身法体术,无半分灵力可用,一共十三招。这十三招,并不是固定击打敌人身体的某个部位。而是用此身法者,在动用这一杀技时,调动浑身上下全部的劲道力气,让自身的气运、肌肉、筋骨扩张到最大体能极限,通过兵器或拳脚手刀迅速击打中敌人身上相关联的重要部位,使敌人在喘息间,连续受到十三处重击,最后一下让先前十二处部位与第十三处产生共鸣,彻底摧毁敌人。

十三祭是北冥自创的杀伤力最为致命的剑法。每一招都贯穿了他自身的全部能量。十三招用完,他的体能也会大幅下降。北冥之所以创出这种身法,就是为了在不能调动灵力的情况下,给自己创造出绝地重生的机会,逼迫自己发挥出人类本能的极限。修习这种身法,北冥对待自己极其严苛,每每都要使自己濒死,才算罢休。

梵音之所以只学到七杀,是因为她的体能身法不足以支撑她完成剩余六招,北冥才帮她优化精简到了七招。这也是修弥当初想折断北冥手臂,而没有得逞的原因。北冥早就把自己的筋骨练得至钢至坚,就算与狼族相较也不相上下。这和梵音的野鬼幻形有异曲同工之妙,只不过一个是灵法,一个是纯粹的筋骨体术。

修弥脖颈挨了北冥最后一下,登时觉得浑身上下四肢百骸的骨头像被齐齐撅断掰折了一般,疼得嚎叫出来。修弥一直以身为狼族拥有一身天生铠甲而自傲,此番重创它从未有过,如此疼痛更是平生第一次尝到。它疼得七荤八素,脑袋像炸裂一般,踉跄奔逃。

"混蛋!"修弥怒吼出声,胸腔共鸣,震得天空也跟着猎猎作响。狼穴山崖下的战场上,众人回首,修弥的狼鸣震得人耳膜生疼。

北冥本想跟上去再来一击。可他几番打斗已是消耗太多,如此威力的十三祭又用了他大半体能，他当下步伐稍慢。修弥几个错步，闪开了。

北冥一个重击，扑了空。他的铁棒打在了山岩上，只见五面狼首山峰瞬间分崩离析。修弥狠戾地看着北冥："混蛋！臭虫！"跟着，修弥喉咙发出鸣隆隆的声音。

"糟糕！它要幻形！"北冥一个箭步跟了上去，抬起双手，两根铁棒在手里极速旋转起来。"喝！"北冥铆足力气，飞身而起，把两根铁棒狠狠扎进修弥身体。就在铁棒碰到修弥的瞬间，铁棒从尖头部位开始转化，一片片镰花似的刀片从铁棒顶端钻了出来，像个旋子往修弥体内绞去。

修弥发出痛苦的呜咽。但它弓着身子一动不动，任凭铁做镰花往它的背脊钻去。这细长铁棒正是北冥的短击兵器——铄镰杵，看似是个细长铁棒，其实是由十三片钢刃合拢卷搓而成的。

忽然间，修弥的身体异化变形，膨胀开来，回到了狼兽模样。一声怒吼从它身体里发出。北冥登时被它架了起来，伏在修弥背上。修弥的狼毫顺势而发。北冥身形急收，往空中撤去，手中的铄镰杵已被他从修弥身上拔了下来，只见修弥的后背鲜血喷涌，皮开肉绽，露出了背脊白骨。

北冥打开手中兵器，铄镰杵已从两根铁棒变成两盏铁做镰花，在他手中极速旋转，千百狼毫钢针都被挡了下来。

修弥调转身形，目眦欲裂，冲着半空中的北冥一跃而起，张开大口咬去。

眼见修弥已到身前，北冥眉心一凝，俯身未动，镰花再次收成铁棒。修弥血口瞬间将北冥吞噬。在修弥偌大的狼口里，北冥忽地立起铁棒，冲着修弥上颚狠狠顶去。修弥上颚顿时被顶出一个血窟窿。它嗷的一下张开大嘴。

北冥一个横蹿，跃出狼口。刚出狼口，他便双手并拢，挥着铁棒朝修弥鼻骨打去，连击四下。

修弥鼻骨传来一声钝响，断了。一时间，修弥满腔满鼻鲜血，痛得一颔首，浑身狼鬃骤然收紧，连连退去。

北冥终于回到地上，双腿落地之时已是不稳，腿骨一软，险些倒下。"糟糕！体力快要不支了！"北冥心里着急。

这一战，他喘息未停，如今又没有灵力加持，加之失血过多，此时已是感觉身形发飘。如果修弥再来一番攻击，他定是挡不住的。修弥虽说一连受到北冥重创，但仍能坚持屹立不倒。在北冥全力使出十三祭后，他便知道，再不拿下修弥，就危险了。

北冥之所以和修弥鏖战近一个小时，为的就是逼它不能使出夜丧。这家伙丧心病狂起来，是全无顾忌的。战场上，战士们若只和狼群恶斗，尚有获胜可能，可一旦修弥发狂，就难了！

此时修弥站在山崖一端，一双荧眼看着北冥。它不再进攻，而是原地站着。盈盈灵力布上它的面额，碎裂的鼻骨开始渐渐修复，鲜血也不再溢出口腔。

"复原了！"北冥心下不可思议道。站在修弥对面，北冥的手指已经开始微微发抖，怕是接下来连兵器都要拿不稳了。修弥看似伤重，北冥却也将弹尽粮绝。修弥的呼吸越发沉重，它的鬃毛像铅铸一般。

"狼鼬，把那些个人质给我弄死！"修弥的话毫无情绪，它一边看着北冥，一边张口对守在山崖下狼穴外的手下说道。跟着北冥只见修弥的身形缓缓向后使力，后腿后撤，蹬住地面，一口空气豪饮入喉。

"不好！冷羿！颜童！徐英！支援！夜丧！"北冥放声道。

话音未落，一阵山呼海啸般的夜丧便从修弥口中宣泄而出，好比万鬼夜哭，日月无光，哀鸿遍野，百草将枯，百兽亡命，穿心而过，余绕千里而不回。战场上的士兵如干草甸上的浮絮一般被夜丧刮了起来，再无着地之力，向远处撞飞而去，登时毙命，四分五裂！

不止东菱的士兵，就连没有及时撤离的战场上的狼兽也同样受到波及。无论体形几何，在遭到修弥的夜丧袭击后，它们也如毫兔、灰狐一般飞天落地，翻滚而去，登时爆裂。有的反应机敏的，在修弥发出夜丧之时就拼命往远处逃去，即便那样，身上也被划出无数道伤口，甚至在逃窜当中便已殒命。

北冥闪身奔向悬崖，跳了下去，夜丧紧随其后，空袭而来。他凌空回转，欲拔出劈极剑抵挡，奈何力量衰减，再无法施。北冥双臂交叉挡于胸前，夜丧如狼口大开，瞬时吞灭了他。北冥身上被划出无数刀口，鲜血四溅，夜丧逼得他极速下坠，命在旦夕。

只听轰的一声巨响，一面巨型寒盾凭空出现在北冥上方，夜丧之力瞬间被格挡开来。

"冷羿！"北冥心中大喊。然而他自身还未脱困，顾不得那许多，一边下坠，一边往崖底看去。只见狼鼬正欲杀了军政部申户等人。人质被禁锢在狼穴之下，正好避过了最直接的夜丧冲击。

北冥看到守着申户等人的狼兽只有区区十数只而已，即便军政部未来搭救，申户在这战况之中也应该能自救才对。为何他与柒子婴迟迟不动手？

忽然北冥发现申户等人手上似乎被铐着什么东西。"锁骨匙！"申户他们怎么会被锁骨匙铐住？怪不得他们无法自救，不是因为狼族势强，而是他们被锁骨匙铐住，无法调动灵力。

“狼族怎么会有锁骨匙?”北冥心中一惊,“不对! 那锁骨匙看上去像是出自狱司之手!”开始北冥还不能确定,可等他定睛仔细看去时便发现,那锁骨匙的形状正是东菱狱司所有。“怎么会这样?”

狼鼬浑身狼鬃奓起,冲着三百名官兵便要夺命而去。北冥眼看着战士们命悬一线,却再无计可施。

忽而,只听战场之上传来风声鹤唳般的簌簌之声。只见一片寒针落雨般向狼鼬袭来,根根击中狼鼬的狼毫钢刃,狼毫崩裂。寒针又撬入战士们的锁骨匙,锁骨匙瞬间分崩离析,寒针完好无损,顷刻间落樱无痕。这盖世灵法炉火纯青,直叫人叹为观止。

三百名人质瞬间得到自由。不等申户下令,战士们已冲起而上,和身旁的狼兽展开恶斗。

北冥轰然下落,无力着地。嗖,一人倏地来到北冥身边,单臂架起了他,正是冷羿。冷羿收了手中寒冰箭,那弓像极了梵音的冰长弓。只不过梵音射出的是弓箭,冷羿射出的是细长寒针,却都是水系灵化武器。

“没事吧!”冷羿大声道。

“多谢!”北冥道。

历经修弥夜丧袭击,战场中狼兽四处奔逃,所剩无几。士兵们尽量就近聚在一起,全力抗衡修弥的夜丧。战场前方,一个人展开巨型青铜八门盾甲,抗守着身后千余名战士。在他百米纵长、七丈高的盾甲之后,士兵们免于一难。

“守在我的八门盾甲之后! 防御术开! 护守为阵! 保护好后方伤员! 没有我的命令,不要出来!”颜童高声令下,一个飞身,越过自己的盾甲。他的盾甲由八面青铜器所制,每个盾甲正面都铸着一个青铜獠牙虎头,如巨鼎一般凸在盾甲正中,总共八头,正是东菱军政部的军徽。

颜童布防的后方便是伤兵营地,他当下聚集所有人一起,共同防守。

颜童越过盾甲,看到战场上已是狼藉一片:“真是个疯子!”他没想到,修弥全不顾自己手下死活,亦要对东菱战士一网打尽。

徐英和他一起往狼穴赶去。那里还守着数十头狼兽,个个都是修弥手下的悍将,以一当百,全都是狼屠一般的对手。

修弥独自站在山崖上,他从未受过如此重伤。一声夜丧袭过,它像收了心中怒火。脸上、口中、背脊的骇人创口都在逐渐愈合。可现在令它不爽的,不是这些外伤,而是刚刚被北冥连攻的那十三祭,着实让它吃不消了,它只觉一声夜丧过后,自己的浑身筋骨越发疼痛。

"这家伙的兵器体术竟然到了这个地步！"修弥暗自悔恨，本想趁着这次机会干掉北冥，可没料到前半程一直被他压制逼近，无形中丧失了以往的战斗力。"早知道，他一来辽地，我用夜丧解决了他便可，谁想拖到现在这个地步。果然化身成人还不够纯熟……不足以发挥狼形全部实力。"

想到这儿，修弥瞭望了一下远方辽地边境之处，目色一沉。过了一会儿，修弥踱步向崖边走去。它站在一尊狼王雕像的头上，正是它的父亲修罗，它颔首往崖底看去。

北冥在冷羿的掩护下保住了性命。修弥看着他的身影，一动未动。北冥一个抬首，看到修弥正站在山崖之上，心中顿时一寒。修弥见他此状却似无动于衷，也不再作攻击之态。

只见修弥的身影渐渐往狼穴山崖后方退去。就在北冥等人应接不暇之时，忽听天空中传来一声狼鸣。围攻他们的狼兽瞬间四散而去，往狼穴两侧后方奔去。下一刻，一个傲然大物出现在山崖之上。修弥抻直了脖颈，胸膛鼓起，口中骤然提气，獠牙四周缝隙蹿进冷风。它猛一低头，冲着岩下的众人豪声阔气，丧鸣响起。

原来本打算撒走的修弥，在离开之后，忽然掉头，它不死心！"我要弄死你！北唐！"修弥心下翻起巨浪。

第六十三章
狼族终章

它原不是喜形于色、沉不住气的性格。相反，修弥以利己主义为上，不在乎自己赢过多少人，只在乎如何用最小的付出换取最大的利益。对于一较高下这种事，修弥从不理会，只当愚蠢至极。可今日北冥赤身而来，未用半分灵力，把它压制得几近无还手之力，不由得让它怒从心中来，恶从两边生。以往的诡谲奸猾此时全被抛之脑后，修弥现在只想置北唐北冥于死地，且定要由自己来办！

这一声夜丧威力要骇过方才那次，加上直对着岩下狼穴前的数百人，距离不过百米间，避无可避。

颜童的八门盾甲已用，再无更厉害的防御术可施，只能凭一己残余灵力相抗。冷羿欲要击出寒盾，可夜丧来势迅猛，未等他蓄力，已近在咫尺！

"部长现在全不能调动灵力，只有我和几位队长拼死一试了！"颜童心知肚明，双掌向上，欲抵挡来势。

"颜童！掩护本部长，带大家去狼穴避难！快！"突然，申户高喝出声。他手掌顶天，与众将士一样抗衡着修弥袭来的夜丧。可眼看，夜丧的强大灵压即将压垮众人。

"什么！"颜童大惊，"申队长，你自己……"

"部长！快带大家进去！我和老申来！"颜童的话被徐英打断了。

"徐英！"北冥大喊。

"快撤啊！愣着干什么？颜童！冷羿！带部长进去！"

"撤！"颜童再不犹豫，高声下令。

狼穴洞口与这里不远，申户和徐英登时全力展开防御灵力，为北冥等人争取时间。就在颜童带领战士们冲进狼穴之后，只听狼穴外传来阵阵轰鸣，大地开裂。

夜丧的巨大灵压从天而降，携飞沙暴土而来，如惊涛骇浪，瞬间天塌地陷，破空而出，山峦尽碎。

"徐英撑不住了！我去！"颜童转身便往外奔。

只听狼穴外轰的一声，一道炽白耀眼的灵力波冲天而起，颜童等人被这猛烈的灵浪震得飞进洞穴。灵力波霎时映亮了灰暗一片的狼穴。北冥使了一个千斤坠，落在地上。他刚要起身，一口鲜血从他嘴中喷出，咣当跪在地上。

"北冥！"冷羿急赶到他身旁，搀扶住他。只见他颤抖不已，目露凶光，然而周身灵力荡然无存。

"你留在这里！我和颜童去！"冷羿大声道。他二人再不耽搁，往洞外奔去。

忽然，洞外再传灵浪，这一次是一片蔚蓝灵力像海浪一般涌了进来。只观这透明蓝色有种说不出的沁人心脾之感，忽而，那蔚蓝灵浪再掀一潮，比刚刚那一波更加壮丽。

"徐英！"北冥见此，登时急喊出声。

狼穴外蔚蓝灵力和夜丧相抗久久不停，把众人抵在洞内无法出去。过了许久，外面的灵力渐渐消散。

"部长！您在这里调息，我带人出去！"只见北冥盘腿运气，面色惨白，眉头紧锁，一言不发。颜童道："冷羿，你帮我看着部长！"

颜童刚带兵出去，狼穴附近忽然闪出一团黑影。正是刚才撤去的修弥手下狼鼬等人，瞬间把颜童等人围攻起来。

"不好！它们还在！"冷羿见状一个箭步冲到洞口，奋力抵挡想要冲进来的狼兽，他脚下步伐加急，渐渐把狼群逼了出去。

外面的厮杀不断，北冥气定心沉，双眸微合，一股禅力在他周身游走。忽而他周身发力，"喝"的一声，奇经八脉被崖青山点住的穴道瞬间崩开，盈盈灵力在他体内渐渐散开。原来他从菱都出发时就屏住了自己体内一切可以向外对抗的灵力，为的就是积蓄能量冲破的这一刻。北冥再不多待，提剑冲出狼穴。

洞外一片荒凉，顽石都被震得砂砾满地，深陷下去。地上凭空造出了一个天坑。那坑土上躺着两个血淋淋的人，夜丧之力已经消散。

狼鼬见北冥出来，一个猛扑，袭了过来。北冥一边格挡，一边巡查，巡回蜂来报修弥已经带着自己的部下撤走，剩下的这些便是它留下收尾的。

狼鼬见北冥还未死，不由得胆寒，趁手下还在猛攻之时，自己悄悄往后退去。嘴中发出狼鸣，犹如哨鸣。

狼鼬的狼鸣刚落，霎时间，几十条黑影从狼穴中蹿了出来。速度犹如雷电幻影，守在洞穴口的士兵竟是没有一点察觉,便被它们冲了出去。那几十道黑影子,迅速围住北冥,恶狠狠地缠斗起来。

北冥正待挥剑驱逐时,只觉右臂一痛,数个黑影晃过,在他小臂上留下齿痕。他右手一松,劈极剑竟被夺走!

"原来它们躲在了洞里!怪不得刚才整个战场上也没见它们的影子!"北冥心下大惊。他体力虚弱,眼睛也不似以前敏锐,虽猜到这几十只幻速黑影是蓝宋国的幻影豹羚,可按现在的状况却避闪不得。

劈极剑被豹羚夺走,北冥顺势从腰间拔出两把森白匕首,正是他的贴身短兵"切叶刀"。可还没等北冥握牢切叶刀,数十道黑影又朝他攻来,他身形急速避闪,冷汗落下来。

忽而,北冥觉得手中一空:"糟糕!切叶刀被豹羚夺走了!"豹羚的身影迅速向北冥四周退去。北冥双眉一横,伸出长臂,倏地一下从一头将要撤去的豹羚身上薅下一个人,但听那人"啊"的一声叫了出来。

话音未落,狼鼬带着狼群再次攻了上来。狼群像叠罗汉一般一层层垒了上去,北冥仰头,他被困在了里面。只见狼群尖塔般的顶端被封住的那一刻,狼鼬从上跃下。它显然知道,北冥现在虚弱不堪,也没了武器,这才有恃无恐地攻了下来。

"受死吧!臭虫!"狼鼬嘴中竟也龇出了人话,带着听上去让人恶心的奸笑,"让我叼着你的人头给狼王邀功去!"他说的狼王正是修弥。

看到这一幕,北冥手臂中箍着的那人再次发出惊声尖叫:"啊!啊!啊!"那尖厉的叫声不断,似是被狼鼬的样子吓疯了。起初那人还怕得脚下直跺,现在已是直接瘫倒在北冥怀里,再没半分力气,只一双灵动的眼睛死死盯着狼鼬扑来的方向,里面布满恐惧。这人正是那些幻影豹羚的主人——蓝宋儿。

北冥目光一凝,双手拂过蓝宋儿的手臂,用力一拽,卸了她两臂衣袖。就在狼鼬欲扑到他们身前时,北冥掌心一掷,几十发暗器射了出去。狼鼬以为北冥再无还手之力,好像案板上的鱼肉,任自己宰割,所以没做任何防御之力。北冥发出的暗器手速极快,尽数扎进狼鼬双眼,弹无虚发。

刚才还挂着奸笑的脸瞬间扭曲起来,嗷的一声,狼鼬用双爪捂住了眼睛,砰的一声,脸面朝地,重重摔在了地上。

四周狼兽看到首领倒地,然而凶心已起,都要邀功请赏。见北冥与蓝宋儿两人被围得再无退路,霎时间,数十头狼兽从天而降,朝北冥扑了过来。

北冥双腿发力,亦朝空中跃去。对着冲他直面而来的狼兽抬腿一踢,狼兽的下巴登时碎裂。他连着在空中翻了数个筋斗,借力打力,又踏碎几只狼兽背脊,踢向狼兽头颅。忽地，他胸口一坠，"啊！救命！"蓝宋儿惊叫起来。

原来狼兽来袭，北冥是抱着蓝宋儿一起跃向天空的，不然她早就被纷至沓来的狼兽踩碎了。几番激斗，北冥手臂一松，蓝宋儿从他怀里掉了出去。

听见蓝宋儿的呼救，北冥一把抓住了她的手。地上的狼兽猛然朝天空蹿了起来，张开大口，就要吞了蓝宋儿。北冥手腕加力，一把把蓝宋儿拖回自己怀里，跟着身子一侧，掌中发出最后一把从蓝宋儿手臂衣袖上卸下来的暗器。狼兽被戳在了地上，扭曲翻转。

这一来一回，生死一瞬，蓝宋儿惊怕不已。她双手不自觉地抓紧了北冥的衣襟，扬头望着眼前这个"陌生"男孩。她原本惊恐的眼中变得和缓很多，感觉到一丝安全。

忽然她感觉北冥手掌在她腰间拂过，她的脸登时红了起来，心脏也跟着怦怦怦地跳动起来，大叫出声："你干什么！"

战况紧急，北冥哪顾得上那些。他看到蓝宋儿腰间似有金属光泽闪出，又加之他之前一直抱着她，感觉到她腰间有硬物隔挡，想来定是暗器。果然北冥手指轻点，便掏出数枚长条形金属片，这片甲环绕蓝宋儿腰间一周，都是上等铸灵冶炼术铸造出的暗器。

北冥反手一掷，又是一只狼兽倒下。不一会儿工夫，颜童和冷羿从外围攻了进来。狼兽尽数被他们灭了。

"没事吧？"冷羿道。

"刚才那几只幻影豹羚太快了！我们根本来不及阻止！"颜童说着，却见他手中提着北冥的劈极剑和两把切叶刀。

起初蓝宋儿骑着自己的幻影豹羚朝北冥围攻过来，快如光速，论谁在那种情况下，也做不出反应。不过幻影豹羚快则快矣，却无法持久。在它们夺过北冥手中的兵器后，速度便慢了下来。

等发现主人失踪后，它们慌乱不已，见狼兽把北冥和蓝宋儿包围了起来，便想方设法突袭营救。颜童也在这当口夺回了北冥的兵器。

此时豹羚看见北冥怀中的蓝宋儿，顿时兽鸣四起，欲发动攻击。

蓝宋儿回头，对着豹羚吹了一声清脆口哨，豹羚瞬间安静下来。北冥松了手臂，看也没看便放开了蓝宋儿。蓝宋儿只觉腰间一空，心里也跟着一落，回头欲找北冥身影，却看他已经往另一处奔去。

"申户！徐英！"北冥跑到两人身旁，扑通一下俯在地上，攥着两个人的胳膊。他二人衣衫褴褛，血迹斑斑，筋脉俱断，伤口无数。

"灵枢！灵枢！"颜童大喊着，往天坑外奔去。只见一个人抢先他一步往后方灵枢队奔去。少时，冷羿带着四名灵枢返回，身后紧跟着莫多莉与玄花，莫多莉扶着徐英的弟弟徐虎一同到来。

"快！快！快！"北冥头也不回，喊着灵枢。洞内的数百战士亦奔到申户身旁。不少人泣不成声。

刚才那一招蔚蓝色灵浪，不是一般的灵法招式，而是每一位修习灵法的灵能者都会的一招，若使出此招，也就是他们生命中最后一式灵法了，名叫"灵丧"！

使出灵丧时，灵力骤然间由心而发，心脉俱损，灵力大幅上升，是以往自身的十倍力量。但片刻过后，使用灵丧者便会力竭而亡，故此名为"灵丧"。

"本部长，算了。"申户撑着最后一口气，握住北冥的手说道，"我死不要紧，让你们为我以身犯险，本就是我的错，现在能替大家挡上一挡，是我的大幸。只不过，只不过我……"说到这儿，申户双目流泪，"连累了徐老弟！"北冥用胳膊撑起申户的身体，他艰难地看向一旁躺着的徐英。

"您别说话，让灵枢给您看看！"北冥的声音已经开始颤抖，"徐英，徐英。"北冥抬头看着旁边躺着的自己二纵队队长徐英，颜童正扶着徐英。

"部长……"徐英艰难地开了口，气力全无。

北冥听了，咬牙忍住了鼻尖的酸涩。颜童扶着徐英的手臂亦是忍不住轻抖。

"颜童，干吗呢，怎么扶都扶不住了？"徐英竟玩笑地看着颜童。颜童两滴热泪便掉了下来。"这小子，咋还哭上了！没出息！"徐英自年少时就跟着上一任本部长在一分部任职，到今年四十岁已有二十年。颜童看他从来都尊敬有加。

"申老弟，我对不住你啊，老哥哥我无能啊。"徐英坦荡笑道。

"你得了，我比你大五个月。"申户嘴上也不停，一如往常两人的斗嘴，气力却越来越弱。

"胡说！你怎么大得过我！"

"你这家伙！口没遮拦的，欠打是不是！"话未完，申户一口黑血喷了出来。

"申队长！申队长！别说了！灵枢！药！"北冥大喊着。灵枢在拼命救治，可北冥还是嫌他们的动作太慢了。"所有的！所有的灵枢都给我过来！"

北冥抬头望去，坑洞上下，千余名士兵都已经赶了过来，狼兽已全部撤退了。"还有没有灵枢？"

"本部长，让您费心了，我知道您中了狼毒，还舍命前来……"

申户面上用力挤出一个笑容，瞬间又崩掉，异痛难忍的他"啊"的一声嘶吼出来。本就七零八落的身子，随着这一声，百骨尽断碎裂。

北冥用力揽住申户："申队长，申队长。"他哽咽叫道。冷羿亦是赶过来，跪下扶住申户。

"本部长……我中了狼毒……本就活不了了……临死前能护大家周全……值了……只可惜，只可惜跟着我那么多年的战士……走了……走了那么多……"

"队长！我们还在！队长！"

"队长！"申户手下的战士们齐齐喊着自己队长的名字，咬牙坚持，却也泣不成声。

"徐老弟，对不住了……"申户奄奄一息。

"咱哥俩儿，当年一起来的部里，今天搭个伴儿，一起走。痛快！"徐英对着申户，老泪纵横，却又笑着豪言道。

"止疼药！止疼药！"北冥一把抓过了灵枢手中的止痛药，让申户咽了。

"本部长，我不行了……帮我照看好剩下的这几百个孩子吧……他们都不大……"

"您放心，您放心！我一定，我一定尽力而为！"

"帮我，跟我们部长带个话儿……"

"您说。"

"部长，老申今天这一仗打得不孬。"说完，申户拧着眉，合上了眼睛。

"申队长！"北冥和冷羿齐声道。北冥用力揽着申户，垂下头去。

"老申……"徐英哭了。

北冥听见徐英的话，收了泣声，让申户的手下柒子婴接过，自己赶忙走到徐英身边，俯下身去。

"徐英，你撑着，你撑着……"看到自己的队长如此伤重，北冥痛苦难耐，落下热泪。

"部长，别这样！精神点！我徐英自打跟着你那天起就没把你当个孩子！咱东菱的大老爷们儿，流血不流泪！"北冥眼含热泪，用力点头。

不远处，蓝宋儿身边站着一个和她样貌相似的女孩，只是少了她身上的戾气，多了几分端庄柔和，眼睛也不似蓝宋儿那般机灵多变，正是她的姐姐蓝盈儿。

原来，蓝宋儿在狼穴之中找到了自己的姐姐蓝盈儿，救了她出来。现在两个姐妹并肩站在一起，和她们一起的还有几十匹幻影豹羚，以及剩下的二十几名侍卫。颜童已经命手下看住了他们。

蓝宋儿的侍卫长蓝永见不得自家小姐受人这般待遇，欲用强，却被蓝宋儿拦了下来。她看着不远处的北冥，情绪起伏，自己也跟着感伤起来，目光离不开他的脸庞。蓝永顺着蓝宋儿的视线看去，只见她一直盯着北冥，心中不解。

"我兴许有办法帮徐队长。"一个柔和的声音在颜童头顶响起，他们回头望去，是玄花。只见她神色从容，无悲无喜。

"什么办法！"北冥问道。

"徐队长的弟弟徐虎在这儿，他们是至亲血缘，可以以命换命。"

徐虎一早被莫多莉架着，来到哥哥身边，踉跄俯下身，帮他包扎着伤口，擦拭着血迹，小心翼翼，生怕碰疼了哥哥，对自己背上的重伤早就不以为意。

"怎么换？"徐虎一听有办法救大哥，噌的一下站了起来。灵能者皆知，一旦使出灵丧，命必殒损，无力回天。

"您二位是至亲血缘，可以灵力互通相送。要是普通人灵力互送颠倒，少则可以寡助，多则相冲，性命不保。您二位却不会。"

"真的吗！那我要怎么做？把灵力传给我大哥就行？"徐虎激动道。

"玄花，你说的这些，真的可行吗？"北冥也激动地问道。

"我们胡蔓国擅通医理，我记得以前看过类似的古方救人。"

说罢，北冥立刻联络了军政部那边。白椴和崖青山商量过后的答案是：亲生兄弟灵力确实可以互换，但总不如父母与子女间来得更直接。如果要豁出性命一试，虽说九死一生，却真有一线生机。前提是，另一人灵力充盈，足够两个人调用。

北冥听白椴快速说着，徐虎却一句都没听进去。等他们说完，徐虎只对徐英说："哥！咱们现在就来！"

"不行。"徐英一口回绝。徐虎不敢生拗着哥哥来，眼看徐英气息渐弱，意识开始丧失，突然拿起徐英两只手臂，四掌相对，灵力源源不断灌入徐英体内。

"本部长！颜童！帮我一把！"他们只见徐虎神色坚定，便不阻拦，扶正徐英，几人守在一旁。徐虎身后的重伤因为把灵力输给徐英的缘故，再一次裂开，伤口狰狞，血流不止。他孤注一掷，破釜沉舟。

时间慢慢过去，徐英平躺着缓缓睁开眼睛。北冥见他清醒，心中登时松了一口气。徐英的意识还不清醒，忽然他低吟道："徐虎！徐虎！"

"徐英，徐虎没事，你放心，他就在你身边。你俩都冲过来了。"北冥终于露出喜色。他所说的冲过来，是指徐虎用自己的灵力冲破了徐英的心脉，用他的灵力代替徐英的灵力在徐英的身体中流动起来。

徐英的手艰难地摸索着，即便弟弟就在他身旁，他也是觉得遥隔千里。他抓住弟弟的手，脖颈一点点扭了过来。徐虎躺在他身侧，还未清醒。

"他的灵力……他的灵力……"

"你们都活着,徐英。"北冥俯身道,"这比什么都重要!"

徐英回过头,看着北冥。没错,活着比什么都重要。即使这一生不再拥有灵力,也要和相亲相爱的人一起活着。

"休息吧,你们都休息。剩下的事,我们来。"北冥道。

徐英缓缓点了点头,再次昏睡了过去。

北冥等人总算松了口气。忽而他只觉口袋里猛然一震,他迅速拿出影画屏。这一看不要紧,北冥整张脸登时变得煞白一片,一口寒气提到喉咙!

"怎么了!"冷羿也听到了北冥口袋里影画屏的异动。里面传来北境那边的嘈杂之声。

"赤鲁!"影画屏打开,梵音急迫的呐喊声从里面传了出来。

第六十四章
北境之战

北冥离开菱都城已有一天多时间,北境战况瞬息万变。

一天前,赤鲁及时赶到巴伦河救下梵音,剩余的修门残部也被赤鲁和其部下一举拿下。梵音稍作调息便同赤鲁、钟离和其部属往镜月湖城赶去。

晌午未过,梵音一行人到达镜月湖城外时发现镜月湖已经全城戒严。守城的四分部指挥官见到梵音后,立即带她前往四分部军部。主将北唐穆仁和他的一纵队长韩战还有四分部一纵队长严冲正在军部部署战况。

北唐穆仁见梵音赶到立刻迎上去。

"梵音!快到里面坐下,让灵枢给你看看伤势。"在得知梵音受到修门暗袭后,北唐穆仁便第一时间派出兵力支援。

但早在梵音与修门开战之时,梵音就告知副将北唐穆西,不要把自己的状况通知给主将。无论如何,她都会自己拿下修门这一恶敌,否则,主将兵力将再遭牵制。

主将到达镜月湖城后,迟迟得不到梵音讯息,立刻发现情况不对。当要派兵支援时,贺拔已经赶到。正如梵音和副将计划的,这一战没损主将兵力一人。

"你这孩子怎么回事?出了这么大事怎么不告诉我!穆西也是,怎么由得你的性子来!"北唐穆仁在看到梵音肩头的伤势后,只觉后脊背一凉,瞬时惊出一身冷汗。

"主将!副将不是由得我胡来,而是相信属下能将此事办妥!您不用为我担心。我这不是赶过来了吗?"梵音义正词严。

北唐穆仁看着梵音的样子,心下定了定神,再度开口时已经换了态度:"好!你跟我来,先让灵枢看看你队伤员情况,再和我一起商讨攻打灵魅之策。"

"好。"

待梵音重新包扎后,便一起商讨策略。

"主将,修门幻形时我从它身上找到了这个东西,您看。"梵音从口袋里拿出一颗鹌鹑蛋般大小的墨绿色耀石,正是她从修门狼毫深处探来的那块石头。梵音骗修门自己捏碎了它的宝石,实际上,早就偷偷撒手,把石头藏了起来。"您知道这是什么吗?"梵音把石头递给北唐穆仁。

北唐穆仁接过石头后,端详再三。

"还有这个,赤金石,已经被佐领毁了,这是我拿回来的残石,您看看。"梵音捏着一小块赤金石的碎砾,递给穆仁。

"赤金石。"北唐穆仁已在之前从北唐穆西口中得知,此次控制鳞蛇草乱性的灵石正是赤金石。

北唐穆仁沉思起来:"墨绿色的石头,墨绿色……幻形……"

北唐穆西同样在军政部收到了梵音的讯息,他正在影画屏这一端与主将一齐商谈战情。不一会儿,四分部外有探子来报,说在镜月湖湖面以北一千八百里外发现了灵魅的踪迹。

"一千八百里……"北唐穆西看着面前的地图。那是一张包罗万千的世界全息图,由长信草编研而成,环可一周,形成一个球体在空中浮动;横可平展,放在长桌上与人参详。他用指尖比画着镜月湖的纵长:"哥,镜月湖南北一共两千两百里,再往北就是大荒芜了。"

大荒芜,人迹罕至,与诸国都不相邻,山川河谷自成一貌,纵贯五千里,横贯八千里,上下三千。相传大荒芜上达天际云庭,下通地藏岩心。"大荒芜再过去就是端之崖。"端之崖,乃弥天大陆上的最高峰,尽头是道断崖,像被鬼斧神工劈开一般,直直落下,总共八千八百米高。"端之崖再过,往南三千里就到九霄国了。"说道九霄国时,北唐穆西一顿。

"怎么了?"穆仁道。

"九霄……"北唐穆西用手指点着九霄国在地图上的位置,"赤金石……墨绿色的宝石……"此时,北唐穆西已经命人断了所有军政部与国正厅的通信联络,"哥,你还记得老爹当年提起过的一件事吗?"

"什么?"

"徒幽壁。"北唐穆西道。

梵音听到此处,眼睛一转,好像记起了什么:"副将,您刚才说什么?"

"徒幽壁。"

"徒幽壁……"梵音喃喃道,"徒幽壁……徒幽壁,我应该在哪里听到过这个东西。"

"你是说逍遥兄以前说起过的,东菱赤金石,九霄徒幽壁。"北唐穆仁道。

"对,对对,就是徒幽壁。我在我爸爸的书籍里看到过这个东西,他的书里有提过。"梵音经北唐穆仁提醒,登时眼前一亮,想了起来。

"你也知道徒幽壁,梵音?"北唐穆西吃惊地问道。

梵音点点头道:"我在我爸爸以前的书籍里看到过。等等,好像也不是,好像是爸爸口头给我讲过的,大约与九霄有关。再多的,我一时也想不起来了。"

"赤金石怎么会落到灵魅手里?"北唐穆仁神色愈加严肃道。

"哥,不仅如此,如果梵音从修门身上抢来的灵石是徒幽壁的话,那九霄也脱不了干系了。"

"这事等我回去再问姬仲和戚家的人。"北唐穆仁神色凛然道。北唐穆西点头。梵音听来听去只觉悬心,但主将和副将明显不愿再多提赤金石和徒幽壁的事。

"还有一事,哥。"北唐穆西道,"从今天夜间起,镜月湖将进入极夜之时,越靠近大荒芜极夜越甚。这期间十五天内,只有正午会出现少时太阳,其余时候,镜月湖将全天无光,漆黑一片。"这无疑给行军作战带来了极大威胁。

前方战况愈来愈急。四分部几次三番收到探子来报,说镜月湖一千多里外,出现灵魅。最后一次,一个士兵战战兢兢地跑了进来,拿着一卷羊皮纸递到北唐穆仁面前,只见上面浮皮潦草地写着几个炭黑色大字:"北唐穆仁,你弟弟的命等不了多久了,你要还是不要?"字迹尖细,像是用指甲画出来的,刺破了厚厚的羊皮卷。

就在北唐穆仁展开羊皮卷没多久后,它就化成一片炭灰,碎了。这东西,是外出巡逻的士兵在镜月湖远处捡到的。原本上面什么都没有的,可当士兵走近时发现上面慢慢有字显了出来。士兵知道事关重大,马不停蹄便把羊皮卷给主将带了回来。

忽听士兵一声哀嚎,没等众人分辨,他已化成一堆炭灰,散落一地。

"暗黑灵法!"韩战道。

"灵魅! 韩战,即刻召集部属,随我去镜月湖北!"北唐穆仁喝道。

"是!"

"梵音,木沧还有两个小时就能到达这里,唐西也不过三个小时。到时你让尤向带领我的五千人还有四分部一万兵马赶上。等唐西的两千人赶到时,你让木沧再率四分部五千人支援。"

北唐穆仁已经知道木沧负伤,这样安排一则让木沧稍作调整,二则让白泽赶来时为他医治。对梵音亦是如此:"你的二分部需要调整。先与严冲一起留守四分部,随时等我调遣。"

"是!"梵音接令,不再耽误主将行军。北唐穆仁携韩战率亲军三千,还有四分部一万人先行往镜月湖北开拔。

东菱北境军政部四分部拥军五万,可称东菱第二军政部。此时主将北唐穆仁已调遣两万五千人,其余城防两万余人再不可动,只坚守镜月湖城最后一道坚实防线。

东菱国正厅前早已被民众围得水泄不通,多少人不眠不休不离开广场半步。

一连几天关注战况,姬仲觉得身困体乏,实在没什么兴趣再在这里耗了。北境离菱都十万八千里,即便前线的人死光,也碍不到他分毫。

他原本想趁着军政部朝中无人,难定民心,自己以一国国主的身份安抚大众,一显他天家风范。可谁知,就在军政部与菱都失联又恢复的这途中,军政部各个战场都在不断扭转战事局面,使得东菱民心备受鼓舞,同仇敌忾。姬仲心浮气躁,看着眼下这群乌泱泱的人只觉得厌烦。

严录悄悄走到他身边低语道:"国主,副将想和您单独商谈。"之前主将在四分部与北唐穆西的谈话全被军政部屏蔽了,姬仲一无所知。

"北唐穆西……"姬仲眼珠子一转,冷笑一声,"他也有求于我的时候!刚才不是不想要我插话吗,那现在就让他等着吧。"

"国主,现在主将前线战事吃紧,您真的不用过去看一下吗?"

"不是还有他儿子吗?"

"北冥自从进了辽地就与外界失联了,况且他的狼毒……"

姬仲的手伸进衣兜里,捏碎了一盏信卡。"那小子当真是把硬骨头,这样都死不了……"姬仲暗自碎语道,忽而脸上又露侥幸之色,微微笑起。严录站在一旁,心思一转:"国主知道北冥的战况?如何知道的。"

"父亲,你刚才说北冥哥哥怎么了?"一个娇嫩的声音在姬仲身旁悄声响起。姬仲与严录对话时,姬菱霄一直注意着。

姬仲微微偏过头,盯着女儿半晌道:"你倒真关心北唐北冥。"

"您要是能帮我再找出一个值得我关心的人也行啊。"姬菱霄嗔笑道。

"北唐穆仁……北唐北冥……"姬仲心中默念着,女儿的想法也正合他意,"北唐穆仁不为我所用,但是北唐北冥要是能被我所用,我还用得着忌惮谁呢!更何况,修弥已经是他的手下败将了!"姬仲眉眼稍动,侧目看向女儿道:"你拿得下他吗?"

姬菱霄莞尔一笑,看向自己母亲,幽幽开口道:"您也太小看我了。比起母亲,我会差吗?她当年不是照样拿下您了吗?何况,她还不是个正儿八经的国主小姐。"

姬仲一想也是,女儿当真继承了自己的城府和其母亲的狡诈。男人嘛,就是要留给女人机会的。

"国主,北唐穆西又传话过来了,您?"严录道。

"不回。"姬仲笑定道。

两小时后,木沧率领手下五千人马赶到镜月湖。他一路防范,没再受到袭击,本想一鼓作气,却被梵音拦下。

"佐领,无论如何,您的队伍都需要调整。严冲已准备好补给,先让战士们缓缓,留下伤员医治。尤队长,您的二纵情况怎么样?"

尤向是北唐穆仁的亲军铁骑,这一路一直保存实力,不轻举妄动,就连行军速度也刻意放慢,为的就是养精蓄锐。

"第五,我这边没问题,随时可以支援主将。"尤向道。

"好,等您的队伍整装后,就可开拔了。"梵音道。

"镜月湖一路冰层,体能耗损也会减少,你放心。"

"我随时接应您。"随后尤向便带领四千余人往镜月湖北开拔。留下的大多是木沧的亲军,在冶炼赤金石时受伤的铸灵师。

"等白泽来,治好您的手,您再去不迟! 我们不知灵魅实力,但他们能伤到持部长就绝不能小觑。您伤愈再战,我们才能万无一失。"

木沧低头看着自己满是伤痕的手,不免难过。

"佐领,白泽的医术,全东菱屈指可数,您的伤,他一定能治好。"

木沧看着梵音,小小女子领兵打仗,果敢勇猛却不输七尺男儿。以前在部里,他几乎从未留意过梵音。木沧平日在军政部只顾钻研自己的铸灵冶剑之法,少与部中军官走动。

梵音的佩剑是主将亲自开口他才答允亲手铸造的。就连北冥用的兵器,亦不是他全部打造,只有那铩镰杆是他在北冥接任一分部部长时亲手打造送给他的。

又能领兵打仗,又能时刻顾及周遭旁人的心里感受,细心程度远超一般男性指挥官。木沧心下对梵音生出几分敬意。

不多时,唐酉和白泽率领最后一批军队赶到四分部。先遣部队已经为后方军队扫清障碍,做好标记,白泽他们的行军速度自然比往常快出几倍。白泽在看到梵音和木沧的伤势后,二话不说,顾不得休整,就开始为他二人医治。

果不其然,白泽妙手回春,木沧的手开始渐渐恢复,原本烧焦的皮肉也慢慢生长起来。

"佐领,您的手要痊愈,还需回去慢慢医治。这晶石留下的伤口远比灵魅直接在人身上划下的断口严重得多。都是暗黑灵力所伤,不能短期痊愈。"白泽道。

"已经很好了,你小子的医术怕是要超过你父亲了。我这就动身带兵追上主将。梵音,你们在城里守着,别出差池。"

"您放心。"

随后,木沧便带领余部一起赶往镜月湖。唐酉、白泽、梵音坐守四分部。

后半夜,子时,四分部急奏。

梵音双眼微合,坐在四分部大厅的长椅上稍息。赤鲁靠在她旁边的椅背上,已睡熟。钟离刚醒,与白泽一起巡视伤员情况。

"严队长!"通信兵的声音从大堂一侧响起。士兵拿着急件往大堂中央跑来。感觉到士兵的异样,梵音噌的一下睁开眼睛,开口道:"怎么了?"

"队长,第五部长,前线传来的影讯!你们看!"

梵音手一挥,影画屏亮在了半空。半日前,主将没传回一星半点异样。入夜后,北境那边也是一片安静,暂无战事。

"这!"严冲看到影画屏,登时一惊。北境的子时午夜,凄冷无比,夜黑风高,似繁星入海,让人敬畏。然而此时此刻,影画屏上显示出的竟是别样一番光景。天空大亮,白光耀目,恨不能射得人睁不开眼睛。"天亮了?"严冲难以置信。

"我靠!怎么回事!镜月湖北的天亮了?"赤鲁听见士兵急奏,差点从椅子上摔下来,慌忙爬起来赶了过来。看见影画屏上的异象,也是一惊。他赶紧低头看看花时,以为自己睡过头了:"老大,我的花时没错啊!现在是半夜十二点吧?"

"是的!没错!现在是半夜十二点!"梵音亦是不明所以,接着赤鲁的话说道。

"怎么……怎么,天大亮了?严冲,你们北境以前也有这样过吗?"赤鲁问道。

"从来没有过啊!按说从今天开始,镜月湖上就进入极夜之时了啊!哪里会有什么大白天,半月之内都应该是黑夜啊!只有正午才会露出太阳!"严冲道。

"没错!副将也是这么说的!"梵音再道。若不是严冲提醒,梵音见到此状浑然忘了北唐穆西之前的话。

"那是怎么回事?"钟离和白泽也赶了过来,钟离蹙眉轻问。

"不对!"梵音突然道,吓了赤鲁一跳,"你们看!天上没有太阳!"她用手指着影画屏。

大家顺着她的目光看过去,前前后后,上上下下,翻了个底朝天,真的没有发现太阳的踪迹。赤鲁看得眼睛都快被晃瞎了。

"不行了,太亮了!我眼睛都看不见了!"赤鲁捂着眼睛吭唧道。

"太亮了……不好!"梵音话落,噌地蹿了出去。

"老大,你去哪儿?"赤鲁瞬步跟了上去。

梵音来到四分部军部外,朝着镜月湖的方向远远望去。

"老大……我怎么感觉……那边的天,也不大对劲啊……"钟离、白泽等人都紧随其后,跟了出来。

"天已经亮到八百里外了!"梵音说道。

"你看到了!"赤鲁大惊,猛地回头看向梵音。先前梵音在贝斯山中使出的鹰眼千面、望穿千里的本事,赤鲁等人没有见到。当下听梵音如此一说,众人皆惊。

"主将,您那边什么状况?"梵音没有回答赤鲁,而是给北唐穆仁发出信卡。梵音掐着手指,时间慢慢过去,主将没有音讯。"主将!"梵音再发讯息。

"梵音,速来镜月湖北一千里防守! 鬼徒大举进攻,万人已至!"木沧信卡传来,梵音速读。

"佐领!"梵音道。

"我军在镜月湖以北一千四百里处与鬼徒交手,攻防尚可。你负责守住一千里防线,不得让鬼徒穿过! 严冲守住镜月湖城!"木沧替主将下令道。

"主将呢?"梵音急问道。

"主将赶去一千八百里处了。"

"灵主来了……"梵音声音沉了下去。能让主将一人疾行的,只有灵主。

"是。"木沧简短回道。

"我随后就到!"

"好!"

"赤鲁、钟离,二分部跟我走。"

"梵音,我跟你一起去。"白泽道,"如此战况,伤亡少不了。"

"唐副参谋长,您和严冲留在四分部,指挥剩下部属。白泽,你随我到九百里处。记住,到达九百里止,不要再往前冲。"

"好。"白泽应道。

梵音彻夜赶征,率军离开四分部。镜月湖纵横数千里,湖深百丈,夜晚气温降至零下五十摄氏度,冰面经久不化,实如冻土大地,最深处恐要有百米冻层,亘古不化。

冰上夜行,梵音的二分部速度奇快,不久便至湖中八百里。这是梵音以及二分部第一次来到北境,踏上镜月湖。以前只是耳闻镜月湖瑰丽无双,现在看来,即便是这寒戾漆黑的夜晚,镜月湖的景致亦是时刻惊诧众人。

湖面起初茫然无边,瞭望无涯。往湖心去时,只见峰峦迭起,林立满丘,慢慢冒出湖面。湖中岛屿数不胜数。白沙,黑岩,峭壁杂貌繁生。就在越过七百里时,梵音回头往西北处冰面看去,只觉那里漆黑异常。

"怎么了,老大?"梵音一个动作,赤鲁便心有领会。

"我觉得那片地界不大对。"梵音指着身后不远处的湖面。

"怎么了?"钟离也跟道。

"钟离,你带五十人到那边细探,我们先行。探清后与我会合。"

"好。"钟离应声,迅速带领五十人离队,往湖面西北处赶去。

就在梵音队伍到达八百里时,天空晦暗渐明,赤鲁道:

"什么情况!这里的天看上去真要亮了!"

"九百里外已经大亮了!"梵音道。

赤鲁看了一眼梵音,神情肃穆。"全军戒备!"

就在梵音队伍刚刚越过镜月湖九百里防线时,天空赫然大亮。众人心中皆惊异不已。然而天空上并没有太阳出现,只有一轮白月嵌在苍凉的空中。

梵音抬手,比了一个停止前进的暗语。

"白泽,你和一千人守在这里,我先去前方探路。如果无妨,我随时通知你跟进。"

"好,你自己小心。"

梵音正想用鹰眼一探前方究竟,忽而侧目,用手捂住了眼睛。

"怎么了?"赤鲁忙问。

"前面的路,我看不到了。太亮了,我看不到佐领的距离。"

"你是说,前方比这里还亮?"

"恐怕是,白茫一片,我只觉刺眼!"

梵音不再多等,带着军队继续往战前赶去。越过一千里,相安无事,越过一千两百里,相安无事,越过一千三百里,依旧相安无事。

"什么情况!"赤鲁心中亦是打鼓。

"佐领,你们战况如何,阵线守到哪里了?"梵音传讯等待回应。

在这期间,梵音持续和木沧保持联系,但就在越过一千里防线后,她和木沧失联了。

"钟离,你那边情况怎么样?"梵音再探。

钟离即刻回信:"镜月湖西北八百里冰层下有一深穴。灵感力探到冰层三十余米,深穴直接冰层,初探岩穴三百米深。暂无异动。"

"钟离消息尚通,佐领却联络不到了。"梵音边行边道。

"是不是被防御术隔挡了?"赤鲁道。

"要是被佐领的防御术隔挡,他至少会在布下结界前告知我他的具体作战方位和战况才对。"梵音顺着赤鲁的思路道,"如果不是……"

梵音猛然拔出重剑,左手前伸探直,一股强大的灵感力与她身形交融。"西方三百里!东方两百里!"梵音的灵感力霎时张开,直向东西纵横探去。在那范围之外,梵音才再次感受到冬夜深寒的温度。

"那就是灵魅布下的结界了!就在这里!全员进入战斗状态!"梵音喝令道,手中重剑朝前猛然挥下。一道劈光砍去,众人仰头望去,只见那道劈光戛然停在五百米外高空之上。劈光灵力不减,持在当空,像是被什么东西隔挡住了。

梵音反手又是一剑,紧随那道剑气灵力而去,两股剑力在空中交错加持。只听"咔嚓"一声,天空中似有一道透明脆网碎了。梵音再一使力,第三道剑力劈出,空中脆网崩裂。

霎时间暗黑灵力扑面而来,杀声滔天,猎猎不休。鬼徒泱泱无边,满眼都是,梵音竟几乎看不到军政部的士兵。战士们已全被笼罩在黑雾鬼徒之间,人影绰绰。

"全面支援!"梵音下令道。她和赤鲁已一步登先,冲进包围圈!

"这哪里是一万鬼徒!"赤鲁大声道,"十万恐怕也有了!"

"佐领!听得到我说话吗?佐领,告诉我你的位置!"梵音拿出信卡大声道。

两人冲进敌军,手起刀落,连消带打已经劈出一条明路。鬼徒消散。

"梵音!守住一千三百里阵线!"木沧传信。

眼前乌泱泱一片,鬼徒猖狂,身披漆黑破碎一片,脚不沾地,行踪极快,幻影穿梭。

"小心黑刺!防备三指暗杀!"梵音大声道。

灵魅一族行踪避世诡秘,军政部中也只有少数军官见过。即便是从军多年的赤鲁也是第一次在实战中与鬼徒灵魅交手。

梵音、赤鲁一齐向前突刺。忽地,一道厉影袭面而至,划开梵音、赤鲁间隔。两人还未看清,只觉数道阴鸷灵力朝各自袭来。

梵音步伐碎密,连连后退,只因对方攻击猛烈,她脚下步伐一时错乱。一个侧身,梵音张开手掌,寒冰防御盾堪堪打开。只见梵音身前亮起一人高的寒盾,她的一丝鬓边黑发被切断在寒盾之外。暗黑灵力掷在寒盾之上,寒盾瞬间崩坏。

梵音一个急跃,腾至半空,地上地下数十道黑刺再次击了过来。梵音原先站立的地方,坚固的冰面已经崩裂。梵音空中一个俯身,将将躲开攻击。

霍地,一拳灵力朝梵音侧方打来。梵音斗转,落地。

"这他妈的什么东西!"赤鲁咒骂起来。梵音看过去,他的半身军衣披风已被割断。

"鬼徒!"梵音应声道。

"我他妈的连他的脸都没看清楚,就给老子把衣服扯了!"赤鲁气得嗷嗷直叫。刚刚那一拳就是赤鲁挥过来的,不是因为他看清了鬼徒的攻击路线,而是因为他看到梵音在空中急闪,凭战斗经验,冲着梵音方向挥了一拳,替她解围。

"小心头顶!"梵音急喊出声。一道剑光冲着赤鲁面门劈了下去。

"我操!"赤鲁骂道。梵音的剑气霎时已至。只听"噗"的一声,跟着一声粗吼,一个鬼徒碎在赤鲁鼻尖前五寸地方。

梵音的剑气刺过,赤鲁身前的鬼徒灵力不减,直冲赤鲁劈来。赤鲁慌忙向一旁闪去,只听身后再次传来嚎叫,又一个黑面鬼徒被梵音砍掉,一箭双雕。

"老大! 你差点把我也砍了!"赤鲁惊叫道。

"你差点被它砍了!"梵音大吼,"快点! 注意防备!"就在刚才两只身长八尺的鬼徒张势而来,好像一个撕裂的麻袋片,四角突刺,怪模怪样,仿佛手脚的东西胡乱摆弄,夹击赤鲁,瞬间将他裹住。

"刚刚那东西,我怎么没看到! 它太快了,还是我灵法太弱了? 你怎么看到的,老大!"赤鲁一路惊诧。

"刚刚那两只鬼徒灵力高出你我许多,行动诡秘! 我看见是因为我布了八方凌镜在我周围,不然我也逮不到它们!"

"它们要吃了我吗? 这么厉害的家伙! 怎么变成鬼了! 我真他妈的服了! 谢你救我啊,老大!"别看赤鲁八尺汉子,可一直觉得灵魅就是鬼魂作祟,十有八九都是死人变的,想想还有点瘆人。

"人都不怕,你还怕鬼! 羞不羞!"梵音知他怕鬼,逗他道。

"谁说我怕了! 我这不是没见过,头一次吗!"

"灵魅的身法灵力和人类全不同,行踪飘忽,没有套路轨迹,一气呵成,我们一时抓不到,适应不了也属正常。"

"真他妈就和鬼影一样!"

"如果真如你所说,灵魅生前是人,兴许咱们还能好对付些。"赤鲁琢磨着梵音的话似乎有道理。"告诉所有人! 灵感力全开!"梵音道。她边说边杀,无数鬼徒逼近又撤。许多鬼徒已经感知到梵音和赤鲁的杀伤力极大,不敢再轻易靠近。

"鬼徒最怕一击命中,它们的灵力不可再生,不能修复,消耗程度远远超过我们人类,一旦耗尽顷刻灰飞烟灭。赤鲁,告诉战士们,硬搏不行,就用消耗战!"梵音嘴上虽说,但心中已感发虚。怎的这鬼徒会这样多!

"老大,这些东西难不成都是从大荒芜过来的?"赤鲁喊道。

"大荒芜?"梵音略想,"也只有那里了。大荒芜,端之崖……九周天……"

"老大,你磨叨什么呢?"

"没什么,我只是,我只是想到一个传说,我父亲说给我听的。"

"都这个节骨眼儿了,咱先别想伯父了。等待会儿见到灵主,我帮你杀了就完了!"赤鲁说着,又已经干倒一片了。

"我知道!我只是……"梵音不知怎么说好。刚刚赤鲁问她哪里来的这么多鬼徒,可能是人在情急之下,联想到许多以前忽略的小事,越是情急越是串了起来。"赤金石,徒幽壁,大荒芜,端之崖,九周天!真是这样!真是这样!"梵音大声道。

"什么啊!你在说什么啊?"

"我在说九周天那个传说!你听过没有?"

"没有!"赤鲁大声道,他已经打得睁不开眼睛了。常年的军旅生涯和格斗经验,让赤鲁很快适应了鬼徒攻击的路数。加之灵感力全开,他渐渐能察觉到鬼徒袭击前的方位,这让他大大提高了攻击效力。

"没有?"梵音不解。这时,他俩身边的鬼徒忽然撤去,两人一时得空,聚在了一起。"你没有听过九周天的传说?"梵音不信,"你再想想!"

"真的没有!我这个人的脑子你还不知道吗?清醒得很!听过的,我绝忘不了。"

梵音心道,没错,赤鲁这个人看着平时大大咧咧,可从不误事,军事素养、战术能力、记忆能力都无话可说,和他五大三粗的样子截然相反。

"为什么你会不知道?我要立刻传信给副将!"说着,梵音已经捏着信卡,传了出去。

"你刚才说的什么九周天,还有主将之前提的徒幽壁,都是什么东西啊?"

"主将?"梵音脑中稍顿,忽然茅塞顿开,恍然大悟道,"是这样的!是这样了!一定是这样!"

"怎么了!"赤鲁跟着情急。

"你不知道,我知道,主将也知道。我知道的是我父亲告诉我的,是我父亲当年口述给我听的故事!"

"别说绕口令!老大!"

"赤金石!徒幽壁!美人面!九周天!我想起来了!"梵音大叫着,一边打开手中影画屏,一边急与副将连线。"我父亲是九霄国军政部第五家的后人!他知道这个传说!八成,八成不是传说!一定是这样的,是各国封锁了这个秘密!但是,但是我们第五家把这个秘密暗自记下来了,并且告诉了后人!"

"穆西叔!你听到我说话了吗?"梵音看着影画屏急道,信号渐渐联络起来,"穆西叔!是九周天的传说!赤金石和徒幽壁都出现了!是九周天的那个传说!"梵音有一种预感,她来不及和北唐穆西说完全部的话了,影画屏的讯号越来越差,她已经看不到北唐穆西的影子了。只听"咔嚓"一声,影画屏碎了。

第六十五章
赤鲁之死

　　梵音惊在当下：灵主要那些传说里的东西干什么？传说中的东西出现了两个，还差一个。不对，赤金石应该还在菱都！先前被木沧炼化的那块赤金石，只不过是赤金石的碎石，根本不是全部！灵主根本没有得到全部的赤金石！

　　"老大！"赤鲁声落，噌的一下把梵音拽过身旁，四个鬼徒化成四股钻风袭了过来。只见赤鲁臂肘间突然伸出四柄长刃钢刀，穿过手缝，架在指骨间。钢刀各有四十厘米宽、一米余长，算上臂肘的长度，足有一人高，四柄合齐好似铁闸深笼。长刃白光灿灿，赤鲁挥在手间游刃有余，正是赤鲁的傍身利器之一——铡阀。

　　赤鲁振臂一挥，八刀砍下，四鬼破。

　　"老大，别发愣！军政部断线了！"

　　"灵主要那传说中的三个东西，第一个就来抢东菱的！他要杀了叔叔！就像……"梵音突然再顿，"就像杀了我父亲一样！"梵音再次厘清思绪，"他们灵魅想调虎离山，引出军政部，然后拿到赤金石！"梵音清楚，即便他们第五家与九霄已经分道扬镳，但在外人看来，第五一族和九霄仍有说不尽的藕断丝连。灵主不会放掉任何一个危险因素。

　　"要那东西干什么？"赤鲁道。

　　"传说那三种东西聚集齐了，就能造就出盛大灵力。虽然不知道灵主到底要干什么，但是我们至少能肯定一点：他要得到力量，不止赤金石，他所有东西都要！而灵主想得到东菱的赤金石，那唯有先打倒穆仁叔！我们要赶紧拿下这些鬼徒！穆仁叔危险！"

　　"老大！你说的什么东菱赤金石到底在哪儿？"

"我也不知道！但，国正厅的人一定知道！"

赤鲁忽然在乎地看了梵音一眼。"怎么了？"梵音很快捕捉到了他的眼神。"他先找到了你的父亲。"赤鲁没有忽略梵音的每一句话，他都听在耳里，记在心上，"这个仇，咱得报！"说着，他单臂一挥，四道罡气划了出去，瞬时清出一道路障。

梵音看着他，冰凉的嘴角勾了起来，轻轻道："谢谢你，赤鲁。"

"不客气！走！"说着赤鲁跟开了挂一样，猛往前面冲去。

这鬼徒似无尽无数，半个小时过去了，梵音和赤鲁再没有片刻喘息机会。

"车轮战，我们耗不起了！鬼徒太多了。这样下去，战士们的持久战也坚持不了多久！"赤鲁开始担忧起来，"一旦防御破了，弱小的士兵会一招致命！"

"我们离佐领还有五十里。"梵音二分部的到来吸引了前方众多火力，木沧和尤向的压力得以缓解。

梵音带领二分部不断将战线距离缩短、推前，距离镜月湖城愈来愈远。朝二分部攻来的鬼徒不再增多。当他们赶到镜月湖一千四百里处的时候，那里已经空无一人。

"佐领赶去支援主将了？"赤鲁道。

"应该是……"梵音话音未落，忽见北方天际黑色蔓延，以雷霆万钧之势铺天盖地而来，转瞬直至。

"这！"赤鲁话声刚起，暗夜已笼罩了他。他们顿时跟瞎了一样，眼前一片漆黑！霎时间，惨烈的嘶嚎声在赤鲁和梵音周遭响起！

"呃！"赤鲁闷吭一声！一道断口出现在他肩头，肩章上的金丝暗线虎头被划开了，鲜血涌了出来。

"噗！"一个鬼徒散在赤鲁周围。

暗夜中，一个人影飞身腾跃起来，张弓拉箭，数百枚寒冰箭如疾风落雨般射向地面。鬼徒如烟雨一般，登时灭了一片。

"嗖"的一声，一道绿光划过暗夜坠入天际，"砰！"烟花信号炸开，照亮天空。

二分部的战士们顿时看了清楚。眼前数千鬼徒向他们袭来，乌烟浊浪翻腾涌来。

"点开火信，放箭！"梵音在空中大喝道。

五十名二分部战士听令，张弓齐射，往前方三十米处射去，想要拉开一张防御网。可箭落半空，只见成片鬼徒飘忽而上，灵箭尽数被折断。

鬼徒已至，夜色又沉。一道黑雾近身，撩起残袖，暗黑灵力砍过士兵胸膛，箭组组长鲜血喷涌而出，登时毙命！

"林浩!"赤鲁大声道。话音落,天空彻底黑了下来。这里没有月亮,没有星星,连星河的光亮都没有。

赤鲁铡阀猛挥,漆黑中,袭击林浩的鬼徒嘶叫一声,散了。赤鲁凭着灵感力左突右进,无数鬼徒碎在他的铡阀之下,可战士们仍哀号不止。

"防御术!打开防御盾甲!全面防御!"赤鲁心急如焚,命令不断!年轻的战士们在这黑暗之下抵不住鬼徒的袭击,一个个倒了下去。即使打开了防御盾甲,也禁不起厉害的鬼徒一击即破。赤鲁急挥着铡阀,用力过猛,指骨间渗出了血。

他突然拳向天空,猛击出去,霎时闪起一片皓白,他用灵力燃亮了天空。十名鬼徒看见了他,倏地向他袭来。只见赤鲁双拳抵对,四副铡阀瞬间合并在了一起,一柄鳞甲大刀赫然亮在他手中,片片外翻,接近两米,森森瘆人。他一个回旋砍去,鬼徒登时毙命。

眼看天空再暗,赤鲁冲着天际又挥一拳,耀白当空。

"看清了!杀!"赤鲁一声大喝。战士们英勇挥砍,梵音箭雨不断,可人还是一个个倒下去了。

赤鲁周遭的鬼徒越来越多。眼看暮色又沉,赤鲁抬拳又挥,一个鬼徒倏地骑到他肩头。忽然,一片浓重暗雾之中,有什么东西张开了,黑刺獠牙冲着赤鲁的伤口咬了下去。赤鲁双眼怒睁,难听的咯咯声从鬼徒雾身中响了起来,好像从喉咙里发出来的一样。

赤鲁不顾一切,狂往天空打出数拳,灵力一道接一道,一层接一层,往天外涌去。一片片光亮洒了下来,照亮战士们的生途。他的肩头已然被咬穿。"砰!"一枚寒箭射了过来,鬼徒当场被爆头。就在刚刚,那团形态涌动的鬼徒幻化出了形状,无脸无面,却张开了嘴。

梵音冲了过来,跳起往赤鲁肩头一抹,一层寒霜覆上,伤口止住扩散,血不再流。梵音猛地抬头向天空望去,赤鲁的灵力顽盛,还在往高处涌去,一时不灭。梵音顺着那光亮看去,灵眸一闪,大声道:

"赤鲁!再往天空打!上面要裂开了!"

赤鲁听罢,急挥数拳,沿着刚刚灵力冲击的方向。几道裂缝出现在天空中,里面渗出冷光。

梵音再次跃起,手中化出一柄三米长弓,灵箭向着裂痕的方向射去。"哧"的一声,灵箭钉在了天上!一个鬼徒冲着梵音袭了过去,"喝!"一道狠烈灵力劈出,鬼徒顿成两半。赤鲁挥着鳞甲大刀,双目怒圆。

天幕上的缝隙沿着梵音的灵箭越裂越大,最后霍地一下崩散了。原来布在天空上的是一层暗黑瘴气，现在瘴气一破，却不是之前的大光亮，而是凄冷清凉的月光洒了下来。战士们终于看见了真正的天空，极夜之时已到，虽说此刻已是上午时分，但整个镜月湖再无半点日光。

杀声从四面八方传了过来，就在不远处。

"是佐领！"赤鲁大声道。

原来他们和木沧只有一瘴之隔，五百米外，木沧和尤向已经带军杀成一片。

"防守！鬼徒没散！"梵音高亢的声音再次响起，"全面点燃火信！"顷刻间，镜月湖上如星海弥漫，与月光遥相呼应，凄冷白亮。

木沧也发现了梵音的队伍。四周潮涌，鬼徒不见少。战士们身上的断口愈来愈多，伤势愈加沉重。

"还有多少！还有多少！"梵音打开八百里凌镜，纵贯战局。十余万鬼徒已被清剿了五万，"还有五万！"

"还有这么多吗！老大！"赤鲁心中亦开始不安。

"绷住防线！"梵音喝道。二分部战士在冰面上布下联合防御结界。有鬼徒欲要冲杀出去，砰砰撞在了结界上。

鬼徒吃瘪，冲二分部战士疯狂涌了上来，瞬间没过战士们的头顶。八百人怎抗得下这数万鬼徒？

"替二分部挡开鬼徒！"尤向朝自己的二纵三千人下令。他回顾周遭，已经没有三千人了。他与木沧领兵的四分部一万五千余人也损伤惨重。尤向自己身背十余道断口，血流满身，即便这样，仍腿步扎稳，憨壮矮小的身躯盘稳扎实。他单腿一跺，震开周遭扑来的鬼徒。

尤向嗖的一下跃天而上，对准梵音战地的方向连击十重拳。正往那个方向赶去的成群鬼徒，瞬时被灭了一片。

倏！一个黑影从鬼群中反向而行，蹿向天空。待尤向看清，那"人"的指尖已经触到尤向的喉咙。"噗"的一声，尤向的喉咙被捅了一个血窟窿。尤向只觉呼吸一滞，身形一歪，从空中坠了下去。

"尤队长！"梵音已看清那"人"，但为时已晚。

听着梵音的呼喊，那人倏地从天的那边一瞬间来到梵音面前！"呃！"梵音一个后跃，身形猛退。三道戾气冲她的喉、胸、腹刺了过来，精准至极，好比人的三根手指！

"灵魅！"梵音怒气腾升！手刀成冰冲着自己背后砍去，那东西已经溜到她身后。梵音一个冰刃划过，却扑空了。刺啦，她的后背被开了一个口子。梵音向前急跃，没有伤及皮肤，身上瞬时布上薄冰铠甲。

冰甲将到手腕处时，又一道漆黑利指划了过来，梵音手背被开了一道口子，未待血涌，薄冰已完全布满身体，周身寒冰灵力劲发。

梵音身形急恍。只见两道闪影，一白一黑，纠缠焦灼。梵音十方凌镜全开，搜索这灵魅的影子。可凌镜中空无一物，"怎么会?!"

一道死寂掠过梵音额尖，梵音半虚眼眶，一缕额前碎发被削掉。梵音伸出双臂，一把向胸前揽过，像是抱住了什么东西。指尖冰骨猛然一刺，"抓住了!"梵音心道。

只听一声凄惨尖叫，梵音身前扎住一个灵魅。"看你再跑!"梵音手骨已经穿过灵魅空旷的胸膛。灵魅痛苦地挣扎着，扭动着。梵音看着它的脸，忽然惊骇，"什么! 圆眼，尖鼻，弯嘴，人! 怎么会是人!"就在梵音惊诧眼前灵魅人形时，那人凭空消失了。

"怎么会?"她猛地低头看着自己已经化为冰刃的指骨，上面还残留着那个灵魅的东西，一团黑雾裹在梵音指间。梵音拿近眼前细瞧，是残留的虚物。看那样子，竟像几分实在的"棉絮"。梵音指尖轻挑，黑色虚物破了。

她再寻四周，那灵魅已经不见了。

"老大! 刚才你身上的是什么东西，鬼徒吗? 怎么一下子消失了!"赤鲁远远看着梵音打斗吃力，却一时半会儿找不到鬼徒的踪迹，直到梵音锁住了对方，赤鲁才看见，忙赶了过来。

"是个灵魅，是个女灵魅!"梵音也是一脸疑惑，仰头看着赤鲁，"可是，我没消灭她，她，她跑了!"

"跑了! 被你的冰骨刺穿还跑了?"

"她好像不是灵魅，"梵音难以置信，迷乱道，"她的样子，她的脸不是我以前见过的样子……她好像是个人!"

"人! 那人呢?"

"凭空消失了……这不是咱们之前见过的暗黑灵法，这更像，"梵音朝赤鲁看去，"这更像灵法，时空术士的灵法。"赤鲁一脸愕然："什么……"

时空术，那是出现在近乎于传说的书本上的东西。灵能者的世界里，时空术一直是一个奇迹般的存在。书中记载，当一个人拥有时空术后，他可以穿梭在世界的任何一个角落，不受时间、空间的限制，可瞬息移动。人们又称时空术士为穿云者。

书中虽有简单的记载，但时空术至今没有被一人练成。许多追求极限的灵能者相信，只要自己的灵力修为到达了登峰造极的地步，他们就能修得时空术。

当今大陆上，灵力强悍的灵能者每小时的行动速度可以达到六百里，甚至更快，但无论怎样修习，灵能者移动的时候都有轨迹路线。虽说一瞬间爆发的力量可以让闪影消失在当下，但那也只是因为移动速度瞬时迸发过快，其实还是有轨迹可寻的。

可书中记载，时空术的存在是瞬间换位，而不是移动，这种灵法的本质与平常的灵法修习全不相同。所以，对时空术一法是否真正存在，灵能者之间也有很大的争议。

"时空术士……"赤鲁道。

梵音看着尤向倒下的方向，心中一沉："尤队长……""毕竟那么远的距离，那'人'是怎么一瞬间来到我面前的呢？要说瞬时移动，绝不可能啊。而且，"梵音看着自己的手骨，"她刚才逃跑了，但是我已经穿刺她的身体，逃跑时她理应会被我割断才是，可照现在的状况看来，她只是消失了。真棘手，灵魅中竟然有灵法这般强大的存在。"

"她有几根手指？"赤鲁忽然道。

"我没注意。"梵音蹙眉。众所周知，灵魅一族只有三根手指，若真是"人"，则应该有五根。

"老大！你看！"地面上黑压压一片，"那是？"

梵音眯起眼睛。远处，流动的身形，黑色斗篷，坍塌的容貌，好像熔岩淌过了的五官。"终于出现了，打了这么久，全是爪牙鬼徒，现在灵魅终于现身了！"梵音道。

"管他是鬼是灵！人挡杀人，鬼挡弑鬼！杀！"赤鲁厚重的号令响彻万里冰层。全体将士得到感召，奋勇向前，迎击而上。

"好！"梵音一声嘹亮响应，收了一身冰甲。她意与灵魅拼杀到底，只攻不防，不再多消耗半分灵力！

一时间，浩渺湖面上，军政部厮杀成海，血如洪水。

国正厅前，人们静谧着。夜黑风高，冰冷入髓。国正厅的红灯笼高高挂起，映着每个人的脸。礼仪部的火焰术士自发地在广场上为人们升起篝火。然而那火，暖不了人心。

"我们要进去。"

"我们要进去……"

"我们要进去！"

人们的呼声越来越高，他们要进到国正厅里面，清楚地看到军政部的战士们。

"国主，领事人已经第五次向您提出申请，请求让人们一齐到广场中心关注战况。"严录在姬仲身边小声回道。

"不行！"姬仲想都没想就驳了他。

"爸爸，等等，"姬菱霄在姬仲身边开了口，"让他们进来吧，那些人还能撑多久呢?"姬菱霄眼珠子转着,看着父亲,"到时候都死光了,还不是需要您来镇抚。"

"妹妹说得没错,父亲。"姬世贤低沉的声音在姬仲耳边响起。姬仲看向姬世贤,姬世贤与父亲对视一眼,二者无声。

姬仲下令,放人们进来,并大声说道:"大家当心,注意安全! 礼仪部,篝火再旺一些,当心别伤到人! 广场外围也都点起来!"

一拨一拨的灵魅攻了过来,战士们殊死抵抗,已在临界边缘。梵音和赤鲁早已鲜血满身。

"带下去! 把伤员带下去!"梵音大喊着,却没有人再来得及回应。

"后退! 后退!"梵音手中弓箭不断射击着,虎口早已挣裂。鬼徒灵魅一个个死在她面前、身后。一块块冰幕出现在天空上,那是她射击出去为战士们抵挡灵魅的。她自己早已撤去了最后的近身防御。

沉重的喘息声,都让梵音不堪重负。"呃!"梵音一个踉跄,膝盖一软,倒了下去。灵魅瞬时蜂拥而至,把她埋在身下。梵音手舞狂刀,却杀不尽。她的喘息越发沉重。

"砰"的一声,一股灵力急射过来,灵魅散。赤鲁在远处看着梵音,此刻他身前是灵魅。腿骨、腰间、胸膛、臂膀,赤鲁已经被灵魅覆盖了。

"赤鲁!"梵音爬起来,猛跑过去。手中冰刺一把把击发出去,打穿了赤鲁身前的灵魅,却不足以打散!

只见赤鲁双腿震地,大喝一声,双拳握紧,胸前的肌肉越发膨胀,衣服将被撕裂。灵魅的三指根根刺入他的要害,他血流如注。"喝"的一声,赤鲁挥动臂膀,灵魅被赤鲁的灵力震开。

然而他体内运发的灵力还不算完,很快地,赤鲁周身聚集起极其醇厚罡正的灵力,灵压使得周围涌过来的灵魅无法逼近他。

"赤鲁。"梵音念着他的名字。

霍地,赤鲁大吸一口冷气,跟着仰天怒啸。他的灵力瞬间迸发而出,一飞冲天,灵压震得冰层跟着摇晃起来。周围的灵魅被赤鲁的灵力震碎震破,然而他的灵力持续不断,慢慢地发出淡蓝色的光耀。

"半煞!"梵音大声道。这是赤鲁的终极杀招之一,半煞! 说是半煞,其实与灵丧相差无几,都是灵能者在死亡临界之时,发出的究极灵力。这样的灵力一旦迸发而出,灵能者性命即将陨落。

赤鲁的半煞是最接近灵丧的灵法,他只留一丝灵力护住心脉,但灵压发出已是带着淡蓝色的光。

霎时间,二分部周遭的灵魅被一清殆尽。然而赤鲁堪堪回首,发现身边的战友已寥寥无几。他悲怒交加，欲把灵力迸发殆尽。

"住手！赤鲁！住手！"梵音大叫着，可赤鲁已听不进她的话。梵音往赤鲁的方向跑去，可她腿下无力，跑不动，跑不快。"快停下！赤鲁！"

这时冰面强烈震动起来，梵音哐当摔在地上，面露惊色。只听咔嚓一声，骇人心弦，紧接着四面八方裂响频起，万年冰层顷刻崩塌。

"呃！"梵音掉了下去。众人落入寒冰深渊。

扑通一声，梵音落水。冰冷锥扎之感顷刻袭来。她身腾翻跃，脚向后猛蹬，掉转方向。在湖水中环顾四周，她手心置于胸前，用力下压，一股绵柔灵力在水中散开，瞬间照亮了深渊。

士兵们看到了梵音的召唤，梵音比着手势让大家往湖面上去。她留在最后，等着战士们一拨又一拨往湖面游去。她一次又一次用灵力照亮湖水，反复潜入水中救回无力的战士们。

就在最后一个士兵在湖水深处被梵音救起时，一道荧绿的目光从湖面激射下来，穿透暗黑冰冷的湖水，扎向梵音瞳孔。梵音眼睛骤然收缩，猛地回头望去。

就在湖面上，就在深渊上，不远处的冰原外，两道阴鸷的荧绿色目光锁住了梵音。

"修罗！"梵音看见了，是狼王修罗！它正傲首屹立在远处冰原上。一狼一人的目光穿过冰原，穿过深渊，穿过湖水，撞击在了一起，都是杀气腾腾。

"好强的瞳力！"梵音心中道。这样的瞳力早已超过它的儿子修门数百倍！刚刚那近在咫尺的蛮荒般的凿击之力，正是修罗掌下震出的，它生生把这冰川深渊震碎了。

梵音加快速度，冲出湖面。可谁知，就在梵音向湖面游去时，修罗的身影消失了。梵音凌镜追踪而出，却一无所获。梵音大惑，怎的就这样走了？

冰面上，战士们投下绳索，梵音轻一使力，跃了上去。

可一波未平一波又起！还未等梵音站稳脚跟，只觉身后芒刺来袭："这灵法，怎么那样熟悉？"

她猛然转身："不对！不在这里！"她循着那灵力的感觉慌忙望去。赤鲁站在离她七八百米处，亦是被刚才的冰裂冲击远了，刚刚从湖里爬上来，身上已然尽湿。

然而那恐怖的灵力笼罩着梵音，越来越近，那窒息的压迫感使她近乎崩溃。

"赤鲁……赤鲁……"梵音颤抖得发不出声音。可周围的士兵却不知道她怎么了。

那灵力从湖底而来。

"轰！轰！轰！轰！"山崩地裂的声音从湖底传了过来。众人望着深渊的方向。梵音的身体都开始禁不住地发抖。

只见前方，赤鲁的方向，从湖底深渊的地方倏地一下傲天而立升起一面冲天巨门，高百米，厚千层。

众人愕然惊恐地望着那扇犹如从地狱来的索命之门，呼吸戛然而止。就在众人眨眼之际，那巨门毫无前兆地冲冰面砸了下来，正在赤鲁正前方！此时的他在巨门面前已摇摇欲坠，半煞几乎耗尽了他全部的灵力。

"长门！"梵音呐喊着，"赤鲁，快闪开！"

赤鲁听见梵音声音，猛然回头，"本部长的长门！怎会出现在这里？"他心中一凛，但已经来不及了。几米外，库戍躺在地上无法动弹，那是自赤鲁来军政部起就跟在他身后的小跟班，永远都以仰视的目光看着赤鲁。

当年赤鲁和梵音的指挥官选拔赛上，就是他第一个忍不住说打倒梵音的，说要陪着赤鲁一齐厮杀不怕牺牲的。后来，赤鲁狠狠地批评了他，说怎么能对一个可敬的对手那样讲话。

再后来，在梵音第一次去军政部找赤鲁帮忙时，库戍向梵音道了歉。

这次库戍随军政部出征，没有通知母亲，他知道母亲一定在家中守好久好久了，等他回去。

长门压了下来，库戍有些害怕了，这是他这次出征以来第一次觉得死亡是那样恐怖。

"看什么呢！防御术！"一个强悍的身影罩在了库戍的身前。

"队长！"

赤鲁突然回头看向库戍，憨笑了一声，腿一抬，把库戍送出了百米外。这是赤鲁最后一丝力气了，他的灵力早就耗尽了。

长门砸了下来。

"赤鲁！"梵音声嘶力竭。

"砰！"长门坠地，大地撼动。梵音挣扎着在冰面上跑了起来，像是个不会灵法的女孩，她跑不动，也跑不快了。几百米的距离，现在对她来说，太远了。

"咔嚓。"砸在冰面上的长门突然开裂，碎了。赤鲁用坚实的身体挡下了这一重击，长门下的几十名战士都活了下来。

隆隆声再次响了起来。

"啊！"梵音拼尽全力，消失在了冰面上。长门再一次从深渊升了上来，朝着赤鲁和战士们的方向砸来。一柄重剑当头，梵音来到赤鲁身前，全力一搏。第二扇长门被梵音的重剑劈开了。

"赤鲁……"梵音想回身看看伏在地上的赤鲁,慌张无措,然而话没说完,"砰!"梵音的半个身子麻了,鲜血从她的额头上流了下来。她的耳蜗里发出刺啦刺啦的声响,刺得她耳膜生疼! 太快了,长门从她的侧方蹿出来,她没有看到,被直直砸倒。梵音呜咽着,周身的灵力帮她挡住了这一击。

与此同时,无数的长门从湖底深渊下蹿出来,一扇扇砸向冰面,砸向士兵们。

梵音挥起重剑,抵在身前。三面,四面,五面……她击挡着接连不断砸下来的长门。赤鲁在她身后,她不退半步,不缩半分。

"锵!"重剑的剑身贴着她的脸颊飞了出去,从那个砍伐赤金石的缺口处断了。

随后又一扇长门倒下,梵音俯下身,挡在了赤鲁身上。

远处,无数灵力冲击过来,长门碎在了当空。呐喊声再次响彻天际。主将的第二梯队,一万后备军赶到了。就在主将从菱都出发后不久,北唐穆西给北唐穆仁传了讯息。

"第二梯队,一万人,随后出发,隐身潜行。"北唐穆西密令,避过一切耳目。

"梵音!"

"部长!"

白泽和钟离冲了上来。

"快! 快! 快!"梵音嘶喊着,"把赤鲁拉出来! 把赤鲁拉出来!"

"啊!"白泽抱住了梵音,一声痛苦的喊叫从梵音嘴里发了出来。

辽地,北冥的口袋异动,影画屏展开放在当空。所有人看着北境的一切,惨烈异常。

"她的手……她的手……"蓝宋儿亦是被这壮烈的战场牵引住了,她从远处走了过来。当看到梵音时,她猛然用双手捂住了嘴巴,蓝盈儿吓得闭住了眼睛,在她身后一抖。她们从未见过拥有如此强大灵力的女孩,然而此刻,她的手臂血肉模糊,白骨刺出。

北冥和冷羿的掌心已经被攥出了血,忘了呼吸,眼眶欲裂。冷羿的泪水滚落面庞,他不知道自己对梵音是什么感情,如此强烈,十指连心。

"梵音,梵音,梵音。"北冥的思想里只剩下这两个字,叨念着。莫多莉痴痴看着他,又是心痛,又是心酸。他身上的血还没来得及止住,人已像个潦倒残躯,失魂落魄。

"带着伤员撤下去! 撤下去!"白泽抱着梵音大声道。钟离已经抬出了赤鲁。

战士们补给上来,迅速把伤员替换下去,运送到后方。白泽抱着梵音冲上一个冰上小岛。伤员被源源不断地运送过来。

"赤鲁,赤鲁!"梵音嘴里一直念着赤鲁的名字。

"他在!他在!钟离带着他过来了!"白泽强忍着悲痛说道。

"让我看看他!让我看看他!"

"灵枢!把药箱拿来!镇定剂!"白泽大声道。

"让我看看他!"梵音再次喊了出来。

钟离抬着赤鲁过来了,他们都不忍心拒绝梵音。梵音挣扎着坚持要看到赤鲁,每挣扎一下,她就痛得呼吸一滞。

"赤鲁……赤鲁……"梵音痛苦得尖叫起来,"啊!"泪如雨下,"不!不!不!白泽!白泽!快点!快点救他!啊!"梵音伸出左手猛地够向一旁的赤鲁。

白泽和钟离把他们两个都放在了地上,抱着他们。梵音拽住了赤鲁的手臂,可是她轻轻一捏,赤鲁的手臂好像泥一般,变了形状。赤鲁的脖颈以下,统统被长门震碎了,五脏俱损,形如软泥。

"啊!"一声凄厉惨叫,梵音痛彻心扉。

北冥呼吸将滞,心如刀绞。颜童看见赤鲁的样子泣不成声。莫多莉站在他身旁,心脏被狠狠敲击着,她用手轻轻拂在了颜童的背上,自己背过脸,不敢再看。

忽然梵音呼吸骤停,可手还紧紧攥着赤鲁的胳膊,双眼睁大,面容痛苦,嘴中不断发出撕扯哀声。

"梵音!梵音!"白泽抱着梵音,手放在她的心脏处,"梵音!看着我!看着我!梵音!"白泽把她平放在地。

她的右手和右腿瘫在了地上。刚刚为了抗下数道长门的凿击,梵音持着重剑的半面身子早就碎了。灵枢员看见梵音的样子,一个个忍不住地流着泪。钟离放下赤鲁,守在梵音身旁,泪水落下。

她的右臂和右手骨节尽碎,细弱修长的手指被凿扁了,指甲碎落,淌着血,右腿弯了形状。

"梵音!看着我!"白泽不停用手往梵音的心脏处注压灵力。梵音悲切狰狞的眼睛骨碌动了一下。

"再生针!"白泽伸手向灵枢员探取。

"部长,再生针您还没有研制完成,第五部长抗得下吗?"灵枢员焦急道。

"给我!"白泽坚毅的眼神看着梵音,只要有一线生机,他都要搏一搏。

"梵音! 听我说! 张开嘴,咬住这个!"白泽从药箱里拿出一个木棒。梵音的眼睛还是不肯离开赤鲁,倔强地偏过头,死死看着他。

白泽把梵音的脑袋扳正过来,木棒被塞进了她的嘴里,让她横咬着。

"梵音! 听我说! 听话,咬住这个,用你的灵力护住心脉! 听见了吗?"白泽厉声命令道。梵音还在痛苦地呜咽着,已经失去了斗志。白泽扭过梵音的脸,喝令道:"我要让你活着! 我要让你活着! 听清楚了吗,梵音! 替赤鲁活下去! 替你自己活下去!"

听见赤鲁的名字,梵音有了意识反应,可还是不能自主呼吸。

"钟离! 抱住梵音的头,抵着她的下巴,抱紧了! 你们几个,按住梵音的四肢手脚!"再不犹豫,白泽一针刺进梵音心脏,药剂被注射进去。

梵音登时瞪大双眼,欲要爆出。四肢百骸中剧痛难忍,她的身体绞转着,剥离每一寸血肉,刺出生长。剩下的左手握紧拳头。额头青筋暴露,像被同时折断了百根脊骨,抽出神经。任何麻醉剂都不起效。

能抗下白泽这一记再生剂的,一要自身灵力强大,二要身体强悍,三要意志力顽强。这种药剂用在常人和士兵身上是万万不能的。

梵音的青筋血脉瞬间布上眼眶,牙齿深深陷进木棒中,血从她的嘴角流了下来。她的喉咙断续发出刺啦的声音:"呃……"

"咔嚓",木棒被梵音咬断了。钟离垫着她的脖颈,向前一推,一块木楔从梵音嘴里吐了出来。他即刻伸出手臂,让梵音咬住。梵音挣扎的身体被战士们用力按住。

梵音的眼泪淌了下来,流在钟离手臂上。钟离的泪水亦是打在梵音脸上。时间一点点煎熬地过着,慢慢地,梵音的目光开始缓和下来,她的呼吸频密起来,她松了口。钟离手臂上留下她一排不算太深的牙印,刚才她极力克制着自己。梵音的断肢奇迹般地生长了回来。

谁知,她还没完全恢复,就已经开始扭转身体,好像之前的痛楚全都不在了。

"部长,你别动。"钟离轻声道。

"梵音!"白泽亦是心疼,就在前一秒,连他自己都没有把握再生剂能救回梵音。

梵音连滚带爬,来到赤鲁身边。他们只隔了两三米的距离,却犹如隔世。

她抱起赤鲁的头,因为疼痛还没完全散去,她话都说不清楚,身形抽搐,哆嗦道:"白泽……把你的药……药剂给赤鲁……"

白泽二话没说,拿过再生剂就往赤鲁看似心脏的地方扎了进去。他知道一切都不可能了,可是他亦要坚持。多年的老友,他期盼真有奇迹。

梵音抱着赤鲁,等着,身体因为疼痛不停颤抖着,但她不松手。

"再打一支……"几分钟过去了,赤鲁一动不动,梵音声音僵硬道。

"梵音。"白泽意要阻止,轻声道。

"再打一支。"

"梵音,再生剂常人用下一支已经是极限了。"

"再打一支。"梵音木然道。

"再生剂使用太多,会使血肉在没恢复之前彻底僵化衰变,之后不会再生。"白泽咽下了后半句话,"会让人彻底死掉的。"

"赤鲁伤得太重了。"白泽当然知道,一支再生剂根本不够恢复赤鲁如此严重的创伤。他只是不忍说出来。

"一支不够就十支! 把药给我!"梵音怒吼道。

"梵音! 即使赤鲁活着,他也扛不住十支再生剂的!"

"他扛得住!"梵音猛然回头,伸出手,"把药给我! 他的命我来扛! 他的命算我的!"

一个人站在不远处看着梵音和赤鲁,她说的话和她当年在擂台上说的不一样。梵音当年与赤鲁擂台对弈,说的是:"你们的命,他扛得起吗!"她意在行军打仗,不要感情用事,要审时度势,以大局为重。指挥官必须对战士们的生命负责,不可盲目拼杀。

库成看着梵音,看着赤鲁,心中不停被震撼着。

梵音拿过白泽剩下全部的再生剂给赤鲁打进去,总共九支。她抱着赤鲁,等着他醒来。时间一分一秒地过去,赤鲁破碎的身体开始有了反应。

"不……不……不!"梵音抓住赤鲁的手臂控制不住地阻止道。赤鲁的身体没有再生,赤鲁的伤口没有愈合,他的皮肤开始迅速僵化、发黑、变硬、脱落。梵音大颗大颗的泪珠掉了下来。"不会的,不会的,不要这样,不要这样……"她用手疯狂地胡噜着赤鲁变焦的身体,摸着他的手臂、手背。

她捧着他的脸,想帮他把黑皱烧焦的皮肤擦掉。"不行,不行,不行……"梵音声音越来越低,越来越小。

"咱不报仇了啊,咱回家,咱回家。咱们不报仇了,不打了,不打了,回家,回家……"梵音抱着赤鲁小声啜泣着,战战兢兢地,胆小地呢喃着,泣不成声,"咱们回家,咱们回家。"梵音乞求道,用脸抵着赤鲁的头顶,整个身体都在颤抖。

梵音此时方才大悟。当年父母拼死相护,挚友永别,她才从灵魅手里侥幸逃脱。这些年她执着不放,她生死不顾,她压制悲痛,战场上她几近癫狂。可临了,她看着赤鲁，一夜惊醒，她知道她错了。

这一世恍然而过，兄弟情义早已比肩上一世的亲情爱友。现在她最想要的是朋友安康，生活太平，再不是什么雪恨，再不是什么报仇，一切都没有她在乎的人平平安安重要。

"你说话怎么不算数呢！你说话怎么不算数呢！"梵音把赤鲁搂在怀里放声大哭起来，"你临出门前怎么说的，你刚才又是怎么说的！不是说帮我报仇吗！你怎么不听话呢！我让你起来呢！你应我！你应应我！"

一声哀号响彻凄凉湖面，悲悲切切，生死两茫茫。

"赤鲁！你回来！你回来！"

军政部全体军官肃立悲痛，泣如雨下。国正厅前，人们悲声震天，泪雨滂沱，不仅为赤鲁，更为浴血奋战的战士们。

"贺拔队长……贺拔队长……为了我家成儿……为了我家成儿……"瘦弱的女人倒在丈夫怀里，神情僵化，眼若空洞。

姬菱霄皱起眉头："比个男人还扛打，什么鬼东西！"

"嗯！"北冥一拳凿在地上，皮肤尽裂，全身震抖不已。他眼眶通红，泪流不已，死盯着荧幕。

梵音就这样抱着赤鲁，眼神越发空洞。当大家都以为她神志已溃散时，她开了口："钟离。"

"部长。"

"二分部伤亡人数？"

众人愕然看向梵音，不想她此时此刻还能这样发问。白泽守在她旁边，怕她自己的身体再有差池，满目关心。

钟离提了一口气，开口道："重伤一百五十人，轻伤三十九人，阵亡……五百人。"二分部此次出战全员八百人。

梵音抱着赤鲁的手，紧紧捏着他僵硬的臂膀。她闭了一会儿眼睛，轻轻把赤鲁放在身旁，脱下自己的军装大衣给他盖上，只盖到肩膀便停了下来。

"白泽，我分部受伤的一百八十九人交给你了。"梵音站了起来，她的半面军装已经被鲜血浸透，手指伤了又好，长出来的新皮新肉显得苍白无力。

"钟离，带着剩下的一百一十一人留守在这里，休整待命。"梵音继续道。

“你去哪儿？”钟离道。

“我，去帮主将，佐领还没有撤下来。”大家以为梵音颓丧之时，她已经用凌镜观察四周。尤向的遗体也在不远处。梵音走了过去，深深鞠了一躬。刚才是尤向拼死帮她的二分部打出一条血路，自己牺牲了。木沧还没有撤下来，证明前方战事吃紧。

“我跟你一起去。”钟离肃穆道。

“你留下，守在后方。”梵音知道，这一战九死一生，二分部伤亡惨重，禁不起再一轮的激战。钟离亦是不眠不休，抗战到底，体能灵力都已到达极限。

“我没打算撤下来。”钟离坚定地看着梵音。梵音望着他，许久道了一声：“好。”他是二分部少言寡语的一个队长，平时不与赤鲁和冷羿抬杠斗嘴，亦不和人亲近，但永远会把部里一切繁务谨记于心，妥善处理，从无纰漏。他在二分部中的地位无人可代。

此时的钟离告诉梵音，他是她最坚实的队友，无人可取代。梵音的眼神中亦是多了七分坚定。

“我也和你一起去。”白泽在快速看过重伤员后，来到梵音身边道。

“你留在这里，看护伤员。”梵音道。

“这里有八百灵枢员，我和你去前线。”

“白泽。”

“就这么定了，我的灵法不会比你差。”白泽的眼神里满是坚定和温暖。

“他一人抵一百灵枢员，部长，可以让白部长去。”钟离认真道。白泽被人如此认真地分析观测，倒不知是好是坏了。

可梵音却在犹豫，迟迟不定。

“我陪你去。”白泽脸上忽然挂出一个温暖的笑容，语气柔和。

“好。”梵音看着他，不再拒绝。当年她第一次来到军政部，就是这个温和的男孩第一个来向她敬酒的，后来被赤鲁幼稚地挡开了。如今白泽的温暖未变，又添了十分力量。

“部长，我也和你去。”库戍站在不远处，坚毅道，早就哭花了脸。他一声落，二分部所有能动的战士们都站了起来，高声道：“部长！我们和你一起去！”

梵音看着自己的战士们，心中涌出无限暖意。

“我知道你们的心意，但我第五梵音今天，现在，要你们留下来，留守阵地。”

战士们一听，高呼不行，不肯同意。

“我是你们的部长！我是咱们二分部的部长！我用军人的身份，命令你们留下来！你们没有一个人还具备上场杀敌的能力，我要你们留下。如果这一战胜了，咱们一起回东菱。如果败了,你们用尸体也要给我守住镜月湖的最后防线!军人,保家卫国!我们要做的,是不让敌人践踏我们的土地,伤害我们的同伴,而不是无谓的牺牲!听清楚了吗!"

梵音一语毕,无人应。

"听清楚了吗!"梵音再次豪声道。

"听清楚了! 部长!"二分部活着的人都高声道。

"守住阵地!"梵音用充满力量的眼睛看着大家,明亮如镜。

"是!"

梵音细指拂过腰间,腰带又往前紧了三寸,下令道:"走!"

第五梵音、钟离、白泽赶往前线。

第六十六章
极昼之地

北境战场得到军政部第二梯队一万人的支援,阵线被快速向北推移。伤员被不断替换下来。梵音三人一路往北追赶。

就在越过一千五百里时,梵音回头向来路看去。

"怎么了?"钟离问道。三人并肩急速前行。

只见梵音眉头紧蹙起来:"后方三百里处,天亮了。"

"什么?"白泽诧异问道。现在刚过上午十时,而镜月湖今日全面进入极夜之时。就在刚才的战场,赤鲁和梵音合力打碎了百丈天幕上的黑瘴,镜月湖上空的夜色再次露了出来。可现在,梵音再次回头看去,从镜月湖以北一千里的地方,天空再一次亮了起来。

"这到底是怎么回事?"钟离惊怒道。

话音还没落,三人只见头顶天空的夜幕嗖的一下急速往北方撤去,像是被什么东西强力吸走了一般,整个天空骤然光亮!

"佐领在一千六百里!"梵音道。

"你看到了?"白泽问。

"看到了。"

"主将呢?"钟离道。

"还没找到,还在更远处。但主将率领的一万名四分部战士正配合佐领协同作战。"

三人话不再说,加快了脚下行程。一小时后,三人赶到战场。灵魅鬼徒已被清剿大半。

"真是不怕死啊!"随着一声怒号,佐领木沧的火焰掌激射出去,把扑涌过来的鬼徒横扫一片。

"佐领!"梵音的声音在木沧身后响起。

"第五!你怎么又上来了?"木沧看到梵音也是一惊。在之前的战斗中,木沧已经得知贺拔赤鲁牺牲的消息,也知道梵音几乎伤重不治。"你的胳膊?"

"没事了,白泽已经帮我医好了,不碍事。您看到主将了吗?"

"主将追着灵主往大荒芜方向去了。"

"灵主来了?"梵音大惊。

"来了,可他的移动速度非常快。他刚带着持部长出现在天空后,就极速撤去了。主将跟着追了上去。"

"灵主从持部长身上下来了?"梵音问道。先前梵音估计,灵主是分散了部分灵力附在了北唐持的身上。

"看样子是。"

梵音环顾四周,见十万灵魅已经被清剿得只剩一万不到。就在这时,一个厉声尖叫冲梵音和木沧袭击过来。梵音疼得一把捂住耳朵!下一刻,她手化冰刃,手起刀落,鬼徒散。木沧看过梵音身侧,发现他为她打造的重剑已断,可想那被炼造的赤金石是何等厉害!

"这些东西怎么这样疯狂?"梵音皱着眉道。

"你也发现了。"木沧道。此时向他们攻过来的鬼徒灵魅要比先前战斗中遇到的还要残暴凶猛,"就像不要命一样!"

梵音思索着:"鬼徒这样不正常啊。"

"怎么说?"

"人受伤了可以医治,但鬼徒一旦遭到致命创伤,当场灰飞烟灭,再不可生。眼下这群灵魅鬼徒恐怕是积攒数百年的灵魅了。怎么这一遭如此拼命厮杀,全不顾自己死活呢?"

"我也觉得蹊跷,现在灵魅不足一万,可他们越杀越勇,实在让人琢磨不透。"木沧话说着,只见眼前白雾已起。

梵音掌中翻腾,一层寒冰灵力击打出去,跟着几个擒拿手,扼住了一个灵魅的咽喉。灵魅周身已经被梵音的寒冰困锁住了,一动不能动。

"说,灵主要干什么?"梵音冷酷道。

此时主将北唐穆仁正追赶灵主。只见天空一道耀白划过,镜月湖北方全面大亮。北唐穆仁紧咬灵主不放，数十道炽落长生冲着灵主打去。灵主躲闪前行，竟都逃过了，其速度极快，仿佛随风御行。眼看再过几百里就要到达大荒芜，北唐穆仁不能再追。

"哥！不能再追了！不能让他进了大荒芜！"北唐持被灵主挟持着，在他的黑虚斗篷之下，他奋力撕扯着嗓子喊道。

"呃！"灵主斗篷一收，瞬间捆缚住了他。跟着斗篷檐下刺出的黑刺贯穿了北唐持的身体，北唐持痛苦地扭动着，却被斗篷越系越紧。灵主划过冰面上空像风烟般掠过，继续往大荒芜奔去。他忽感身下一沉，只见北唐持双手怒握着贯穿他身体的黑刺，手中鲜血淋漓，却赫然加力，一股炽白灵力迸发而出，反捆住了灵主斗篷下的"身躯"。

北唐持大喝一声，灵力越来越盛，灵主被拖住了脚步。

"哥！就现在！"北唐持怒吼着。

北唐穆仁跃向天空，高手抬过头顶，二指并拢，手腕一转，指尖霎时集起一道炽烈灵力。他手臂下挥，直指前方，那道灵力顺着天际倏然而过，划过灵主上空。

随着一道雷击激裂之声，一面浩然结界从天落下，直坠冰面，如厉雷开地，切出一道长无尽头的裂缝。灵主的路被北唐穆仁的结界封死了。

"好啊！"灵主看着北唐穆仁设下的结界打浑道，"看来不止北唐穆仁，你的灵法也可以啊。"说着，他低头看着浑身是血的北唐持，"封了你的灵力这么久，竟然还没被我抽干拔净，藏得够深啊！"灵主冷笑道，"既然北唐穆仁来了，留着你也没用了。过会儿一起送你们上路，你先替你哥走一步！"

北唐持抬起头，看见一个满脸枯黄的人低头看着自己，正是灵主。这些天，他在灵主手下被困，神志不清，浑浑噩噩，只觉有东西占用了自己的身体，操控他行动。当下，他才第一次看清灵主的容貌。

漆黑斗篷之下是一团雾虚，雾虚深处灵主似乎被一块黑色布匹层层包裹着，看上去像是个身形超过两米的躯干，脚掌露在外面，晃晃荡荡，干如枯枝。斗篷外浮着一个不相称的头颅，轻飘飘的，没有头发，蜡黄的脸上有着人的容貌，只是皮子贴在脸上净是褶皱，直到头顶。眼眶里像是有眼珠，但更多的是流动的黑波。颧骨下的两面皮凹了进去，乌黑一块。

北唐持看见灵主的嘴不自然地翘动着，像是在说话，又不像是张嘴，只是咧开了一道缝。脸面上的皮子向"嘴巴"的缝隙地方裹去，没有嘴唇，也看不出有牙齿，尽是干瘪细褶。

"你到底是个什么鬼东西！"北唐持咬着牙，忍着痛质问道，毫无畏惧。

灵主奸笑着，嘴缝咧开，却又僵在一半。脸上的干皮子被撑紧了，再扯不开了。灵主没有要回答北唐持的意思。

黑刺继续往北唐持身体扎去。北唐持痛苦地叫出声，拦不住它。灵主抬手一挥，刺啦，北唐持的身体被撕碎了。

他要继续往北方走去，强穿结界。倏地，十道灵力击杀过来，灵主受困。灵力撞在结界上，形成一个甬道般的牢笼。

灵主反手一挥，一道暗黑灵力从他袖底打出，直击北唐穆仁的十道灵力光束而去。只听"砰"的一声，北唐穆仁的灵力光束只断掉一根。

灵主登时大怒！"什么东西！"他说着，斗篷衣袖又猛挥两下，暗黑灵力激射而出，然而灵力光束仅仅破了两根。灵主不再耽搁，身形一纵，从上方破口处飞了出去。

他回身看向北唐穆仁追来的方向，本以为北唐穆仁会借困住自己的时候，加紧攻击，然而这番攻击灵主并没有等来。

"阿持！撑住了！"只听地面传来北唐穆仁厚重的声音。北唐穆仁怀中躺着一人，浑身是血，正是北唐持。

"不可能！他怎么还没死？"灵主在空中半浮，看到如此状况震惊不解。自己刚刚明明就已经用灵力穿透撕烂了北唐持的身体，怎的他现在又躺在冰面上了？

灵主定睛从天空往下看去，只见北唐持胸口开裂数刀，腰腹皆破，侧肋还被豁出一个口子，鲜血直流。北唐穆仁掌中灵力凝聚，时刻帮北唐持护住要害，止住血流。

北唐持口中鲜血喷涌，攥着北唐穆仁的手说："哥！我恐怕不行了！你自己当心对付！那个活鬼难缠得很！"说着，北唐持又一口鲜血喷出。

"好灵力！北唐家的人果然各个不能小觑！"灵主浑水污眼半觑起来。他刚才已将北唐持开膛剖腹，按说早应该当场毙命，可北唐持在那种极端恶劣的情况下，还是护住了自己的各个要害，没让黑刺一招毙命。

他在最后关头拔开了灵主的黑刺，从空中掉落下来，被赶来的北唐穆仁接住。可灵主的灵法毕竟强大，虽是拔开了黑刺，但黑刺当时已经贯穿了北唐持身体各处，他奋力逃脱，亦是无法阻止黑刺在他身体上豁开数道致命伤口。

"阿持！我用灵力帮你护住心脉，断口也都给你封上。你撑着！"

"哥！你听我说，别浪费你的灵力了！那个鬼不好对付，好像有了人形。"

"阿持！把这个吃了！"北唐穆仁从怀里拿出一根晶莹剔透的莹蓝色草植，正是水腥草。他一把把水腥草塞进北唐持的口中。"把这棵水腥草吃了。"

北唐持囫囵吞了。水腥草乃是灵性至极的草药，百年难遇。传说常人服用后可益寿延年，助长灵力；伤者服用后可治愈伤口，保其一命。水腥草可谓是当之无愧的瑰宝。

但水腥草难遇,常人更不可得,所以它的功能大都只是相传,没有人真的亲眼见过。

忽然,一道暗黑灵力从半空急速射来。北唐穆仁扶起北唐持避开。暗黑灵力在方才两人停留的地方轰开,顿时湖水翻涌喷出,灵主的灵力瞬间把百米寒冰击穿,直打水下。

"混账!"灵主咒骂道,只见他猛然从天空俯冲下来,瞬间已至兄弟二人面前,"敢偷我的东西!"

北唐穆仁抬手一掌,一股盛大灵力从他掌心击出,好似半个星球被他持在手中,浩然之声震荡天际,遥遥直上云霄。这般攻击力和攻击范围,任凭再强大的对手也逃不过。

就在灵力射出之时,灵主脸皮皱动,微微一笑。他的身体随着冲击波的方向向天外飞去,相隔只差毫厘,可那股灵力竟是碰不到灵主半分,他自悠然自得。

北唐穆仁眸光一沉,一个凌云箭步跟了上去,脚下急追,跃然天际,好像能飞一般。

灵主荡游天际,俨然丝毫不惧北唐穆仁的攻击。他一边在空中后退,一边讥笑着看着追上来的北唐穆仁。

"北唐,你也想学我们灵魅飞起来不成?"

北唐穆仁不与他多话,只见他双拳一挥,击出力拔泰山之势。灵主以为他要再加力攻打,刚预备回击,就听身后有疾风袭来。灵主和北唐穆仁都已悬在半空,又能有什么声音从灵主背后过来?

灵主一惊,想回头,却发现为时已晚。只见他身后不远处有一道金轮划过天际,那金轮越展越长,似要横过地平线,恰与北唐穆仁正面朝他袭击而来的灵力互为夹势,把灵主囚在中央。

灵主面目骤沉,再无喜色。原来,那个金轮正是由北唐穆仁手腕上的灵器幻化而出的。刚才他双拳一挥,把腕间两个金环挥打了出去。金环运转的速度极快,在没被灵主发现时,已经绕过他身后。随后两个金环各自断开,在空中相接,越展越长,越长越宽,最后竟变成了一道金色辉光,揽过天际。

这两个金环是木沧锻造十年之久,专门为主将北唐穆仁制作的灵器——至灵环。至灵环本身就蕴藏着极大的灵力,凡人要佩戴它只怕会被它的灵力压垮震塌。

北唐穆仁平日把至灵环戴在袖腕间从不示人,而至灵环本身的灵力早就被他用自己的灵力掩盖收纳住了,这才让灵主猝不及防受到攻击。

灵主看着两股夹击之力瞬息将至，一把抓过肩上的黑虚斗篷，猛然往天空一掷。顷刻间，天空乌云密布，黑汐潮涌般动荡开来。夜幕再次降临，暗黑灵力肆放而出。

轰然一声，三股盛世灵力相抗，天地间仿佛雷鸣彻谷，灵力在空中震荡远去，扶摇千里，一并尽毁。北唐穆仁和灵主冲过灵力波，在天空决斗起来。

北唐穆仁格挡灵主来势，心中一怔。灵主身法毫不逊色，招招往北唐穆仁要害击去。此时灵主没了斗篷，真身第一次完整地出现在人类面前。

浓郁的黑雾里，干枯的黑布裹着他僵瘦的身体，碎角飘荡。北唐穆仁看着他亦觉得震惊。和灵主的每一招过手，北唐穆仁只觉得自己像与一个枯瘦如柴的病人交手。那感觉招招结实，不像与魂魄对抗，好似对方真的长出了人的骨架。

"难道，灵主真的修成人身了？"北唐穆仁心中惊诧。

"混蛋，敢动我的东西！我真是给了你三分颜色！"灵主突然开口道。

北唐穆仁只觉灵主狰狞的口中发出一股恶气，腐败暗晦。

"你一个鬼祟，要水腥草干什么！"北唐穆仁回道。灵主不停，加紧手中攻击，显然被抢了水腥草让他大怒。

"哼！"北唐穆仁突然嘲讽道。

"你哼什么！"

"凭棵水腥草就想化身成人？"北唐穆仁再次笑道，"蠢不可及的邪祟！那是给活人的东西，就算给你十棵也是枉然！东菱赤金石，你想都别想！亚辛！"

随着北唐穆仁猛然叫出一个名字，灵主神情瞬间僵化。北唐穆仁抓住一个空档，朝灵主腹中打去。灵主躲闪不及，眼看穆仁的灵力就要贯穿灵主。

灵主空荡污浊的眼睛看着北唐穆仁，好像真的有一道怨毒的精光从他的眼眶中射了出来。忽地，就在北唐穆仁的灵力即将击中灵主的时候，那股强大的灵力，凭空消失了！

北唐穆仁始料未及，神情一恍，下一刻灵主已来到他面前，冲着他的咽喉抬手索去。十根黑黢枯槁的手指擒住北唐穆仁的脖子。

"灵主怎么长出了十根手指！"骤然间，北唐穆仁感到灵魂出窍，盛涌的灵力被灵主吸纳而去！

"呃！"北唐穆仁气滞。

灵主狂啸道："我欲成人，天地同贺，指日可待！你区区小卒，怎能阻我灵魅之主！"灵主被北唐穆仁一席话激得和盘托出，目空一切，为所欲为！灵主从口中吐出一块莹莹发亮的深红色晶石，正是淬炼过的赤金石！

"你用赤金石吸纳人类的灵力，为你所用！"

"让你第三个死，真是对了！比前两个废物强一些，连我是亚辛竟也让你查到了！"灵主轻蔑道，"不过，还以为你至少比第五逍遥耐打些，谁知道……也不怎么样！还和五年前一样，救不了你兄弟，自己也得死在这儿！"说着灵主发出咯咯的笑声，像是从脖子里的骨头缝中发出来的。灵主此时全身上下都被黑布裹着，只有细长手脚和脑袋露在外面。

北唐穆仁一双虎瞳盯着离近的灵主。

"你看什么呢？难不成是将死了，怕了？"说着灵主又开始得意地笑起来，"还不如第五逍遥。连那个小子也比你强。"

"谁？"北唐穆仁面不改色，沉声问道。

"谁？你想知道？"灵主看着他探求的模样讪讪道，只道他是临死前想死个明白，就像当年第五逍遥临死前问他问题一样。只不过第五逍遥问的是自己为什么会找上他，而北唐穆仁问的是别人。

灵主想着，突然窃笑起来，身子弯折成一个直角，对着北唐穆仁道："什么谁？你想知道什么？"灵主顿了一下道，"临死了……你想知道什么，我也不会告诉你的。"说罢他又一次大笑起来。他挚爱这样尖酸讥诮地戏耍人类。

"太叔玄是你杀的。"北唐穆仁幽幽开口道。

"你说什么？"灵主突然收住笑声。

"十一年前，西番军政部主将太叔公的儿子太叔玄是你杀的。"

听到这里，灵主倏地贴近北唐穆仁面门，阴狠道："你怎么知道的？这些事你到底是怎么知道的！"

看到灵主的反应，北唐穆仁心中有了定数，原来当年西番国军政部主将之子太叔玄真的是被灵主所杀。他与太叔玄有过数面之缘。当年北唐穆仁陪姬仲去西番国拜访，太叔玄以军政部一分部部长的身份，接待过他们二人。

太叔玄为人随和，谦和有礼，比北唐穆仁小上五六岁，但灵法高杰，出类拔萃，不弱于北唐一氏。十一年前死于灵主之手时也不过三十出头，英年早逝。

"你诈我！"灵主盯着北唐穆仁道，"不对！"灵主转念一想，又觉蹊跷，"到底是谁告诉你我是亚辛的！"

灵主话音未落，只听"砰"的一声，北唐穆仁的至灵环从远处飞了回来，正正打在灵主后背。灵主遭受重击，身子一折，猛然抽回枯手。北唐穆仁拿走至灵环，单手一挥，至灵环幻成灵剑，对着灵主刺去。灵主左右虚晃，避闪不及被连连刺中。突然，他拂手一挡，赤手枯爪抓住了北唐穆仁的灵剑。

他大吼道："就知道你没那么不禁打！"

北唐穆仁反手一抵,跟着掌心击出灵力。如此距离,亚辛定是不能再逃!忽而,北唐穆仁眼前的空间一震,打向灵主的炽烈灵力再次凭空消失了!灵主安然无恙,伸过长臂,待要效仿先前,抓北唐穆仁一个措手不及,只见北唐穆仁一个闪影,也消失了。

灵主一怔,恍然道:"藏身术!"未等话落,他只觉身后芒刺袭来,至灵环刹响而至,瞬间做牢,捆住了他。

跟着一道劈光砍过,北唐穆仁再次出现在半空中,灵剑直砍灵主头顶。一个厉声尖叫登时响起,一个黑影从灵主身上掉落下去,凄厉惨叫不断,然而灵主消失在了至灵环中,北唐穆仁劈空。他随即扭转方向,冲着坠落的黑影直击而去。

黑影感受到了北唐穆仁击来的灵力,僵枯的眼珠瞪得老大。只听那黑影凄厉道:"灵主救我!我不要死!"可为时已晚,北唐穆仁的灵力直穿黑影身躯,黑影登时崩散。临死前,黑影的眼睛死死看向天空,灵主已悄然来到北唐穆仁身后。在那僵枯的眼珠里,一丝绝望划过,乞求后又凋零。那是一个女人的眼睛,女灵魅。

正如北唐穆仁所想,有个拥有时空术的灵魅在暗中帮助灵主脱难。先前两次,女灵魅用时空术转移走了北唐穆仁发动攻击的灵力。而最后一次,女灵魅灵力渐衰,再移不开北唐穆仁的灵力,只能拼死带灵主进行瞬间空间转移,避开至灵环的擒拿。然而,她的步子还是慢了,北唐穆仁劈中了她。

灵主听到女灵魅的惨叫无动于衷,他一掌打向北唐穆仁的背脊。北唐穆仁为了一击命中那个三番五次帮助灵主逃脱的灵魅,身形步伐慢了半分,闪避不及,半个背脊遭到重击,向冰面坠落下去。灵主正要追杀去时,只听"嗖"的一声,南方一枚寒冰穿云箭射过天空。灵主挥袍一挡,灵箭顿时折断而落。紧接着又是数十枚下落,根根逼近灵主身前,寒冰箭灵力狠烈,逼得灵主止步半空,格挡开来。只因这一下,灵主分神。

忽地,一股夺命之势的骇人灵力蹿天而上。哧的一声,灵主胸前被开了膛,只见亚辛瘦骨嶙峋、干瘪无力的两条腿骨露了出来,深凹进去的腹部像是一个黑洞。

"啊!"亚辛惊恐地嚎叫出来。至灵环瞬息而至,倏倏两声,先后套紧亚辛身躯,拦腰一截,金光四射。北唐穆仁立于冰面,振臂大喝,灵力怒放。至灵环越收越紧,亚辛痛苦地在里面挣扎,刺耳的鬼唳叫得人心惊胆寒。

"佐领!主将和灵主就在前面!"梵音大声道,军政部的援军赶到了。

说话间,她已抽出自己的节骨鞭,荡然扫去。灵魅退下,可很快又攻了上来。以她现在的灵力尚不能一招制敌,只可用灵器傍身,剩下的士兵就更不用说了。

"大家撑住了!"韩战披荆斩棘。话音刚落,一个鬼徒扑向韩战身前,他手中的火把登时被暗黑灵力侵灭。

呜咽一声,韩战已被锁喉,腿骨断裂,身形跪了下去。

倏地一道冷光向韩战倒下去的地方射去,他的身影已经被灵魅裹住了,再看不到。

吱的一声,灵魅退散,韩战眼前一片模糊。

"队长!"士兵冲了上来,扶住韩战。只见韩战颈间被开了道口子,黑血直流,万幸没伤到动脉。

他回头往后看去,冲一个凌厉的身影点了点头。梵音收起手中寒冰弓箭,挥动节骨鞭,亦和韩战示意。

这时,天空传来轰隆巨响,金光黑瘴交融弥漫。主将的至灵环崩碎于天空之中,灵主拦腰被斩,下半个尸身碾轧致散。

一个鬼剎之声蹿天而起,怒不可遏:"北唐穆仁! 我要你的命!"

亚辛鬼手一抬,向天一抓,掌心一旋。夜靡裳从天而降,暗夜退涌,瞬间被他拧回掌心,黑色飓风般顷刻被他收纳于身,天空再次乍白。

"夜为我用! 取之不尽,用之不竭! 今日,就让你死在我的夜靡裳之下!"灵主狂啸道,擎夜靡裳向北唐穆仁怒击而去,如黑洞来蚀,天狗食月,浩瀚无际。北唐穆仁顷刻间被吞噬了。

"主将!"木沧、韩战齐喊!

"叔叔!"梵音惊恐道!

原来这夜靡裳,是件可以吸收夜空黑暗能量的至尊暗黑法器。北境天空一时黑白,一时昼夜,全是灵主控制夜靡裳所致。

"你毁我灵身! 我要让你功亏一篑! 让这片土地上生灵涂炭!"亚辛的咆哮声洞天彻地,贯穿南北,一双阴鸷的浊瞳怒瞪,冲着蜂拥而来的士兵们的方向。待到上空,他抬起枯肘,跟着重重往冰面砸去。只见两股暗黑灵力从他掌心击出,黑雾弥漫,直落镜月湖,湖面登时分崩离析,封住了战士们的前路,身后的灵魅又追剿而来。

灵主面目狰狞,看着远方,手中一团黑雾散去,又待了一会儿,他眉骨黄皮微微一动,皱了三分。

"怎么回事……"灵主望着镜月湖南方一片寂静,毫无动静。这时一丝黑雾灵力在灵主指尖捻开,好似笔墨,一行水字在半空中书写开来。

"镜月湖八百里岩穴被毁,灵魅被困无法通行,暂攻不得镜月湖城。"

灵主倏地把目光投向奔来的军队:"是谁! 毁了我的湖下穴!"

半日前,梵音让钟离去探镜月湖西北八百里处冰下状况。钟离来报,说冰层下有一岩穴,初探三百米深。梵音只觉冰层下漆黑一片,心中疑虑渐生。

"副将,镜月湖西北八百里处有异。等第二梯队援军到来,切记分派人手前去探清!"梵音在赶去前线时,已给北唐穆西传信。

之后,军政部援军到。北唐穆西分派一千人前往此处。凿开冰层后果真发现湖下有一巨深洞穴,直通湖底。北唐穆西立即下令,不惜一切代价封死湖下穴。千余名战士灵力齐发,击碎湖下岩穴,洞口和隧道一齐被轰塌。

灵主的眼神在军队中搜索。忽而,他身旁的夜靡裳微动。灵主转身瞧去。夜靡裳已扩散至落日当空那般浩大,就连一旁控制它的灵主亦显得非常渺小。夜靡裳开始不断出现尖角突刺,没等亚辛做出动作,突然爆裂,灵光万射。

亚辛被击中,远远飞了出去。灵光未停,光芒万丈。只听北唐穆仁洞天彻地大喝一声,排山倒海之势袭来,夜靡裳顿然消散,灵光直通天际。

"天亮了!"战士们仰头看望天际,终于又见日光。

梵音看花时,果真已经接近正午时分。这一夜激战,天宇骤变,当真不知哪个是真,哪个是假了。

灵主突然急掉转方向,往南方镜月湖城的方向飞去。

"往哪里跑!"北唐穆仁欲再追赶,但足下灵力渐弱,落后了去。

忽然,天空中飞箭射来,嗖地划过灵主手腕,瞬间裂开一道口子。叮的一下,灵主顿在当空,朝地面看去。只见地上万箭齐射,战士们正奋勇阻拦。可那些灵箭,灵主避都不避,只因根本近不得他身前三丈,便尽数被摧毁。然而刚刚射来的一枚寒冰箭,实力非凡。

灵主在千人中看到一寒芒乍现的身影:"第五……"眼看北唐穆仁已在身后追来,灵主再不耽搁,直往南奔。

"全军向南,拦住灵主! 穆西,通知四分部全面防御,灵主往镜月湖城方向奔去!"北唐穆仁一语毕,已经超过所有军队,急速在前。

灵主在天空低头看去,嫉恨交加,就在往南三十里后,停下了步伐。他遥看不远处跟上来的军队,嘴缝忽地扬起,鼻孔间发出轻嗤。

他落下冰面,低头看去:"你封了我进攻镜月湖城的洞口,那我就再开一个! 让你们有来无回!"

第六十七章
终极之战

灵主脚下的冰面黑洞洞一片，就同镜月湖八百里处一模一样。他聚集了一团暗黑灵力在身前，往冰面打去。

冰面瞬间崩开，四分五裂，一个巨大岩穴出现在湖中。若不是冬季结冰的缘故，那岩穴几乎可以露出冰面，好似一个火山口直通湖底。很快，嘈杂窸窣的声音从山口深处传来，越来越密，越来越响。

"那里的洞口和镜月湖八百里处是通的！"北唐穆仁放出的巡回蜂传回讯息，他即刻通达军队各处。

"我探了大半个镜月湖想找到另一出口，原来在这里！"梵音道。

眼看全军距离山口还有不足十里距离，镜月湖冰面上咔嚓一声裂响，震得人顿时心惊胆寒。不要再出什么变故，不然，军政部这仅有的万余人也是扛不住了。

所有人都侥幸着，心悬着。然而这心情随着万鬼哀泣般的蹿天凄厉之声，彻底消失了。

"弓箭手！拦截！"木沧一声号怒震天响。数千弓箭手，张弓搭箭，嗖嗖嗖，箭雨齐发，冲着南方直插而去。

无数灵魅已从山口中涌了出来，奔裂了巢穴洞口，震塌了寒冰湖面，直冲镜月湖城的方向疯狂袭去。灵主半身浮于空中，看着箭阵落来，张手一挥。一阵邪风劲力，箭群瞬间折损碎落。

"铮！"一阵嗡鸣落地，冰面传来震动，震得人脚发麻。北唐穆仁隔空远击，再施下一层防御结界，通天高起。数万灵魅在撞击结界后纷纷魂飞魄散，随即不敢再强突。

灵主朝北唐穆仁俯冲下来！两股炽烈灵力在空中地下激烈决斗，一黑一白。北唐穆仁和灵主早就化成了两股灵力，看不清身形。

"你毁我灵身，我要你拿命来填！"

"妖货！你那裹尸布搂着的残尸早就该毁了！没了时空术士，你也休想再逃！"北唐穆仁怒声道。听到"裹尸布"三字，灵主登时僵立在半空，气得浑身发抖。忽而，灵主一阵阴冷邪笑，嘴缝咧开："你以为你毁了我的夜靡裳？"

北唐穆仁不知他意欲何为，只听灵主再道："我乃这永夜之主，万魅之王！"说罢，灵主张臂一挥，夜靡裳瞬息而回，当真如那永夜般，伸手不及，如影随形。紧接着，地面上数千灵魅霎时被他吸附而来，顿时灵力大增。

顷刻间，数万灵魅冲着北唐穆仁布下的防御结界疯狂撞击而去。比起撞死在结界上，灵魅显然更怕被灵主吸附，纳为他用。不多时，防御结界全面崩塌，灵魅夺命而出，攻向镜月湖城。

原来灵魅之所以越接近灵主越拼死殊斗，是因为他们早就知道如果这一仗败了，他们定会被灵主吸附而去，魂飞魄散！

"守住镜月湖，布下封锁线！不得让灵魅长驱直入！"北唐穆仁的浩然之声从天际传来，震天动地。

灵主狂笑道："先管好你自己吧，北唐穆仁！"灵主与北唐穆仁激烈的对抗发出了巨大的轰鸣声，连续不断，似火山爆发，似巨星陨落。镜月湖的湖面上斑驳狼藉，满是坑洞。北唐穆仁已无暇分身。

"防御！弓箭手！突击队！"木沧和梵音齐齐高声下令。

士兵们已冲杀过来，一层层联合防御结界在湖面上展开。然而灵群庞大，有数万之多。将士们早已困乏不堪，此时抵挡灵魅，只待殊死一搏。

灵魅此刻只求突击镜月湖城，不愿在此耗战，只怕灵主再吸了他们去。面对攻来的士兵，灵魅能躲则躲，能冲则冲，一个个好似雾转流云，抓都抓不住。他们从战士们布下的联合结界缝隙中接踵蹿出，毫不停留，越奔越急。

"啪！啪！啪！"几声鞭响从空中传来。第五梵音越过联合防御结界，挥舞着节骨鞭抽向纷至沓来的灵魅，把他们逼迫在防御结界内。战士们和灵群捉对厮杀。梵音挥舞鞭子的手臂一刻不停，少时过后，她已拦截不住所有的灵魅。火焰术士在一旁加持，然而也是越发力不从心。

灵魅开始零星往外蹿了出来。梵音射箭诛杀，然而难守八面来敌。凌乱的头发贴在她的额间、面庞，夹杂着汗水血迹。她已毫无防御之力，发丝间的冰层早就在不知何时融化得了无踪迹了。梵音大口呼吸着，只在这一秒喘息间，又有上百灵魅从她身侧跑走。她的臂膀、腰间、腿骨，尽是断口，血流不止。

一个趔趄，梵音跪倒在地。当她赶忙抬起头，想拦住灵魅的时候，她顿住了。结界内，战士们的身影一个个倒了下去，尸首填满了结界的缝隙。很快地，战士们的尸首被撕碎了，咬烂了，灵魅继续不断地蜂拥出来。

梵音的心颤抖着，手疲软了，眼泪再次掉了下来。她只觉自己的心被撕扯着，痛苦难当。

这时，天空中再次传来声响。北唐穆仁卸了灵主亚辛的两条臂膀。他疯狂逃窜着，往灵群扎来。北唐穆仁身形一晃，也从空中坠下，砰的一声落入人群。

冰面上，灵群的尖嚎再次响了起来。夜靡裳拂过之处，灵魅被尽数收纳。灵主的臂膀渐渐长了出来，灵魅的数量锐减。灵主转而冲向北唐穆仁。北唐穆仁几次猛攻，都被灵主挡了下来。虽然断了半身，又被卸了臂膀，可大量的灵魅被灵主吸纳，他自身的暗黑灵力虽不断锐减，却又不断激增而出。

"亚辛！你这个干尸脑袋，我要定了！"北唐穆仁洪声震天。

"是谁？到底是谁告诉你的！"

北唐穆仁双瞳血红，没有回应。

"我如你愿，送你上西天！"灵主尖叫着，三根手指突然蹿起恶寒灵力，向北唐穆仁攻去。

地上传来轰鸣，士兵们群铸的防御结界破了。

将士们望着渐行渐远的灵群，追之乏力，又悲凉地望着天空中与灵主死斗的主将。拦了，主将性命堪忧；不拦，镜月湖灾祸难逃。

梵音看着身前的战士们，战士们也望向她。她又看向木沧与钟离。所有人都视死如归，神情悲壮。

"第五部长！我们拼死都会拦下灵魅的！"一个年轻的战士拖着伤腿走向梵音身边。梵音看到他手指已断了三根。她心口一阵悲凉，落下泪来。

战士看着她笑了笑，说道："能和您还有主将，还有我们队长一起，"说到这里，战士哽咽了，他是尤向的手下，"我死而无憾了！"说罢，他高声喊道，"尤队长的战士们还有多少？我们冲过去！"

"等等，我来。"梵音忽然伸出手臂，拦住了年轻的战士。战士早已站不稳了，被她一拥，倒在了地上。梵音轻轻把他扶稳歇好。

木沧已带领手下冲去阻截。忽而，他手中信卡传来讯息，梵音在上面道："佐领，保存实力，我有办法。"

很快地，她让钟离把这一指令传达给了各处官兵，要战士们立刻休整，尽可能多地恢复灵力。

梵音独自往灵主与主将恶斗之下的冰面走去。她抬头望去。五年前，她的父亲就是这样走的。五年后，这一切重演，只不过，她与灵主的距离近在咫尺。她再不是那个远观战局、无力相助的女儿了。

梵音默默伸开手臂，张弓，搭箭。弓一直长，三米、四米、五米，她的手心只能握住少半个弓壁了；箭一直长，一米、两米、三米，她的手指已经快要拿不稳了。寒冰弓箭，散发着森森透骨灵芒。

水之灵力，灵之所坚，坚不可摧，无坚不摧。第五家灵训，梵音永记于心，莫不敢忘。

忽而，天空中一道极阴邪的眸光投射下来。

"灵主！"梵音咬牙吞声，一字一顿地念着灵主的名字，"亚辛。"

那道阴邪眸光在看清梵音后，变得轻蔑起来。夜靡裳暂挡北唐穆仁，灵主竟有一时闲暇与梵音相对。

"第五……"灵主在半空轻描淡写地开了口。梵音在冰上，一阵寒芒积于心底，脚下微微打了个晃。

"我当第五逍遥死得透透的，没想到还留下来了一个种。想当年，你父亲都奈何不了我，你现在又学他拿把破弓干什么呢？想射死我？你有那个本事吗？"说到这儿，灵主突然俯身压低了声音道，"你老子无能……你又能奈我何……"

梵音看着他，悲从中来，一口热血涌上喉头，又被她生生咽了回去。随之，她仰天长笑起来，那笑止不住，掩不停，从胸膛激发而出，回荡在寥寥冰原之上，只听得万物同悲，万念俱灰。

忽地，梵音止住哀鸣，冷笑道：

"你早就想让我死了吧？嗯？"

灵主被她这一扬一抑的癫狂模样怔住了。

"五年来，你早就想让我死了。五年前，我父亲命丧你手，你不是不想连我都一块除掉，你是不能！"说着，梵音一道犀利鹰眼灵眸直射灵主的污秽乱瞳，她抓到了他的惊惧，突然放声大笑，朗声再道，"五年前，我父亲伤得你神形俱灭，你苟延残喘！想杀我？你杀得了吗？你有那个本事吗？你早就夹着尾巴逃命去了！"梵音怒道，"哦！不对！你根本没有尾巴！你这个腌臜的垃圾！"梵音故意放大了口型，眉间轻狂，肆意嘲笑，和其父一模一样。

"第五逍遥！"灵主口缝中恶狠狠念出这几个字，一道暗黑灵法直击梵音而来，可是，灵力打偏了，梵音避开。

她心中一滞："叔叔！"北唐穆仁突破夜靡裳的缠绕,奋力截击。夜靡裳抖身一转,倏地回到灵主身旁,只见灵主隐匿其中,若隐若现。

"你和你老子的命,我都要定了！你个混蛋！"灵主喊道。

"我苟延残喘,留着这条命,为的就是今天,拿你狗命,祭我父母,为我挚友报仇！你不让我活,我就跟你变成鬼！看你我谁是厉鬼！我第五梵音奉陪到底！"

说罢,梵音抬箭欲射。灵主秒眸暗沉,嘴角暗暗咧出一道阴笑。梵音此话一出,气魄滔天,杀气滚滚,菱都城上下均是一骇！北冥和冷羿更是心下一寒,齐齐看向梵音！

忽地,梵音猛然掉转方向,冲着镜月湖城的方向,张弓射去,大喝一声："哥！让那个杂碎看看第五家的本事！"积攒在梵音胸口多年的怨气压抑顷刻宣泄而出,一声"哥哥"道出她对家人的万般思念。

此话一出,辽地那头的冷羿登时愣在当下！万般思绪汇聚如洪,兄妹之情跃然而上,血浓于水！只听冷羿声嘶力竭道："梵音！住手！"

只听空中鸣响,如蹿天之音。梵音一箭未落,再射两箭,箭速如电,穿云破雾。远处大地传来铿锵之声。三枚灵箭坠落,插入冰层。霍然间,冰面上,巨幕寒盾横生,裂冰千米,高百丈,那架势犹如冰山雪国之盾,遥遥无边,直达天际。

梵音的灵力还未止,寒盾纵横还在扩张。无数灵魅撞了上去,彻底被切断了去路。待要向两边四窜之时,士兵们已兵分两路,誓死拦路阻截。此招正是冷彻亲传梵音的第五家防御秘法,无限寒盾,名为水域持天！

冰原上,梵音身形一晃,心脏骤凝。一丝淡蓝色的灵力从梵音身间缓缓发散出来。她眼前一白,倒了下去。

空中无数暗黑灵力击打过来,她已无力再抗。

"砰！砰！砰！"数声顿响,暗黑灵力被阻截在了半空中。一面虎形大盾赫然挡在梵音身前,罩住她全部,护她周全。

一只强壮有力的手臂接住了梵音刚要触地的膝盖,把她托了起来,让她靠在自己肩头。

"老大,没事吧?"一个熟悉的浑厚声音在梵音耳边响起,一双手指在梵音腿边轻轻敲着。

几颗滚烫热泪在意识的边缘从梵音眼中夺眶而出。

"差点就死了,你再不来。"梵音头靠在那人肩头,泪水打湿了他的军装。

七尺壮汉在听见梵音开口出声后,魁梧身躯长立冰原之上,身形巨颤,手臂震抖,泪如长河。那人哽咽着,嘴唇都忍不住颤抖着强撑着道："我赤鲁的老大怎么能说趴下就趴下呢？那多没面子！有我呢！"

梵音眼眸轻眨，哭出声来。

军政部内外，国正厅上下，辽地深潭，皆得知了赤鲁复活的消息。众人欢腾，涕泗奔流。

"那，那个傻子，没死！"颜童挥舞着灵箭，砍杀着腐蚀地汹涌而来的灵魅鬼徒，心中激动。随之他咧嘴笑出声。莫多莉看见一边英勇奋战，伤痕累累，一边又记挂老友的颜童，心中触动。

此时，辽地，大举灵魅鬼徒来袭。原来那腐蚀地下根本不是沼泽，而是层出不穷灵魅的"腐蚀地"！北冥已带兵与之展开血战厮杀。

"那个傻子！真他妈扛打！"冷羿嗤笑出声，落下泪来。

北冥既要控眼前战局，又要看北境内外。一颗心忽荡起伏，却强自抑制。直到看见赤鲁托起梵音，他那压抑的泪水再也忍不住了，默默淌了下来。

被自己手下保护在包围圈里的蓝宋儿，看着不远处的北冥，心思辗转，心脏怦怦直跳。她又想起了刚才莫多莉走过来对她说的话："你不应该那样说他，他真正在乎的人不在这里，也不在东菱……"

"是她吗……"蓝宋儿神情恍惚了。

"怎么回事？"梵音虚弱地开了口。赤鲁用手指点住梵音心口前的穴道，封住了她弥漫而出的灵丧之力。梵音刚刚那一招拦住灵魅去路的冰铸豪盾是冷彻教她的第五家秘传灵法——水域持天。

调用这一招灵法需要灵能者拥有极为强大的灵力作支撑，否则灵力输出过快，灵能者会被自己的灵法抽干拔净，丧失灵力。方才梵音就是强行调用此灵法，最后导致神志涣散，灵力外泄。如不是赤鲁及时赶到，封住了她的灵力，她已命丧黄泉。

"白泽，那，那家伙的什么，什么破药，还，还真管用！"赤鲁一个大老爷们一边哭，一边说话，断断续续，龇牙咧嘴，强睁开眼睛，哭大劲儿了又合上了。

"人家救了你，你还什么破药破药的，会不会说话？"梵音靠在他肩膀上小声道。

"老大啊，你一口气给我打了九针，我真是……哭爹爹，告奶奶，疼得我都不想活啦，就想这么走了，算了！"

梵音一边呜呜，一边用手轻轻捶他。

"不过一想到你有危险，我就挺过来了！"

"你那是伤重没办法动弹，什么为了我挺过来……"

"你别拆穿我啊,老大。"赤鲁又笑又哭的声音大得恨不能方圆十里都能听到。

"刚才没伤着吧,老大?"

"没有……"

"没有啥啊……看你这一身血……灵力都开始外泄了……"一想到梵音差点命丧于此,赤鲁就又开始止不住像个孩子似的哭起来,肩膀抖动,抽抽搭搭。

"那是刚刚才伤的……"

"老大……"赤鲁突然一口气喷了出来,哇的一声哭得更大声了,边哭边喊着说,"老大,你对我真好! 和我妈对我一样好!"

"赤鲁在说什么……小音……像她妈……"冷羿在战场另一端,听得眼皮直跳,"他怎么……还不走……"

"什么破烂比喻……"颜童听着,嘴角也跟着抽了一下。

"老大……"赤鲁还没说完。

"嗯?"这时两人已经靠在了赤鲁的虎门盾甲之后,身体和灵力都得以缓冲。与赤鲁一起前来支援的,还有四分部赶来的战士们。就在他们与灵魅胶着对抗之时,远在菱都军政部的北唐穆西已经下达军令,让北境四分部万人前去支援。

赤鲁按不住二分部的人,那些身负轻伤的士兵也一同赶了过来。眼下有十余人在梵音和赤鲁身旁,搭起结界,让他二人缓和恢复。

"我会好好对你的……"赤鲁说着,忽然红起了脸。

"什么?"梵音靠在赤鲁身旁低声问道。

"我听库成说……"赤鲁突然害羞起来,说话吞吞吐吐,"我当时死掉的时候……你一直……抱着我……抱着我来着……原来这些年……你一直,一直,喜欢的人……是……我……"

听赤鲁说到这里,梵音激灵一下醒了,挺起身板来惊恐地看着他。然而赤鲁并没要停下的意思,他还有些害羞地继续叨叨道:"可是,可是老大……我心里……我心里有喜欢的人了……所以我得辜负你了……不过!"赤鲁突然打起精神,义正词严道,"老大! 我一定会对你好的! 像亲兄弟一样照顾你!"

"我有毛病啊? 神经病啊!"梵音对着赤鲁的脸大喊大叫道,"白泽的药把你脑袋治坏啦? 来来来! 我看一看!"气得梵音猛劲儿敲打赤鲁的脑袋,铛铛铛!

"哎呀! 哎呀! 疼! 老大! 别打啦! 啊呀!"

"老天爷怎么给我带回来一个傻子!"梵音扯着赤鲁的耳朵嚷道。

"老大你别生气！我说了，我会对你好的，但是，但是爱情是给不了你了！你冷静！"梵音打得赤鲁吱哇乱叫，也不敢反抗。

"爱情……"梵音一顿蒙傻，"谁要你的爱情！给我滚一边儿去！"

听到这里，北冥和冷羿一口老血喷了出来。

"爱你个大头鬼啊！谁会喜欢你啊！你当我瞎了吗，我是白痴吗！你是神经病啊！谁会喜欢你啊！你个混蛋，给我闭嘴！"梵音狠狠给了赤鲁肚子一拳，又拼命用手按住他的下巴和脑袋顶，让他把嘴巴合住。

"等，等等，老大，等等。"赤鲁费劲巴拉地从嘴里支吾道，"老大，你不喜欢我啊？真的吗？"

"我不喜欢你！谁会喜欢你?!"梵音被赤鲁说得小脸儿涨红。

"你发誓……"赤鲁怀疑道，哼唧着翻着白眼看着梵音，扭扭捏捏。

"我发誓！我要是喜欢你，你就给我立刻死掉！哎呀！我现在就弄死你算了我！"梵音拧着赤鲁的脸，疼得他眼泪直流。忽然，赤鲁一把抱住梵音，把她闷在自己怀里。

"呜……"梵音挥舞着双手，胡乱抓着。

"哈哈哈哈！"赤鲁激动地大笑起来，"我就说嘛，库戍那小子胡说的！老大不可能喜欢我！白让我一路忐忑了，吓死我了！哈哈哈哈！那我就放心了，老大！"

"库戍……和你一样……都是白痴……"梵音被闷在赤鲁怀里，支吾道。库戍站在防御结界内，听着他二人的谈话，身上出了一阵冷汗。

"老大！我不是故意的！您别气着了！"库戍怯生生地尽量大声承认错误。

"老大，谢谢你。"赤鲁忽然压低声音，深切道，满腹情意。

梵音被他死命抱着，没办法挣脱，卸了力，缓了半下，忽然暴跳道："放开我！你个白痴！"

"呀呀呀！差点捂死你！你没事吧，老大！"赤鲁赶忙松开手，胡噜着梵音的后背。梵音翻着白眼，懒得搭理他。"老大！你刚刚那一招是什么灵法？好牛啊！"

"小心！"赤鲁话到一半，梵音忽然喊道。只见数十道暗黑灵力冲冰面砸来。"缩小防御盾甲！至顶端！"

库戍带领士兵们立刻缩小防御范围。就在他们十几人刚刚全面撑起头顶上方的防御盾甲时，一道灵力砸下。十层防御盾甲立刻被一击击穿。

"撤退！找掩护！"赤鲁大声道，单臂抱起梵音就往不远处的湖中耸立起的石崖壁跑去。他的虎门盾甲在承受了七八次攻击后，彻底粉碎。此时冰原上的战士们已经全军撤到掩体之后。有来不及躲避的，直接跳进冰面上被凿击出的深坑里，屏挡起来。

"杂碎！没用的东西！"灵主仰天咆哮道，"留你们无用，就都纳为我用！"东菱援军已到，灵主破城的打算功亏一篑。无数灵魅像从地狱被索来的冤魂，哑火般被尽数吸往天空。湖面上的士兵看着这骇人的场面，以为自己已经身在炼狱，只等九转轮回。天空中黑灵密布，看着毫无生还之机，战场上再无一灵。

随着北唐穆仁周身灵力越发强盛，数十道耀白灵光束如风起云涌般在天空上旋出一阵巨大旋风，攻向亚辛。只见灵主的夜靡裳把自己愈裹愈紧，竟已如婴孩般大小，只留一双污瞳滴溜乱转。忽而，婴孩亚辛在夜靡裳化作的襁褓里咧嘴一笑。

"不好！"北唐穆仁道。夜靡裳的包裹越发激烈地攒动起来。北唐穆仁不能再给亚辛卷土重来的机会。他双臂挡于胸前，一拳往心口打去。顷刻间，浩瀚灵力如赤龙般从北唐穆仁的双掌奔腾而出，夺日出之光，盖天地浊气，赤红漫天，旋斗于天空之上。

"寰葬！"木沧突然震诧道，"主将！"

"什么寰葬？"梵音远远看到木沧激动的反应后，大声道。

"主将要自绝于身，与灵主同归于尽！"木沧大吼道，想要阻止，却根本离不开掩体石岩半步。此时风浪骇天，天地回旋。镜月湖的冰面开始猎猎作响，脆得像一张绷紧的白纸。

梵音急往天空看去，只见主将的灵力源源不断地从心脉倾泻而出，愈来愈浓。霎时间，整个天空已尽是血色。

"寰葬！"梵音怔怔道。

不同于灵丧，寰葬是倾一人心脉之力，在身体状况上佳甚至全盛之时，强行刺激灵力达到巅峰状态，一举攻灭对手。这是灵能者最强悍的攻击灵法之一，拥有此灵法的人必然亦是灵力登峰造极之人。

北唐穆仁强攻不停，全力攻向灵主。灵主抵挡，不以为意。可渐渐地，灵主发现北唐穆仁的寰葬之力久攻不止，不是他当初预想的样子。

太叔玄、第五逍遥先后死在亚辛手中。任哪个都不是弱者，可论灵力强悍持久之力，亚辛在遇北唐穆仁之前，平生未见。

"这样下去，我元神不保！"灵主惊恐道，"逼死北唐穆仁就是目的，我没必要再搭上魂力！"正像梵音与他对峙时所说，与第五逍遥一战，灵主自傲轻敌，使得第五逍遥在最后与他同归于尽时，他未能脱身，灵力大损，重伤而退。

夜靡裳忽而一挥，欲带灵主往大荒芜退去。

"想走？没那么容易！"北唐穆仁当空大喝一声。赤龙般的灵力一个回转，封住了灵主所有退路。灵主被禁锢在此。他见状，顷刻缩成一团，只露出一张面皮松垮令人作呕的假脸，在夜靡裳里转动，阴邪地盯着北唐穆仁。

时间渐去，北唐穆仁久攻不下。

"主将少个缺口！"木沧大声道，"所有人听令，放灵箭！"灵主夜靡裳的防御太过坚实，北唐穆仁无法突破。再这样下去，北唐穆仁会灵尽而亡，灵主却还能苟延残喘。

无数灵箭射上天去，可未接近两人之时，灵箭已尽数化无了。

梵音心急如焚，却无能为力。她看着天空中对峙的二人，口中不自觉地念着："爸爸……"忽然，梵音精神一振，定睛往天空看去。只见灵主脸上的皱皮开始一点点掀起，在他污浊的眼窝下，梵音看到了一丝似曾相识的样子。"害怕……他害怕了。"

"谁？"一旁的赤鲁问道。

"灵主！"梵音眼神凌厉道。片刻后，她道："赤鲁，帮我一个忙。"

赤鲁看向梵音，半晌不语。

"怎么了？"梵音回过头来问道。

"你要干什么？"赤鲁道。

梵音看着他："赤鲁，我知足了。"一抹释怀心安的甜笑挂上梵音嘴角。她觉得离开父母这五年来，她从没有像现在这般轻松释然过。

"我替你去。"赤鲁的声音越发低沉，低得连他自己都要听不到了，坠在心里，只觉难过。

梵音笑得更甜了："你替不了我。快点吧，大老爷们，别婆妈！说话声白这么响亮了！"说着，梵音轻轻拍了拍赤鲁宽厚的肩膀。

赤鲁猛然看过梵音，痴痴道："你听见了？"

梵音笑着看着赤鲁，双眼明动："听见了，傻瓜。快点吧，大家都要顶不住了！"最后一句，梵音已是掷地有声地下令道。

下一刻，赤鲁双眼酸红，双手托起梵音双足，灵力聚于掌心，周身发力，把梵音猛地向天空一抛。梵音像银色流星一般，周身布满冰霜，发如银线，直冲灵主而去。

那裹在夜靡裳中不停注意外面动向的龌龊身影突然扭动了一下，一缕污秽向梵音掷来。梵音双臂展开，手指灵动微张，鄙夷地看着灵主，薄唇轻启："去死吧！杂碎！"

灵主忽地冲出夜靡裳，张开一手臂冲着梵音怒击而去，万枚黑刺顷刻间向梵音袭来。梵音看着灵主，嘴角一扬。

"坏了！上当了！"就在灵主大悔之时，他身前的空门已开。北唐穆仁的赤龙灵力奔向灵主亚辛大敞的门户。

一声骇然畸形的尖叫顿时贯穿天地，灵主亚辛刹那间鬼形俱散，分裂而亡。天空中黑刺落雨无数。北唐穆仁想来搭救梵音，可已力不从心。

梵音飘落在天地间，神意荒芜。这世上她在意的人终究都不在了，这世上她在意的人终于都安好了。她面容清冷，无牵无挂。看到万棱黑刺已至，她只觉一世解脱。

忽而，梵音心头一酸，凄冷哀意顿起。她神志模糊，手中拈着一片花瓣，楚楚轻语道了一声："北冥。"

只听那信卡中的话语，这边轻说，那边轻响。

"北冥！"梵音怔了一下，瞪大双眼！刚刚口中唤着的那人，此刻竟在眼前……

第六十八章
噩梦缠身

"北冥!"梵音在昏睡的噩梦中突然惊醒,大叫着。

她从床上噌的一下坐了起来,喘着粗气,汗流浃背,眼下漆黑一片。轰轰的铁轨声响在窗外。梵音紧盯着自己身前的床铺,大脑混乱一片。

"呜!"梵音头痛地蜷缩起身子,把头埋在了膝盖上,纤细的双手抓进头发里。她难过地抽泣着,身子在颤抖,却不敢发出声音。

"北冥,北冥……"梵音在心里不停絮叨着,眼泪流了下来。她在哪儿?刚才的那一幕几乎吓掉了她的命。梵音大口呼吸着,跟跄直起身子,借着车门外的光线摸索着下了床。

她歪歪扭扭地穿上鞋子,刚一站起来,身体一晃,险些摔倒。她的手撑在半空,打了两个摆子才算稳住。梵音提了一口气,二话没说,从车厢里冲了出去。

现下的第五梵音并不在弥天大陆上的东菱国。刚才那一瞬,梵音从火车的车厢里骤然惊醒,她一时迷惑地看着四周。此时此刻,她正坐在一列开往京平市的火车上。第五梵音在这个世界里又叫作莫小白,是一个正要去京平市翰林大学报到的大学一年级新生。

十七年前,因为一次变故,第五梵音、崖雅和北唐天阔被迫从弥天大陆离开,来到了这个异世界止灵大陆,这里的人们也称它为地球。此时此刻他们三人正以莫小白、张一凡和天阔的身份生活在这里,等待与北唐北冥会合,届时重返弥天大陆。

第五梵音从车厢里冲了出来,火车走廊里明晃晃的白炽灯刺得她双眸酸痛。梵音身体打晃,一步一步地往水房走去。因为惊吓过度,她直觉得身体疲软,一边挨着火车走廊上的窗户,一边尽量快步走去。

梵音的手心按在窗户上只觉得一阵冰凉,大脑也跟着慢慢清醒过来。车厢里,一个人在感觉到梵音有异常时,第一时间清醒了过来。原来,梵音刚刚大叫着北冥的名字是在梦里,现实中并未出声。只是她挣扎的动静仍然引起了那人的警惕,即便她尽量压制着自己的情绪和动作,以免扰到周围的人。多年的军旅生活,克制守己早就成了梵音的本能。

凌野知道梵音醒来,却未出声,只是时刻注意着她的一举一动。等梵音冲出列车车厢后,凌野也跟着冲了出去。睡在梵音上铺的凌野的妹妹凌烟此时睁开了眼睛,她只盯着哥哥冲出去的背影,眼睛里闪出诡异的光。随后她又看看旁边的崖雅,睡得还真熟,丝毫没受影响。

梵音趴在水池中,大口大口喝着凉水,双手捧着清水拼命往脸上拍打着,凌乱的短发已经湿透了,贴在脸颊旁。急速增长的灵力和记忆让梵音头痛欲裂,身体难耐。她的身体慢慢支撑不住了,往水池边滑去。

车厢外,走廊里,站着不少还没入睡的人,几个男人正抽着烟。一个年轻男人看到梵音将要倒下去的身影,赶忙要来搀扶。不料,他还没伸手碰到梵音,已经被一个人隔挡开了。那人身形迅捷,修长挺拔,不知何时插到了年轻男人身前。

"哎?"年轻男人有些烦躁地出了声。

眼看着梵音快要触地,凌野一把抱住了她,揽进怀里。梵音意识模糊,顺势把头抵在了凌野胸前,鼻息难耐,眉间紧蹙,张嘴默念着:"北冥……北冥……"

凌野见状,心中一疼,抱着梵音转身离开。

"整了半天,是人家小两口闹别扭呢!嗨!"看热闹的人呵呵调侃着。

"哼!"本想搭把手的年轻人斥了一声,使劲吸了口手中的烟。

凌野抱着梵音来到车厢门口没有着急进去。走廊里的空气比车厢里清凉些,凌野想让梵音缓和一会儿。梵音躺在凌野怀里,一时安稳下来,只是眉尖还紧蹙着。凌野低着头,温柔地看着梵音。

梵音双眼紧闭,轻哼了一声,又沉了下去。过了一会儿,凌野把梵音抱进了车厢,轻轻放在床上,小心翼翼地帮她擦干头发、脸庞、衣襟、袖口,脱了鞋,轻轻帮她盖上被子,掖住被角。

他没着急起身,而是守在梵音床边,看着她,手指轻轻按着梵音的眉心,不一会儿,梵音的眉间松了,呼吸也渐渐变得顺畅。凌野看着梵音净如月光的脸庞和细长的睫毛,伸手抚了过去。凌野温暖的手心捧着梵音的脸颊,不舍得离开。

这时,睡在梵音上铺的凌烟翻了个身,嘴中呓语着:"哥,我喜欢你……"

凌野听罢,眉间一皱,露出厌恶之情。谁知,这时凌烟更加清楚大声地说了一句:"哥,我喜欢你。"

这一句说完不要紧,紧跟着凌野上铺睡着的崖雅也有了动静。她一个翻身,轻哼着:"什么啊……"崖雅睡眼蒙眬地朝梵音看来,以为梵音在讲话。当她迷糊着眼睛看去时,发现梵音正在安静地睡着,旁边无人。凌野已经无声无息地回到了自己的床铺上。

"哥……我喜欢你……"这回这一句,同是睡在上铺的崖雅可是听得很清楚。她激灵一下醒过来,看着对面的凌烟。她话语间含情脉脉,娇羞半分,听得崖雅浑身起了鸡皮疙瘩。她忙翻了个身继续睡去。

清晨,崖雅早早醒来,蹑手蹑脚下了床。一低头,发现睡在她下铺的凌野不见了。她又看了看上面,凌烟也不在了。

崖雅来到梵音床边,一屁股坐了下去,想要叫醒她。只见梵音睡得又沉又稳,崖雅下不去手了。她起身离开房间,想去找隔壁屋的天阔。刚一出门,崖雅便看见凌野兄妹俩站在走廊上,男孩面色平平,女孩低头颔首。崖雅瞬间想起了昨晚发生的一幕,女孩叫着哥哥的样子明显不正常。

崖雅心头突然涌起一股奇怪的感觉,这时凌野向她看来。她掉头就走,去找天阔。

早上八点多,餐车过来了。崖雅和天阔替梵音买好早餐,来到车厢里。凌野和妹妹也走了进来。崖雅看见他们只觉得奇怪,于是偏过头去,不再搭理。

"小音,起床吃东西了,醒醒嘛。"

"呜。"梵音翻了个身,嘴里呜咽着,显然是还不太舒服。

"小音怎么了?"崖雅看出不对,伸手去摸梵音额头,一层细密的冷汗布在上面。"哎呀! 小音怎么了?"崖雅见状,立刻着急道,声音却压得很低。

天阔凑了过来,低头看着:"没事,身体在恢复,慢慢就好了。"

"真的吗?"崖雅半信半疑。

"放心吧。"天阔道。

天阔发现凌野正坐在对面床上,一动不动,时而看着他们,时而看看手中的书。

"哥,我买了早点,我给你打点热水过来,咱们一起吃好不好?"凌烟柔情似水地看着自己的哥哥,毫不遮掩。

这时只听对面床铺上梵音吸了好大一口气,醒了过来,呢喃着翻过身来。

"小音,你醒了! 怎么了? 昨晚不舒服了吗?"崖雅急切问道。

"嗯。"梵音轻声应着。一晚上的噩梦,梵音如临战场。

"怎么还哭了?"崖雅关切地看着梵音,看到梵音脸颊上还有泪痕。

"没事。"梵音坐了起来，心情低落。

"小音，你吃东西吗？"

"哥，你吃东西吗？"凌烟和崖雅异口同声道。

"不吃。"那两人也异口同声道。

崖雅手里端着一碗汤面，用奇怪的眼神偷偷看向对面。谁料凌烟眼神游走，正和崖雅撞了个正着。只见她脸上立刻绯红一片，扭捏地又轻声说了一句："哥，你吃点吧，不然都凉了。"

崖雅听了，瞬时起了一身鸡皮疙瘩，赶忙把汤面送到了天阔手里，尴尬道："那个，那个，小音不吃，你吃了吧！"

"啊，好。"天阔乐意地优哉道。

"你好，请问，你叫小音吗？"坐在对面的漂亮妹妹凌烟突然开了口。显然车厢里的人都没有想到，齐齐看向她，就连她哥哥凌野也看了过去。

梵音神思在别处，没有注意，没作回答。

凌烟被晾在了一边，好像有些无措，浓密卷翘的长睫毛一闪一闪的，一副惹人怜的楚楚样子。

"哥，她也是你以后的同学吧？"凌烟见无人回答，又往自己哥哥身边挪了两分。

听到这儿，梵音回过头来看向对面兄妹俩，眼神一闪不闪。凌野迎上了她的目光。

"昨天，我是怎么回来的……"梵音对于昨晚瘫倒在水池后的情形一点都不记得了，只觉得恍惚间北冥在她身旁。她又看了一会儿凌野，不觉皱起眉来。这个人从哪里跑出来的，为什么自己一点都不想看到他，和北冥没有一点相像的地方。梵音随即偏过头去，不想再看那对兄妹。

"那个，小姐姐，你叫小音吗？"凌烟见梵音刚刚看向他们，就又主动示好。

"关你什么事！"梵音突然厉色道，就连坐在她旁边的崖雅和天阔也是一惊。

其实连梵音自己也弄不清楚是怎么了，许是因为北冥不在她身边，而让她焦躁了起来。一切和北冥有关的东西她都不想听到，包括自己的名字，因为那并不能让她多知道一些北冥的情况，反而会让她不停地想起他来。

其实以前在东菱，梵音也没有像现在这般思念过北冥。他二人心有灵犀，相互关心，相互帮助，连一句拖泥带水的话都没有，更没谈过其他。可此时梵音就是觉得浑身上下不舒服，总有一股邪火想往外冒。

"你哥真的没事吗？"梵音突然大声说了一句，怒气满满，吓了崖雅一跳。"哎呀！小音！吓死我了！"

"我哥？我哥，我哥没事啊。"天阔也跟着吓了一跳，磕磕巴巴道。

"那你结巴什么？"梵音还是凶道。

"我发誓！我哥他安然无恙，只是时机未到，他暂不能来看你，你等他。"天阔正色道，如果他没猜错，梵音此刻的灵力正在急速增长，记忆也随之而来，他要稳住她。

梵音紧闭着双唇还想发难，却强行忍下了，她自是知道此刻的自己暴躁极了。

过了许久，崖雅大着胆子，偷偷凑了过来，小声道，"小音……你是不是不舒服啊……"

"嗯。"梵音托着腮帮子有气无力道。

"你是不是……那个……那个什么了……所以，所以脾气很大？"

梵音听了，傻傻回过头来，冲崖雅眨了眨眼睛，忽然，只听她大叫一声："哎呀!"

"怎么了？"崖雅跟着直起身板。

"我……"只见梵音脸上立刻一片绯红。

"我猜对啦!"崖雅突然开心道。梵音满脸窘迫地看着她，鼓起小嘴，模样甚是可爱，眼睛害羞地滴溜滴溜转了起来。"怎么办……"她小声道。

"哈哈。"崖雅呆头呆脑地笑了一声。梵音瞪了她一眼。她随后对着天阔道："天阔，你先出去一下。"

"什么？"天阔一脸迷茫地看着崖雅，"我还没吃早饭。"

"待会儿进来再吃。"崖雅瞪了他一眼，天阔哦了一声，灰溜溜地往外走去。"那个，对面的，对面的，你们俩，麻烦可以出去一下吗？我和我朋友有点事要做。"自从昨晚崖雅发现对面兄妹俩的奇怪相处模式以后，她就对他们心生厌烦。这一点，竟然和梵音不约而同一样了。

见崖雅态度不善，凌烟看向哥哥，等着他的意见。凌野起身走了出去，妹妹跟在身后。

等大家都出去了，梵音尴尬地从行李箱里找出干净的衣裤。这一夜的精神紧张，折腾不断，害得梵音生理期提前了。

"床上没有，放心吧!"崖雅笑眯眯道。梵音难为情，没有理她。"那对兄妹真是奇怪。"崖雅说道。

梵音难得好奇别人的八卦，这时听崖雅如此说来，也投来怀疑的目光。"你也觉得？"

崖雅点头："嗯？这么说，你也听见了？"

"听见什么？"

"昨天晚上啊，那个妹妹一直说喜欢自己的哥哥。哎呀!"说到这儿，崖雅使劲胡噜了自己的胳膊。

"嗯!"梵音煞有介事地点着头。

"真是……真是……这里的年轻人都在想些什么啊!"崖雅语无伦次道,"你昨晚也听见了吧? 还有刚才啊,你看看她对她哥哥的样子,我的天!"

"我昨天晚上倒是没听见什么,只是做了一晚上噩梦。可是我刚才醒来,看见他们,也觉得怪怪的,心里不舒服。我以为是我自己身体状况不好的原因呢。"

"不是你的原因,我看着也别扭!"崖雅笃定道。

"原来是这样。"梵音也若有所思。

"小音,昨天晚上你梦见什么了?"

"我梦到东菱与灵主亚辛开战了。"话落,梵音沉寂下去。崖雅怔在当下。那是一段艰辛的回忆,梵音还未从自己的记忆和现实分离开来。她默默整理好衣服,转身走了出去。

"小音还好吗?"天阔走了进来。

"不太好。"崖雅心疼道。

走廊里,凌野看着梵音的背影,没有离开。

第六十九章
狱司暴乱

东菱城内,国正厅广场上上下下人满为患。人们时刻关注着战场上的一切,每一次东菱士兵在北境的冲锋都让他们揪心不已。尤向的牺牲,赤鲁的阵亡,梵音的重伤,将士们的拼命搏杀,让东菱国上下悲愤交加,群情激昂。

姬仲看人们这般表现,只觉得烦躁。

"管赫呢!"姬仲对着一旁等待随时吩咐的严录道。

"他在忙着调试主将那边的讯号,刚刚才接通,主将已经追着灵主往大荒芜方向去了。听说灵主正挟持着北唐持。"严录回禀道。

"让他过来!"

不一会儿,管赫便一路小跑赶到姬仲身边,卑躬屈膝道:"国主!"

"北唐穆仁那边的讯号恢复了……"姬仲言语轻浮道。

"是……是的……"管赫微抬着眼睛,不知自己这样回答是否得当。

姬仲转着自己左手无名指上的戒指,面色深沉,一言不发。"死多少人了……"半天他才低声道出一句。

"啊,"管赫结巴道,"属下……属下也不太能确定……大约,大约有四分之一,或者三分之一,或者……更多。"

不一会儿,影画屏上传来战况。梵音的二分部伤亡惨重,八百将士阵亡了五百人。姬仲瞥了一眼影画屏,看上面吱哇乱喊着,白泽正在给梵音注射再生针。东菱在场之人看到此状无不身形战栗,惊恐不已。

站在姬仲不远处的裴析忽然打了个寒战,眉头紧锁起来。他的拳头缩在大衣衣袖里,攥得青筋暴突。很快地,裴析浑浊泛黄的瞳孔里开始出现黑色。他猛地低下头去,摁住胸口,脖颈下的黑色血液也正在抑制不住地往上漫来。裴析猛然掉头,离开国正厅。

姬仲忙着自己的盘算,没作理会。端镜泊一双深邃的眼眸往裴析处看去。他跟身边的端倪交代了一声:"跟上去看看。"端倪听了父亲的吩咐,悄然离开国正厅。

此时姬菱霄正紧盯着屏幕,想看看梵音到底死没死。北冥自打进了辽地就再无音讯传回,她干着急也是没有用。忽然,国正厅的影画屏上亮了几下,紧接着,北冥那边的战况传送过来。

只见他浑身是伤,肩头露骨,手中扶着徐英,身边的申户像是死透了。辽地周遭再看不到一只狼兽。

"老,老爷,辽地里面怎么一只狼兽也没有了……"胡妹儿战战兢兢地依附在姬仲身旁说道。姬仲看见她这个样子,只觉得不耐烦,一把推开了她。

还好姬世贤站在母亲旁边,扶住了她。"你!"胡妹儿被姬仲这么一推,登时恼火,想要张口,却被姬世贤拦下了。

"母亲,父亲正忙于关注战况,你不要打扰他。"

胡妹儿咬得牙根痒痒,姬世贤又使劲捏住了她的胳膊,她这才消停下来。

"狼兽应该已经被北唐北冥带兵击退了,不然他可没有闲工夫照看伤员。"姬世贤淡淡道。

"北冥……"胡妹儿靠在儿子身边,往影画屏瞄去,可一看到辽地又缩回了目光。

"北冥哥哥。"一个娇嗔柔腻的声音在胡妹儿耳边响起,那声音倒是比她的还妩媚娇情三分。胡妹儿向一旁看来,只见姬菱霄正目不转睛地盯着北冥影画屏上的身影。"哥哥受了这么重的伤,回来一定要人好好伺候才行……"说罢,姬菱霄嘴角荡起笑意。

国正厅外,端倪加紧了步伐,跟在裴析身后。然而裴析步伐怪异,三晃两晃地避开了追踪。端倪心下发狠,又快了几分。以他如今的追踪术,鲜少碰到对手,可今天竟是轻而易举被裴析甩了。

"果然是狱司长!"端倪心里道,"当年东菱狱司长东华的徒弟果真不可小觑!"端倪在聆讯部历练多年,更是跟随父亲严苛律己,东菱上下十之八九的秘事端倪都从父亲那里略有耳闻。聆讯部本就是搜取窃取各国情报的部门,本国自然是首当其冲。父子俩平日更是精于此道。

上一任狱司长东华未过世时,他对聆讯部连正眼都不瞧一下。狱司缉拿的犯人都是重犯要犯,东华压根儿看不起聆讯部的那些边角料。然而端镜泊为人谨慎周密,城府深沉,全不受东华影响,一心一意执掌聆讯部,并与狱司保持着距离。端镜泊早就知道，东华在狱司一人独大，手下细作、探子数不胜数。

东菱开国以来，主理国事的三大要部除了国正厅，就是军政部和聆讯部。狱司原不是东菱三大主理国务的要部。但从姬仲父亲那一任国主开始，就与狱司交好，过从甚密。老国主姬僚更是和上一任狱司长东华称兄道弟，推为知己，显有排挤当年军政部主将北唐关山之意。然而，上一次灵魅作乱，大肆捕抓时空术士，北唐关山带兵与北唐穆仁亲征大荒芜边界，击退灵魅异族。军政部实力无可撼动，更不是一介狱司可以匹敌的。

姬僚自然也明白东菱国不能没有北唐军政部的坚守固国，从那时起便改了往日的疏离态度，人前人后恭敬礼待北唐一族。然而，他与东华的私交却是不曾有变，更在过世之前拜托东华支持姬仲。由此可见，当年东华狱司长在东菱的地位。他十年前过世，姬仲便再也没有提及过这个以"叔叔"相称的前辈。

端倪亦是对东华的形象记忆犹新。虽说东华本人并不喜欢在人前招摇，行事隐晦，不常与人交道，但他宽突额头，宽高鼻梁，醺红大脸，说话瓮声瓮气，身形摇晃地走路，那样子让端倪过目不忘。尤其那双赤红眼眶，总显得潮乎乎，不干不净，让人看着不舒服。

端倪跟踪裴析到一半便不见了他的去处，然而沿着裴析消失的方向望去，菱都城西除了狱司也没有其他地方了。端倪加紧步伐朝狱司追去。

狱司周围寸草不生，荒无人烟，眼看就要到狱司大门前了。端倪突然刹住脚步，跟着脚尖急点，身形向后撤去。只听轰然一声巨响，一股巨大灵浪从狱司正门破门而出，撼得狱司屋脊上那千百根锥扎向天的铜铸钢针剧烈摇晃。

"呃！"端倪闷吭一声，身体向后飞去。"铮！"一面灵化防御盾甲瞬间在端倪面前撑开！灵浪攻击停止在端倪身前半米处，正是被端倪的防御盾甲格挡下来了。端倪的防御盾甲和军政部中军人们的大不相同。那不是一面微薄的灵力层，而是一扇至纯灵力化成的巨厚灵化防御墙，堪比赤鲁手中的玄铁重器虎门盾甲！然而端倪手中却是空无一物，他在灵力的具象操控上已是大成。

"怎么回事！"端倪心中大惊，忙往狱司看去。只见狱司之内奔出数百人，净是狱司的捕手。狱司那铜铸的撑天大门摇摇欲晃。

还未等捕手尽数奔出，一阵冲天杀气已从狱司大牢内破门而出。只见数十匹狼兽从狱司地牢里蹿了出来，大门欲被撑破，狼兽蜂拥而出。端倪见状，脚步后移。

只见那狼兽还没尽数蹿出，狱司内又发出凄厉喊叫，那声音听得直叫人毛骨悚然！端倪登时睁大双眸，紧紧盯去。忽然，他觉得脚下震撼！

"这！"端倪大惊，猛然低头看去，"五层囚牢室！"端倪的灵感力亦是超群，对此番震动的原因,已推测出了八九不离十。由不得他多作震惊状,一片瘆人的漆黑后,无数鬼徒灵魅从狱司大门冲破而出,其中夹杂着狼兽的吼叫,此状正犹如地狱大门打开。

端倪再不等待,转身拔腿就往城中跑去,至于这些狼兽灵魅是否会往城中攻打,他亦是管不了那么多了!忽而一声蹿天鸣叫在端倪背后响起,端倪头都不回,一路狂奔,想也知道从狱司出来的东西没一个善类,不是十恶不赦的囚徒就是妖异邪物!

只见一个通体燃着黑焰,头如蜥蜴,颈长十米,两侧有腮,身如巨龙的怪兽往天空飞去!那叫声既像蛇吐芯,又如鲨吞水,骇人至极,响彻云霄。此时,数千牢犯暴徒也已从囚牢室下狂涌而出。那狱司中关押的都是灵力超群、性情极端、偏执成狂的人,骤然再见天日,暴徒们心花怒放,各个杀气腾腾,难以抑制,暴走而出。

"食苍兽!"军政部内,一声龙吟响起,红鸾跟着聆龙从军政部外冲了进来,直飞七层会议室。

"天阔!你们东菱怎么会有食苍兽?"聆龙朝着坐在会议桌前的天阔冲去,面对面看着他。红鸾多着膀子,浑身通红似火,亦怒亦嗔的样子,冠上的鸾羽根根挺了起来。

"你是说刚才那声怪叫?"天阔忙道。

"没错,那蛇不蛇、鱼不鱼的东西,就是食苍兽!"聆龙急道。它话没说完,就见红鸾要往外跑。"哎!你给我回来!你干吗去?"聆龙见状,一把抓住了红鸾的膀子,红鸾在一旁扑棱,也不理它,一个劲儿要挣脱。

"报告副将!狱司被攻陷了,囚牢室尽开,全面失控!"军机处副部长展钰匆匆赶了进来。

"赢正!带三分部全面堵截狱司放出的犯人!反抗者,格杀勿论!"北唐穆西厉声下令。

赢正二话不说,冲出会议室。申户的牺牲让他心中悲愤难平。此来,他便要杀他个昏天暗地,一解心头之恨,报兄弟之仇!

"姬仲!守住你的国正厅,让国正厅的守卫全面控制南面崖壁!不得有误!"在对赢正下达军令后,北唐穆西第一时间接通了与姬仲的通信,不等姬仲应答,已经开了口,态度异常严峻,不容置喙。

"你说什么?"此时站在国正厅广场外的姬仲也已经听到了食苍兽刚刚那一声惊天地的叫声,却还不知出自何处,更不知狱司已被攻陷。军政部的消息快他一步,他却还在因北唐穆西对自己不恭的态度而准备发作,吹胡子瞪眼。

"狱司失守!我告诉你,要守好国正厅南面天之涯的防御峭壁!"北唐穆西喝然道,"军政部随后支援!"

听过北唐穆西的话,姬仲还在气头上,全没在意。

"父亲,副将说的是国正厅南面防御崖壁!严录,带人严守国正厅!"姬世贤抢先一步替姬仲下了命令。姬仲嗔怒地看向儿子,姬世贤不为所动,而是神情严峻,压低了声音对父亲道:"赤金石!"

姬世贤此话一出,姬仲猛然打了个冷战:"赤金石!"

"您小点声,这里还有别人!"姬世贤提醒道。

"国主!狱司失守了!"严录气喘吁吁地赶回来,他刚刚得到消息。

"什么!"姬仲大骇。

"狱司那边到底什么情况了?"端镜泊在一旁默默给端倪传了一张信卡。

"囚牢全破!狼兽、灵魅、暴徒、异兽攻入城内!"端倪随即回道。

"怎么回事?裴析呢!"端镜泊再道。

"跑了!"端倪道。

姬仲的眼睛像麻了爪的老鼠在国正厅上下滴溜溜地转着,寻找着裴析的影子。端镜泊一早发现裴析有异,却也没把情况告知姬仲。就算到了现在,两人也是不通消息,各守一摊,各自为政。

"裴析呢!裴析呢!"姬仲冲严录大喊着。

"属下已派人去找了,还是没有消息!"严录道。

"去狱司找!"

"是!"

"等等,回来回来!北唐穆西说狱司失守了,你们赶紧守好国正厅,等军政部的人来!"姬仲哆哆嗦嗦道,现在让国正厅的守卫去狱司那就是送死,他转身欲往国正厅里跑去。

"父亲!先撤离群众!"姬世贤大声道。

"啊?"姬仲恍惚,"啊,你去说你去说!"姬仲话没说完,已经往国正厅内走去。就在姬世贤下令让在场群众纷纷回家避难时,端镜泊也已经返回聆讯部。

"小胖鸟!你给我回来!你要去哪儿!"军政部里,红鸾还在死命往外飞去,却被聆龙牢牢抓住。"北冥让我看好你,你不能乱跑!就你这小身板,干架能打得过谁啊!"聆龙和红鸾两个小家伙在会议室里撕扯着。

"聆龙,红,红鸾是怎么了?"崖雅因梵音在前线重伤,自己也精神颓靡,可事关红鸾,她还是强撑着身子问道。

"食苍兽和红鸾是死敌!红鸾这是坐不住了,要出去和人家干架!"聆龙一边说着，一边用爪子使劲薅着红鸢，整个身子在空中往后倒去，龙翼使劲往后挥着，龙鳞都夯了起来！"小胖鸟！哎哟！哎哟！我抓不住它了，你们帮帮忙！就它现在这个小身板，哪里干得过食苍兽！"

"红鸢，别出去好不好……"崖雅小声道，早已哭得通红的眼睛用力看向红鸢，然而对方并不予回应。

"红鸢，你这样出去，小音会担心你的！"崖雅鼓足了力气再与红鸢道。

就在红鸢听到梵音的名字时，它整个身形定在了当空，翅膀垂了下去，僵硬地回过身来，往影画屏看去。这一看不要紧，一声悲鸣从红鸢胸口中发出，顿时撼得军政部大楼窗门簌簌作响。

影画屏那头，梵音正浑身鲜血，怀里抱着已经"死去"的赤鲁。红鸢冲着影画屏飞奔过去，翅膀止不住地颤抖，滚烫的眼泪不停落下。眼泪掉在白石地板上瞬间灼出拳掌大的坑洞，它还在控制不住地哭泣，声声凄厉。

这时，聆龙突然冲了过去，张开银色龙翼，一把抱住红鸢。红鸢大颗大颗的灼红眼泪掉在聆龙胸前，聆龙疼得龇牙忍住，银色厚甲龙鳞亦是被烫得冒了烟，抱着红鸢的龙翼却没有松开："哎哟！小胖鸟！疼死我了！你别哭了，听话，和我到一边去，养精蓄锐！"

红鸢在听到聆龙这样说时，泛红圆滚的身子一阵强烈抖动。它睁眼瞪着聆龙，聆龙用翅尖指着地上的坑洞，红鸢看去再是一怔。聆龙用力点点头，拉着红鸢坐在了天阔身边。

崖雅心里稍稍踏实，再向天阔看去时，却发现天阔脸上严峻异常，一扫往日爽朗模样。

赢正率领三分部的战士们火速赶往城西，誓要把暴徒拦截在城外。端倪一路奔跑赶回城东聆讯部，中途遇见军政部的人，也没有停脚。一个避难，一个迎敌。他只管自己安危，别人死活，全不在意。舍命拼杀的事向来不是他们聆讯部的事，在他眼里，军政部的人用来牺牲理所应当，他保命逃跑，全无错处。

赢正的三分部最擅短程作战，速度迅捷，防御力强，攻击频繁。赢正刚刚越过城中，便下令让战士们全面布施空中地下联合防御，不能让敌人踏入东菱城半步。很快，城东的战线全面打响。

此时的狱司内空无一人，捕手和指挥官都在拼命追缴犯人。谁都不知道为何在同一时间，狱司地下的所有囚牢室都被打开了，就连只有狱司长本人才能打开的第五层囚牢室也门户大敞。整个狱司像从地面豁开口的地狱，无数囚犯冲了出来。然而裴析本人却消失得无影无踪了，任谁都没能再找出他的行踪。

狱司漆黑的走廊里传来脚步声。一个人停在了走廊最尽头，裴析的办公室前。

“当，当，当。”那人叩响了裴析的房门，正是连雾。连雾在外面稍等片刻，见无人回应，从手腕上取下一银色手环，咔嗒一声按在了裴析用青铜打造的严丝合缝的房门上。狱司长的房门是比五层囚牢室还要密不透风、关卡机密的地方，可谓是整个东菱最保险最牢固的地方。连雾按着手环轻一扭转，只听咔嗒一声，裴析的房门开了。

连雾收起手环，攥在手中，大步走了进去，反手关上房门。房中无窗，漆黑一片，伸手不见五指，巨大的压迫感顿时扑面而来。连雾不慌不忙，打开房间的灯，白炽灯乍亮，刺得人眼不舒服。连雾眯着眼睛往裴析办公室的墙角走去。

他俯身敲了敲地板上的青铜，测了几寸位置，再次把手上的银环掷了出去。银环几次扭转，只听咔嚓几声，裴析办公室墙角边的暗道开了。一股血腥气从暗道涌了出来，那是刚刚囚犯异兽们冲出监牢时留下的。

连雾顺着暗道直直往下走去，来到地下五层。他来到甬道边最靠外的一间暗室前，用手推开了牢门上的暗窗，伸头往里看去，只见一副白骨歪七扭八地瘫在地上，形状可怖。连雾皱起眉头，本来一对月牙眼此时立了起来，嘴角向下撇去。

他霍地打开房门，陈年老灰扬了起来，足有半尺厚。连雾屏息凝视，站立不动。刚一抬腿，要往里迈入时，忽地一股强劲黑风从甬道最顶端冲了下来，霍地把连雾挤开，连雾撞在了门框上。黑风冲进密室，白骨被席卷而空，黑风撤去，形影不留。

连雾站在门口，良久，重重关上了密室牢门，急急返回地面。狱司周围已空无一人。连雾步伐迅捷，转身消失在原地，往城中奔去。连雾一连奔出十几里，看见不远处军政部的人与牢徒交战在了一起。

食苍兽在天空周旋，眼看着密布稠云被食苍兽张口吐芯，龇舌一卷，尽入口中。半晌工夫，食苍兽已经吞尽菱都上空所有云朵。只见它颈旁两腮奓起，发出刺耳响声，吓得菱都人各个躲入家中，闭门不出。

食苍兽展开双翼，那双翼像龙翼却又不然，更像是生在腹部两侧的灰蹼，形状参差不齐，极为难看。食苍兽猛然调头，急转直下，冲着士兵扎去。嬴正率领士兵拼命攻打，食苍兽受到火弩、灵箭的攻击，性情暴躁起来，展翅往地面挥去。只见上百鱼鳞片似的东西从食苍兽的蹼翼下被挥了出来，穿破士兵们的盾甲，一击命中。那鳞片上净是腥气。

“食苍兽是两栖灵兽！用灵击，小心它口吐毒液！”天阔关注着战况，对嬴正隔空喊话。

嬴正率领士兵与其周旋。忽地，食苍兽仰天吐芯，发出嗞嗞鸣叫，它那蜥蜴般的头颅猛然俯下,喉头一纵,"哗!"一片黑水毒液从食苍兽十米长颈中涌出,好似水牢闸阀被掀开,怒水狂涌,倾泻而下,大有水漫菱都之状。

赢正从腰间猛然拔出一柄大刀,挥过头顶,飞速旋转开来,瞬间好像变成一柄大伞。赢正手中不停,大刀挥舞,他的灵力顺着刀锋劈斩出去,顷刻间满布方圆数里,接挡住食苍兽的恶水毒浪。就在水落赢正上方之时,他强劲的手腕骤然一顶,向上发力,数顷毒浪被赢正反击而去,力挽狂澜!士兵们趁机再次猛攻。菱都城内一时无分上下。

第七十章
恶灵来袭

　　此时的辽地，北冥已经接收到了外界的讯号。梵音的重伤，赤鲁的"牺牲"，都让他悲痛不已。他身边还躺着千百将士的尸首，申户的遗体亦在他的身侧。梵音因注射再生针所受的痛楚让北冥心痛难耐，然而现在已经没有时间让他想了。

　　"颜童，腐蚀地外现在什么状况？"北冥开口道。他身旁的颜童还在因为赤鲁的牺牲神情恍惚，忽听北冥问答，先是一怔。

　　北冥见身边人均是沉浸在战役的惨烈之中，尚没有回神的意思，他铿锵有力道："颜童！让邢真立刻汇报腐蚀地外的情况！冷羿！柒子婴！清点伤亡人数，立刻向我汇报可继续参战的人员！"

　　"继续参战……"在场的士兵絮语起来。狼族已经撤离，哪里还需要他们继续战斗？

　　忽然，站在不远处的蓝宋儿衣兜一抖，她伸手拿出，信卡上出现字迹："宋儿，你那边情况如何？怎么还不回复我？你大姐状况如何？"此信正是蓝宋儿的父亲，蓝宋国首领蓝朝天的亲笔，此前他从未露面。这张信卡上已经反反复复多次出现蓝朝天的笔迹，证明蓝宋儿进入辽地后，通信也是被隔绝了，只是一时接收不到。

　　"大姐已经救出。"蓝宋儿即刻回道。

　　"速回！"蓝朝天潦草的笔迹再次出现，那字体任谁都是认不出的，看不清写了些什么，就好像灵枢开的药方一样，旁人都读不懂。

　　蓝宋儿看着父亲的字迹，不知怎的，顿了一下。她抬头往北冥看去，听着他刚刚清晰的声音，心里忽然觉得踏实。她拂手向自己腰间摸去。刚才北冥就是揽住她的腰，把她从狼群中救下的。她一时觉得腰间还是温热的。她的衣袖已经被北冥扯下,露出白皙皮肤,也是北冥为取下她手臂上的暗器才那样做的。

"他怎么知道我手臂上有暗器的? 我的暗器明明隐藏得那样精密! 任谁也是不可能发现的!"蓝宋儿心里乱乱的。

"二小姐,首领已经发信过来,让我们速回!"站在蓝宋儿旁边的侍卫长蓝永道。蓝宋儿一时惊醒,冲他点点头。

"大姐,我们这就走。"蓝宋儿回头对身旁的蓝盈儿道。

"好。"盈儿不及宋儿,现在还有些后怕,看着满地尸首狼群,不由得打战。

蓝宋儿带着手下准备离开,然而他们正被颜童派来的士兵看守着,幻影豹羚亦是被圈在一旁。

蓝宋儿见状,心中一股骄慢火气噌地蹿了出来,尖声道:"让开! 你们这帮东菱人!"士兵们不予理会。蓝宋儿瞬间暴怒,不能再忍,大小姐脾气横出:"滚开! 混蛋!"

"你嘴巴放干净点! 要不是我们本部长救你,你的小命儿早就没了,还逞什么能耐!"士兵反击道。

离她不远处的豹群看到主人受到这般待遇,瞬间准备作战,一只只弓起身子,要冲出士兵们的包围圈,前来营救主人。

此时北冥已经和腐蚀地外的邢真还有东菱取得联系,看来中断一切通信信号的原因就在辽地内外那两片诡异的腐蚀地了。

"邢真,辽地外的那片腐蚀地,还是静谧无声吗?"北冥拿着信卡直接问道。

"报告部长,腐蚀地上空的雾气已全都消散,我们这里可以听到腐蚀地内的风声,不再是寂静一片了。"邢真即刻回道。

"全面警戒。"北冥下令,"颜童,现在可以作战的还有多少人?"

"三千五百人,其中包括轻伤一千五百人。"颜童所说的轻伤,意思是没断胳膊断腿的。

北冥心下计算着。一分部此次出战辽地七千人,刨去邢真驻守在外的一千人,这里与他浴血奋战的将士们重伤牺牲已有两千余人,然而接下来的定是场硬仗! 北冥庹眸虚掩,放出了手中的巡回蜂。不仅辽地外,在穿过辽地中场时亦有一片腐蚀地,他亟须得到那里的情况。菱都城内现在慌作一团,狱司瓦解,他是万不能从菱都再调兵力来了。北冥俊眉蹙起,五指张开,攥紧。"还是不行。"他心里默念道,现在的状况下连灵感力都不能打开。

"颜童,用你的灵感力探探,距离咱们最近的那片腐蚀地里是不是有东西。"北冥话音还没落,就听到不远处一个尖声尖气的女孩声音嚷道:"放我们出去! 你们这帮混蛋！小人！"北冥冷眼望了过去，淡淡道："让他们走。"

蓝宋儿冷不丁听见北冥讲话，心头一紧，慌忙向他看去。围在她身边的士兵本来还愤愤与她争执，听北冥下令，也就训练有素地收敛了情绪，让出一条路来。谁料这一看不要紧，蓝宋儿发现北冥连理都没理她，看都没看她一眼，只是冷漠地对自己的士兵传达了命令而已。

蓝宋儿的火气顿时蹿了起来，由一开始听见北冥声音时的莫名紧张，彻底变成了牙尖嘴利。"就知道你们东菱没一个好人！"蓝宋儿高声道，"他救我？就凭他还能救我？还不是仗着我身上的暗器！"说着，蓝宋儿干脆推开身边的士兵，疾步往北冥身旁走去。

北冥本不想再与他们蓝宋国有什么纠葛，可眼下这个女孩刁钻至极，逼得他不理不行。"我在跟你说话！你听见没有？"蓝宋儿来到北冥面前，北冥低头看着她，心生厌烦。

蓝宋儿的眼睛撞上了北冥的利眸，心又猛地收缩了一下，手心出汗。可转脸，她就握紧拳头，不服输道："你为什么要救我们蓝宋，你自己心里有数！别当着你手下的面大义凛然！我蓝宋一旦破城，狼族直捣落陲、青边、胡蔓。那几个草包小国，禁不起一点折腾，等踏平了他们，遭殃的就是你们菱都！你为了不让你们都城有一点隐患，才领兵出来。哼！都不是什么好东西！"说到这儿，蓝宋儿忽然贴近北冥低声道，"你怎么知道我身上的暗器？看来你们军政部也不是什么光明磊落的地儿！摆什么盛气凌人的样子，不都是背地里有勾当！"

"说完了没有？"北冥沉下一口气，看向别处，伤员们正被安排撤离到狼穴后方。狼族撤离后，狼穴就是天然的避难所。"说完了赶紧走！"

"你！"蓝宋儿从小到大都被宠得高高在上，性情刁蛮泼辣，此番被北冥如此忽视她哪里受得了，扬手就往北冥脸上挥去。北冥手腕一翻，冲着她腹部隔空一击，蓝宋儿飞了出去，人在半空时被她的幻影豹羚接住，上面骑的正是她的侍卫长蓝永。

"二小姐！没事吧？"

"我要杀了他！"蓝宋儿指着北冥破口大骂。

"二小姐！首领让我们速回，我看咱们还是别耽搁了。"蓝永抱住自家二小姐，虽觉得男女授受不亲，可蓝宋儿身子挣扎得厉害，他不得不使力固住她的腰，才能不让她从豹羚身上跳下去。

"你放开我！我要杀了他！他敢打我！"蓝宋儿大喊大叫。虽说蓝宋儿刚刚飞身出去，可接住她的蓝永知道，北冥根本没有使力，而是看准了他骑豹过来，才把蓝宋儿推搡过来的。蓝永心下对北冥少了两分敌意。

"宋儿，咱们还是回去吧，这里，这里实在是……"此时蓝盈儿也身骑豹羚来到蓝宋儿身边。她看着凄惨战场，心生恐惧。

此时辽地外，北冥一纵队副队长邢真在外把守。腐蚀地上空的雾气全散。

"部长……我觉得眼前这片腐蚀地不太对劲……"邢真道。

"守好。我和颜童这就赶过去。"北冥道，"冷羿，你带领两千人随后赶往辽地内的那片腐蚀地。颜童，剩下的人和我即刻动身。"

"是。"颜童即刻把军令传达下去。

冷羿来到北冥身边，毫不遮掩道："北冥，恕我直言，现在我领兵赶过去好过你和颜童。"冷羿凤眸清冷。

"你在辽地中场腐蚀地，近可攻，远可逐。但以我现在的状况，无暇顾及两端了。一旦我在辽地外失守，你尚可拦截追讨。可要是我在内，你在外，一旦你失守，我就没有能力再赶过去支援你了，而且若我在内，一旦不敌，狼穴里的伤员有来无回。"冷羿没想到北冥竟如此开诚布公地和他说出自己能力不及的状况。

"帮我一次。"北冥郑重看向冷羿，眼神坚定诚恳。

"一路小心。"冷羿注视了片刻，再不废话，干净利落。

随后北冥与颜童带兵开拔。莫多莉想和玄花追上去，却来不及了。北冥现在无暇安排所有人。

"莫总司，你要跟我走，还是去找北冥？"冷羿在莫多莉身边开了口，莫多莉一个激灵。猛然听到从别人口中说出自己与北冥相关的事，莫多莉十分紧张。

这一路莫多莉对北冥的态度，冷羿看得透透的。他的心思可比北冥这个"大男孩"成熟得多。

"我……"莫多莉简单思考着。

"我劝你谁都别跟。"冷羿看了她一眼，忽然有点不满意。按说对北冥有意思的女人关他屁事，可是他总觉得北冥身边女人太多，他有些不满意。不只对莫多莉，冷羿忽然对北冥也有些不满意，说不出为什么。"离腐蚀地远点，待在后方。"

"我去找北冥。"莫多莉没心思多留，话落，带着玄花便追去。冷羿看着两个女人的身影，不再理会。

辽地外，邢真盯着腐蚀地。只见那一片无际黑潭上慢慢有了动静，泥土一拱一拱地隆了起来，慢慢地连成了片。"咕咚，咕咚。"有东西冒了出来，暗雾渐起，魔怪蹿动，熊熊烈火在腐蚀地上燃烧起来。鬼徒们从浓雾里显了出来，源源不断。火焰术士用火红烈火铸就的防御阵冲天而起，燃红了大半个腐蚀地。然而敌人太多，很快地红色烈火变成了黑焦色。

一连战斗了三个小时,邢真的一千人马还有礼仪部留下的两百火焰术士几近精疲力尽。眼前的腐蚀地早已成了一片焦土。邢真命人掘地三尺,烧尽腐蚀地下的一片鬼祟狼藉。他大口喘着气,汗如雨下,弓着身子,稍事休息。

唰,一道黑色闪电从邢真身旁越过!邢真一惊!紧接着又是十几道快影。邢真脚下一软,跪倒在地,大片腐蚀地已经被烧得焦硬。忽然,一声雄厚的吼叫在邢真身后响起。他猛地回过头去,正是刚刚闪影奔去的方向。一个健硕细长的身影倒在了不远处,鲜血四溅。

"幻影豹羚!"邢真认出了趴在血泊里的东西,正是蓝宋儿麾下的幻影豹羚。怪不得他刚才只闻风声,没见到形影,幻影豹羚的速度太快了。这时一道黑刺冲着邢真的眼睛刺来,邢真疲惫,身下慢了半分动作,黑刺已近身前。"原来那只幻影豹羚是被鬼徒砍死的!可这方圆几里的鬼徒明明已经被我的人砍杀殆尽了啊!"邢真临死前心中仍记挂着战局,哪怕黑刺就在眼前。

不远处又传来战士们受伤的声音,那令人难过的声音传进邢真耳朵。不止一个鬼徒!"进攻!"邢真大声喊道。脚下的焦土已经开裂,鬼徒再一次爬了出来。"噗!"黑刺扎穿了邢真的右边眼球,鲜血涌出,他咬紧牙关,右手握住兵刃向进击而来的鬼徒砍去。他没剩多少力气,如不等鬼徒接近,他也没有制胜把握。然而他的灵力已经不足以砍伤鬼徒,鬼徒抬起黑刺往他脖颈刺去,邢真倒了下去。

"唰!"一道寒光从邢真背后射来。一声刺耳尖叫,邢真眼前的鬼徒黑障被打散了。一只冰凉的手臂托住邢真背脊,没让他倒下。

"灵枢!"熟悉的声音响起,可灵枢赶不上来,邢真被刺穿的右眼眼球黑血奔涌,那人当机立断,大声道,"邢真!忍住了!我要把黑刺拔出来!"北冥撑住邢真身体,手臂紧紧箍住他的肩膀。

"啊!"邢真痛苦地大叫出声,噗的一声,黑刺被北冥徒手拔了出来。紧接着,北冥从随身卷袋里拿出一卷纱布,迅速替邢真包扎起来。"忍着!忍着!"邢真疼得浑身颤抖,北冥用力抵住他,大声道。邢真脸上多出了一个狰狞的黑洞,右边眼球已经被完全抠出了。北冥没有灵力,用药剂灌到邢真空洞的眼窝中,黑血和黑水一并流了出来,伤口止住了。

"待在这儿!留意四周!"北冥命令道,没再让他参与战斗。此时北冥的兵马已经赶过来支援,腐蚀地上再次交战起来。北冥手挥劈极剑,瞬间打散周围一片鬼徒。颜童亦是在不远处展开另一战场。

"这是什么东西!"一个恐惧的尖厉声音从一只幻影豹羚身上传来,蓝盈儿害怕地嚷着。她座下的豹羚正在想尽办法冲破这片混乱,然而鬼徒层出不穷,没有几下便截断了他们的退路。豹羚的速度一点点慢了下来。

"灵魅的爪牙,鬼徒!"蓝宋儿在旁边大声道,"蓝永,我们分散开来,各自冲杀出去!"

"不行!"蓝永在两个小姐身旁断然拒绝道。

"鬼徒太多了!豹羚们一起冲出去目标太大,一个个分散开来,它们奔跑得更容易些!"蓝宋儿道。

"可是!"

"别可是了!已经有三头豹儿没了,不能再这样耗下去了!"蓝宋儿心疼地抚摸着自己座下那匹最为健壮勇猛的豹羚。她的指尖弹出一些红色粉末,涂在豹羚身上被划出的众多伤口上,豹羚被黑刺刺中原本皮开肉绽的地方瞬间愈合了。"豹儿,你再坚持坚持。"宋儿俯身趴在自己的豹羚身上,豹羚金黄瞳孔顿时一凝,戾气骤起,嗖的一下蹿了出去!

"颜童!下面还有多少?"北冥大声道,手中挥舞着剑刃。

"还有三丈!"颜童的手指从焦土中拔出,刚刚探完腐蚀地的情况。

"三丈。"北冥心下计算,这些兵力,还扛得住,只是……恐怕,有去无回了。他双眼闭紧,心中一沉,不念其他,冲杀开去。

"部长!外面的防御士兵少了,我要带人过去!"颜童道。

"好!"

"你自己小心!"说完,颜童赶去腐蚀地的边界,也是辽地边界。

须臾,北冥收到冷羿来信,他们在辽地中场的腐蚀地中亦是开战了。北冥心中默念:撑住了!冷羿一旦被攻破,那留在狼穴附近的几千名伤员也就无望归途了,而辽地外,更是岌岌可危。北冥这边战况稍稳,他便赶去支援颜童防守。就在快要到达辽地边界时,北冥远远看去,发现一群豹羚停在腐蚀地外不远处,眼神焦急地往腐蚀地望去,鼻孔不停喷出热气,一个个匍匐屈腿,准备反冲回来。豹群中间坐着蓝盈儿,她亦是焦急万分地伸头张望着,泪水涟涟。这群人中却不见蓝永和蓝宋儿的身影。

"豹儿!豹儿!你再坚持坚持,咱们马上就出去了!你再坚持坚持啊!"蓝宋儿俯在自己的豹羚边上,眼泪直流。她的豹羚是这群豹羚的头领,亦是冲锋陷阵的勇士。刚才,蓝宋儿和她的豹羚一路冲杀,为身后随从与豹羚开辟战路,她和她的豹羚指引着其余的手下一个个冲出辽地。可就在最后,她和蓝永断后成功准备冲出去的时候,她的豹羚猛然一跃,把她甩飞出去。幸好蓝永眼疾手快,骑着自己的豹羚接住了她。

此时蓝宋儿的豹羚已经遍体鳞伤，右腿骨完全断掉，只连着皮肉，脊背和腹部身中数刀。可它还强撑着身子，站在战场中央，誓死不倒。它嘴中龇出利齿，呼吸急促，豹瞳锐利，轻轻拱着蓝宋儿的肩膀。

"我不走……我不走……"蓝宋儿环抱住自己的豹羚脖颈，泣不成声，脸已经哭花了，原本画在脸上的图腾也被泪水冲刷干净，露出纯净的巴掌大小脸，唇红齿白，樱桃小口，晶亮的圆眼睛好像两颗琉璃明珠，小小的圆鼻头哭得红彤彤的。"豹儿！豹儿！我的豹儿！"她撕心裂肺地哭喊着。

"二小姐！再不走就来不及了！趁着他们东菱人刚好杀退一片鬼徒，赶紧走吧！"蓝永忠心护主，不离不弃，但亦是看出豹羚不支，极力劝阻着蓝宋儿。

"我不走！要走你走！"蓝宋儿大叫着，厉斥着蓝永，手臂紧紧搂着自己的豹羚。蓝永心下一横，抱起蓝宋儿，放到自己身前，两人骑着他的豹羚，飞奔远去！

"影子！"蓝宋儿尖声叫着，回头伸手抓向空中，然而一捞，只有冰冷空气。她的幻影豹羚影子留在了原地，目送着主人离开。就在这时，它忽地掉转身形，背对着远去的蓝宋儿。蓝宋儿望着它，又一批鬼徒冲了上来，影子要用身躯护住主人，一声恶吼，影子飞扑过去。"影子！"蓝宋儿撕心裂肺！

砰砰砰，十几个鬼徒扑在了豹羚身上，它奋力甩去，张口撕咬。跟着豹羚一声巨吼，它的半张脸被鬼徒咬了下去。豹羚重重摔了下去。

"嗖嗖嗖！"三道狠烈剑气穿过鬼徒膛中，鬼徒瞬时崩散。豹羚奄奄一息躺在血泊中，可那唯留一只的黄金瞳却依旧顽强地盯着前方。忽然一个劲力把豹羚踢飞出去，豹羚强壮的心脏亦是一惊，嗷的一声叫了出来，然而紧接着它轻轻落了地。那人的力道不轻不重，不急不缓，把健硕的豹羚用脚送了出去，却不至于让它受伤缓缓落在地上。

北冥一剑扎进刚刚豹羚躺倒的地方，他的劈极剑锋利无比，把地下焦土扎个穿透。只听一声刺耳尖叫从地下蹿了上来，下一刻没了动静。北冥干净利落地拔出劈极剑，跟着往豹羚身边走去。豹羚睁大瞳眸，看着北冥，不知是恐惧还是惊愕。幻影豹羚也是极品灵兽，天生拥有极高的纯净灵力，五感倍强，速度天下无敌。刚才影子已经察觉到自己腹下将要涌出大批鬼徒，可它视死如归，不惧生死。然而就在它准备就死的时候，一个力道踢在它腹部，把它送了出去，影子始料未及，心中大恐。现在知道了，那个送它出去救它一命的人正是眼前这个男人，北唐北冥，自己的小主人蓝宋儿很是憎恶的人。

北冥见豹羚看他的神情十分古怪，虽说只剩下半张脸，但那天生的锐利气质依旧不可一世。北冥不管它，俯下身去，替它撒了些药粉在身上。忽然，他从腰间拔出切叶刀,嗖的一下划下豹羚脸上的腐肉,疼得豹羚嗷嗷直叫。

"别喊了,敷上药就好了。"北冥道。

豹羚听见,顷刻闭住半拉嘴巴,另一半已经被豁烂了,只能龇牙咧嘴。"好好躺着吧,别动了!"北冥用手拍了拍豹羚背腹,好像对待一个士兵、一个爷们儿一样。他转身站起,走向颜童。

颜童亦朝他走来,偏头看向地上豹羚,佩服它忠心护主。"看来这一时半会儿,不会再有东西出来了。"颜童道。

"希望如此。"北冥打开通信设备,与冷羿联络。他那边的战况,恐怕不轻。

"北冥!"远处有一个妩媚声音响了起来,莫多莉正往这边跑过来,她气喘吁吁,在看到北冥无碍的一瞬间,脸上笑开了花一般,无法遮掩。

"我没事,你怎么赶来了?"北冥道,"不过正好,前面就可以出辽界了,你和玄花现在正好可以离开。"北冥压根儿没把礼仪部的人当作战人员,更不会想要莫多莉帮自己什么,现在既然已经安全到达边境,他们大可以回去了。

莫多莉怔了一下,急道:"你赶我回去干什么!"

"现在战况尚可控制,你们撤离是最佳时候。礼仪部的人员基本没有作战能力了,留下等于送命。"北冥照实道来。

"你!"莫多莉气急,"你这个人怎么……这样……"莫多莉话到一半,北冥已经开始联络冷羿了。他时刻关注战况,无暇应答。

"颜童,让战士们趁这个空当赶紧调息灵力。"

"放心,我已经吩咐下去了。"

北冥亦是打开两面影画屏,关注着北境和辽地中央的战况。

这时蓝宋儿已经来到他们身边,小心翼翼,不敢张扬。她俯身看着自己的豹羚,心中又是难过,又是庆幸。她抚摸着它,心中却想着别处。豹羚与主人心有灵犀,偏头看向北冥。

"冷羿,你那边怎么样了?"影画屏一时没有接通,北冥对着信卡道。

"不怎么样!"不多时,冷羿回道。

辽地内,冷羿没有片刻清闲。显然辽地中央区域的腐蚀地比外界的那片隐藏得更深层,腐蚀程度也更严重。这也是为什么当时北冥和聆龙进入辽地后连聆龙都无法听到辽地内外消息的原因。腐蚀地阻隔了一切可以互通的讯息。

冷羿率领士兵与鬼徒全面开战,此时的他已经毫不吝惜自己的灵力。不仅如此,在他可以达到的灵力范围,冷羿使出浑身解数,保护战士们周全。冰刃寒箭齐发，敌人们成片倒下去。战士们从未见过冷羿这般模样，下手直接，狠辣干脆，比起往日更加雷厉风行。

打斗中，一个小战士脚下一软，鬼徒扑了上来。嗖，冷羿近身来前，用手中冰刃切断了鬼徒的脑袋，鬼徒瞬间化为冰气消散。冷羿漆黑的头发此时已经布满寒霜，好似银发。

"第五部长……"小战士恍惚间，脱口而出。

"什么？"冷羿一怔。

"第五部长……哦！哦！不对，是冷队长！"战士缓过神，发现自己身边的是冷羿而非第五梵音，忙改口道。如今冷羿的模样和梵音如出一辙，而之前整个东菱军政部只有梵音一人是水系灵能者，战士们看到这般第一直觉便是梵音到了。

冷羿心中跟着打了个转，好像什么重要的东西正在触碰着他的神经。他手中挥击不断，心中千丝万缕。霍地，他双眸一怔，赶忙从口袋里拿出军政部配备的影画屏。

"南宫部长！帮我接通梵音的通信设备！"冷羿一边打开影画屏，一边向军政部军机处部长南宫浩发出请求。辽地的通信随着腐蚀地战斗的爆发，已经全面疏解。很快地，冷羿收到了梵音那边的影讯。北境镜月湖冰原之上，血染冰湖，死伤无数。冷羿心口一寒，青筋暴跳。

"梵音在哪儿！梵音在哪儿！"他默念着，急速寻找着。大批灵魅已经冲破北境军的防守，往城中奔去。只听一个怒火冲天、森气凛凛的声音在北境冰空之上响起。

"五年前，我父亲伤得你神形俱灭，你苟延残喘！想杀我？你杀得了吗？你有那个本事吗？"

"你和你老子的命，我都要定了！你个混蛋！"灵主气盛，狂怒道。

"我苟延残喘，留着这条命，为的就是今天，拿你狗命，祭我父母，为我挚友报仇！你不让我活，我就跟你变成鬼！看你我谁是厉鬼！我第五梵音奉陪到底！"

梵音此话一出，气魄滔天，杀气滚滚，菱都城上下均是一骇！北冥和冷羿虽分在辽地两处，却都是时刻关注着梵音，此时他二人心下一寒，齐齐看向梵音！梵音抬箭欲射。

忽地梵音猛然掉转方向，冲着镜月湖城的方向，张弓搭箭，大喝一声："哥！让那个杂碎看看第五家的本事！"积攒在梵音胸口多年的怨气压抑顷刻宣泄而出，一声"哥"道出她对家人的万般思念，她实不知此刻冷羿也正在看着自己。

此话一出，辽地这头的冷羿登时愣在当下！万般思绪汇聚如洪水，冷羿声嘶力竭道："梵音！住手！"

第七十一章
生死相依

　　"哥？"多少人在听到这句话时觉得莫名其妙，这当中自然包括在菱都观战的姬菱霄。菱都城内战已停，狱司放出来的暴徒怪兽已被尽数抓住，重新囚禁。人们冒着生死危险又从家里赶来国正厅，殚精竭虑地为着前线的战士们加油。

　　姬菱霄随父亲再次来到国正厅广场前。胡妹儿紧紧跟着姬仲半步也不敢离开。姬仲本不想出来，可姬世贤奉劝父亲，这个时候人民需要他。姬仲盯着自己的儿子，姬世贤目光不移，毫无退缩。姬仲缓了半天，才又出来。

　　"什么哥哥？不要脸！当着这么多男人的面叫我的北冥哥哥为哥哥！"姬菱霄心里咒骂着梵音。

　　一声"哥哥"喊得冷羿心中炸裂，他不用再想，不用再听，那声"哥哥"定是妹妹在喊自己。"梵音！"冷羿大喊。水域持天是第五家灵法秘术，更是登峰造极的防御灵法之一。梵音重伤刚愈，灵力大损，强行催动水域持天这一灵法，稍有差池必会落得灵丧的结局。奈何冷羿身在辽地分身乏术，心急如焚却也抽不开身，无数灵魅从腐蚀地蹿出，他必先应战。

　　辽地另一边，北冥脚下的灵魅再一次进攻而来。他看着梵音如此，早已神志涣散。北冥的心脏突然剧烈跳动起来，一团团滚烫鲜血涌入他的体内四肢百骸。他突然精神一振，往自己的双手看去。青白的颜色渐渐褪去，漫上点点温红。一丝振奋涌上北冥心头。这时只听北境那头传来赤鲁的声音。北冥猛然再次看去，原来是梵音被赤鲁救下了，赤鲁活着，梵音也活着。他登时泪如泉涌，边杀边哭。

　　忽然，北冥心中划过一丝念想："梵音刚刚叫的那声哥……难道是……冷羿！"冷羿这一路和北冥一起走来，北冥已经清楚地知道他是水系灵能者而非与自己一样的灵化系灵能者。这些年冷羿藏得极深。不仅如此，他和梵音的招式大同小异，几乎一模一样。"音儿之前和我说的，她看冷羿好似兄长，原来不止如此，难不成他们真是兄妹？"

在北冥身旁不远处的莫多莉看着北冥性情急转，心情复杂，柔肠百转。她已经知道北冥心中早就有了别人，外人再难靠近了，心头酸楚难耐。忽然一个鬼徒袭来，她恍惚间未及躲避。

"你自己当心！"北冥一把拉过莫多莉在身后，动作已是比之前快了许多！北冥攥着莫多莉的手腕，边打边撤，亦是觉得自己的剑术越发灵活，身体也渐渐回暖起来。

"莫总司！"北冥见莫多莉神情恍惚，无心应战，大声喝了一句。莫多莉猛然看向他，手腕一抖，脸颊一红，只听北冥大声喝道："你自己当心迎敌！不能大意！"

"啊……啊……好，好，我知道了。"

"玄花！你和莫总司守在一起！不能分开！"北冥命令道，不远处的玄花听到，赶忙过来，知道总司刚刚差点遇险也是吓了一跳！

"我可以帮忙照顾这两位女士。"一个傲慢却又低沉的声音在他们身边响起，北冥头也没回头便知道是蓝宋儿。蓝宋儿的豹羚群已经从辽地外赶了回来，她的姐姐蓝盈儿是绝不会抛下妹妹的。豹群更是在看到自己的首领豹羚影子未死，而拼命冲过来营救。

蓝宋儿见北冥对她依旧不予理会，本想发怒，可再看他时却怎么也生气不起来了。这时的北冥已经浑身是伤，断口无数，勉强控制着血液不往外肆意流淌。忽然蓝宋儿一个激灵，看着北冥满是鲜血的胸前，喃喃道："他中了狼毒！"

"你怎么知道？"莫多莉在听到蓝宋儿的话时，猛然回过头来。北冥中毒之事，只有军政部的少数人知晓，何况他现在狼毒已解，更不可能为外人知道。这时的北冥已经赶去别处。

"他的血……颜色不对。"蓝宋儿盯着远处的北冥，仿佛自言自语。

莫多莉眉心一沉，暗自道：这个蓝宋国到底什么来头！莫多莉心思缜密，观察入微。一路来她早就发现蓝宋儿不仅对暗器造诣极深，更是对药学颇为精通，而且极为敏锐。单看她治疗自己属下和豹羚用的红色粉末，就不是凡品。只要一点，那些豹羚身上的断口便可愈合。只是，到最后，她的豹羚反而体力不支，灵力大减，命丧黄泉，倒不像先前被治愈时那般快速灵便了。

短短几个回合，莫多莉便看出了这许多疑点。"擅用药，却弊端多。初期疗效甚佳，后继无力，患者难以承受，性命堪忧。"莫多莉细细想来。

这时蓝宋儿的豹群和手下已经包围了莫多莉和玄花,似有相助之意。莫多莉看向她,她也回头,刚才还游离在北冥身上的眼神在看见莫多莉时忽然清醒,瞬间抖擞道:"他帮我救了影子,算我也帮他一回。"

"你刚才不应该那样说他。"莫多莉看着蓝宋儿道。

"什么?"

"你在狼穴时说他假装大义凛然,盛气凌人,实则是为了保东菱周全,全不在意你们蓝宋死活。说他不是什么好东西,说他暗用你暗器才使自己脱身,并不是为了救你。"莫多莉一股脑地道出心里的话,本想对蓝宋儿发作,可现在却生不起气来,只是神情忧伤,缓缓道来,"可你却不知道,他想救的人根本不在这里,也不在东菱……"

蓝宋儿一向武断专横,自恃有理,难听逆耳之语,可现下看着莫多莉,听着她句句道来,语调平稳,不高不低,甚有气度,忽然觉得眼前这个女人魅力十足,与众不同。

"你说的,是她吗……"蓝宋儿向半空的影画屏看去。梵音正与赤鲁躲在掩体后,浑身血迹。

忽然,众人脚下一撼。

"不好!"北冥大声道。

"部长!"颜童亦是一惊。两人眼神一对,自是知道心中所想一致了。这里是距离东菱最近且最为隐蔽安全的地方,灵魅早就和狼族狼狈为奸,他们在这里孵化大量鬼徒,为的就是一举拿下东菱。而狼族早就准备撤出辽地居住了,留下这些腐蚀地供养鬼徒。这几千兵马怕是拦不住他们早就布下的天罗地网了。

辽地内,冷羿奋战不断。此时他的脚下亦是传来剧动,地面下陷。冷羿心下一沉:"得早做打算了。"

"北冥!你那边战况如何?"冷羿传信道。

"大地下陷,估计数万有余。"北冥回道,他没再多问冷羿,想也知道那边状况相同。

"没有援兵,只能拦截。"冷羿神色不动道。

"好。"

不多时,辽地之上已满是鬼徒。战士们殊死一战。

"莫总司,带着玄花走。"北冥静静道。

"我哪儿也不去。"莫多莉来到北冥身边。北冥低头看去,只觉莫多莉含情脉脉。原不懂这番儿女心思的北冥,因挂念着梵音心中大起大落,好像也开了窍,加之莫多莉语转温情,他竟是感受到了一些情意。

"蓝宋儿,你要是想活命,趁现在带着你的手下还有豹群走。如果你今后不想与东菱军政部为敌,就带上我这两个朋友一起走。之前的事,我们一笔勾销。"北冥所指是蓝宋国请君入瓮、引狼入城、围剿北冥,还有射杀狼族时不顾东菱士兵生死之事。

莫多莉见北冥为了自己安全着想,不惜与蓝宋儿交涉,心中更是大为感动,想控制住却也不能了。

"二小姐,北唐说的没错,我们现在必须撤离了!"蓝永在一旁道。

这时,只见一个威武骁勇的黑色身影稳步走到北冥身边。众人看去,正是蓝宋儿座下幻影豹羚的首领影子。只见影子气宇轩昂,威风凛凛,半破残面却更显狠烈坚毅。它来到北冥身边与他四目相对,好似两个男人相互敬重一般。影子随后对自己的主人蓝宋儿略颔首,跟着并列站到了北冥身旁。

蓝宋儿一怔,影子的意思是从此以后它要跟随北冥而非自己了。蓝宋儿不知为何,但看着影子威武的样子,她嘴角往上一翘,竟破天荒地甜笑起来。

"我们走吧。"蓝宋儿骑着其他豹羚对手下道。她示意莫多莉跟上,可莫多莉却拒不上座。蓝宋儿只得带着自己的手下离开了。北冥等人再一次陷入战事。

辽地内外,敌人如麻,斩杀不尽。北冥等人只得奋力抵挡。冷羿这边亦是自顾不暇,渐渐地他已经拦截不住,鬼徒开始往辽地外围冲击,冷羿一个趔趄,腰间又多了一道口子。几十个鬼徒从他身上碾轧而过。

"混蛋!"冷羿大骂一声。

"队长!守不住了!这帮鬼祟已经奋力往外面突击了!"柒子婴在冷羿身旁大声道。

"守不住?没有我冷羿守不住的仗!"冷羿大喝一声,"北冥!看好你身边的人!把命都保住了!"话落,冷羿张臂一挥,一把八尺寒冰长弓显于手中。倏地一下,他的右手指尖化出五支长箭,张弓搭箭,放手一射。只听一声穿云裂空之响,瞬息刚过,"砰砰砰!"五支长箭落于辽地边界。蓝宋儿骑着豹羚刚刚出境,被这一震吓得险些从豹身掉落。她猛然回头看去。

"这!"

辽地边界的战士们亦是看到了这五支长箭,没过多时,又有十支长箭接踵而来,简直与刚刚影画屏上第五梵音的招式如出一辙。

"第五部长?"有些不明就里的士兵愕然喊出梵音的名字。

"冷羿!"北冥与颜童齐声道。

"难不成冷羿是第五部长的哥哥!"这时就连颜童也注意到了这一点。

"你们不放我妹妹生路,老子做鬼也不善罢甘休!"冷羿大喝道。与之随时通信的北冥这边亦是听到了冷羿的话。

"当真是兄妹!"众人愕然!

众人眼见大地撼动,铮铮开裂,霍地一障冰障拔地而起,冲天而去,开裂百丈未止,好似一面万里冰封。一切退路已停,一切出路已封,殊死一战!冰障外的蓝宋儿等人看着这惊为天人的一幕,心中震撼,一丝对东菱国的恐惧蔓延而生。忽然两行热泪从蓝宋儿眼中掉了下来,她看着冰障的方向。已经没了出口,那人出不来了,她心里难过道。

待冷羿连续放出十五箭,彻底封住辽地出口,突然心口骤然疼痛难忍。想那辽地边境与自己这里相差甚远,他的箭速已然登峰造极,似光影穿梭,数百里外亦是隔空拦截,灵力大耗。冷羿钻心一痛,闷吭一声,往地上跪去。

谁料他刚一倒地,便有鬼徒扑咬过来,他欲转身,心脏又是一疼,疼得他全身一紧,手脚发麻,一动不动。一只肮脏的腐朽鬼手抓住他的肩膀,冷羿发狠咬牙,心中愤愤。

只听"噗"的一声,鬼徒被什么东西贯穿了,飞了出去,不等冷羿回神,又有无数鬼徒涌上。跟着又是噗噗几声,鬼徒被砍得七零八落。

"冷羿!"一个万分急迫、声如鸾鸣的清脆声音传进冷羿耳朵。不等他应声,那人已经来到他身前。那人抬手一挡,瞬间砍去一片鬼徒。长发落腰,散着婉转香气。"你没事吧!"南扶摇看着倒地的冷羿,心中一疼,吧嗒吧嗒掉下泪来。

"你怎么过来了! 谁让你过来的!"冷羿忽然对着南扶摇大吼道,吓得南扶摇一怔,忘了手上动作。

"呃!"这一停不要紧,十几个鬼徒攻来。冷羿用力一拽,把南扶摇拽到自己身后,自己借力站了起来。一招野鬼,冷羿半身化冰,手成寒刃,挥砍出去。鬼徒幻灭,可冷羿另外半个身子又中数刀,疼得他冷汗直流。

"啊!"南扶摇吓得一抖,赶忙伸手往冷羿伤口抚去。冷羿喘着粗气,凝视着周遭状况,发现士兵人数渐渐多了起来。

"你从五分部带兵过来了?"冷羿道。

"什么?"南扶摇看着冷羿浑身是伤,脑子一时钝了。

"我说你从五分部带兵过来支援了?"冷羿缓了语气。

"是,父亲让我领兵两万过来!北冥那边亦有我们突击而来的增援。你放心吧!"南扶摇总算清醒过来,可跟着还是小声问了一句,"你疼吗?"

"伤着没有?"冷羿也道。

"什么?"南扶摇呆呆看着冷羿,在她询问他时,冷羿亦是开了口。

"我问你伤着没有?"冷羿回过身来看着南扶摇,眼神在她身上游走了个遍。

"我,我没有。"听到冷羿对自己的关心话语,南扶摇忽然暖上心头,又落下泪来。

冷羿抬起手指,滑过她细腻的脸庞,替她拭去泪珠。一气呵成的动作,心意流露,毫无掩盖:"不哭了!战场之上,别乱了自己心智!当心安全!我没事,你放心。"

有了南扶摇五部的支援,辽地战场上形势逆转。五分部都是能兵干将,鬼徒被迅速剿灭,渐渐地开始四处逃窜。待战事渐弱渐停,冷羿对着当空伸出手臂,五指张开,用力一收。只见远处边境,那面皓天冰障瞬间幻成一束至纯寒冰灵力,倏地穿林越地,重回冷羿身中。即便那灵力几乎所剩无几,却还是给冷羿有所加持,让他体力略缓。

南扶摇站在冷羿身旁,秀眉紧蹙,轻轻挽住他的手臂,冷羿亦是没有躲开,随她拉着。只听他淡淡说了一句:"没事。"

"嗯。"南扶摇应着声,点着头。

此时,菱都城内。看到辽地内外战事已停,菱都城危机已解,所有人稍作喘息。国正厅上下心情一舒,胡妹儿挺起胸膛,狼族毫毛不剩,她忽然什么都不怕了,顿时喜笑颜开。姬仲亦是长出一口气。姬菱霄欢心不已地看着影画屏上辽地的状况。北冥那浑身是伤的样子,现在在姬菱霄眼里怎么都是好的,恨不能赶紧飞奔到他身前,给他抚慰。可是最让她开心的还不是这个。此时,北境战场已是焦灼一片,灵主久攻不下,主将眼看乏力。

"若是主将一死……那谁还护得住那个该死的第五梵音……肯定跟着一起死了……嘻嘻……"姬菱霄心中暗笑。

"父亲。"北冥心中念着,关注着北境战事。主将此刻已经使出最盛灵法寰葬,若是这招还不行,父亲将性命堪忧!

"赤鲁,帮我这一次,我要替主将打开缺口。"梵音与赤鲁二人在掩体后交谈着。

"我来!"赤鲁意气道。

"照我估算,灵主一定对我父亲有所忌惮。当年我父亲一招万箭穿心,牺牲了自己,意与他同归于尽,致使他五年内蓄力待发,不敢贸然出击。如今,我假意使出父亲那一招,他一定惊惧上当。到时候他不得不打开自己的防御出口,向我攻击,以免自己再遭重创。这时候主将就有缺口攻打他软肋了!"

"可是你已经没有灵力了!你怎么全身而退?"赤鲁急道。

梵音忽然笑道："赤鲁，你活着，你不知道我有多开心。"她笑着笑着忽然落下泪来，拥住了赤鲁，"你好像我的一个朋友，他叫雷落。我与你一见如故，如今你安然返回，我别无他求了。"忽然梵音直起身板，擤了擤鼻涕，擦干泪水，"我能报仇，你还不替我高兴？"

"高兴！"赤鲁泪如雨下，咬紧后槽牙。

"我与你打手势，你就全力抛我上去！"梵音不再废话。

"好！"

"就现在！"

第五梵音像一颗银色流星飞入天际。果然，灵主亚辛中计，当他发现梵音已无能力再像当年她父亲那样使出万箭穿心与自己同归于尽时，为时已晚。梵音为主将打开了缺口。北唐穆仁的赤红灵力寰葬攻入灵主的防御缺口。灵主嚎丧天际，天宇欲裂，百万黑刺瞬间激射而出，天空密布，再无空隙，镜月湖上的士兵们誓死抵抗。北唐穆仁被自己的强大灵力冲回地面，想要护住梵音却已经无力可施。

梵音还在下坠，这是她此生距离灵主最近的时候。她看着灵主已经蜕化为婴孩般大小，模样丑陋，眼睛里的恨意慢慢变成了笑意。灵主四散了，一切都结束了。梵音看着幽幽天空，万箭黑刺向她刺来。她只觉得讽刺，当年父亲用那万箭冰刃刺杀灵主，现如今灵主要以同样的方式与她同归于尽。

梵音想到了父亲，心中觉得痛苦，又觉得开心。至于自己的生死，好像根本不关她的事一样，她从没考虑过，也不害怕。趁黑刺还没扎到她身前时，她努力吸了一口空气，觉得干干净净，很舒服，好像久在深潭，终于跃出水面。忽然梵音心头一酸，想起了一人。临走时，她故意没和他道别，为的就是今日，怕的就是今朝。她有去无回，何必再和他多说一句，让他记着她难过呢。想到这儿，梵音两行泪水落了下来，神志模糊地攥着一片花瓣，喃喃道："北冥……"

她本来是不想和他说话的，不想让他多留伤感，可意识混沌之际，她也弄不清自己在做什么了。

忽然，半空之中，一只手臂揽过梵音腰间，把她卷入自己胸膛。只听一个声音响起："梵音。"

梵音登时睁大双眸，惊恐地看着眼前的一幕，大声道："北冥！"怎么会这样？北冥怎么可能出现在她眼前！梵音只当自己是傻了。她目不转睛地盯着眼前的那个人，恨不得把所剩无几的全部力气都用在眼睛上，看清他。可就在这时，黑刺已经逼近二人。

只听北冥闷哼了一声，搂着梵音的手臂瞬间要松开，把她推送出去。梵音只觉耳间炸裂。北冥用身体替她挡住了攻击,现在还要推她离去。

梵音"啊"地大叫出声,神志顷刻清醒!她一把搂住北冥,不要和他分开。黑刺如落雨不断地向两人、地面袭击而至。忽然梵音只见一个重剑余宽的巨大暗黑棱刺向北冥背心刺来,吓得登时张开双手,抱住北冥,用力一握!"呜!"梵音徒手抓住了这道暗黑棱刺。她的手瞬间被割裂开来,鲜血喷出,疼得她呜咽出声。

北冥猛然抽回梵音手臂,揽回自己怀中。他凌眉立起,星眸锐凝,戾气顿生。北冥单手划过腰间,解下腰间乌黑晶亮的那枚环扣。他握于手中,气运丹田,大喝一声,反手一挥。顷刻间,一柄浩然重器扛在北冥身后,那东西说剑不像,说盾不是,通体黑红,大如舢舨,重钝无锋,堪有千斤。北冥与梵音二人栖身于下,已被完全遮挡,好似扁舟下的小人儿。

然而北冥怒喝未止,手握那重器上支出的大柄。那"剑柄"比北冥肩膀还宽,梵音甚至不知道北冥是怎么握住它的。随着北冥的震天怒吼,只听轰然一声,天际顿响,好似万雷轰鸣。骤然间北冥身后的那柄重器发出浩瀚灵力,震荡开来,荡于天际,灵光万里,轰鸣不止!只见那百万黑刺戛然顿于天际,顷刻间碎裂无痕!战士们得救了。

梵音靠在北冥胸口,难以置信地看着这一幕幕。她手心攥紧了北冥的衣襟,力道大得似要隔着他的衣服,刺破自己手心。至于她手心上那道被贯穿的惨烈伤口,她早就不觉得痛了。

东菱上下看着这一幕幕,所有人早已僵直,瞪目结舌,不知这混沌天地间到底发生了什么。震惊世俗,亘古未见!

梵音努力抬着头,看着北冥。刚才在他身后扛着的那柄"重器"已经被他收了回来。忽然,北冥胸口一痛,大口黑血涌了出来。四肢百骸似被抽筋拔骨,瞬间让他疼得快要昏厥。脖颈间的青筋黑血顷刻暴出,蹿向他的头颅。北冥的脸庞已布满黑色血管,瞳孔已被吞噬。他的手因为疼痛越发用力地抱紧梵音,将她裹在怀中。

忽然一丝冰凉抵在北冥唇边,一颗蜜丸送入他口中,接连又是几颗。北冥的痛楚慢慢减轻,眼睛又可以视物,毒素退了下去。他低头看向自己胸口,梵音正在那里仰着头,看着他。这时只见梵音心口、身间泛着淡淡蓝色,她的灵丧已经开始蔓延,微弱的心脉灵力正在渐渐流逝。

梵音看着他清醒过来,原本焦急难耐的神情忽然一松弛,惨白的嘴角露出笑意。她拿着崖雅临行前给她的最后一颗药丸,轻轻放到北冥嘴边,让他吃下。北冥看着她,却是唇间紧闭,六神无主,心痛不能自已。

梵音又用力抵了抵他的嘴唇,想要把药丸送进去,她的指尖细柔冰凉。可北冥还是看着她一动不动。

"张嘴啊……啊……"梵音轻柔的声音响了起来,看他不应她,她又道,"听话……"好像是在哄着他。

北冥忽然凝眉,眼泪掉了下来,滴在梵音脸上。梵音心头一痛,也险些哭出声来,可她还是忍住了,又轻声嗔道:"张嘴!"

北冥听话地慢慢把嘴张开,吃了药丸。嘴唇抿着梵音指腹,不肯放开。吃了这最后一粒药丸,北冥的狼毒被压了下去。他捧着梵音血流不止的手,刚刚每一颗药丸上都沾了她的血,她手上的伤口触目惊心,几乎切断掌心。

"疼吗?"北冥紧紧盯着梵音的脸,泪水不受控制地往下流,颤抖道。

"不疼。"梵音看着北冥狼毒退去,心中高兴,笑了起来。可是她的呼吸开始渐渐弱了下去。

梵音望着北冥,认真地看着他,小嘴用力地一张一合。她看见他难过,心里比刀割还难受。"不哭……"梵音用手轻轻擦着北冥脸上的眼泪。她没力气了,头抵在北冥胸口,意识开始模糊,可她还在努力睁着眼睛,不肯合上。她想多陪他一会儿,这样他就可以少难过一会儿。两人四目流转,肝肠寸断。

就在梵音弥留之际,她忽然感到一股异样灵力欲从北冥身体中被生生拔出。

"你要……干什么……"梵音气若游丝道。

"我要带你回东菱!"北冥咬紧牙关,青筋暴突。

"你要是再敢调动灵力,我死都不会原谅你!"梵音撑着最后一口气,凶他道。就在北冥出现在她面前的那一瞬间,梵音已经明白了,北冥是时空术士,他拥有穿越时空的能力!然而,无论是时空术,还是刚刚他挥动的重器,二者都对北冥耗损极大,导致他狼毒再现。如果此时北冥再强行催动时空术,他必死无疑!

梵音以死要挟,北冥登时大骇,双目暴瞪!北冥用头抵着梵音的头,忽而神情斗转,戾气横出,字字锥心道:"那你就先把我的命拿走!"话声将落,北冥已拔出灵力。

只听"呃"的一声,北冥心脏骤停,狼毒全面复发!

"北冥! 不要!"梵音急火攻心,灵力尽散,登时晕了过去。

第七十二章
父与子

　　他二人相拥，从天空急速坠下。菱都城上下，已随着他二人的生死一起起落，心悬一线。

　　只见他二人越落越急，完全没有了防护能力，众人心惊。赤鲁想冲过去接住二人，可奈何他二人与灵主黑刺周旋，早就在天空中打转飞远，此时更是远离了人群。如此下去，二人将双双落地，难有生还！

　　霎时间，天象异变，裂相横出！只听天空中传来一声傲世啼鸣，穿透苍穹，众人仰望，空中却是空无一物。下一刻，只见耀世艳阳披空而来，鸾火漫天，似血染万里。鸾鸣不断，响彻冰州。

　　风萧萧过，那艳阳转瞬来到北冥梵音二人身前，展翅一接，二人稳稳落在它身上，这鸾火艳阳正是红鸾！红鸾此刻羽化惊天，破空而来，正如那时空术士一般，穿云越雨，惊世骇俗。只见红鸾一个俯冲瞄准地面飞去，它眼如金日，熠熠生辉。

　　"主将在那里，还有赤鲁他们！"又一声龙啸冲天而起！聆龙幻形，银翼飞展，跟在红鸾左右，只是此时聆龙在红鸾身边竟然像一小物，不显威赫身形。红鸾一个急冲，唰的一下，镜月湖上少了大片伤兵。

　　下一刻，红鸾带着北冥、梵音出现在菱都军政部大厅中央！不仅如此，它身上还驮着主将等众多伤兵。军政部上下无人顾暇这前所未有的奇迹，众人冲了出来，扶起伤兵。

　　"快快快！"白榀大喊着，指挥着灵枢部所有灵枢，"全都抬进去！"

　　"快去灵枢司请陈九仁总司过来！"北唐穆西冲出军政部，下令道。

　　"小音！小音！"北唐晓风疯也似的跑了出来。梵音、北冥、主将无一不在她眼前,然而她现在已经分身乏术。梵音的灵力几乎消失殆尽,北冥的狼毒侵欲全身,主将亦是昏迷不醒。

"青山!青山!小音在这里!快带进去!"北唐晓风哭喊着。仲夏和天阔在她身旁架起北冥和梵音。天阔看见如此惨状,早已头炸欲裂。然而北冥把梵音死死搂在怀里,任谁也拆不开,带不走。

"北冥!北冥!你带小音回来了!你带小音回来了!你快松开她,让青山给她医治!"北唐晓风在北冥身边喊道,哭着拽着儿子的手臂,他早已遍体鳞伤,血欲流尽。然而北冥的手臂纹丝不动,像嵌在了梵音身上。

"儿子,你们回来了!放开!要快去治疗!"北唐晓风声嘶力竭。

"一起带进去!一起带进去!"崖青山厉声道。在看到梵音命在旦夕之际,崖青山抛开一切杂念,孤注一掷,只当梵音是他非救不可的伤者,再无半分软弱亲情。"崖雅!把你的水腥草拿来!快!立刻叫胡轻轻过来!还有谁,立刻去叫莫多莉过来!快!北冥不行了!"崖青山吩咐道。

崖雅跟在父亲身后,听他指令,她看了一眼梵音,转身往军政部跑去。她没时间恐惧,没时间哭泣,如果她不清醒坚强,她的朋友们即将一个个离开!

梵音被人一边搬运,崖青山一边给她灌进去数碗汤药。他看着梵音几乎断裂的手掌,心如刀绞。然而北冥把她的掌心护在心口,谁都碰不得。

红鸾此时已经羽化完成,再也变不成以往模样。它想跟着梵音冲进军政部,可奈何身形巨大,冲进去只能添乱。红鸾急得浑身发着火光,照耀半山,滚烫的眼泪不停落下,在地面炙出一个个火坑。

"小胖鸟,先不哭了!你还能穿越时空吗?那个灵枢刚才说北冥需要莫多莉,可是莫多莉现在还在辽地!"聆龙在一旁大声道。红鸾看着它,眸光一闪,两个灵兽登时消失在了原地。

少时,红鸾又从辽地带回了大批伤兵。此时的它也已经精疲力竭,爪下一软,哐当一声栽倒在地。聆龙用力拖住了它的脖子,大叫着:"帮个忙!把红鸾抬到一边去!它需要休息!"士兵们二话不说,冲了上来。

"梵音!梵音!在哪儿!我妹妹在哪儿!"冷羿大声道。南扶摇扶着他快速往部里赶去,冷羿双腿一弯,险些跪倒在地。水域持天的灵法同样对他造成巨大消耗。

"冷羿!"南扶摇急道。

"我妹妹!我妹妹!"冷羿撑着身子,往里面走去。

"队长!"二分部一纵队的士兵赶了过来,一起扶着冷羿,"部长在里面!属下这就带您过去!"

"去取胡轻轻的血！去取胡轻轻的血！给北冥喝下去！"崖青山大叫道。

"爸爸！在这儿！在这儿！"崖雅手里捧着一碗浓稠的血浆，这是刚刚从胡轻轻腕中流下的。胡轻轻掩着手臂，光着脚丫跟在崖雅身后急奔着，大声道："北冥在哪儿？北冥在哪儿？"

崖青山撬开北冥嘴巴，一股脑地给他灌了进去。

"不够不够！再取三碗！快快快！"

崖雅从未见过父亲如此情急的模样，她心中已知北冥的命怕是保不住了……

"梵音呢！梵音呢！"这时一个尖厉的声音冲进医务室的大门，是冷羿踉踉跄跄赶了过来，"我妹妹呢！我妹妹呢！"

"在这儿！在这儿！"晓风大喊道。

当冷羿看到梵音几近灵丧殆尽时，扑通一下跪倒在她病床边，一把拥了过去，痛哭起来："梵音！梵音！你别吓哥哥！你别吓哥哥啊！"南扶摇想扶住他，可奈何他神志将毁，身形甚重，连带着自己也被他带倒了。

"把水腥草给小音吃下去！快！"崖青山大叫道。

崖雅已经泪水涟涟，双手颤抖，恐惧道："我掰不开她的嘴！爸爸！我掰不开小音的嘴！"

此时的梵音仍旧把头深深埋在北冥胸口，两个人神志全无，却死死相扣，难舍难分。

"儿子！儿子！把小音放开！把小音放开！你带他回来了！她需要治疗！儿子！"晓风用力扳着北冥的胳膊，忽然她感觉北冥颤抖了一下。晓风看着北冥的脸，狰狞的黑青血线爬满了他伤痕累累的面庞。晓风痛哭道："把她放开……儿子！"

北冥的手慢慢松了下来。晓风只觉这是让他二人生死相隔，心中骤然一痛，掩过面去。梵音的头转了过来，冷羿上前捏开了她的嘴，不舍得使劲，却也狠下心来。梵音服下了水腥草。那东西的灵力在她身间游走，很快地，梵音周身上下的血管中散发出莹莹蓝晕。不待多时，只见那水腥草好似感知到了人体深处最薄弱的地方，蓝晕倏地一下，尽数汇聚到她胸口处。

"咚咚！咚咚！"梵音的心跳恢复了过来。

"爸爸！小音，小音，好像没事了！"崖雅激动道。

"先把小音带走。取胡轻轻的血来。"崖青山冷面道，好像面前的梵音已经不是他最珍爱的女儿一样，他第一次忽略了她的伤情。

"什么？"崖雅愕然。

"快去取胡轻轻的血来！"崖青山突然厉声道，吓了周遭人一跳，然而他的目光一转不转地看着梵音。就在北冥带她回来的那一瞬间,崖青山明白了,如果北冥死了,梵音难活!

"爸爸……已经五碗了……再这样下去……胡轻轻……"

"先把小音挪到另一张床上去,我要给北冥放血。"

"还放血……"崖雅愕然。崖青山的眼中一片死寂,那是他身为药痴要和死亡对抗到底的极致癫狂,只要北冥能活命,他将无所不用其极。

"把她挪开。"他再道。

然而就在冷羿试图抱走梵音时,他却僵立不动了。

"怎么了?"崖青山道。他顺着冷羿的目光看去。刚刚北冥松开了抱着梵音的一只手,然而此时,压在他二人身下的那双手臂却紧紧缠绕在一起。北冥的手掌死死抓住梵音手腕,只是避开了她的伤口,宁死不放。梵音亦是用受伤的手攥着北冥衣角,恨不能嵌进肉里。

军政部昼夜作战,拼死抢救着所有伤员。

不知过了几天几夜,周遭的一切都安静了下去。北冥躺在病床上,缓缓睁开眼睛。他的第一反应就是扣紧身边的人,其实这些天来,他的手就没松过。然而这个稍稍使力的动作就让北冥疼得倒吸一口冷气,瞬间满口的血腥味扑面而来。北冥觉得胸口一阵恶心,又咽了回去。

他深深呼了一口气,绷住劲,转过身来。梵音安静地躺在他身边,头倚着他的肩膀正在昏睡。北冥望着她,好像两人分隔了几个世纪。他的眼睛一动不动,恨不能把梵音整个含进他的眼眶。好久,他的嘴角咧出一个苦涩的笑。他的手缓缓抬起,拂过了梵音耳边的碎发。只听一声轻咛,梵音醒了。

她转动着蒙眬的眼睛,慢慢睁开。起初,她的视线还有些模糊,轻轻眨了几下,紧接着,眼前出现影像。

她看着北冥的脸,眼神突然光亮起来,小嘴张张合合,跟着"啊"的一声扑进北冥怀里。北冥一怔,把她抱住。

半天,梵音哭泣道:"北冥……"跟着又是一阵呜咽。

北冥抱着梵音,心中又是欢乐又是难过,轻声应着她:"哎……"

"你回来了……"梵音喃喃道。

"嗯……"北冥拥着她,这一刻他觉得很幸福。

哭了一会儿,梵音从北冥胸口抬起头来,脸上还挂着泪花。她的眼睛在北冥身上左右打转。忽然,她攥着北冥衣襟的手一抖,胆颤道:"你……你……"

北冥看着她,嘴唇紧闭,一言不发。他尽量不动声色地呼吸着,因为他每呼吸一下就痛得将要窒息。他的眼眶、脖颈，都充斥着深青色，浑身散发着浓重的血腥味。

"怎么……怎么了……"梵音的眼泪夺眶而出，把手轻轻拂在他的心口。她这一下温柔，让北冥疼得大过先前所有痛楚。"怎么了……"

"没……没事……"北冥强撑道，握住了梵音的手。两人相望着，心中都是极痛。梵音再也忍不住了，一头扎进北冥怀里哭了起来，单薄的身子不住颤抖，嘴里害怕地念道："怎么办，怎么办……"

北冥用力抱着她，眼泪流了下来，想安慰她，却又不能骗她，仅剩的力气只能全部用来抱紧她，心如刀割苦不堪言。

这时，房门被轻轻推开了。他二人深陷情愫，无暇旁骛。

"你们醒了。"进来的是崖青山和天阔，见北冥和梵音醒来，面上一喜，赶忙道。

北冥恍惚，说不出话来。崖青山见状，疾步上前，把手里的蜜丸送到北冥口中，说道："赶紧吃了！"紧接着他又对梵音道，"小音，感觉怎么样，好些吗？"

"我没事，叔叔，可是，可是北冥他……"梵音呜咽道，求助地看向崖青山。崖青山性情耿直，不懂婉转圆滑，此时却避过头去。不等梵音再次发问，崖青山再道："北冥，你现在能下地吗？"

北冥见崖青山如此一问，不知为何，却也硬撑着答道："可以。"

"那你快些跟我来吧。"

"怎么了，青山叔？"

崖青山眉间一紧，还是说了出来："你父亲，不太好。"

"什么！"北冥听到登时大惊，赶忙往一旁天阔看去，只见天阔脸上亦有愁云。他二话不说，不顾重伤，噌地从床上坐了起来，回身对一旁梵音柔声道："你先在这里好好休息，等我回来。"

"不！我要和你一起去！"梵音赶忙道，"叔叔，穆仁叔怎么了？"梵音亦是担心非常，用手撑起身子，坐了起来。

崖青山见她执意，也不阻拦，只道："你也跟着一起来吧。"几人匆匆往北唐穆仁的病房走去。

此时病房里站满了人，北唐穆仁和北唐穆西并排躺着，晓风和仲夏分别守在各自丈夫身侧。房门打开，北冥和梵音走了进来。看到这一幕，北冥几步疾走来到父亲床前，俯身道："爸！"

北唐穆仁看到北冥醒来很是高兴，又往一旁看去，见到梵音也赶了过来。

"叔叔！"

"小音，你醒啦。"北唐穆仁开口道，声音已是虚浮无力。他伸出手去，梵音赶忙握住。"你醒了，叔叔就放心了。"说到此处，北唐穆仁一时心酸，落下泪来。曾经魁梧威赫的七尺男人，现下显得身形寥落，平添哀伤。

"叔叔，我没事，叔叔。"梵音握着北唐穆仁的手，只觉得他没有那么大的力道了。

"小音，叔叔没照顾好你，还好北冥这小子还算顶用，不然叔叔万死难辞其咎。"北唐穆仁道。

"叔叔！您别这样说，我很好的。这些年您和阿姨把我照顾得那样好。叔叔，您别担心我。"

北唐穆仁看着梵音，深吸了一口道："孩子，以前的事都过去了。听叔叔的话，好好活着，凡事不要再那样执着，也不要压抑着自己。你尽力了，就好了。万不能再想着报仇的事，伤着自己，否则你可让叔叔和阿姨怎么活？叔叔就想让你好好的，别无他求，你父母也是如此。逍遥能护你平安周全，他心愿已了。你以后只要记得好好保护好自己就好，知道吗？"

"嗯！"梵音用力点着头，泪水涟涟。

北唐穆仁又转头看过北冥，声音大了几分道："小子！可以啊！"随即笑容满怀。

北冥看去，亦是冲着父亲咧嘴一乐，掩住了几分苦楚。

"仁哥，孩子们都没事，你再休息一会儿好不好？"晓风在一旁柔声道，梵音给她让开了位置，她深情地望着自己的丈夫，全不在意旁边站满了军政部的指挥官。

"晓风，我……"面对妻子，北唐穆仁再次哽咽，气息一顿，说不出话来。北唐晓风连忙给他顺着胸口，替他减轻痛楚。

原来从战场回来后，北唐穆仁灵力大损，灵丧已至。为保其命，北唐穆西替哥哥导入灵力三天三夜才使他微微转醒。可是北唐穆仁自身灵力盛大，自然汲取的灵力也更为霸蛮，北唐穆西为了保全哥哥性命，几乎已经付出所有。直至今日，北唐穆西灵力残无，再无可用。兄弟二人手足情深，北唐穆西欲拼死一搏，却被崖青山拦下。只见崖青山对北唐穆西摇了摇头，便知大势已去。北唐穆西誓死坚持，北唐穆仁却不再接受。

穆西虚弱地躺在一旁，心情沉重，不再言语。

"穆西，哥哥这几天的命多亏你了，累得你灵力大损，哥哥对你不住。"穆仁握着弟弟的手，粗声道。

"哥！"穆西心中一苦，滚下热泪。

"哎！你这小子，年纪也不小了，咋还哭鼻子呢！"北唐穆仁打趣道。

穆西听了，堪堪一笑，应道："你还不是一样。"

说罢,北唐穆仁看着自己眼前的将士们,他们能与自己从北境归来已属不易,他心情激荡。他又看着自己儿子,只见北冥形销骨立,脖颈青黑毒线欲出,再难压制,一双拳头紧紧握着。想来也知,北冥也是大限将至。父子一心,顿时心痛不已。

晓风时而看着丈夫,时而看着儿子,一双眼睛顾不过来,一双手抓不过来。她握着北冥的手,只觉刺骨冰凉,北冥因为疼痛止不住地颤抖,想瞒住母亲亦是不行。

"儿子……"看到北冥这样,晓风再也忍不住了,一把搂住北冥。北冥一手抱住母亲,一手握住父亲的拳头,一家三口紧紧相连。

忽然,只听北唐穆仁豪声道:"承蒙诸位追随我北唐穆仁多年,为军政部效力。此次你我共战灵魅,大战而归,我北唐穆仁在这里豪谢诸位全力相鼎,以命相搏,保家卫国!木沧!"他下令道,"拿我熊骨百烈海碗来!"那是北唐持送给他的。

"是!"木沧二话不说,少顷,拿过主将饮酒的熊骨碗,又拿过几十个酒碗分给诸位兄弟同仁。

此时北唐穆仁与北唐穆西已经着好军装,立于屋内。北唐穆仁接过酒碗,抬手一举,豪声道:"我北唐穆仁在这里犒赏全军! 愿功勋永驻,勇者长存!"话落,他扬手三碗,烈酒下肚。

军政部上下,将主将影像以影画屏方式传达至各处。战士们皆端起酒碗,一饮而下。

"好! 有我东菱军政部在,东菱子民无人敢欺,无人可欺!"北唐穆仁话落,军政部上下齐喝。

又三碗烈酒下肚,北唐穆仁只觉精神昂然,气魄难挡! 随之,他豪言道:"青山兄!"

崖青山对着主将一礼:"主将。"

"为兄有个不情之请,想请你帮忙!"

崖青山眉心一凝,本想回绝,但看北唐穆仁义薄云天,他断难拒绝,明知不可为而为之。"主将! 北冥的事,我定当全力而为!"

"青山! 我北唐穆仁绝不强人所难!"此话一出,众人皆惑,崖青山亦是不知。

"我儿子的命,我自己来救!"

"什么!"崖青山愕然望向北唐穆仁。

"把我的血统统给北冥换去!"

"爸!"北冥猛然回头,看向父亲大声道。然而北唐穆仁一双烈瞳看向崖青山,只见他身形傲立,坚韧不屈,只等崖青山应允。

崖青山再不推托,不论结局如何,他都愿意冒此一险。哪怕身上再多背两条人命,哪怕众人论他医术不堪、伤人害命,他也甘愿一试。

"主将!我但凭您吩咐,全力而为!"

"多谢了!青山兄!"北唐穆仁对着崖青山就此一礼,崖青山连忙扶起。

"爸!"北冥情绪激动,扶住父亲,泪如泉涌,身形颤抖,"爸!您不能!儿子不能!"

"大老爷们,这算什么!今天咱爷俩生死走一遭!"北唐穆仁单臂拥过儿子肩膀,用力一捏,嗓声道。

"爸!儿子不能……儿子不能牺牲您的命啊!"北冥泣不成声,实难接受。北唐穆仁心中一痛,一把拥住儿子。父子俩竭力相拥,骨肉相连。

"儿子!振作点!从今往后,咱爷俩一条命!"北唐穆仁落泪,却眼神坚毅,义无反顾。

"爸!"北冥声嘶力竭,紧紧攥住父亲背心,"儿子不能要您的命!"

"儿子!你得给我好好活着,替我照顾好你妈,还有小音!"北唐穆仁用力扳过北冥倔强的肩膀,郑重道。

北冥望向父亲,那勇气从父亲的眼里直直涌进自己的胸膛。父爱如山,巍峨万重,撑起了他年轻的脊梁。北冥额头青筋渐起,咬定牙关,扑通一声跪了下去,向北唐穆仁重重磕了三个响头,烈声道:

"爸!从今往后,咱爷俩一条命!"凄凉悲壮,嗓声浩荡。

北唐穆仁热泪怆下,豪声道:"好!"只谓勇者无敌。

北唐穆仁拉起晓风的手,柔情向她看去。北唐晓风扶着他的威武身躯,只觉温暖,轻声道:"我守着你们父子俩,仁哥。"

崖青山片刻不再耽误,让众人退出病房。韩战看着主将的身影,低泣不已。临走时,主将在他肩膀捶了一拳。主将对他有知遇之恩,犹如兄长。堂堂男儿,情重不舍。木沧双眉紧立,主将与他话不多言,便知心意。他对主将鞠了一躬,热泪落下,转身离开。

最后,房间里只剩下北唐穆仁和北唐穆西一家,还有梵音、崖青山、白槐、崖雅和冷羿。

冷羿和梵音亦是在醒来后第一次相见,冷羿不敢离开妹妹,怕她身体不适。然而情况紧急,他二人还没有机会说上半句话。

崖青山不再拖沓,即刻安排北冥父子躺在病床上。亲人们守在一旁。晓风挨在穆仁床边,握着他的手,眉眼间柔情似水。梵音则拉着北冥的手,薄唇咬出血痕,两人四目相望,情深直涌心底,一言不发。

"北唐大哥，有句话我要说。"崔青山道。

"你讲。"

"你身上的血只够北冥换血一次。先前我已给他放去大半血液，按说保命无虞，但现在的状况自然是不行了。"崔青山有话直说，"即便您的一身血液全给了北冥，也是不够的，至少还缺一半，还望你们知晓。"崔青山说出此话，一是为了告知真相，二是想让北唐一家有所心理准备。他父子二人，即便如此，也是生存希望渺茫。

"儿子！准备好了吗！"北唐穆仁置若罔闻。

"老爹！"北唐北冥凄厉应道，"来！"他拳手一紧，父子二人，互为依靠，双手紧握，四行热泪，怆然落下。

崔青山神手医速，顷刻间，北唐穆仁的血液被拔干抽净，与此同时一旁的北冥身上亦是再无半滴血痕，血管凹陷，浑身青白，僵如冷尸。梵音守在他身旁，觉得自己已是生死几回，不堪重负。

倏然间，北唐穆仁的炽热鲜血被尽数灌入北冥体内。

"仁哥……我爱你……"北唐晓风温暖的面颊贴在丈夫脸上，泪水轻流。

"晓风，没能陪你到老，我北唐穆仁对不住你。"北唐穆仁落下男儿泪，互诉衷肠。

"仁哥，这辈子嫁给你，我北唐晓风不后悔，有了北冥，我更是知足了。离开父亲的那一天，我就决定无论日后如何，我北唐晓风跟定你了。"

"晓风，我爱你。"北唐穆仁把妻子拥在怀里，他的呼吸渐渐弱了下去，晓风伏在他身上，敛着丈夫的点点体温。"儿子，以后替我照顾好你母亲，还有小音。"他的声音甚小，而北冥已经昏迷。

这时只听一个簌簌声音在北唐穆仁和北唐晓风脑海中响起："二位放心，我会把你想说的话告诉北冥的，让他保重。"聆龙旋在半空，正用冥声传递与穆仁夫妇交谈。

"多谢。"穆仁道。

北唐穆仁最终停止了呼吸。东菱军政部主将北唐穆仁就此陨落。

"仁哥！"北唐晓风一声凄苦悲切，晕倒在丈夫怀中。

此后几天，病房里再无一声，梵音守在北冥床前不吃不喝，头抵着他的手臂，形如枯叶，双眼无神，只一双手还在北冥手心握着。

又过几日，正在梵音神志不清时，忽然手背传来轻动。她深陷的眼睛倏地向北冥看去，只见他眼眶微动，不时缓缓睁开。

"北冥！"她张了张口，却未发出声音。此时房中的其他人也回过神来。颜童和赤鲁这几天亦是轮流过来照看，冷羿则是同梵音一样，一言不发，只顾看着妹妹。

北冥身体轻动，另一只手用力一握，只觉身旁父亲手掌冰凉，他一颗赤子之心就此明了。北唐北冥躺在床上，深吸了一口气，缓缓坐起。待他神志渐明后，双足落地，走下病床，长身站好，利敛精神。冷羿为了保住北唐穆仁最后模样，让他父子二人终见一面，这些天用寒冰灵力护住了北唐穆仁的遗体。

北冥转身，步伐沉重地走到父亲床前，看着他坚毅的面容，久久注目。片刻，他双膝跪地，对着父亲的遗体三记重叩，双拳紧握道：

"爸！儿子定当照顾好妈妈和梵音！请您放心！"

这一刻，父子同心，形神相通！

三日后，为北唐穆仁举行葬礼。

东菱上下民众齐齐来到军政部外为主将送行，群山满人。国正厅、聆讯部、礼仪部、通信部等各大司部官员悉数参加，无一人缺席。

人们站在军政部大厅内，等待主将灵柩下葬。

此时军政部大厅内，天阔正与哥哥一起抬起大伯灵柩，韩战与颜童亦是站在两侧。北冥身着一分部部长军装，走过众人身前，来到父亲灵柩一侧。只见他单臂向上一托，腕中一扣，父亲的灵柩稳稳落在他肩膀之上。随后，北冥下令道：

"起！"

军政部众指挥官起首四列，跟随在北冥身后，齐步走出大厅。军政部场院内，肃穆一片，参加葬礼的人们分布两侧，只听整齐的步伐铿锵迈过中央大道。北冥神色凛然，肩扛父亲灵柩走在队伍前面。无数目光向他投来，他神坚志明，无视旁物。

"他的父亲……死了……"一个遥遥站在军政部场院内最远处的一人道，正是蓝宋国的二小姐蓝宋儿。她奉父亲之命携蓝永前来参加葬礼。蓝宋儿远远看着北冥，只觉他身形潇潇，忽又觉得他刚毅不摧，高大凛然，目光定在他身上，一刻不能偏离。

北冥把父亲的灵柩稳稳放入山中军政部北唐家世代的墓地之中。一面军旗盖过。北唐晓风最后一次望向丈夫的灵柩，神情哀伤却无限柔情道："仁哥，下辈子我们还做夫妻。"穆西一家陪在她身边，只见她身形纤弱却目光坚定，让人可怜又可敬。

等母亲收敛心神，看向儿子，北冥炽烈的目光正望着母亲，从此后，他就是母亲最可依靠的男人。北唐晓风深深吸了口气，觉得心中略轻。

北冥身姿一挺，双脚一立，刚强有力，铿锵劲声道：

"敬礼！"

一声令下，军政部数万万战士齐鸣礼炮，气壮山河，声势震天。所有将士冲着主将墓碑还有此次战役牺牲的英雄墓碑庄严敬礼。东菱城上下肃立昂然！

姬仲猛然听到礼炮响起,北冥豪声,不禁哆嗦了一下,原本看向北唐穆仁墓碑的眼神缩了回来。他身旁的胡妹儿也是如此,猛然见到这么多军中战士,吓了一跳,哎哟一声躲在丈夫怀里。姬仲双眼一瞪,把她推开。胡妹儿还想发作,却被一旁的姬世贤拦住。她这才勉强忍住火气,骄横地瞥了一眼姬仲,不再理他。

此时的姬菱霄,眼睛一刻也离不开北冥,在他身上上下打转,想闭紧的嘴角却是怎么都控制不住地要微微上扬。她就是得看到他,看到他身形俊朗更添男人气魄,她的心就扑扑直跳,一双勾人的媚眼顾盼流转,娇柔不断。忽地,她细眉一挑,眼角陡然立起,心里啐了一口道:"那个女的怎么在我北冥哥哥身边!怎么还没死!妈的!"一向注意言辞礼数的姬菱霄,不禁爆了粗口。

只见梵音站在北冥身侧,以二分部部长的身份向主将以及全体牺牲的战友致礼,目光刚毅。

"不过还好,越看越像个男的!哼!"姬菱霄用眼睛狠狠夹了她一下,扭头不再看她。管她第五梵音长相到底如何,在姬菱霄眼里,就没有一个能比她自己更迷人的女人。

远远望着他俩的除了姬菱霄,还有一人。莫多莉站在花婆身旁,搀扶着她,花婆的身体还不见好转,可她执意要送北唐穆仁一程,莫多莉不作阻拦。她看着北冥,心中一阵难过:"都怪我……要不是为了救我,以你的本事,又何至于如此。"在战场上的一幕幕,莫多莉看在眼里。她只当北冥灵法过人,直到北冥使出时空术,穿越战场,抵挡万钧,她才恍然大悟,这个人根本不是她以为的那样。如果他随父亲去前线,也许主将真的不会牺牲;如果他不中狼毒,也许战况不至如此惨烈;如果不是为了她,他如此强大的生命力就不会一再坍塌。身中狼毒,他到底替自己承受了多么大的痛苦……莫多莉思绪万千,神情怅然。

"那个人,也许真的很配你……"她看着梵音,喃喃低语道。她一向高傲的性子从未服输过,可此时此刻,她竟觉得自己差得好远,心情落寞。

第七十三章
送葬

致礼完毕。北冥站到母亲身旁。梵音与军官列队，随他身后。众人以国正厅为首，姬仲携夫人子女前来与北冥母子志哀。晓风与北冥均一一待过。

到端镜泊父子前来，端镜泊对晓风深深一礼，长久才立，敬重道了一句："夫人，节哀。"

北冥见端镜泊如此，目光在他身上稍作停留，却见端镜泊望向父亲墓碑，良久才转身离去。跟在父亲一旁的端倪亦是没看懂父亲此番举动，原想着与北唐家志哀完毕便随父亲离去，可谁知，端镜泊走了几步，又停了下来，站在人群偏处，伫立不前。他的目光再次向北唐穆仁的墓碑看去，久久不言。这次葬礼，端镜泊第一个来到军政部，而非和姬仲等其他官员一起，此时他也是未与他人一同离开。

姬仲原想赶紧礼上完事，早早回去休息，毕竟起了个大早。可临走时，看见端镜泊还未离去。他本不想理会，可走出几步，又停了下来。心口一顿，勉强留了下来，打算再看看状况。

花婆由莫多莉搀扶着，来到晓风身边，伸手与她相握。晓风赶紧上前扶住道："花婆，您怎么过来了！快快回去休息才好！"

花婆欲开口说话，忽而落下泪来，颤抖许久，强撑着精神道："你这个小子，怎么就先你大姐我一步走了呢！你这个浑小子！没记得你这么不禁打啊！"花婆越说越难过，身体越发站立不住。

北冥赶紧上前扶住花婆，低声道："花婆。"他用手轻轻捋着花婆的后背，鼻子跟着一酸。

"哎。"花婆紧紧握住北冥手臂，抬头望向他，"冥小子，你没事，没事就好。不然，不然我这把老骨头,可,可……"

"大姐!"晓风听到这里,再忍不住,抱住花婆痛哭起来。北冥拥着两人,忍着不再落泪。莫多莉站在他身边,只觉得这一刻和他很近,心很痛。

随后,众人为了不让夫人在寒风中久立,便快些与她志哀,好请她早些回去休息。就在人潮将散之时,忽然从远处涌来一阵劲风!待人们看过去时,那阵劲风已经收敛了脚步。

只见远处疾行踏步而来两人,一男一女,皆是长身玉立。男子身高七尺,女子脚踏长靴,与其相差无几,相得益彰。男子一身深青劲装,麦芽肤色,女子一袭深紫皮绒长风,腰间束一黑色锦带,肤若凝脂,眉眼凌利,唇如冷月,深紫色长发直落腰间。两人皆是雷厉风行,绝好样貌。

不待众人嗟叹,他二人已是来到北唐晓风面前。冷羿、梵音站在队中皆是一惊!只见那华贵冷霜的女人道:"羿儿!"她话刚落,一旁男人便开口道:"小音。"

只见冷羿、梵音二人即刻从队伍中出来,来到二人身前一礼,张口道:

"妈妈!"

"叔叔!"

兄妹二人齐齐回头望向对方,但片刻不再多言,两人随身站到夫妇一旁。只见女人对着北唐晓风恭敬备至,再次开口道:"北唐夫人,我冷家夫妇来迟,还望恕罪!"女人言辞甚重,似与对方情谊不浅,北唐晓风一时不明。只听女人再道:"这是我丈夫冷彻,在下冷斜月,贸然拜访还请见谅!我夫妇二人只想送穆仁兄一程,以多谢他照顾犬子数年,待我侄女犹如亲女,我冷家夫妇铭感五内。"说到这儿,夫妇二人又是一礼,冷羿和梵音随之。一句"待我侄女",梵音虽未见过这位婶婶,可听她话语一出,便没了生分,心生暖意。

"您快请起!"北唐晓风见状,赶忙扶去。两个女人相视一望,便没了芥蒂。任谁看去,冷斜月都非一般人家的女子,冷彻更是气度暗隐,大气非凡。

"九百……九百……九百斜月!"胡妹儿在看到冷斜月后,眼睛就再也无法从她身上拽回。

"什么!"姬仲听闻,大惊,陡然转身看向胡妹儿。

"是九百斜月!"胡妹儿语惊而出。

"她怎么会来?她身边的男人又是谁?"姬仲提到九百斜月就觉愤愤不平。当年她看不上他,宁愿找个外面的野男人,也懒得搭理他这个国主之子,让他恼羞成怒,咬牙切齿。

"我也不知道啊!第一次见!"胡妹儿并不想看九百斜月,因为她知道,只要有九百斜月的地方,她胡妹儿就屁也不是了!单单那一头深紫色魅惑长发,就让她今生求之不可得!可此时她倒是对她身边的男人有了兴趣,她倒想看看九百斜月找了个什么货色,毕竟在她眼里,普天之下没有比东菱国主更为高高在上的男人了。单凭这一点,她也赢定了!

"夫人,您别与我客气。"冷斜月扶起北唐晓风。胡妹儿远远听见九百斜月称自己为冷斜月,改了姓氏,眼珠子一转,不明其中缘由。

"还跟了她男人姓,真是贱!"姬仲口出秽语,声虽不大,但身旁的胡妹儿与子女却听得见。胡妹儿见姬仲这样气愤,心里高兴起来。姬菱霄不明就里,睁着眼睛望去,只觉那女人甚是迷人,她一时间竟呆了,没了脑子一般!姬世贤看着父亲,眉头一紧,闭而不言。

"如您允许,我便扶您回去休息,您看如何?外面天寒,您心伤不宁,不宜在外面久站。"斜月礼貌道。

北唐晓风不知为何,在见到冷斜月后便觉得神思稍缓,不再像先前那般悲伤难耐。

"阿姨,这是我叔叔冷彻,这是我婶婶。"梵音主动上前解释一二。提到婶婶时,她还乖巧地先往斜月看去,毕竟他们是第一次见面,她还有些拘谨。可当她看到婶婶时,却觉得那般亲切,万没有疏离之感,她也觉得不可思议。

斜月伸手拂过梵音头顶,笑颜展开道:"乖,小音也身体刚愈,咱们先回去好不好?北冥也是。"说完她向北冥看去。北冥亦是对眼前两位行礼。

"初次见面,我是梵音的叔叔,冷彻。"他们几人说话,冷彻走到一旁北唐穆西身前,伸手与他相握。

"您好。"穆西道。

"本想与令兄当面致谢,谁知天不由人,请您节哀。"

待几人准备返回时,冷斜月来到北唐穆仁墓前,郑重鞠了一躬,冷彻站在夫人身旁,随之一礼。只听冷斜月道:

"穆仁兄,你我上次一别已有十年,谁知却是永别。当年我请您帮我调查阿玄失踪音信,您仗义出手,我冷斜月铭记在心。这次,您生命垂危之际仍不忘告知我阿玄死因,我冷斜月无以为报。如来日北唐家有需要我冷家夫妇出手相帮之际,我夫妇二人定当全力以赴,还望您放心。"

北唐一家见斜月如此意重,心中感动。北唐穆西听闻冷斜月提及"阿玄"一人,便有了眉目。冷斜月口中的阿玄正是西番国军政部主将之子太叔玄。此人于十一年前销声匿迹,再无音讯。此次北唐穆仁与灵主亚辛大战,从灵主口中得知太叔玄死于他手,随后便把此消息告诉了冷斜月。冷斜月为此感激不尽。就在北唐穆西与冷彻握手之时,发现此人体内灵力动荡,像是受到了大波折。冷彻亦是发现北唐穆西灵力虚乏,想来是为救其兄的缘故。两人心照不宣。

随后一行人返回军政部。冷彻夫妇经过姬仲夫妇面前时看都没看对方一眼。胡妹儿本铆足了架势要一显国主夫人的派头与冷斜月寒暄,谁料完全被晾在了一边,登时气得眼冒金星。

"那女人是谁!"姬菱霄不由自主地惊诧道,本该有的妒火在冷斜月经过她时就已经被浇灭了。她在那一瞬间第一次有了挫败感,打从心底。

"初来叨扰,还请夫人见谅。"冷斜月礼数甚深,"我见夫人神色不佳,如您信得过我,我愿尽绵薄之力,帮您缓缓精神。"

"冷夫人,您太客气了,这怎么好麻烦您。"晓风刚一开口,冷斜月已经轻轻扶住她的手臂,晓风登时觉得神思轻缓许多。

随后,冷斜月随北唐晓风到她住处稍作歇息。

此时,冷羿正与父亲一起回到自己的房间休息。父子二人刚一进屋,关上房门,气氛骤然降到冰点。

冷羿凌眉一起,登时对着冷彻质问道:"是你教的小音水域持天一式?"

"你怎么跟你老子说话的!"冷彻气盛的架势竟全不弱于冷羿半分。

"我问你是不是你教小音水域持天一式的!"

"普天之下,第五梵音没有第二个亲叔叔,不是我,还能是谁? 猪脑子!"

"你!"父子俩说话,已全无辈分礼敬可言,"你明知道小音灵力不足,怎么能轻易教她水域持天一式! 你这不是要她的命吗! 你是不是脑筋不清楚了!"

"我教她是为了让她自保,没让她去拼命! 我难道会害我自己的亲侄女吗!"

"等你亲侄女没了,我看你哭都没地方哭去! 少在那自以为是,到头来害了我妹妹!"

"你妹妹? 没有我这个爹,你哪来的妹妹! 想得还挺美! 叫你哥哥前,小音最亲的人是我这个叔叔! 你靠边站着去!"说到这儿,冷彻突然对着一旁啐了三下,"呸呸呸! 你个乌鸦嘴,什么我侄女没了! 你个浑小子!"

听到这儿,冷羿也是一愣,随即赶忙对着一边"呸呸呸"了三下,父子俩一模一样,跟着又道:"呸呸呸! 我刚才说的不算数! 都是被你气的,我妹妹好着呢好着呢!"

父子俩说到这儿都已经是吹胡子瞪眼,七窍生烟了,谁都不想搭理谁。

这时，门外传来敲门声。"叔叔，你在里面吗？"是梵音在外面。冷羿上前开门。梵音见到冷羿，突然不知道该用哪般态度对待。自他们从战场归来，梵音和冷羿还没有真正说上过一句知心话。先前两人均是伤重，后来又赶上北冥换命，主将去世，一连串葬礼事宜下来，兄妹俩竟是半分空闲也没有。现下两人都有点不自在起来。以往梵音来找冷羿都是直呼其名的，可今天她站在门外觉得别扭，就先喊了"叔叔"才进来。

两人尴尬地互相瞟了对方一眼。这时房间那头，一个开心又得意的声音响起："小音，叔叔在这儿，快过来！"

"叔叔！"听见叔叔喊她，梵音突然欢快起来，两步并成三步赶到叔叔跟前。冷彻趁机瞄了儿子一眼，只见冷羿翻了个白眼。"叔叔！"梵音又忍不住喊了一声。冷彻拥了梵音一会儿，叔侄俩都觉得甚是亲昵，又觉得生死大劫，两人能再重逢，都感慨万千。

"伤得重不重？快让叔叔看看！你这个孩子怎么回事，说了多少遍不要为北唐家卖命，你就是不听！最后还弄得差点……"冷彻说到这儿又咽了回去，俊朗的脸上有了愁容。

"叔叔，我没事。你看，我好好的不是？我吃了一棵水腥草，就好了！"梵音强颜欢笑道。提起北唐家，她自然想起北唐穆仁，心中难过起来。

冷彻洞察梵音心事又怎能不知，看她面色憔悴，就知她重伤初愈，心伤情重。"我知道你北唐叔叔走了，你心里难过。不说了，不说了。杀伐战场，他北唐家世代骁勇，一般人也比不了。他保护你们一双儿女回来，国不受外敌侵扰，无悔无憾了。北唐穆仁铮铮硬汉，不愧天地。你也要好起来，知道吗？"

"知道了，叔叔。"梵音说着又掉下泪来。冷彻把她抱在怀里轻轻安抚着，心里也跟着难过。只冷羿一人在一旁看着酸溜溜的。等了好大一会儿，他忍不住，叹了口气。

梵音揉揉眼睛朝他瞄过来。冷羿立刻站好，一本正经地清了清嗓子。只听梵音小声道了一句："哥哥……"

这一句哥哥听得冷羿浑身发麻，乐得七窍生烟，欢快得不得了，赶忙应声道："哎！"喜笑颜开，冲梵音走来。他两只手高兴地直摆弄，突然伸过来道了一声："哥哥抱抱！"

梵音被他说得小脸儿一红，往冷彻身边退了一步道："什么……什么啊……"

冷羿看她这样，脸立刻垮了下去："怎么只许老爹抱你，哥哥抱一下不行吗……哼……"说到最后，自己还小声吭唧了一下。

冷彻和梵音被他的样子逗得立刻笑了出来,弄得冷羿脸色红一阵白一阵,无奈地把手放下了。

"我都多大了,还哥哥抱抱的,又不是小孩子……"

"你比我小八岁呢……"冷羿小声嘀咕道,"再说你今年不是刚十五吗,还是小孩子呢……"

"我十九了……"

"十九了……十九了也是我妹妹呀……"

忽然,梵音来到冷羿身边,一把抱住了他,开心道:"哥哥!"

冷羿顿时鼻息一提,欢呼雀跃,抱起梵音原地转了几个圈,道:"你可吓死哥哥了你知不知道!啊!伤得那么重,还敢用水域持天!命还要不要了啊!你可吓死哥哥了知不知道!啊!"

梵音一边咯咯笑,一边说"知道",一会儿又把头埋在冷羿肩膀里抽搭搭的:"有哥哥真好……"

"有妹妹真好!"

冷彻见兄妹俩相认,心中终于舒了好大一口气。忽然,他脚下一闪,头中一晕,往后顿了一步。

"老爹!"

"叔叔!"梵音和冷羿二人眼疾手快,一个箭步上去扶住了他。

只见冷彻用手捏着额头,显然很累了。这时门外又传来响声,是北冥陪同冷斜月一起回来了。斜月刚一进屋便发现冷彻脸色不对,立刻上前扶住他道:"阿彻!怎么了?不舒服吗?"

"没事。"冷彻面容稍沉,坐在椅子上,双眸微合,缓神道。

"怎么没事了!脸都白了!"斜月急道,一把挽住丈夫的手,全不在意身旁还有三个孩子在,动作甚是亲昵。

"就是有点累了,没事。"说罢,冷彻缓缓睁开眼睛,看着蹲在一旁抬着头正小心翼翼望着自己的妻子。忽然他弯嘴一笑,伸手拂去斜月额头的碎发,倾身吻了上去:"我说了没事的,傻瓜。"

"嗯。"斜月看着冷彻的眼睛,一头扎进他怀里,活脱脱一个青涩少女模样,全没了初来葬礼时那般华贵凌霜的高贵气质和言辞考究的世家做派。而冷彻亦是撤了一身寒厉气度,满是温柔。

他抓着妻子的手,感觉她在颤抖,只是竭力控制。冷彻环臂一拢,妻子倒在他怀中,他用手轻轻顺着妻子的落腰长发,轻声道:"没事,没事,不怕,不怕。"

"嗯。"斜月又小声应了一句。

这时一旁站着的冷羿、梵音、北冥三人，大气都不敢喘一下。三个人直接被这场景看蒙了，出了一脑门子汗。见他夫妇二人旁若无人，他们也只能傻愣着。因为不管他们做什么小动作，瞬间就会被冷彻发现。

过了一会儿，冷羿憋不住了，轻轻吱扭了一声："咳……咳咳……"

"干吗？没看你爸身体不舒服吗！来你这里半天，怎么不给你爸倒点水！"冷斜月倏地一下朝儿子看来，眸光如刀。

梵音和北冥二人吓得立刻转身去给冷彻倒水。冷羿被老妈一喝，愣在当下，忘了动作。

"哎呀！你让你妹妹倒水干什么？小音，北冥，快回来。让你哥哥去，你们歇着！还愣着干吗？快去呀！"斜月斥责道。

冷羿瞥了他爹一眼，心想：算你厉害！

"小音，你来。"说话时，冷斜月已经站起身来，招呼梵音道。侄女和婶婶此时才算是第一次正式照面。

"婶婶。"梵音有些拘谨，对斜月礼貌道。

斜月一把拉起梵音的手，道："哎，没想到阿彻有这么一个漂亮乖巧的侄女，我跟着也白捡一个闺女。我看着你真喜欢。你们老五家的人啊，就是让我喜欢。"说着斜月又看了冷彻一眼，满眼的爱意毫不隐藏。"这一路上，我和你叔叔赶着过来，也没时间听他细说，等之后有时间了，婶婶和你好好聊聊，好不好？"

"好的，婶婶。"梵音欢喜地点点头。她身旁的北冥看着眼下第五一家其乐融融，虽难过却也为梵音高兴。而这一切都被冷彻滴水不漏地看在眼里。

"好了，你们娘儿仨待会儿再叙吧。北冥，你叔叔现在身体如何？如果他有时间，我便与他与你一叙。"冷彻道。

"冷先生，我叔叔也让我来请您，如果你此时方便的话，烦请您随我来。"

"好。我这就和你去。"

"阿彻，你身体没事吗？"斜月又道。

"没事，咱们一起去拜访一下北唐一家。"冷彻说这话时直视着北冥。北冥对他恭敬一礼，说不出什么原因，只觉着冷彻对自己未有敌意，却也没有善意，倒不像他夫人那般面冷心热了。

"叔叔到底怎么了？"梵音关切道。

"你们先跟我一起去见北唐先生。"说话间，冷彻走在了前面。梵音看了一眼婶婶。斜月蹙眉道："到时候等你叔叔一起说吧。"

几人来到北唐穆西的办公室。穆西与冷彻夫妇简短道谢过后便进入正题。

"北唐先生，我今天来还想与你商讨一件事情。"冷彻道。

"您说。"

"关于此次灵魅远程攻击东菱目的到底何在，不知您有何见解？"

"赤金石。"北唐穆西并不相瞒。

"看来你们东菱军政部确实与国正厅走得颇为密切，"冷彻不屑一顾，"既然如此，你们也就一定知道九霄徒幽壁和西番美人面了。"

"您对此次狼族幻形如何看？"北唐穆西单刀直入。

"徒幽壁。"冷彻道。

"果然，狼族手中的那东西就是徒幽壁。"穆西道。

"叔叔，"这时梵音突然插话进来，"您当时并不在战场，怎么知道得这样清楚了？"

"因为我去了九霄。"

"难不成，当时救我的人是您？是您赶走了狼族？"梵音道。

那日在战场，梵音明明已经看到狼王修罗的身影。他掌下一震，镜月湖瞬间崩裂，无数战士掉入极寒冰湖之中，梵音也不例外。可就在梵音浮出水面，寻找攻击目标时，却发现狼王修罗在看到她后转身离开了，并未再参与战斗。这无疑为战士们撤去大敌，带来生的机会。然而梵音百思不得其解，狼王修罗为何刚一露面便消失了呢。

原来就在东菱和灵魅开战前的几日，冷彻返回了九霄国。在与梵音相认后，冷彻又重新调查兄弟第五逍遥的死因。涂鸢出现在游人村，梵音的身份曝光，冷彻不得不防。然而就在冷彻到达九霄国国都王胜不久，他便得知了东菱开战的消息。

那一日，冷彻来到九霄国天玄山脚下。

九霄国位于弥天西南大陆之上，坐拥三千万平方公里国土，近乎是东菱国的两倍大小，更比西番大出三倍之多。当之无愧是弥天大陆之上第一盘龙。

九霄国正厅建造于都城王胜的天玄山之上，渺万里云海，俯瞰众生。五十年前，九霄国国主彻底清退军政部主将第五一族，收编军政部，纳于国正厅直属管辖之内。从此，九霄国军政部主将由国主戚家嫡系血亲连任，再无外人插足。

当今九霄国国主名为戚渊，五十岁，二十五岁时任职军政部主将，之后继承国主大统，如今身兼二职。军政部位于天玄山脚下，攀壁而建，直冲九霄。这一日，戚渊与大夫人涂玉之子戚瞳在军政部议事，夜晚未归。

戚渊从军政部走出,来到军政部外万余平练场之上略作休息。他半眯缝着眼睛,眼窝深凹,鼻骨高耸,眉淡长脸,有着九霄人特有的麦色皮肤,呼吸极有力。

这时,一个恭敬的声音在戚渊耳边响起:

"父亲,探子来报,东菱北境出事了。"戚瞳与父亲相隔一米道。他的长相像极了父亲,只是眉毛更淡些,显得他的深眼高鼻更加明显,不好与人亲近。

"这么快……"戚渊暗道,"说。"

"北唐持被灵主抓了,北唐穆仁率军去北境营救,麾下铸灵师木沧还有第五梵音同战。"

冷彻一身藏身术置身于军政部练兵场上如入无人之境,就在听到戚瞳说梵音随北唐穆仁出征北境时,登时神经一紧!然而他脚下无动。戚渊戚瞳灵力不凡,冷彻不敢贸然接近。

"第五……梵音……"戚渊一字一顿道。

"她把修门杀了。"戚瞳听着父亲话落,适时地跟上道。

戚渊淡眉登时一怒:"什么!"

"她把修门杀了。"戚瞳再道。

戚渊眼眶越发虚掩,不出一声。少时问:"北唐穆仁到哪儿了?"

"已经往大荒芜进军。"

"修罗去了吗?"

"暂时还没消息。"

戚渊缓缓把头扭过,看着戚瞳。戚瞳恭敬地低下头去。半晌,戚瞳道:"父亲,今夜是留宿军政部,还是返回国正厅?"

"军政部。"戚渊说罢,转身往回走去。二人一前一后返回军政部。

偌大的会议室中空空荡荡,只有四个座位。戚渊挨着壁炉处坐下,张手一挥,一面影画屏出现在会议室中央,东菱北境战况一览无余。只见此时北境天空忽暗忽明,灵魅群魔来势汹汹,戚渊看着战场厮杀,一言不发。自第五家被清出九霄后,戚家接任军政部,九霄国再无一次战事。眼下戚渊看着东菱国将士如此骁勇,他心思辗转,掂算上下。

夜半将过,戚渊道:"让涂髯青过来。"

"是。"戚瞳起身走出会议室。涂髯青是戚瞳的亲舅舅,涂玉的大哥,任军政部参谋长一职,此人精明能干,但无实权。他的儿子涂鸢任职军政部二分部部长,是本部长戚瞳的表弟。

不一会儿,涂髯青随戚瞳一起来到会议室。即便在军政部本部议事,戚渊召集手下也从来都是派人调遣,从不用人力以外的通信设备。他的通信兵全部是他的亲卫。

"主将。"涂髯青稍长戚渊几岁,却恭敬备至。

"北境天空忽明忽暗,是怎么回事?"戚渊张口就问,不管涂髯青是否还在颔首。

"属下还没查到。"

戚渊深吸一口气:"狼族有消息了吗?"

"还没有。"涂髯青答不敢慢。

戚渊刚要发作,只听门外有人敲门。

"谁!"戚瞳怒道。

"主将,二夫人有事前来。"通信部大声报告。

"这么早容儿过来干什么?"戚渊道。三年前,戚渊娶了九霄国聆讯部总司汪祺瑞独女汪花容为妻,她比戚渊足足小了二十岁,今年刚满三十,与戚渊长子戚瞳同岁。弥天大陆诸国之中,一夫多妻的少有,三大国之中更是唯戚渊一人。九霄国民也都是一夫一妻。"还不让夫人进来,外面那么冷!"戚渊立眉道。

戚瞳迈开脚步为汪花容开门。汪花容一进门便道:"夫君,这么晚了,你怎么还不回家?"汪花容长得花容月貌,温婉柔肠。"夫君"这一称呼,当今人们已经不再用。可这古香古色的韵味,衬得汪花容更加雅致,也让戚渊觉得自己更有"君王"气度。

"这么早,你来干什么? 也不嫌冷!"

"爹爹让我过来给你报信。"汪花容面带笑意,小步往戚渊身边走来。戚瞳跟在她身后。

"你让岳父直接传口讯给我不就好了,还烦你亲自过来。"说罢,他便拉过汪花容的手给她焐着。

"爹爹说,夫君不喜欢信卡传信,说是不安全。这么晚了他又不便打扰你,便去找我说话,再由我转告你,这样总是最稳妥的。"花容甜笑道。

"外面寒重,你跑来跑去我不放心!"

"没事,豹羚快得很,车上也暖。"

"九天呢?"戚渊问道。

"自己在屋中睡下了。"戚九天,戚渊和二夫人汪花容的独子,今年刚满三岁。戚渊迎娶汪花容时,她已经有了三个月的身孕。

"啧!"戚渊轻斥一声,"留他一个人怎么行! 你也不陪着他!"

汪花容捂嘴一笑,甚是委婉:"夫君,您别这么宠着他。他一个小男孩,怕什么。"

"你也说了是小男孩,怎么能一个人在家?"戚渊就这样与汪花容你一言,我一语,完全忘了北境战局。戚瞳和涂髯青站在一旁,并未落座。四席之中,戚渊和汪花容占了两个位子。

"哎呀! 说了半天,我差点把爹爹交代的事忘了!"汪花容突然从椅子上小跳起来,面色一红,紧张道。

"你急什么! 有什么事,慢慢讲。"

"爹爹说,他查到,北境那边,有个叫第五梵音的人杀了修门。"

"这个我知道了。"

"还有,爹爹说,修门幻形成双头狼了。"

"什么!"戚渊听后,脸色大变,一把抓住汪花容的胳膊,大声道,"你说什么?"

"啊,"汪花容娇声一叫,戚渊却没撒手,"爹爹说,修门幻形成双头狼了。"

戚渊听罢,抄起桌子上的白瓷杯盏就朝戚瞳砸去,"乒"的一声,茶杯碎在戚瞳脚边,戚瞳颔首成礼,纹丝未动。汪花容一惊,却不敢呼,连忙用手掩住嘴巴。

"你怎么办的事! 啊!"戚渊怒道,"徒幽壁怎么会落在狼族手上! 他们什么时候进的天玄山! 你怎么防御的!"

"属下也不清楚! 徒幽壁地处隐蔽,按说狼族绝不会找到的! 我这就前去查看!"

"你还去个屁! 狼族既然幻形了,就肯定拿到了徒幽壁!"

"但是徒幽壁乃天下至坚灵石,凭狼族怎么可能拿得到呢? 即便撬也撬不开分毫啊!"戚瞳同样不解。

"要是用赤金石呢!"戚渊怒道。

"赤金石!"戚瞳登时明白了。

"若是狼族先得到赤金石,再用赤金石撬开徒幽壁呢!"

"这么说狼族也去了东菱,而且还得到了赤金石! 可是他们又是怎么得到赤金石的呢?"戚瞳道。

"管好你自己的事! 东菱的事,关你屁事!"戚渊道。说到这儿,他起身便往外走。

"您要去……"戚瞳道。

"去看徒幽壁!"

"属下去就好,您在这里稍等,我去去就回。"戚瞳道。

"你已经疏漏百出! 让你去查徒幽壁,哪里缺了哪里少了,你看得出来吗!"

"属下办事不力,这就随您一同前去!"戚瞳诚心道。

戚渊看儿子这番态度,心中怒火消了半分。忽然,只听影画屏传来巨大响动。

只见北境冰面百尺开裂，瞬息间，冰面崩塌。将士们厮杀不断，纷纷落水。

"哪里来的这般巨动！"涂髯青大惊道，"难道是灵主！"

"修罗。"戚渊低声道。果然，就在影画屏一角，一道荧绿目光投了过来。

"看来东菱这下要全军覆没了！"涂髯青再道。只见戚渊屏息凝视地盯着影画屏。刚刚他虽在一直与戚瞳等人说话，可注意力一刻没有放松。北境战场上，所有出类拔萃的将士都被他一览无余，尤其是第五梵音。此时她也已经掉入冰湖。

戚渊收了脚步，他从不把第五家放在眼里，一群死光的人有何可惧，可是第五梵音在战场上的表现还是引起了他的注意。修罗正从远处步步逼近战场，东菱的战士早已疲惫不堪。戚瞳与他父亲一样，目光没有离开过第五梵音。这一仗，她难逃一死。

忽然，戚渊猛一侧身，手向腰间抚去，然而他的动作就此戛然而止，与此同时戚瞳也怔在当下，他身旁的涂髯青不知在何时已经倒地不起了。只听，一个寒气逼人的声音在戚渊身边响起："让修罗退回去。"

戚渊一双黑瞳登时睁得老大。

"父——"戚瞳也是大惊，可是"父亲"二字还没念完，他便觉得脖颈一痛。一根"银针"已经扎进他的动脉！戚瞳不敢轻举妄动。

"你是谁！"即便戚渊已经怒火中烧，可仍旧不失大将之风，临危不惧。

"让修罗退回去！"只看一根巨大冰锥正从那人手中长出，扎向戚渊脖颈，一身困牢术使得戚渊无法动弹。那人的另一只手同样化成一根冰锥，直直扎进戚瞳脖颈。他的半面俊脸已经幻化成野鬼模样，牙尖嘴利，冷魅至极！

"冷彻。"戚瞳稳声道。他刚说完这两个字，脖颈已经开始流血。

冷彻听罢，斜眸看向戚瞳："你有胆，不怕死。"

"冷家的人……"戚渊淡淡道，"你一个被第五家除名的人多管闲事干什么？"

忽然，冷彻深吸一口气，戚渊只觉整个军政部大厦已经化为冰窟，彻骨寒刺，让他浑身生生发疼。

"我让你叫修罗停下，你听不懂是不是！"冷彻大喝一声，此时他已经浑身化冰，发如刀刺。

这时，只听砰的一声，"啊！"汪花容飞了出去，重重撞在廊柱上。嘎巴一声，怕是腰骨已经断了。

"花容！"戚渊大叫道。

嗖！又一根冰刺从冷彻手肘中击出，噗的一声扎进汪花容腹中！汪花容登时花容失色，鲜血直流。就在冷彻进屋撂倒三个男人时，他本无意搭理汪花容，可谁知汪花容防御术奇佳，竟然骗过了他。她假意在一旁瑟瑟发抖，其实伺机而动，忽然对准冷彻背心就是一击。冷彻灵力一抵，汪花容反倒飞了出去。

"我再说最后一遍！让修罗撤回去！"冷彻怒吼道。那声音似野兽蛮荒，雪崩将至，军政部大厦哐当震响！

"我与修罗素无往来，怎能通知他！又怎可能控制他！"戚渊大声道，"你快放了我妻子！你好歹是个男人，怎可对一介女流下手！"

"你的意思是，你儿子的命你也不要了？"冷彻阴冷道，这般激将他浑不在意，一双冷煞凤眸狠烈至极。话落，冷玨的冰锥已经刺进戚瞳的脖颈，只见戚瞳张口一呃，瞳孔登时骤缩。他原本扶在腰间准备抽出兵器与冷彻开战的手骤然一紧，没想过有人的攻击会比他快出如此之多，甚至让他连幻化兵器的时间都没有。

"父亲！不用……管我……"戚瞳呃呃道。

"慢！"戚渊大叫一声，"你容我拿出信卡！"

冷彻的困牢术稍稍松懈。只见戚渊张手一收，一张信卡瞬间从桌子上到他手中。他寥寥几笔写道："修罗！你敢动我九霄徒幽壁！若你不想与我为敌，速速收手！"

转眼，冷彻往影画屏看去，只见修罗掌下一停，慢了脚步。它低头看去，顷刻，欲要继续前进，忽然又停了下来。这一次，它紧盯着爪缝间的一片干黄枯叶草。半晌，修罗往不远处冰潭看去，狼眸一闪，直射潭底。只见一道同样犀利的目光对着修罗射来，它狼瞳一收，心中念念："第五梵音！"

就在一天前，梵音杀了修罗之子修门，它怒火难遏。然而，就在修罗找到深潭下的梵音片刻过后，又掉头离开了。冷彻见状，顿时松了口气，全然不顾自己身在敌营，他早就知道，他难出军政部了。

第七十四章
冷家夫妇

　　就在戚渊发出讯息的一瞬,军政部会议室的大门被冲破了。数枚黑钢短剑朝冷彻分杀而来,涂鸢站在门外,眼冒杀气。冷彻撤去刺进戚瞳颈间的冰刃,挥臂挡开涂鸢的攻击。下一秒,戚瞳倏地挥剑而至,剑尖直逼冷彻眼眉。

　　冷彻眉心一凝,已是向后避开,原本控制住戚渊的手也已经松动。只见戚渊猛然发力,瞬间破了冷彻的困牢术,一柄金钢剑戟霍然幻于手中,朝着冷彻腰间打去。戚渊的金刚六棱戟通体金光四射,犹如纯金打造,刚硬无比。冷彻单臂一挡,戚渊的金刚戟砸在了冷彻的臂膀上。只听轰然一声巨响,冷彻野鬼瞬间幻化成型,周身犹如冰刚打造,至坚堪比亿万年冰川。只听他胸腔内发出一声巨吼,好比巨兽狂涌,军政部大厅内瞬间摇摇欲坠,寸寸开裂。

　　然而戚渊锐眸一横,赫然一声,六棱金刚戟快速飞转起来。冷彻只觉臂膀一沉,他冷眸斜睨,只见通体成冰的臂膀处渐渐出现细痕。

　　"好功力!"冷彻心中大喝。

　　不等他再看,又一重剑朝他砍来。只见戚瞳挥着三棱金刚戟朝冷彻腹部砍去,这三棱金刚戟几乎和其父的六棱金刚戟如出一辙,只是这把金刚戟棱刃更为简单犀利,杀气更甚。父子夹击,刚猛如虎,迅捷如雷。冷彻避无可避,赫然发力,轰! 一面寒盾霎时立于室中,刚好快过戚瞳的金刚戟半步。

　　戚瞳的寒眸骤然一立,发狠朝寒盾刺去。只听"咔嚓"一声,冷彻的寒盾竟被戚瞳刺裂了。

　　"喝!"三人齐齐发力。冷彻腹背受敌,全力挡开这父子二人,冲出军政部。就在他冲出军政部的一霎,万枚箭雨瞬息将至。冷彻朝着练兵场轰然一声巨吼,犹如洪水猛兽,数万灵箭被他一击崩碎。天玄山下回声浩荡,直冲云霄。冷彻吼声未落,戚渊和戚瞳已追杀出来。三人缠斗,犹如龙虎相争。如今的九霄国主戚渊和他国主不同,身为军政部主将的他自继任起无一日荒疏练功,灵力深厚。

他的儿子戚瞳更是招招狠辣,出其不意,攻其不备,专攻空隙,好一身刁钻精密的上乘灵法。冷彻只觉越战越急。他不能再耗,欲要冲出军营。然而数万九霄军已把练兵场围得水泄不通。待冷彻再看去时,巨大的防御结界已经把冷彻和戚家父子二人罩了起来。他若想出去,必须先在防御结界上撕出一个口子。然而现在戚家两父子对他的夹击让他应接不暇,一个错闪,他就有可能束手就擒。当务之急,他只能先打倒一个了!

冷彻心下发狠,骤然加快手中动作,专攻戚渊一人,任戚瞳再攻他亦是不挡! 只看冷彻双手倏地幻化出两柄冰锥,朝戚渊打去。几次快攻下去,他看准戚渊手腕,猛地刺去。戚渊惊喝一声,手中的金刚戟掉落。冷彻跟着朝他腹部打去,戚渊回手一挡,被打得连连后退。就在这个空当,冷彻单手一凝,一股寒冰灵力激发而出。就在他一个闪身想要冲出防御结界时,一道金刚戟重重砸在他背上,冷彻吃痛。这一下还没完,金刚戟由横打直,戟尖全力刺入冷彻背心。冷彻的冰甲寒胄竟被钻了个洞。

冷彻猛然弓下身去,跟着手肘刺出冰锥,扎向后方。戚瞳一个鹞子翻身闪开,跟着再攻上来。就在这时,刚被打开的结界洞口瞬间闭合。冷彻利齿一龇,回首就朝戚瞳打去。这时,九霄军政部的几位部长也一同攻了进来。只见戚瞳手指微动,部长们均听他指挥调遣,攻守兼备。冷彻遭到围攻,久战不下,脚下一个空档,戚瞳朝他腿骨打来。冷彻登时要屈膝跪下。忽然,天空一道闪紫,一道灵力从练兵场外冲了过来。防守的士兵倒了一片。

几位部长齐齐朝冷彻砍来,就在这时,他们手中动作均是一顿,空档闪出,冷彻消失了! 与此同时,几位部长眼中划过一道紫闪。戚瞳眼中亦是如此,深邃凹陷的眼眶中紫光速闪。忽然,他凝眸一怔,喝的一声,身体再次恍过神来。他倏地往练兵场外看去,冷彻已经消失得无影无踪了。

戚瞳闷哼一声,心中不快。其余几位部长接二连三缓过神来,然而士兵们仍旧神不守舍,几百个人还在摇头晃脑。

"没用的东西!"戚瞳厉声喝道。各位部长纷纷下令,让战士们相互挣脱控制,渐渐苏醒过来。

"九百!"只听戚渊的声音再次响起。

"父亲,您是说刚才那道紫闪是西番国九百一族?"

"除了他们,没有人再拥有如此强大的操控术。这不同于任何一种防御术与束缚术,而是九百一族与生俱来的秘术。"

戚瞳听过父亲的话,略有所思:"父亲,汪花容还在里面,您要不要先去看看?"

"不用,"戚渊淡定道,"冷彻没有伤她要害。"

"多谢父亲刚才出手相救儿子!"听到这儿,戚瞳对着戚渊颔首一礼。

"除了你,没人再配得上九霄军政部本部长一职。"戚渊当着众人道。

"多谢父亲!"

"先回去看看北境战况再说。冷彻……第五家的人果然还是一条心,改姓不分家。你们听好了!我九霄国从今日起与第五一族分道扬镳,势不两立!若再见冷彻此人,必当全力抓捕!"戚渊厉声道。

"是!"众将士听令。

此时冷彻携着身旁一人急速离开九霄都城王胜,往城外奔去。两人来到城外一处农田。冬日寒冷,农田里无一人劳作。两人找到一个农家歇脚时的临时屋棚,闪身进去。冷彻手臂中紧紧环着那人,自己一下冲倒在屋棚中的木床上,手还未松。只听他怀里传来急切一声:"阿彻!"

一身紫发如瀑的女子抱在冷彻腰间,正是冷斜月。她冰冰的双手抱着丈夫,万分焦急:"阿彻!你怎么样?伤到哪里没有?你别吓我啊!"

"没事。你伤到没有?"冷彻眉间紧蹙,低头看着怀里的妻子,低沉道。

"我没事!你呢?你怎么样?怎么野鬼都用出来了?啊!你的腰,腰上刚才被钻了一个洞!快让我看看!"冷斜月说着,眼泪直在眼眶中打转。

"我没事。你怎么来了?"冷彻不解。他这些年因为太叔玄的事情和妻子多有分歧,冷斜月一气之下,离家出走,久久不归。

"我,我今年回了游人村,没见到你,就到处找你。后来在村上听说一个叫第五梵音的人找过你,我想那不正是你的本家吗。后来又听胖婶家的小胖说村子里来了坏人,也和你一样,麦色的皮肤。我一想,你这个人脾气那么坏,有人到村子上惹事,你还放得过他们?我就赶紧来九霄找你。谁知道刚一进城,就立刻感应到你的寒冰灵力,似要杀人一样,我就循着灵力,一路找过来了!刚一到天玄山脚下,就看见数万名士兵围攻你,我三魂吓掉七魄,就冲进去把你拉出来了!还好我来了!还好我来了!不然……不然……"说到这,冷斜月抱着冷彻哇的一声哭了出来,"不然我就要成寡妇啦!"

冷彻一边咳,一边笑道:"你就不能盼点我好?什么寡妇寡妇的!呸呸呸!"

"啊?啊!"冷斜月怔了一下,又开始大哭,边哭边上气不接下气道,"呸呸呸!阿彻！你吓死我了！你没事干和九霄的人打什么架啊？还这么大张旗鼓的！"

"这事说来话长了，你先让我歇歇。"冷彻与戚家父子一番打斗，三人都是灵法大成者，短短几时，已让冷彻耗力许多。之后冷彻便与妻子说了来龙去脉，然而夫妻俩想赶去北境救出梵音也是不可能的了。

此时的冷彻人在东菱军政部与梵音、北唐穆西、北冥等人简单说了自己这几日在九霄发生的事情。人们也为他捏了一把冷汗。

"叔叔！您没事吧，叔叔！那个戚渊戚瞳什么的，伤着您没有？"梵音听到这儿，噌儿蹿了起来，跑到冷彻身旁害怕道。

"叔叔没事，放心吧。"冷彻用手轻轻摸着梵音的脑袋，甚是怜爱。冷斜月站在丈夫身旁，看见这叔侄俩甚是亲热，自己也跟着高兴。"叔叔，您怎么知道戚渊一定与修罗私下联络过呢？"梵音问道。如若不然，戚渊怎会在受到冷彻威胁时第一时间联络到修罗呢。

"九霄徒幽壁是何等珍贵密藏，正如东菱赤金石一样。除了国正厅和军政部的首脑再无人知其藏匿地点。而且这两块灵石都是上古至宝，没有至高无上的灵力是动不得它们分毫的。戚渊嘴上说不知道徒幽壁为何会落在狼族手中，鬼才信他！撬开徒幽壁如此大的动静，他怎会不知？所以我断定他和狼族有关联。"冷彻道。

梵音听得瞠目结舌，懵然道："那要是叔叔猜错了呢……"

冷彻低头看她道，目光坚定："为了你，叔叔拼死也要赌一赌。"

梵音看着冷彻喃喃道："叔叔……"

"叔叔这不是没赌错吗？好了，先不说这些。"冷彻暂把梵音扶到一边，继续与北唐穆西道，"北唐先生，照目前的状况来看，灵主手中已然有了部分赤金石和徒幽壁，并且尝到了甜头。显然那些残垣碎石对他们来说是远远不够的，现在就剩西番的美人面了。"

"没错。"穆西回道，"依我推断，这次灵主袭击我东菱北境，劫持我弟弟北唐持，为的就是调虎离山，趁我大哥不在菱都之时，夺走东菱全部的赤金石。"

"数块赤金石和徒幽壁，就已经让灵魅控制鳞蛇草，让狼族幻形成人，又成了双头狼。那全部的赤金石和徒幽壁又会是何等威力呢！"梵音咂舌道。

"我想灵魅和狼族这次不仅是要夺走你们东菱的赤金石。"冷彻道。话落，他再次看向北唐穆西，又转头看向北唐北冥。

"他想要我父亲的命。"北冥一字一顿道，目光下沉。

冷彻不语。

北唐穆西闭上了自己酸涩的眼睛。正如冷彻和北冥所说，东菱一旦没了北唐穆仁这名大将，灵魅和狼族再来侵犯就容易得多了。到那时，没人再能拦得住他们。

　　"灵主没有料到，他会魂丧在我父亲手上。"北冥双拳攥紧，再次开了口，"狼族……先是姬仲，后是戚渊，他们脱不了干系。"

　　"不仅如此，你此次一战，时空术士的身份也曝光了。"冷彻淡淡道，"当年夜家的人没有……""死光"两个字被冷彻咽了回去，转换道，"没有全族消失。你的母亲是时空术士夜家的人……"

　　"是，我母亲原名夜风，后嫁给我父亲，改名为北唐晓风。当年第五逍遥叔叔帮助我父亲从灵魅手中救出了我母亲夜氏一族，我北唐家铭记在心，永不敢忘。"北冥对着冷彻恭敬道，不敢有半点疏忽。梵音怔怔看着北冥，这些事她一点都不知道，北冥从没和她说过，她也不知道他是时空术士。她甚至不知道，这世界上真的有时空术士。

　　冷彻看着北冥，又悄悄观察着梵音，梵音的眼睛自始至终没从北冥身上挪开过。稍作沉默，冷彻道："你们东菱的事，我是管不着的。但你们照顾我侄女多年，我定要致谢。告诉你们九霄一事，也是为了给你们提个醒，徒幽壁也被盯上了。这就是说无论是灵魅还是狼族都不会就此作罢。北唐穆仁先生已经亡故，你们定当防备！"

　　"多谢冷先生！"北冥和穆西异口同声道。

　　"要答谢的是我。北冥，你能拼死带我侄女回来，我冷彻一样铭记在心。不过我侄女拼死为你父亲打开一道攻击灵主的口子，两者也就扯平了。你们两个也算互不相欠。"冷彻言语平平。然而北冥在一旁听得却是如闷凿在胸，只是面上仍不改色，对着冷彻轻轻一礼。冷彻略略看去，没有作声。

　　"目前看来，三灵石、水腥草、铸灵师、时空术士，都是灵主成人的必要条件。虽说灵主湮灭，可若是这几项条件成熟，难保不会再有强大的灵魅心生欲念。"北唐穆西道，"并且，我怀疑灵主是否真的就此魂丧天际了……就像当年，逍遥兄同样射杀了灵主，可五年后他却卷土重来了……"

　　众人无声。大家心里都有个疑影。若想探清真相，恐怕只有侵入大荒芜，然而眼下之局，怕是不成啊。

　　少顷，冷斜月插话道："穆西，多谢穆仁兄这些年帮我留意阿玄的下落。虽然，"冷斜月一顿，黯然神伤，叹了口气道，"他已经不在了，可是总算解了我这些年的心结。不过，就为此，我也不会和灵魅善罢甘休！如有一日你们需要我冷斜月相助的时候，我定当全力以赴！"

　　"多谢您，冷夫人。"穆西道。

然而就在冷斜月说到太叔玄的时候,冷彻的脸顿时冷了下去。冷羿也跟着神情有变。

　　"好了,该说的话我已经说完了。你们东菱日后多加防备就是。"冷彻突然看了梵音一眼,梵音只觉叔叔刚才神色有变,却不知为何。被叔叔猛然一盯,她有些着慌,赶忙看向别处。冷彻顿了顿道:"如果没有别的事,我们就先走了。"

　　"多谢冷先生,"北唐穆西再次道,"那您就先随冷羿到客房休息。您的身体也刚刚恢复,又加长途跋涉,也请您在菱都稍歇几日,您看如何?"

　　"好。"

　　冷彻夫妇随后便与冷羿、梵音离开。待梵音送叔叔婶婶回到客房后便与冷羿退了出来。

　　"冷羿,我看……"梵音张口就道。

　　"嗯?"冷羿横起眉毛,斜睨了梵音一眼。

　　"哦!哥哥,我看刚才……"梵音立刻改口。

　　"这还差不多。"冷羿随即笑眯眯道。

　　梵音对他噘了噘嘴。"还真有点不习惯呢。"她突然拉了拉自己的衣领,一本正经道。

　　"哟!当领导当惯了啊看来是。"冷羿伸手抓了一下梵音的头发。

　　梵音笑了笑继续道:"哥哥,我看刚才叔叔听到婶婶说起太叔玄的事时,脸色不太好啊,怎么回事?"

　　"你这丫头真是眼尖,"冷羿撇了撇嘴,"这事可说来话长了,老爹老妈没少因为那个人吵架。你婶婶离家出走也是因为太叔玄。就因为这件事,我也没少和老爹抬杠,弄得我俩现在关系也越来越僵化。不过,照刚才的状况看来,那一对'老情人'感情倒是好得很,反倒是我不对了一样。"冷羿若有所思。

　　梵音听得糊里糊涂的:"哥,你到底在说什么呢?"话说着,两人已经到了梵音房门前,开门走了进去。

　　"啊?啊,"冷羿这次反应过来,发现自己说得有点前言不搭后语,"太叔玄是西番军政部主将太叔公的独子,也是老妈的青梅竹马。你婶婶以前是西番国国主九百家的大小姐,原名叫九百斜月,后来和家里闹掰了,就改姓冷了。"

　　梵音听得目瞪口呆,傻傻问道:"婶婶是西番国主家的大小姐啊?"

　　"嗯。"冷羿随口应着。

　　"怪不得那么好看!我的天啊!哥哥!那也就是说,你也是皇亲国戚喽!"梵音突然大声道。

"哎呀！你喊那么大声干什么？吓我一跳！什么皇亲国戚啊，你以为封建社会啊，亏你想得出来。"

"啊呀呀！不是啊！你真的是国主的外孙哎！嘿嘿嘿。"梵音莫名其妙傻笑起来。

"傻乐什么呢？你哥哥我是浪荡游子，什么皇亲国戚！别瞎琢磨了啊。我都没见过九百家的人。"

"哦！哦！哦！"梵音在一旁频频点头，好像听明白了一样，"那婶婶为什么和家里闹掰了啊？"

"为了和老爹私奔。"冷羿有一搭无一搭地随口道。

梵音跟着倒吸一口冷气，满脸吃惊。

"怎么了？"冷羿问道。

"太、太、太厉害了！"

"谁厉害？"

"都厉害！"

"这话倒没错！"对这一点，冷羿还是很赞同的，他这对父母确实都是性情各异、我行我素的人。

"那，那叔叔婶婶吵架和太叔玄又有什么关系呢？"

"太叔玄是老妈的青梅竹马，每次提到这个人老爹就心里不爽。十一年前太叔玄失踪了，老妈为了查找他的下落没少费工夫，一次甚至冲到了大荒芜边界，还好被老爹拦了下来。两个人回家后大吵一架，老爹说老妈要是再敢去一次大荒芜，他就和老妈没完。"冷羿道。

"哦……"梵音听得若有所思，"然后呢？"

"然后我就和老爹大吵了一架。"

"关你什么事呢？"梵音一针见血。

"呃……我这不是看他欺负我妈嘛，我当然不能袖手旁观了。"冷羿理直气壮道。

"然后呢？"

"然后你婶婶高兴得很呗，说就她儿子知道疼她，说老爹坏，不疼她，吼她，然后两个人就没完没了地天天吵。老妈还是要出去找太叔玄的下落。老爹一气之下说了一句'你是他老婆，还是我老婆！'"听到这儿，梵音已经开始龇牙咧嘴了，听得都紧张，"然后老妈就给了老爹一个耳光，彻底闹掰了，走了。"

"然……然后呢……"

"然后我也就离家出走了。"

"跟你又有什么关系……"梵音无奈道。

"我妈都不在家了,我还留着干什么?"

梵音听到这儿,双手叉在胸前,皱着眉头,觉得头大。

"谁知道他俩今天又是闹哪一出,好得很的样子……"冷羿也在一边嘟囔,"整得我跟个不孝子一样……里外不是人……"

"嗯。"梵音点着头。

"你跟着瞎点什么头!你可不知道他俩那些年吵架吵得跟什么一样,我妈恨不得把你叔叔撕了,就为了太叔玄的事,你叔叔不让她插手。"

"为什么呢?"梵音问道,随即明白了过来,"叔叔也怀疑太叔玄的事和灵魅有关,怕婶婶危险。"

"恐怕不仅如此。"

"还有什么?"

"太叔玄的事,估计和西番国本身也脱不了关系。他们内里盘根错节,老爹不想让老妈再沾染此事。"冷羿和梵音自然知道冷彻是一个非常厌恶国内权势争斗的人,他如此强烈地反对冷斜月追查太叔玄的事就是怕她身陷其中,受到伤害。想到这儿,冷羿也觉得自己这些年对父亲的态度过分了些,现在看到父亲为了梵音的事受了伤更是心里不安,自责起来。

"梵音,以前哥哥不知道你是我妹妹,对你一直没有多加照顾,现在哥哥知道了,以后就不会让你再受到任何伤害。以后我们一家人好好的,永远都不能分开。"经此番大劫,兄妹俩这才真正说上了几句贴心话。加之父母的出现,战友的牺牲,北冥父亲的亡故,都让一向心气孤傲的冷羿温情了下来。

"哥……"

"傻丫头,为什么不早告诉我,害我差点没了自己妹妹?你知不知道哥哥多担心你?"说完冷羿抱住了梵音。

"哥,对不起。哥,我知道的,哥。我怕你担心我,所以才不敢告诉你的。"梵音也用力抱住了冷羿,觉得心里暖暖的。

冷羿深深叹了口气道:"还好北冥那小子是时空术士,要不然哥哥这条命也被你吓死了,活不过来了。"

"哎呀!北冥!"梵音突然叫了起来。

"怎么了?"冷羿吓了一跳。

"我还没有去看他,不知道他怎么样了,我得赶紧去看看他!"梵音突然着急道,转身挣脱冷羿怀抱。

"他怎么了？"

"今天穆仁叔叔刚刚下葬，又忙活了一天，他肯定累了，我想去看看他。"梵音道。

"那你就让他一个人好好休息。他那么强的性格，现在未必想见到人，让他一个人静静吧，休息一段时间。"冷羿道。

"这样吗……那好吧……"梵音想了一下道。虽说担心，却也听了冷羿的话。

"你也休息一会儿吧，都累了，我先回去了。"

"好。"

冷羿转身走出房间，轻轻关上了梵音的房门，眼神顿了一下，转身离开。

"我说过多少次，不许你再插手太叔玄的事，你为什么不听！"冷彻在房间里与冷斜月道。

"阿玄和我从小一起长大，他失踪了，我怎么能不管！"冷斜月大声道。

"他现在已经死了，你还怎么管？还去和灵魅打架？还要帮助东菱军政部？你有多大能耐！你想气死我是不是！"

"灵主销声匿迹，我自然也就不会那么莽撞了。只是北唐穆仁这些年帮我查探阿玄下落，我很是感激，如今他不在了，我理应帮助他一些。"

"我说了，不想让你和西番再有什么拉扯，当然还包括别的国家，别的权力范围。不仅是你，羿儿和小音都不可以。"

"我已经和西番没有关系了！你不用一直提醒我！我想帮助东菱是我的事，你看不惯就别看！"

"你！"听着妻子一直和自己呛声，冷彻一时气闷，咳咳咳地咳嗽起来。这些日子奔波劳苦，冷彻的伤势也没有完全恢复，胸口闷疼。

"阿彻！"冷斜月看到丈夫忽然难受的样子，立刻俯下身来，不再与他争吵，手中端着水杯，"喝点水，喝点水好不好？"

"太叔玄、逍遥、北唐穆仁都死了。三个国家三个军政部中最年轻得力的战将都死了。赤金石、徒幽壁、美人面，三块上古灵石。如果说灵主为了成人杀死了他们几个，以方便得到那些东西，我认为理由总是太过牵强。那背后的原因到底是什么，我们还不清楚，可是有一点你要记住：不要再插手这几国的事！我第五家已经从九霄离开五十年，我兄弟逍遥却还是死了！赤金石、徒幽壁，灵主又是怎么拿到的？这一桩桩、一件件，不是灵魅一族可以办到的。你懂了吗？斜月。不是我阻拦你去管太叔玄的事，而是我不能让你有事，你知道吗！"说到最后，冷彻脸色已经煞白。

"阿彻！是我不好是我不好，是我任性！我听你的话，我不查了，你不生气了好不好?"冷斜月看着冷彻的脸色,吓得早已慌了神,可她还是害怕地小声道,"阿彻,你刚才说,你第五家离开九霄那么多年了,你兄弟还是……还是死了。你这话是什么意思?"冷斜月紧张地看着冷彻。

"没什么,我只是觉得事情不简单而已。"

冷斜月的眼睛里忽然划过恐惧,她战战兢兢道:"阿彻,你……会不会有事……你会不会……"

冷彻凝思片刻,道:"不会。"

冷斜月一下扑到丈夫怀里,身体开始不住发抖。她忽然想起了刚刚过世的北唐穆仁,想起了北唐晓风哀伤的样子。她刚才用操控术帮助晓风情绪稳定了下来,几日来北唐晓风因为丈夫和儿子的事情,整个人恍惚不定,日渐憔悴,好不容易休息下了。她再一次紧紧抓住了冷彻的手,喃喃道:"阿彻。"

冷彻抚摸着妻子的长发,想着自己不应该说那么多,吓到了她。"我说了,我不会有事的,你别瞎想。再说灵主已经死了,之后的事,都会好办很多。东菱不可能就此善罢甘休……"冷彻独自思忖着,不是东菱,是北唐家不可能善罢甘休。这时,门外传来了敲门声。冷斜月起身开门,冷羿走了进来。他尴尬道:"咳咳,那个,老爹,你身体没事吧?"说话声像只蚊子叫。

冷彻瞟了他一眼,没搭理他。

"跟你爸好好说话!"冷斜月出口道。

冷羿心里无奈道:"也不知道当年我是为了谁才和老爹吵架的,现在倒好,夫妻一条心啊。"

不过冷羿是真心担心父亲的身体,在听到父亲受到九霄军政部的全体攻击后,他就气得火冒三丈,恨不得现在就去灭了那个叫什么戚渊戚瞳的狗东西。

"爸,你身体没事吧?那个戚渊还有戚瞳的什么狗东西,回头我就替你灭了他们!"冷羿越说越狠,气得牙根痒痒。

"你别给我添乱就行! 好好的,怎么全家都成了亡命徒了? 你妹妹是,你也是!别以为我不知道,你看看你现在那个样子,差点没从辽地出来吧? 来东菱军政部当了个指挥官,还挺称职,命都不要啦!"

"你还不是一样……一个人冲进人家的军政部……疯了吗……"

"你说什么! 哎哟哟,气死我了,你管管你儿子。"冷彻突然佯装难受道。

"你爸去那儿是因为你爸牛! 你有你爸那么厉害吗? 你有你也去!"冷斜月叉着腰大声道。

"好好好。我看您二位也是没什么大事,中气足得很。你们先休息吧,我也先歇一会儿去了，累死了。"

　　"回来！你的伤怎么样了啊？让我看看！"冷斜月一把薅住儿子，左掰掰右扭扭。

　　"羿儿，我问你，小音和那个北唐北冥关系怎么样？"冷彻突然道。

　　"不错。"冷羿直言不讳。父子二人对望了一眼，心照不宣。冷斜月在一旁看得倒是有些迷糊了。

第七十五章
北冥的心

　　东菱军政部的葬礼结束，一切战后事宜都还在进行。大战归来，没有欢庆的气氛，军政部里一派肃穆，战士们相见时不知是该笑还是哭，昔日的战友大半离去，伤亡惨重。一连三日，北冥和梵音都在忙着照看各自分部的事，无暇照面。事实上，他俩在病床上醒来后，寥寥说了那几句话，就再也没时间独处了。北冥不仅要照看自己部里的事，也要负责父亲北唐穆仁此次出征的亲军状况。北唐持留在北境休养，性命无碍，知道大哥牺牲后悲痛不已，执意要前来参加葬礼，却被北唐穆西和北冥拦下了。他一应照看主将留在北境的伤员们。等战士们伤势痊愈，他派豹羚陆续护送战士们回都。

　　葬礼过后的第三日傍晚，北冥稍微有了歇息的时间，先在父亲的房间陪了母亲一会儿。北唐晓风看着儿子平安，心里略作安慰，只是骤然失去丈夫对她的打击深重。他夫妻二人能走在一起实属不易。北唐晓风对北冥说，有他父亲深沉的爱恋，她总觉得幸福。北冥亲过母亲额头，母子俩相依相靠，彼此传递着力量。北冥稍晚回到自己房间，在关上房门后，他深深叹了一口气。几番生死试炼，换血回魂，灵力绽放，早已让他疲惫不堪。高度紧张的神经没有一刻放松过，直到现在他还在适应父亲的血液在自己的身体里流淌。那悲痛和力量让他无法分辨。

　　忽然他转过身去，准备往门外走去。这个时间梵音应该还没有休息，他要去看她。正当他准备拉开门把手时，房门被叩响了。北冥打开门，冷彻站在外面。

　　"冷先生。"北冥道。他早就预感到自己会和冷彻单独碰面，即使冷彻不来找他，他也会前去拜访。因为他感觉到，冷彻对他自始至终没有善意，他想前去拜访，了解其中缘由。

"你要出去？"冷彻道，心思甚密。

"应该我先去拜访您，现在倒让您亲自过来了，是我的疏忽。您请进。"北冥恭敬地为冷彻让开位置，冷彻走了进来。

"如果你要忙，我就待会儿再来。"

"我晚些再去看梵音，您请坐。"

"你不用去看她了，她休息了。"冷彻转身，面对面直视着北冥，没有要坐下的意思。北冥没有接话，他等着冷彻之后的话。

"你挺关心我侄女。"冷彻淡淡道。

"是。"北冥想都没想脱口而出。突然间，他对冷彻起了抵抗的意思，直视着冷彻，不避不闪，态度坚决。

"你喜欢她？"冷彻一句接一句，不留空隙。

"是。"北冥毫不遮掩，直截了当。

冷彻看着北冥坚决的态度，跟着态度沉了下去。

"你要得起她吗？"冷彻的双眼像个冰窟，震慑得让人不寒而栗。他全不把北冥当成十七岁的少年，而是当成一个男人在质问。

北冥一怔，转而再道："您这话什么意思？"

"像你父亲这般强悍的男人，在这一战也已经殒命。你应该清楚，灵魅、狼族和你们东菱，乃至诸国都不可能再消停下去了。现在你们东菱国力大损，你父亲牺牲，照此前车之鉴，你以为我会让我的宝贝侄女以后也变成寡妇？"

听到这儿，北冥猛提一口气。一句"寡妇"瞬间扎穿了北冥的心脏，怒火顿烧，可他仍是压了下去。然而冷彻却没有放过他的意思。

"我不可能让我的侄女和你们北唐家有任何瓜葛。"

北冥猛然看向冷彻，不知他是何意思。

"依我看，你和你父亲一模一样，你们北唐家的人永远都是以国为先，大义凛然得很。"说到这儿，冷彻似轻蔑地瞥了一眼北冥，"有朝一日，大敌当前，你是先卫国还是先护妻？你是国事当先，还是美人难舍啊？你自己选吧。"冷彻盯着北冥，恨不能把他扎穿，"后面的不用我说了吧，你自己知道。你父亲不是教你了吗？我是不会让我的侄女架在你们那些国家利益之后的，你想都别想了。梵音，我带走了。"说完，冷彻转身便走，看都不看北冥一眼。他一句句咄咄逼人的话像钉子一样把北冥钉在原地。

就在冷彻准备打开房门，走出屋时，一个身影挡在了他的面前，堵住了他的去路。冷彻眉头一凝，冷声道："让开。"

"休想!"北冥厉声道。

冷彻决绝的目光几乎可以轻而易举地穿透北冥极度哀伤的意志。然而北冥毫无退意地直面冷彻的审视与轻看,再次开口道:"她在我这里,谁都带不走! 包括你!"

冷彻听到此处,怒火腾起,就要与北冥针锋相对。可就在他怒视北冥之时,只见北冥身形凉薄却岿然不动,疲惫的眼中锐气不减,屹然不倒。只听他声声掷地,句句铿锵道:

"不要拿梵音和我的国家相较,任何一种拿她去权衡的利弊取舍都令我极端厌恶! 一切相较,只会亵渎了第五梵音在我北唐北冥心中无可取代的位置! 在我这里,没有什么可以与她相提并论! 在我这里,谁都带不走她! 我一步不会退! 一步不会让! 您不用想让这种抉择摧毁我的意志,这只会徒增我的厌恶,陡增我的信念。这次战役中,我差点失去了她,但也正是因为这样让我清楚地明白,失去第五梵音,我行将就木。"北冥看着冷彻毅然决然地再道,"她在我这里,谁都带不走。"

冷彻看着北冥,真诚浓烈的赤子之情在他身上燃烧,他不退不缩,无畏无惧,虽遭重创,却仍旧豪性不减,胸怀坦荡。

"冷先生,我不可能放手的,请您知晓。"最后一句,北冥颔首一礼,跟着又挺起胸膛。

久久,冷彻道了一句:"别让她成为你的弱点。"

"她是我唯一的弱点,也是我最终的坚韧!"

冷彻审视着北冥,思忖片刻道:"在你处理完你的事情之前,不许告诉她你的心意。你要是敢说出来,我随时带她走。"

北冥愣了半晌,不知道冷彻是何意。冷彻瞪了他一眼道:"我说的是灵魅和你们东菱的事,或者不只你们东菱。总之,在处理完这些灾祸之前,你要是敢对梵音表白,就不要怪我对你不客气! 就凭你手里的永灵石? 哼!"冷彻往北冥腰间瞥了一眼。那个黑亮的环扣,正是他大战时挡下数万黑刺的化成重器的那个介质,也是他爷爷从小给他佩戴在身上的灵器。"以为能拦得住我?"

"我不是那个意思!"北冥慌忙解释道,他一下想起自己刚刚因为梵音的事,头脑发热,对冷彻出言不逊了。冷彻瞥了他一眼,没搭理,谁知北冥跟着又是一句:"不过……"

"不过?!"冷彻皱起眉头来,心想,"我是不是给这小子脸了,还敢跟我讨价还价!"

"我答应您,在我处理干净东菱的事之前,我不会向梵音说明心意。"北冥真诚道,冷彻听了这一句心里还算舒服点,可紧接着北冥又道,"可是,我要对她好,您也不能阻止。"北冥说话已经缓和了下来,一片真情却不能阻挡。

冷彻看着他,心想:"这小子还挺难对付!"随即,长长出了一口气道:"照顾好她!当然,我家宝贝梵音自己也能照顾好自己,用不着你!"说完,冷彻突然把手搭在了北冥肩膀上用力一捏,"你父亲是个硬汉,你也一样!"

"谢谢您,冷先生!"

"喊叔叔。"

说完,冷彻移步离开房间。刚一打开房门,只见门外站着一个人,正是梵音。她睁圆了眼睛刚想开口,只听冷彻道:

"大晚上的,你来干什么?"

"我,我想看看北冥。"梵音被叔叔猛一质问蒙了一下,随即道。

"大晚上的,你看他干什么? 不赶紧回去好好休息!"

"我休息一会儿了。"

冷彻倒吸了一口气,喷了一声,准备离开。

"叔叔找北冥有事吗?"

冷彻看着梵音一脸懵然不知的样子道:"没有! 我要去睡觉了!"

"哦,那我先送您回去。"梵音转身跟着冷彻。

"你送我干吗? 我认识路,赶紧自己回去休息吧。"

"哦。"梵音听后,呆呆站在原地。

"傻站着干什么呢? 回去休息啊!"冷彻斥道。

"我想看一下北冥。"

冷彻听完,顿时气不打一处来,跟着赶紧左右望了望,还好把守的士兵都在走廊尽头,没人听见。

"你爱看谁看谁去吧,我回去了。"

"那叔叔您慢点走。"梵音道。冷彻下一秒消失在了原地。梵音闷头闷脑地看着冷彻消失的地方,觉得有些奇怪。

"叔叔怎么了?"她转过身来看向北冥。只见北冥直直望着她,半天道了一句:"没什么。"

"你怎么了? 累了吗?"梵音看见北冥一脸憔悴,满眼血丝,忽然担心道。两步来到他面前,仰头看着他。

"没有。"北冥对她柔声道,"刚才就要去看你的,后来冷叔叔过来找我说话,就耽误了。"

"没关系,我没事的,就是想……"梵音突然低下头去,想起了哥哥冷羿对她说的话。他让她不要来找北冥,让北冥自己好好休息,可是这些天她总惦记他,还是忍不住过来了。"我就是过来看看你。"最后梵音小声道。说完这一句,北冥已经轻轻把梵音带进了房间,关上了门。

"嗯?"梵音左右一看,都不知道自己是怎么进来的。北冥站在她身前,深情地望着她。梵音想要开口讲话,却被北冥抢了先。

"离开菱都的时候,为什么不和我说话?"

梵音没想到她和北冥各自经历了这许多,再见面,他最先开口问的竟是这个。北冥认真地看着她,想要知道答案。

"我,"梵音稍有迟疑,继续道,"你确定你现在还好吗? 要不要崖雅上来帮你看看? 我看你现在满眼血丝,脸色也不好,是不是哪里不舒服呢?"

"你先回答我的问题,我没事。离开菱都的时候,你为什么不和我说话?"

梵音张了张嘴巴,不知道怎么开口,想要回避,却知道北冥固执得很,她只能鼓足勇气缓缓道来:"我想着,我想着不和你说比较好。"

"为什么?"

梵音说到这里,越发难以启齿,慢慢低下头去。北冥也不催她,只是慢慢道:"为什么你和崖雅、青山叔、冷羿都道了别,只不和我说?"

过了很久,梵音开口道:"崖雅是和我从小一起长大的,她没了我在身边会很难过……我将要出战,万一……"说到这儿,梵音顿了顿,"不能不理她……冷羿是我哥哥,虽然那时候他还不知道,但是我已经知道了,我想着,万一我回不来,他又知道了我的身份,他肯定会难过的,所以我也和他道了别。"

听到这儿,北冥一颗心顿时沉了下去,他这才知道梵音是抱着必死的决心前去参战的——虽然他一早也知道的,可从梵音嘴里亲口说出来,他还是骇出一身冷汗。他一把抓住梵音的胳膊,急道:"那我呢? 你的意思是,假如你离开了,他们会难过,我就不会?"

梵音蹙起秀眉,忍着再道:"崖雅是与我一起长大的,她的生命里早就有了我,她躲都躲不开的。如果我要走,我必须和她有个交代,不然她一个小女孩怎么办? 至于冷羿,他是我哥哥的身份想变都变不了,我就在他的生命里,我们早就被亲情扭在了一起,如果我不与他道别,万一我回不来了,他终将遗憾。"梵音说完,这两人便停住了。

"我呢?"北冥低声道,那声音像是在求着什么,他只觉得难过,心如刀割。

梵音的眼睛垂了下去,低着头,慢慢道:"你……我想着,不要和你说比较好。万一我回不来了……你也可以好好的……"

"什么!"北冥不敢相信自己的耳朵,委屈的眼泪将要夺眶而出,可他还是忍住了,"为什么……"

"如果我死了,我不想在你的生命里留下太多东西。"梵音用力捻着手指道,"干吗呢,只会让你伤心,还不如我走得简单点,留给你的印象少一点,这样你就不会因为我而难过太多。毕竟,我只是你的一个朋友,或者说战友。在崖雅和冷罪的生命里,我早就存在了,他们想躲都躲不掉,可我对你而言,不算什么。如果我不在了,你大可把我当成一个过客,快些忘了就好了,不用再为我伤心难过。"

"你知不知道你在对我说什么!"北冥听到这里再也忍不住地咆哮起来,眼泪夺眶而出。

梵音吓得一个激灵,猛地抬起头来看向他,只见他泪流满面,满眼悲伤。她顿时心疼不已,跟着红了眼眶,落下泪来:"我想,我想那样你会好过一点。"

北冥一把把梵音抱在怀里,用尽力气,道:"如果你不回来,你让我怎么好过! 我怎么可能好过! 第五梵音,到底是你觉得我北唐北冥在你心里不值一提,还是你自以为我只把你当成一个普通朋友? 我什么时候把你当成我的普通朋友和战友了?"

"不是的! 不是这样的!"梵音在北冥怀里心急啜泣道,"你没有,你在我心里没有不值一提! 不是这样的!"

"你知不知道你对我有多重要?"北冥大声道。

"北冥,对不起。这些天我想着,如果当时不是我自不量力,争着要随叔叔去北境,如果当时是赢部长去了,也许,也许叔叔就能平安无事了。是我不够强大,我不好,我应该帮你和阿姨把叔叔带回来的,"梵音哭得越来越厉害,抽搭道,"要是我能把叔叔换回来就好了。这样你们就可以一家团聚了。我本来也是一个人的,不重要……"

"你在胡说八道什么!"北冥噌地把梵音扳到自己面前,弯着身子,面对面对她道,"第五梵音,战争是残酷的,没有谁要换谁的生命才是值得的! 我们身为军人,这是我们的意志,也是我们的觉悟! 父亲的牺牲,你我都同样悲痛,但我们不能妄自菲薄、消磨意志! 父亲尽了他军人的职责,为的是让我们更好地活下去,而不是懊悔和自责! 你对他来说,早就是女儿一般的存在,如果用你的命换父亲的命,你说到底是在要谁的命!"

梵音怔怔地看着北冥,如当头棒喝。

"第五梵音,你给我听清楚了! 你对我北唐北冥而言是唯一的,不可替代的存在! 我为了你甘愿付出一切,就算是我的生命,我也在所不惜!"北冥大声道。

"北冥……"梵音痴痴地望着北冥的眼睛,陷了进去。

"你听懂了吗?听清楚了吗?如果你有意外,就等于要了我的命!"

"我……"

"听懂了吗?"北冥柔声下来。

梵音缓缓地点了点头。北冥再次把她拥进怀里,越搂越紧。他用力呼吸着,感受着她的存在。这些天,他们一句话都没来得及说。他本来想去看她,却又被冷彻拦了下来。一番严酷的质问、争夺,几乎让北冥紧绷的神经达到极限。此时此刻,这一个用尽了北冥全部力气的拥抱,才让他略作缓和。梵音疼得眉间轻蹙,却没发出声音。她被北冥这样抱着,心里踏实极了,她不想让他松开。

"还有,永远不许再用你自己来威胁我,永远不可以,知道了吗?"北冥深情道。他是指在北境时梵音怕他狼毒复发,为制止他再用灵力,声称如果北冥再用灵力,她死都不会原谅他。

"嗯。"梵音低声应道。

两人相拥着,乏了,不知不觉困了,合上了眼睛。

冷彻回到房间,在屋子里转来转去,坐不安稳,过了一会儿便把冷羿叫了过来,与他母子二人说了刚才找北冥的经过。

"寡妇……老爸,北冥刚刚没了父亲,母亲全靠他一人支撑,您刚刚那样说,太狠了点。"

冷斜月在一旁也无奈丈夫的"心狠手辣",道:

"你让北冥在国家和梵音两个里面选,亏你想得出来。北唐家世代为军政部效命,你这个选择不就等于让他选媳妇和老妈掉水里,先救哪一个吗?"

"不过那小子也够狠的,敢死叼着我妹妹不放!我看他是欠揍啊!"冷羿突然暴躁起来。

"哎哎哎!你干吗呢?"冷斜月摆手道,"还叼着你妹妹!你以为小音是兔子吗?傻了吧唧的!"

"北唐北冥要是连我这点刁难都受不住,怎么当军政部的主将?"冷彻冷漠道。

"主将?"冷羿道。

"北唐穆西的身体是扛不住了。如果北冥不当,那就等着被人踢下去。"冷彻道,"那小子一身利气,一副硬骨头。我虽没见过他父亲,可听小音讲来,他父子二人性情全不相同。北唐穆仁大气沉稳,北唐北冥却锋芒不收。我不趁他现在受此重创之时再用小音的事彻底'压垮'他,以后就没这个机会了。他要是顶得住,算是条汉子;要是顶不住,我立刻带小音走。"

冷羿心下腹诽:老爹还是老爹,够狠!

　　"那天与北唐穆西他们谈完,我本想提出带小音和你离开。可看当时小音的状况,我还是决定先听听她的意见再说。果不其然,她跟我说,她现在不能离开军政部,我也就不想再勉强她了。"冷彻道,忽然回头看向儿子,"小音不走,你呢?"

　　冷羿愣了一下,道:"我留下来照看妹妹啊。"

　　冷彻眯起眼睛:"那你就给我盯紧了! 但凡北唐北冥对小音敢有什么越矩的行为,你就立刻给我把他办了!"

　　"没问题,老爸! 包在我身上!"

　　这时北冥抱着梵音站在自己的房间里不知不觉睡着了。忽然,只听梵音轻声嗯了一下。北冥抱着她的力气太大,她的胳膊又麻又疼,稍微动了一下,迷迷糊糊地哼出声来。北冥一下醒了过来,看着怀里的梵音,赶忙松了手,只觉自己这样不太妥当。

　　梵音咳了一下,也跟着醒了过来。刚才北冥的怀里很暖,她也睡着了。两个人,你看看我,我看看你,都不知道该说些什么了,只是心里都是暖的。

　　半晌,北冥轻声道:"你的耳朵,能听见了吗?"

　　梵音抬起头,想了想,似乎还不太适应,跟着又点了点头。

　　"可以听到了? 听得到我的声音,是吗?"北冥面有笑意。

　　"嗯。"梵音轻声应着他,"听到一点了,就是有时候还不太清楚,总习惯用凌镜。"

　　北冥自然地把手抚向梵音耳朵,她的耳朵很薄,凉凉的。梵音看着他,忽然脸颊一红,垂下眼帘。

　　"总有一天会好的。"北冥道。

　　"青山叔也这样说。他鼓励我要常听别人讲话。"

　　"那我以后多和你说些话,不就好了?"北冥看着她笑道。梵音也跟着笑了,点点头。

　　过了一会儿,北冥道:"很晚了,我送你回去睡觉,好不好?"

　　"好。"梵音自然而然地应着,"等等,你的伤还要不要紧? 这几天这么累,有没有不舒服? 如果有,你可不能瞒着我。"

　　"没有,我很好。老爹帮我解了全部的毒。"

　　梵音看着他,安静地点了点头。

　　"我叔叔刚才来找你干什么?"梵音问道。

　　"没什么,闲聊几句,看看我来了。"

"哦。"

"怎么了?"

"嗯……"梵音犹豫了一下,不知要不要对北冥说。

"你刚才让我有事不能瞒着你,那你现在也不可以瞒着我。"

梵音看了看北冥,北冥继续道:"我们两个约定好了,以后自己有事,都不可以瞒着对方,好吗?"

"好。"梵音应道。说到这儿,北冥忽然觉得有点不对,冷彻不让自己和梵音表白,这不就等于瞒着她嘛。转念他又一想,不算不算,他已经和冷彻说好了,他即便不与梵音直说,也会对她好的。他暗自给自己打气!

"我叔叔前两天跟我说,想让我离开军政部。我想他今天来找你,应该就是为了这个事吧。"

"他和你说了?"北冥听梵音如此一说,立马回过神来,再没空想那些有的没的。

"嗯。"梵音点头。

"那你要走吗?"北冥精神紧张起来。

"我当然不会走了,我跟叔叔说现在军政部需要我,我还不能离开,叔叔也就没再多说。"

北冥顿时松了口气。

"刚才叔叔来找你,是说这个事情了吗?"梵音有些不好意思,觉得叔叔这样虽然是为了自己好,却会给军政部带来一些不便。

"没有,没说,冷先……冷叔叔过来只是好意来看我。"

"这样啊,那就好。"梵音笑了起来。北冥也对她笑了起来。梵音不知道,刚才他与冷彻那一番周旋,着实让他有些吃不消。不过现在能看到梵音好好地站在自己面前,北冥也就无所求了。

图书在版编目(CIP)数据

弥天记3 / 夜行仙著. —杭州:浙江文艺出版社,
2021.9
ISBN 978-7-5339-6586-0

Ⅰ.①弥… Ⅱ.①夜… Ⅲ.①长篇小说—中国—当代
Ⅳ.①I247.5

中国版本图书馆CIP数据核字（2021）第142776号

选题策划　柳明晔
责任编辑　张　可　张　雯
营销编辑　宋佳音
装帧设计　仙境 **WONDERLAND** Book design
版式设计　吕翡翠
责任印制　张丽敏

弥天记3
夜行仙 著

出版　浙江文艺出版社
地址　杭州市体育场路347号
邮编　310006
电话　0571-85176953（总编办）
　　　0571-85152727（市场部）
制版　浙江新华图文制作有限公司
印刷　浙江超能印业有限公司
开本　710毫米×1000毫米　1/16
字数　328千字
印张　17.25
插页　1
版次　2021年9月第1版
印次　2021年9月第1次印刷
书号　ISBN 978-7-5339-6586-0
定价　49.00元